BERND STELTER

Mieses Spiel um schwarze Muscheln

Weitere Titel des Autors:

Der Tod hat eine Anhängerkupplung
Der Killer kommt auf leisen Klompen

Wer abnimmt, hat mehr Platz im Leben
Nie wieder Ferienhaus

Titel auch als Hörbuch erhältlich

BERND STELTER

MIESES SPIEL UM SCHWARZE MUSCHELN

CAMPING-KRIMI

LÜBBE

Dieser Titel ist auch als Hörbuch und E-Book erschienen

MIX
Papier aus verantwortungsvollen Quellen
FSC
www.fsc.org
FSC® C014496

Originalausgabe

Umschlaggestaltung: Christin Wilhelm, www.grafic4u.de
Einband-/Umschlagmotive: © Manfred Esser, Bergisch Gladbach;
© shutterstock: Michael Kraus | JIANG HONGYAN | macondo |
Vitaly Korovin | studiovin
Satz: hanseatenSatz-bremen, Bremen
Gesetzt aus der ITC Giovanni Std
Druck und Einband: GGP Media GmbH, Pößneck

Printed in Germany
ISBN 978-3-7857-2678-5

5 4 3 2 1

Sie finden uns im Internet unter: www.luebbe.de
Bitte beachten Sie auch: www.lesejury.de

Prolog

Wie die Hitze des Sandes an einem heißen Augustnachmittag und die Kühle des Meeres nur zwanzig Meter weiter, wie das Lachen und das Weinen, die Lüge und die Wahrheit, so gegensätzlich, wie Menschen nur sein konnten, und doch von einem Blut, wie das Feuer und das Wasser, wie die Nacht und der Tag, und doch waren sie Vater und Sohn.

Jacobus Schouten war stolz, er war ein stolzer Muschelfischer aus Yerseke. Stolz lief er zweimal in der Woche mit der »YE 19 Leentje« aus dem Königin-Juliana-Hafen aus. »Leentje« hatte er sein Schiff getauft, in liebender Erinnerung an seine Frau Magdalena.

In den Tagen seines größten Glücks – ihnen wurde ein zweiter Sohn geschenkt – begann seine große Tragödie, seine Leentje überlebte die Geburt ihres zweiten Sohnes Ronald nur zehn Tage.

Ohne seine Mutter, Hendrina Schouten, hätte er seine beiden Söhne nicht aufziehen können. Aber hatte er sie aufgezogen? Er hatte sie heranwachsen sehen, den feingliedrigen Rafael, der seiner Mutter wie aus dem Gesicht geschnitten war, und Ronald, der schon als Sechzehnjähriger Muskeln hatte wie ein Mann, Ronald, der wütende Junge.

Der stolze Fischer Jacobus Schouten war im Februar fünfundfünfzig Jahre alt geworden. Er sah älter aus. Die Jahre auf dem Meer, die Jahre schwerer Arbeit, die Jahre ohne seine Leentje hatten sich in sein Gesicht gegraben. Das Haar war schlohweiß, wie es in seinem Alter nicht sein musste. Fünfundfünfzig, ein

Alter, in dem andere das erste Mal ans Aufhören denken, aber nicht er.

Schon 1870 hatten die Fischer in Yerseke mit der Aufzucht und dem Handel von Muscheln begonnen. Sein Großvater war Fischer gewesen, sein Vater, und er, Jacobus Schouten, war jetzt seit siebenundzwanzig Jahren Kapitän eines Muschelkutters, seit einundzwanzig Jahren Kapitän der »YE 19 Leentje«.

Sein älterer Sohn konnte wunderbar mit dem Steuerrad umgehen, er konnte das Meer lesen. Rafael hatte gesagt, er wolle nicht Fischer werden, aber der Junge musste doch einsehen, dass es auch Pflichten gab im Leben. Natürlich darf ein junger Mann von der Stadt träumen, vom Studium in Amsterdam, aber die Schoutens, das sind Muschelfischer in Yerseke. Und Punkt.

Jacobus und Rafael saßen im Restaurant »De Branding«, und sie hatten wunderbar gegessen, den *paling*, den Räucheraal, den man auf der ganzen Welt bestimmt nicht besser kriegen konnte, und den *kreeft*, den zeeländischen Hummer, weil Feiertag war. Feierlich wollte Jacobus seinem Sohn von seinem Entschluss berichten, den zweiten Kutter zu kaufen.

Jacobus hob das eiskalte Genever-Glas und stürzte den Inhalt hinunter, er wischte sich den Mund ab, als wolle er damit auch alle Zweifel wegwischen.

»Weißt du, Rafael, früher gab es hier mal über hundert Fischer, heute sind es noch knapp die Hälfte. Aber die Zahl der Schiffe, die bleibt gleich. Heute musst du wachsen, wenn du dabeibleiben willst. Nur dann hast du eine Chance, und es ist deine einzige Chance. Und du musst investieren, ich habe gut gespart. Wir müssen in die Hängekultur investieren. Wir brauchen neue Maschinen und neue Flöße. Die Spanier und die Iren machen das schon längst. Nur wir Blöden hängen noch hinterher. Wir brauchen ein zweites Schiff, ein MZI-Boot, das die Flöße abernten kann. Aber vor allem brauche ich einen zweiten Kapitän.«

Jacobus zitterte leicht. Er nahm sein Genever-Glas, aber es war leer.

Er sah Rafael in die Augen und sagte: »Du bist mein Sohn, jetzt wirst du auch mein Partner!«

Rafael sah seinen Vater entsetzt an. Er war sich sicher gewesen, dass diese Diskussion beendet war. Er hatte es ihm nicht einmal, er hatte es ihm zehnmal gesagt. Er, Rafael Jacobus Schouten, würde nicht Fischer werden.

»Vater, du weißt es doch! Ich gehe nicht ans Steuer. Ich arbeite an der Uni. Und du hast einen zweiten Sohn. Ronald wird sicher gerne den zweiten Kutter übernehmen!«

»Ronald! Ronald ist zu jung! Die Verantwortung packt der nicht, noch nicht!«

»Ronald ist zweieinhalb Jahre jünger als ich. Was sind denn zweieinhalb Jahre?«

»Ronald ist zu jung. Du wirst Kapitän, und damit basta!«

Rafael stand auf und sagte nur ein einziges Wort: »Nein!«

»Was heißt hier ›nein‹?«, stammelte Jacobus. »Ich befehle es dir! Wie willst du denn leben, ohne mich, ohne mein Geld? Von mir siehst du für den Hokuspokus keinen Cent.«

Auch er war aufgestanden, sein Stuhl war dabei nach hinten gestürzt. Seine Stimme war lauter geworden, hatte sich am Ende fast überschlagen.

Die Gespräche in dem gemütlichen, kleinen Restaurant »De Branding« waren verstummt.

Rafael jedoch sagte sehr leise und sehr bestimmt: »Ich brauche Yerseke nicht! Ich brauche dich nicht! Und ich brauche dein Geld nicht!«

Freitag

1.

Piet van Houvenkamp liebte den Wind. Der Wind auf Walcheren war ein treuer Begleiter. Im Sommer, wenn die Hitze flirrte, wenn er der Einzige war, der barfuß über den Strand gehen konnte, ohne dabei herumzutanzen wie ein Flamingo auf einer Herdplatte, dann spürte er den frischen Wind in den Haaren. Im Herbst, wenn man Pilze finden konnte, wenn der Wind die braunen Blätter vor sich herjagte, vertrieb ihm der Wind die trüben Gedanken aus dem Kopf. Im Winter, wenn das Licht fehlte, da wurde der Wind eisig, und wenn der Strand nicht mehr sandweiß war, sondern schneeweiß, dann saß Piet immer mit seinem Freund Robert im »Zeerover«, und sie tranken Tee. Das passierte nur alle paar Jahre.

Nun war April. Eine monochrome Kolonne von anthrazit-, schwarz- oder silberfarbenen Geländewagen, die auf Walcheren ganz sicher keinen Kontakt mit dem Gelände haben würden, wurde nur selten vom Weiß angehängter Caravans unterbrochen. Diese lustige Kolonne staute sich gerade auf der neuen Schnellstraße von der Autobahnabfahrt Middelburg-Oost nach Vrouwenpolder, denn am nächsten Wochenende war Ostern, was wiederum bedeutete, dass die Halbinsel Walcheren von Urlaubern aus Nordrhein-Westfalen geflutet wurde. Duisburg, Krefeld, Mönchengladbach, Köln und Bonn mussten quasi feiertagsbedingt geräumt sein, dachte Piet van Houvenkamp, der auf seiner Gazelle Impala, diesem achtunddreißig Jahre alten Prachtstück von einem *fiets* mit Trommelbremse und Stormy-Archer-Dreigangschaltung, fröhlich grinsend an dem Stau vorbeifuhr, ohne die still leidenden *Duitsers* auch nur eines Blickes zu würdigen.

Piet sah die Wellen auf dem Feld, und er nahm diesen magischen Moment sehr bewusst wahr. Der Wind war nicht sehr stark, vielleicht drei oder vier Beaufort, aber er blies in Böen, und diese Böen schufen in dem benachbarten Rapsfeld ein Wellenmeer, die Halme bückten sich im Wind, dann richteten sie sich wieder auf. Es war eine Woge, eine Welle, die auf den »Zeerover« zurollte. Piet bremste seine Impala, rutschte von dem alten Brooks-Sattel, setzte sich auf die Stange und betrachtete das gelbe, wogende Tuch.

Der Wind in den Haaren, das unglaubliche Gelb des Rapsfeldes, Piet fühlte Glück. Walcheren kann dir immer wieder Glücksmomente geben. Es ist an dir, sie zu genießen. Wer immer mal wieder Glücksmomente einsammelt, der ist ein zufriedener Mensch.

Piet spürte Glück, wie damals, als Bengel von fünfzehn Jahren, der sich in Adriana verliebt hatte, in das blonde Mädchen mit den langen Zöpfen, genauso spürte Piet nun dieses Glück als wohligen Schmerz in seinem Brustkorb. Er sah sich auf das *fiets* springen, weil er Adriana nach den Hausaufgaben an der großen Weide neben dem Rapsfeld treffen wollte, aber dann stand da sein Opa auf dem Hof und fragte: »Wo willst du hin? Wenn der Raps blüht, kommt der Hornhecht!«

Und der Opa, Wilhelmus van Houvenkamp, dieser Teufelskerl, der hatte zwei Angelruten in der Hand, und schon fuhren sie zum alten Pier in Westkapelle.

Adriana war einige Jahre später nach Darmstadt gezogen, wahrscheinlich, weil sie endgültig genug hatte von Männern, in deren Präferenzstruktur sie hinter Hornhechten rangierte.

»Wenn der Raps blüht, kommt der Hornhecht!«

Piet wendete sein *fiets*. Er würde jetzt nach Hause fahren und seine Angelrute, die nur unwesentlich älter war als seine Impala, vom Speicher holen. Er müsste sehr früh am nächsten Morgen los, damit er auf dem Pier von Westkapelle einen guten Platz bekam. Er würde spätestens um sieben in seinen hellblauen Land Rover Defender steigen, der so alt war, dass er noch gar nicht »Defender« hieß. Diese Bezeichnung hatte man diesem Fahrzeug erst 1990 verpasst, da war Piets hellblaues Lieblingsauto schon einige Jahre auf den Straßen Walcherens unterwegs gewesen.

Piet war durchaus bereit, zuzugeben, dass das ein bisschen danach klang, als lehne er modernes Equipment ab, aber dem war nicht so. Nein, er schaute sogar öfter Filme oder Sportübertragungen auf einem gekrümmten Flat-Screen-4K-LED-Smart-TV. Allerdings nicht in seiner Wohnung, sondern in der seiner Vermieterin Juliana Joosses, die gerade vor ein paar Tagen vierundneunzig Jahre alt geworden war.

Ein Navigationssystem nutzte er jedoch aus Prinzip nicht. Er kannte halt jede Straße auf der Halbinsel Walcheren und fast jede Straße in Zeeland, also brauchte er es einfach nicht. Und so ein Navi sah in einem Land Rover IIa 109 von 1968 auch scheiße aus.

Ein modernes Handy hätte er auch nicht gebraucht, jetzt hatte er trotzdem eins. Das Präsidium hatte sein Nokia 6110 aus dem Verkehr gezogen – eine völlig unberechtigte rote Karte – und hatte ihm ein neues Smartphone zur Verfügung gestellt, das mit einem Telefon nicht viel gemein hatte. Es sah eher aus wie eine Kachel. Gut, Annemieke hatte ihm schon einiges beigebracht, er konnte den Benzinpreis verschiedener Tankstellen vergleichen und die Öffnungszeiten vom Supermarkt Albert Heijn herauskriegen. Sein Nokia wäre ihm trotzdem lieber gewesen.

»Wenn der Raps blüht, kommt der Hornhecht!«

Auf dem Heimweg machte Piet noch eine Zwischenstation in Noordkapelle beim Fischladen von Maarten van de Kreeke, der in Noordkapelle schon Fischhändler gewesen war, als Piets Angelrute noch nicht gebaut worden war. Oder war es damals dessen Vater oder Großvater gewesen? Egal! Maarten van de Kreeke hießen sie alle.

2.

Als unser Audi heute Vormittag beim Autobahnkreuz Kerpen über die von Sturzbächen geflutete A4 gepflügt war, hatten wir wirklich nicht damit gerechnet, dass der Beginn unserer Osterferien auf der Halbinsel Walcheren sonnenbeschienen sein würde.

Aber wir horchten schon auf, als Sven Plöger auf WDR 2 Steffi Neu erklärte, dass nach der fetten Kaltfront, die im Moment über uns läge, eine postfrontale Subsidenz zu erwarten sei, dass das folgende Sturmtief wohl nach Skandinavien abdrehe, was dann für den Ableger eines Azorenhochs Platz schaffen würde, der uns ein frühsommerliches Wochenende mit Temperauren weit über der Zwanzig-Grad-Marke bescheren würde. Frau Neu reagierte auf diesen Monolog wie ich. Sie sagte: »Aha!«, und Herr Plöger empfahl noch, den Grill herauszustellen und die kurzen Hosen bereitzulegen. Wir hatten stattdessen zwei Pullover mehr eingepackt, uns geistig und moralisch auf das romantische Geräusch »Regenschauer auf Vorzeltdach« eingestellt, und ich glaubte Herrn Plöger kein Wort.

Nun schien die Abendsonne von einem wolkenlosen Himmel und tauchte den Stellplatz 438 des Vier-Sterne-Campingplatzes »Camping de Grevelinge« in ein sommerliches Licht, das so an einem Aprilwochenende nicht zu erwarten gewesen war.

Ich saß in kurzen Hosen vor dem Vorzelt und leistete Herrn Plöger Abbitte. Anne hatte zwei Tassen Kaffee gebracht, und nun reckte sie mit geschlossenen Augen ihr schönes Gesicht der Sonne entgegen.

Ich genoss diesen Anblick und die Ruhe, die augenblicklich

wieder durch Babette gestört wurde, die an unserem blau-gelben Windschutz vorbei auf uns zustürmte, sich zu uns setzte, meinen Kaffeebecher zu sich herüberzog und atemlos sagte: »Er ist da!«

Anne öffnete die Augen und fragte ruhig: »Wer ist da?«

»Chester Bloomberg ist da!«

»Welcher Chester Bloomberg?«

Babette schaute uns empört an. »Na, *der* Chester Bloomberg!«

Dieser Name sagte mir gar nichts, und auch Anne schien damit nicht allzu viel anfangen zu können.

»Ihr kennt Chester Bloomberg nicht, ihr kulinarischen Banausen? Der Chester ist Foodblogger, er ist *der* Foodblogger. Der hat 1,4 Millionen Follower. Der weiß alles über Ernährung, über Fette und Kohlenhydrate und Zusatzstoffe, und Chester sagt: ›Essen ist Kultur!‹ Ich ernähre mich seit Monaten nur noch nach seiner Philosophie – und schaut mich an! Na?!«

Ich wartete, dass meine Ehegattin auf diese Aufforderung reagierte, denn wenn ich etwas sagte, wäre das sicherlich geeignet, den nachbarlichen Frieden auf »Camping de Grevelinge« nachhaltig zu stören. Anne war allerdings schon wieder mit Mit-geschlossenen-Augen-das-schöne-Gesicht-der-Sonne-Entgegenrecken beschäftigt. Deshalb lag Babettes fordernder Blick letztlich doch auf mir.

»Ja, Babette, du siehst großartig aus! Du hast abgenommen? Glaube ich. Bestimmt ein ganzes Pfund oder zwei?«

Böse funkelten mich ihre Augen an.

»Was anderes fällt dir nicht ein, oder? Es geht doch nicht um das Gewicht, das sagt der Chester immer wieder. Aber mein Bindegewebe ist schon viel fester, meine Augenfarbe ist klar und intensiv, und mein Teint strahlt, das sieht doch jeder!«

»Ja, das wollte ich auch gerade noch sagen, aber du hast bestimmt auch ein bisschen abgenommen …«

»Und ihr kennt den Chester ganz bestimmt nicht? Hach!«

Sie schien in sich zusammenzusacken, aber dann streckte sich ihr Körper schon wieder in dem türkisfarbenen Jogginganzug, und sie fingerte eine Postkarte aus ihrem Handtäschchen und reichte sie mir.

Von dem Foto lächelte mir geckenhaft und mit strahlend weißen Zähnen ein Typ mit sorgsam-vehement zerzaustem Haupthaar entgegen. Seine untere Gesichtshälfte wurde durch einen akkurat gestutzten Kinnbart mit dazugehörigem Schnauzer konturiert. Er trug eine Fliege, ein Tweed-Sakko zur rosafarbenen Weste und eine Kniebundhose. Farblich auf die Weste abgestimmte Kniestrümpfe steckten in braunen Budapestern, und neben dem lächelnden Clownsgesicht stand in goldener geschwungener Schrift: »Für Babette! *Love*, Chester!«

»Und der Chester ist im Moment gerade in Zeeland. Ich habe gestern noch sein neuestes Video auf YouTube gesehen. Er berichtet über Muscheln. Diese Muscheln sind ja ein so reines Lebensmittel, die pure Natur. Der Chester, der schmeckt bei einer Muschel, wo sie aufgewachsen ist.«

»Aber Babette …!« Anne hatte sich das Autogrammfoto geschnappt. »Wenn wir hier auf dem Platz unser Muschelfest hatten, dann hast du doch nur Pommes gegessen, weil du keine Muscheln magst.«

»Ja und? Ich habe doch gesagt, dass ich meine Ernährung ganz auf Chester Bloomberg ausgerichtet habe, und jetzt liebe ich Muscheln!«

Sie schnappte Anne das Autogramm aus der Hand, stand abrupt auf und blaffte: »Ich muss noch nach Middelburg. Ich kaufe mir einen schönen Rahmen, und dann hänge ich mir den Chester in die Küche.«

Sprach's und verließ unsere gemütliche Runde. Wutschnaubend war vielleicht nicht ganz der richtige Ausdruck, aber viel hatte nicht gefehlt.

Ich schaute ihr ratlos hinterdrein, und selbst Anne sah sich angesichts der gerade aufgeführten Szene noch nicht in der Lage, das

Schöne-Gesicht-der-Sonne-Entgegenrecken übergangslos fortzusetzen.

»Na, da haben wir dem neuen Schwarm von Babette wohl nicht ausgiebig genug gehuldigt!«

»Denk mal an den armen Adi, der hat bestimmt schon daheim in Köln Monate unter Chester Bloomberg gelitten. Jetzt fährt er nach Noordkapelle und freut sich darauf, unter zeeländischer Sonne endlich ein bisschen auf andere Gedanken zu kommen, und dann hängt ihm Babette den Kerl auch noch gerahmt in die Wohnwagenküche!«

Anne grinste spitzbübisch. »Möchtest du einen neuen Kaffee?«

»Ja, gerne!«

Lothars Gesicht tauchte wie ein unrasierter Luftballon über unserem Windschutz auf.

»Na, auch schon Bekanntschaft mit Chester Bloomberg gemacht?! Das wird nicht leicht für Adi. Babette dreht nicht am Rad, die dreht am Rhönrad. Was meinst du, sollen wir ihn morgen da rauseisen? Es ist ein Bombenwetter angesagt, und was kann es Schöneres geben, als an einen Samstagmorgen auf dem Pier in Westkapelle die Rute auszuwerfen?! Wind in den Haaren, Sonne im Gesicht, Angel in der Hand.«

Anne brachte den Kaffee. »Wann wollt ihr denn los?«

Lothar sagte: »Also, um acht sollten wir spätestens da sein, wenn wir einen vernünftigen Platz ergattern wollen.«

Anne küsste mich auf die Stirn. »Okay, dann holst du morgen um sieben bei Johnny die Brötchen, und wehe, du weckst mich!«

Ich schaute selbstbewusst zu Lothar und sagte: »Ich bin dabei, Bruder!«

Samstag

3.

Piet stand wieder auf dem Pier in Westkapelle, und er genoss es. Er warf seine betagte Angelrute aus, und es dauerte nicht lange, bis sich all die Gedanken an seinen Großvater Wilhelmus und seine Jugendliebe Adriana verflüchtigt hatten. Als er den Schwimmer an der Wasseroberfläche beobachtete, hatte der Wind schon seine Haare zerzaust und die melancholischen Erinnerungen vertrieben.

Nach einer knappen halben Stunde hatte er bereits den zweiten Hornhecht am Haken. Der alte Trick funktionierte noch immer: Ein kleines bisschen Räucherlachs als Köder, und – schwupp! – schon wieder hing einer dieser silbrig schimmernden Pfeile an der Angel.

Piet sonnte sich ein kleines bisschen in der Bewunderung der deutschen Angel-Amateure, die sich vergeblich bemühten, auch nur einen einzigen dieser blitzschnellen Jäger zu erwischen, während er bereits mit Robert im »Zeerover« telefonierte.

»Ich habe jetzt vier Hornhechte, können aber leicht noch mehr werden.«

Zehn würde Robert gerne abnehmen. Na bitte!

Wind in den Haaren, gelbe Rapsfelder, silberne Hornhechte und die Aussicht auf zwei, drei Grimbergen im »Zeerover«. Genau das verstand Piet unter einem verdammt guten Tag.

Die Hornhechte schienen eine Pause einzulegen. Schon seit fünfunddreißig Minuten hatte sich der rot-weiße Schwimmer an der Wasseroberfläche nicht mehr bewegt. Er dümpelte auf den seichten Wellen vor sich hin.

Piet war aufgestanden, um seine müden Glieder zu bewegen. Er schaute in den großen länglichen Eimer. Hinter ihm taten es ihm zwei Männer gleich und bewunderten seinen Fang.

»Wow, vier Hornhechte! Wir sitzen hier schon drei Stunden, und wir haben gerade mal eine miese kleine Makrele. Wie haben Sie das denn gemacht, Herr Inspecteur?«

Da wusste wohl jemand, wer er war. Er drehte sich um und blickte in zwei sehr bekannte Augenpaare. Das waren doch dieser Silberrücken und das Milchgesicht von Camping »De Grevelinge«! Was machten die denn im April auf Walcheren? Osterferien, natürlich!

»Verdammter Mist!«

Die drei schauten hinüber zu einem weiteren Petri-Jünger, der seinen Platz rechts von Piet eingenommen hatte.

Verärgert rief der aus: »Dieser vermaledeite Haken hängt schon wieder fest, und ich hab' nur noch einen!«

Piet traute seinen Ohren nicht. Das war ein Niederländer, klarer Brabanter Dialekt, erkennbar am »sachten G«.

Das Niederländische und das Arabische haben wenig gemeinsam, aber da gibt es diese Vorliebe für scharfe Rachenlaute, die man in beiden Sprachbereichen wiederfindet, in Arabien und in den Niederlanden, nur der Brabanter, der benutzte diese scharfen, an fortgeschrittene Halskrankheit erinnernden Konsonanten nicht.

Genau so ein Brabanter saß neben ihm, also war er eigentlich ein Niederländer. Aber jeder Niederländer weiß verdammt noch mal drei Dinge: Ein Haus ohne Keller ist ein gutes Haus, ein *fiets* ohne Satteltaschen ist kaputt, und ein Angler mit zu wenig Haken ist ein Deutscher!

Während Piet noch traurig-stumm den Kopf schüttelte, sprang der Angler bereits aus Jeans und Sneakern, riss sich das T-Shirt über den Kopf und sprang mit einem sehenswerten Kopfsprung in die Nordsee.

Die Kollegen auf dem Pier amüsierten sich noch über den mutigen Sprung und fabulierten über eine gewisse Ortskenntnis, über die man schon verfügen müsse. Fünf Meter weiter hinten wäre der Kollege mit dem Kopf gegen …

»Hat mal einer ein Messer?« Prustend war der Hakenengpass wieder aufgetaucht.

»Moment«, rief der eine der Camper, griff in seinen blauschwarzen Angelkoffer und warf ihm vorsichtig sein Messer zu.

Das Opinel-Messer hatte in dieser Situation zwei Vorteile: Es war ein Klappmesser, und es hatte einen Holzgriff.

Nach einem kurzen »*Bedankt*!« war der Mann schon wieder unter Wasser, und nun dauerte es ein paar mehr Sekunden, bis er sich erneut meldete. Dafür meldete er sich aber umso lauter.

»Aaaah!«

Er brüllte hysterisch!

Und noch einmal: »Aaaah!«

Er schwamm in einer Mischung aus Kraul, Brust und Schmetterling in Richtung Strand, und immer, wenn der Kopf über Wasser war, gellte dieses »Aaaah!« über den Pier.

Piet erreichte ihn, als er sich gerade rücklings auf den Sand fallen ließ, die Augen noch schreckensstarr.

»Aaaah!«

»Was ist los, Mann?! Nun beruhigen Sie sich doch!« Piet beugte sich über ihn.

»Da unten ist ein Toter!«

Genau das sind die Momente, die Piet beim Hornhechte-Angeln nicht gebrauchen kann, und genau das sind die Momente, in denen der Polizist in ihm einfach funktioniert.

»Niemand geht hier ins Wasser! Niemand verlässt den Pier! Ist das klar?«

Piet fingerte dieses entsetzliche Handy, das eher aussah wie eine Kachel, aus der Jacke und war sehr stolz, dass er die Kurzwahl auf diesem Mistding mittlerweile verstanden hatte. Vom Display lächelte ihn seine Assistentin Annemieke Breukink an. Das Bild hatte etwas Beruhigendes.

Piet sah in diese wachen Augen, und schon hörte er ihre Stimme: »Piet? Was gibt's?«

»Ja, so genau weiß ich das auch noch nicht, aber ich brauche eine Menge Verstärkung. Ich bin am Pier in Westkapelle, und da unten will jemand einen Toten gesehen haben, ich würde sagen …«

Piet würde gar nichts mehr sagen, es hätte ja auch keinen Sinn gemacht, denn lustige Pieptöne signalisierten ihm, dass Annemieke bereits aufgelegt hatte.

Natürlich, diese Frau verlor keine Zeit.

4.

Es war Samstagnachmittag, es war 16:34 Uhr, die Zeit, in der normalerweise Passagiere mit Fensterplatz in Flugzeugen nach Rotterdam oder Antwerpen an der Küste Ameisenkolonien beobachten können, die an regelmäßig verteilten Engpässen zusammenstreben, um sich danach auf das Binnenland zu verteilen.

Am Pier in Westkapelle war dem heute nicht so. Die Ameisen sammelten sich zwar an diesem Engpass, aber die Verteilung fand nicht statt. Infolgedessen kam es natürlich zu Staus auf den Zugangswegen, die Haufenbildung war aus einer Höhe von achtzehntausend Fuß bestimmt spannend anzuschauen.

Rund um den Pier war ein weißer Sichtschutzzaun aufgebaut worden. Er sollte potenzielle Gaffer vom Gaffen abhalten, aber es gaffte ja niemand. Nein, man hatte halt am Strand noch etwas zu tun. Die *Strandpaviljoens* in der Nähe verkauften so viel Eis wie zuvor nicht in zwei Jahren, man ging hinter diesem weißen Sichtschutzzaun so auf und ab, weil man noch irgendwas vergessen hatte, weil noch ein Familienmitglied fehlte, weil man sich noch die Beine vertreten musste, irgendwas, aber gaffen? Nein, Gaffer waren da keine!

Annemieke hatte ganze Arbeit geleistet. Die Agenten Jannis Munniks und Remco Jonker hatten den Fundort der Leiche weiträumig abgeriegelt. Bernadien d'Hondt, die Chefin der Spurensicherung, hatte ihre Mannschaft auf, unter, neben, über, vor und hinter dem Pier in Stellung gebracht. Thijs Joziasse, der Polizeifotograf, brauchte zum ersten Mal bei einem Einsatz kein Blitzlicht, wenn Piet sich recht erinnerte, und Henk ten Dracht, der promovierte Pathologe, wäre selbst aus dem Flugzeug heraus unter all den Ameisen als Gerichtsmediziner zu erkennen gewesen, so unpassend war er gekleidet. Er trug einen blauen Blazer zur beigefarbenen Chino. Damit passte er an den Strand in etwa so perfekt wie die weiße Frau aus der Raffaello-Reklame auf den Fischmarkt in Vlissingen.

Piet würde ihn jetzt gern mit Fragen nerven, die Henk sicher nicht beantworten würde. Das machte aber nichts, denn Piet genoss es manchmal, sich in Vorurteilen bestätigt zu sehen.

Er bekam aber gar nicht die Chance, weil sich der Bürgermeister von Westkapelle, ein gewisser Johan Veenstra, gerade drohend vor ihm aufbaute. Die Drohgebärde wurde durch die Körpergröße des Bürgermeisters ad absurdum geführt, denn er stand zwar sehr grimmig vor dem Inspecteur, sein Scheitel jedoch erreichte dessen Kinn nur mit Mühe.

»Ich fordere ultimativ, dass Sie den Strand sofort freigeben, sobald Ihre Arbeit hier beendet ist!«

Piet überlegte noch, ob er diesen Politschnösel einfach nur anschnauzen sollte oder ob man ihn nicht auch einfach ins Meer schmeißen könnte, und zwar vom Pier aus, im hohen Bogen, da stand Annemieke plötzlich neben ihm und richtete freundlich eine Frage an den Bürgermeister.

»Wann läuft das Ultimatum ab?«

»Welches Ultimatum?«

»Nun, Sie haben ja ›ultimativ‹ gefordert, und da möchte ich nur in Erfahrung bringen, wann Ihr Ultimatum abläuft.«

»Ähm, ich habe doch gesagt, dass Sie den Strand sofort freigeben sollen, wenn Ihre Arbeit hier beendet ist. Aber wann ist denn Ihre Arbeit beendet, verdammt noch mal?! Es geht hier um den Tourismus, und das ist unsere wichtigste Einnahmequelle!«

Piet schaute nun freundlich auf den Kommunalpolitiker herunter, vielleicht schaute er auch ein bisschen auf ihn herab, aber dann ritt ihn irgendein Teufel, und er sagte: »Ich denke, in zwei, drei Wochen sind wir sicher fertig!«

Der Eyjafjallajökull kurz vor dem Ausbruch, ein Schnellkochtopf kurz vor dem Siedepunkt, selbst das Rumpelstilzchen im berühmten Märchen der Gebrüder Grimm vermittelten nicht annähernd ein Bild von der Aufregung des Johan Veenstra.

Er tobte, er sprang, und er schrie schon fast heiser: »Hier geht es um den Tourismus!«

»Hier geht es um einen Mordfall!«, sagte Piet und schob den Politzwerg zur Seite.

Und dann ging er einfach, der gute Meneer Veenstra.

Er würde wohl gleich der Zeitung mitteilen, dass er der Polizei völlig freie Hand gelassen habe und dass man bitte auf touristische Zwänge keinerlei Rücksicht nehmen solle, schließlich ginge es hier um einen Mordfall. Wenn das morgen so in der Zeitung stehen würde, würde Piet van Houvenkamp sich sehr freuen, bekanntlich genoss er es manchmal, sich in Vorurteilen bestätigt zu sehen.

Er hatte nun die Stelle erreicht, die von der weißen Sichtschutzwand vor all den Gaffern, die nicht gafften, geschützt war, da, wo der Zinksarg abgestellt war, wo die Leiche lag, wo Henk ten Dracht gerade aufgestanden war.

Er schüttelte den Kopf. »Nein, Piet, bitte fang damit nicht an. Morgen habe ich ihn auf dem Tisch, und morgen weiß ich Genaueres.«

»Ich will ja gar nichts Genaueres wissen, nur so ungefähr! Wann, wo und von wem? Das würde mir eigentlich reichen!«

»›Wann‹ ist schon mal das erste Problem. Den Todeszeitpunkt von Wasserleichen schätzen? Ganz ehrlich, ich bin schon wirklich gut, aber das kann ich nicht. Sechsunddreißig bis achtundvierzig Stunden vielleicht, aber viel näher eingrenzen kann ich das auf den ersten Blick nicht.«

»Gibt es irgendwelche äußeren Zeichen, die darauf hindeuten, woran er gestorben ist?«

Henk zögerte. »Also im Moment …« Dann grinste er, oder er war verärgert, schlecht zu sagen, auf jeden Fall sagte er: »Verdammt, jetzt spiele ich dein Spielchen doch schon wieder mit. Morgen Vormittag habe ich ihn auf dem Tisch, und gegen 14 Uhr kann ich dir was Genaueres sagen.«

»Und warum erst morgen Vormittag?«

»Weil ich jetzt Feierabend habe. Ich bin natürlich ständig zu Überstunden bereit, aber gerade heute habe ich eine wichtige Verabredung, und sei ehrlich: Ob ich ihm heute Nacht den Brustkorb aufsäge oder morgen früh, das spielt eigentlich keine Rolle, oder?«

»Morgen, 14 Uhr?«

»Morgen, 14 Uhr!«

Annemieke war barfuß, wahrscheinlich hatte sie irgendwelche Pumps in irgendeine Ecke gekickt. Sie trug einen blauen Hosenanzug. Auch *ihre* Kleidung passte also nicht wirklich an den Strand, aber Annemieke war einer dieser glücklichen Menschen, die tragen konnten, was sie wollten. Wäre sie im Pyjama in der Oper erschienen, würde das Publikum noch am nächsten Morgen vom wunderbaren Seidenanzug dieser großen, schlanken Dame mit den kurzen Haaren schwärmen.

»Weißt du schon irgendwas über die Identität dieses Mannes?«, fragte Piet.

Annemieke antwortete: »Nein, Ausweise, Führerschein oder sonstige Dokumente haben wir bisher nicht gefunden. Wir prüfen die Vermisstenanzeigen der letzten drei Tage in der kompletten Umgebung. Aber bisher Fehlanzeige!«

»Du kannst ja gleich noch mal …«, sagte Piet, aber Annemieke unterbrach ihn: »Nee, das mache ich morgen früh, ich habe heute noch eine wichtige Verabredung.«

Manchmal, ganz selten, gab es diese Momente, in denen es Piet van Houvenkamp ganz entschieden auf den Sack ging, wenn er sich in Vorurteilen bestätigt sah.

Zwei Männer trugen den Zinksarg weg.

Bernadien d'Hondt kam auf ihn zu. Sie pellte sich aus ihrem weißen Overall aus Papier, oder was das auch immer für ein Material war.

»Mann, das Mistzeug klebt dir an allen Körperstellen bei dem Wetter!«

»Und, irgendwas gefunden?«

»Nee, wie auch? Kopf und Oberteil des Rumpfes steckten in einem Jutesack. Da, wo der Angler mit dem Messer herumgefuhrwerkt hatte, war ein Ellbogen herausgerutscht. Was das für ein Jutesack war, wissen wir noch nicht. Aber so etwas wie Fingerabdrücke kannst du getrost vergessen, erstens wegen des Materials Jute, und dann hat er ja schon einige Zeit im Wasser gelegen. Die Taucher haben an der Fundstelle alles gefunden, was man an einem Pier in der Nähe eines Touristenstrandes so findet, und nichts, was wir in diesem Falle brauchen könnten.«

»Dann bist du also zum ersten Mal in deinem Leben an einen Tatort geeilt und hast nicht eine einzige Spur gefunden«, sagte Thijs Joziasse, der Polizeifotograf, der sich zu den beiden gestellt hatte.

»Tja, sieht wohl so aus!« Bernadien war nun komplett aus dem Overall gestiegen und wandte sich zum Gehen. »Ist sonst noch was?«

Piet sagte: »Geh nur! Wenn dir noch irgendwas auffällt, dann gib mir Bescheid!«

Er schaute rüber zum Pier. Was er sah, glich einem in Auflösung begriffenem Filmset, nachdem das Aufnahmelicht verloschen, die letzte Klappe gefallen war. Auch der Sichtschutzzaun wurde zusammengepackt.

Agent Munniks versuchte, sich unbemerkt an Piet vorbeizuschlängeln, aber es gelang ihm nicht.

»Munniks?«

»Ja, Chef?«

»Da oben auf dem Pier stehen noch mein Angelzeug und ein blauer Eimer mit vier Hornhechten. Legst du das Zeug bitte in mein Auto, und bringst die Fische zu Robert in den ›Zeerover‹!«

»Schlüssel?«

»Welcher Schlüssel?

»Na, dein Autoschlüssel!«

»Der Wagen ist offen, das Schloss ist schon seit acht Jahren kaputt!«

»Das musst du mal reparieren lassen«, sagte Munniks, dann trollte er sich zum Pier.

Thijs hüstelte gekünstelt, um anzudeuten, dass er immer noch da war.

»Und?«

»Vielleicht habe ich was«, sagte Thijs.

Piet sah ihn verdutzt an. »Du? Hast du zufällig den Täter fotografiert?!«

»Nein, aber ich glaube, ich weiß, wer das ist.«

»Der Täter?«

»Nein, die Leiche, der tote Mann!«

»Das wär' ja mal was. Wir wissen bisher noch gar nichts über die Identität. Also, spuck's aus! Wer ist es?«

»So einfach ist das nun auch nicht. Du kennst doch die Zeitschrift *Zeeland*?«

»Nee, kenn ich nicht.«

»Solltest du aber, das ist ein Hochglanz-Magazin, richtig gut gemacht, die haben auch einen gewissen Anspruch an die künstlerische Gestaltung, also nicht so ein Touri-Blättchen.«

Piet hatte eine gewisse Ahnung, warum Joziasse diese Zeitschrift über den grünen Klee lobte, und die Bestätigung der Ahnung folgte auf dem Fuße.

»Ich habe neulich mal für die arbeiten dürfen. Ich habe Fotos im Naturschutzgebiet ›De Manteling‹ gemacht, morgens um sechs, mittags um zwölf und wieder abends um sechs. Wie das unterschiedliche Licht zu den einzelnen Tageszeiten die ganze Landschaft verändert, toll! Die Farben wechseln, und ich hab' das alles unbearbeitet gelassen, kein Photoshop, die reine Natur.«

»Du fotografierst nebenbei für so ein Hochglanz-Magazin? Darfst du das denn?«

»Ich muss, sonst würde ich mich ja zu Tode langweilen, du bringst mir halt viel zu wenig Leichen. Nee, Spaß beiseite, ist alles vom Hoofdinspecteur abgenickt, ich darf als freier Fotograf bis zu fünfzehn Stunden im Monat arbeiten. Komm mal mit …«

Piet hatte Mühe, mit dem eiligen Tempo des Fotografen Schritt zu halten, der nun vom Achterweg in die Zuidstraat abbog.

»Wo willst du denn jetzt hin?«

»Zeitung kaufen!«

»Geht's dem Käseblatt so schlecht, dass die eigenen Mitarbeiter die Dinger aufkaufen müssen, um die Auflage zu erhöhen?«

Thijs blieb empört stehen. »Jetzt hör mir mal zu, du Meckergreis. Du willst wissen, wer der Tote ist, und ich habe eine Idee, wie wir das vielleicht herausfinden können, aber wenn du jetzt nicht aufhörst, hier rumzustänkern, dann setze ich mich da vorne bei der Brasserie ›De Tijd‹ auf die Terrasse, lasse mir genüsslich ein Bierchen über den Knorpel laufen, und du kannst im Präsidium Vermisstenanzeigen studieren!«

Piet ruderte grinsend zurück. »Ist ja gut, ist ja gut!«

In der Buchhandlung ging Thijs zielstrebig auf eine Zeitschrift zu, auf deren Titelblatt ein bildschönes Model in alter zeeländischer Tracht zu sehen war. Interessanter Kontrast, cooles Bild. Thijs begann zu blättern.

Aber Piet nahm ihm die Zeitschrift aus der Hand und ging zur Kasse.

»Hey! Ich hab' die zu Hause, ich hätte doch auch hier gucken können …«

Piet war anderer Meinung. »Du hast mich eben mit der Terrasse von ›De Tijd‹ auf eine Idee gebracht.«

»De Tijd« war ein Restaurant auf dem Marktplatz, wo man abends sehr gute Cocktails kriegen konnte, und von der Terrasse aus konnte man ganz Westkapelle an sich vorbeiflanieren sehen.

Die beiden Männer setzten sich auf ebendiese Terrasse, direkt unter die große Uhr, der die Brasserie wohl ihren Namen verdankte – oder umgekehrt: Die Uhr verdankte dem Namen ihren Platz.

Sie bestellten zwei Grolsch, und Thijs nahm Piet die Zeitschrift wieder ab.

»Warte mal«, sagte er und blätterte. »Siehst du, hier!«

Piet beugte sich über das Blatt. »Wo ist er?«

»Nein, das sind meine Bilder von ›De Manteling‹. Schau, das hier war 6 Uhr morgens, das war ganz schön kalt, und hier …«

Jetzt musste Piet einfach ein kleines bisschen Geduld an den Tag legen und ein klein wenig Interesse heucheln. Die Situation erforderte es. So betrachtete er also freundlich murmelnd die Bilder und erfreute sich an seinem Grolsch.

Komische Situation, ein Toter wurde unter dem Pier gefunden, und ein paar Stunden später saß er hier mit Thijs beim Bier. Was sollte er machen?! Die Leiche war abtransportiert. Der Herr *Patholoog-anatoom* hatte Feierabend, die Assistentin hatte einen Termin, und seine einzige Spur hatte ihn eben hier auf die Terrasse des »De Tijd« geführt.

Wie weit war der Fotograf denn jetzt?

»… um sechs, das war so die Zeit, das fühlt sich noch an wie nachmittags, aber das Licht …«

Piet nahm noch einen Schluck.

Als sie die letzte Leiche hatten, da hatte er solche Zahnschmerzen gehabt, da war jeder Schluck Bier eine Tortur gewesen. Aber heute? Ein Genuss! Piet seufzte wohlig, ein Geräusch, das Thijs aufs vortrefflichste falsch interpretierte.

»Ja, finde auch, die Bilder sind etwas ganz Besonderes, aber eigentlich wollte ich dir ja was anderes zeigen.«

Endlich!

Thijs blätterte in dem Magazin, und Piet stellte sein Bier ab.

»Hier ist es, *Die Gesichter des Meeres*! Da hat ein Kollege von mir vier Muschelfischer aus Yerseke porträtiert, und da, sieh mal, das könnte er doch sein.«

Thijs deutete auf ein Foto, das ganz in Blautönen gehalten war. Da war ein Muschelfischer vor blauem Himmel abgebildet, im blauen Pullover, und er betrachtete mit wässrig blauen Augen gedankenverloren eine blaue Zigarettenschachtel. Die Zigarette in seinem Mundwinkel erzeugte weißen Rauch, und auch sein Haar war eigentümlich weiß, zu weiß. Die Bildunterschrift lautete: »Jacobus Schouten, der Rebell«.

Ohne jeden Zweifel, das war er. Natürlich hatten die Tage im Wasser ihn verändert, ihn aufdunsen lassen, aber diese Haare waren eindeutig.

»Das ist er, oder?« Thijs war jetzt ein bisschen nervös. »Ja, das denke ich auch. Kann ich die Zeitschrift behalten?«

Thijs zuckte mit den Schultern. »Du hast sie bezahlt.«

Piet winkte dem Kellner. »Ich bezahl auch noch das Bier!«

Der Polizeifotograf stand sofort auf. Wahrscheinlich wollte er Piet keine Möglichkeit geben, sich das mit dem Bezahlen noch mal anders zu überlegen.

Der Kellner kam mit aufgeklapptem Portemonnaie an den Tisch.

Piet überlegte wirklich nicht sehr lange, er hob sein leeres Glas und sagte: »Ich nehm noch eins!«

5.

Das zweite Grolsch stand kühl und verlockend vor Piet auf dem Tisch, genau die richtige Menge Schaum war als weißes Mützchen über dem goldenen Getränk drapiert. Einige vorwitzige Bläschen des weißen Schaums liefen über den Glasrand, und schon ging die Fahrt – juchheißa! – fast senkrecht nach unten, bis sie von dem runden Pilsdeckchen am Fuß des Glases sanft gebremst wurde.

Piet nahm genussvoll einen tiefen Schluck und widmete sich wieder der Lektüre der Zeitschrift *Zeeland*. Die kunstvollen Fotos seines Polizeifotografen hatten sein Interesse nicht sehr lange in Anspruch genommen, aber *Die Gesichter des Meeres* schaute er sich sehr genau an. Vier Fischer wurden porträtiert. »Johannes Mulder, der Funktionär«, »Jan Kok, der Friese«, »Dirk Hermans, der Opa« und »Jacobus Schouten, der Rebell« waren die Bildunterschriften.

Johannes Mulder war dreiundsechzig Jahre alt, trug ein Hornbrillengestell, das mit so etwas wie Glasbausteinen ausgefüllt war, und wurde als Präsident der Muschelfischer-Gilde von Yerseke, Vorstandsmitglied der Produzenten-Organisation PO Mossel Culture sowie als einflussreicher Berater des Landwirtschaftsministeriums in Den Haag vorgestellt. Und Landwirtschaft sei da nicht das falsche Wort, wurde er zitiert, denn auch die Muscheln würden gesät und geerntet.

Als Piet wieder das Grolsch-Glas ergriff, vermischte sich der nächste Schluck Bier in seiner Mundhöhle mit dem Wasser, das ihm beim Gedanken an einen schönen schwarzen Topf voller zeeländischer Muscheln im Mund zusammenlief. Dieser besondere Geschmack wurde von den Rezeptoren auf der Zunge direkt an sein Großhirn übermittelt, das sodann den Impuls an den rechten Arm weiterleitete, den Piet sofort hob, um den Kellner zu rufen.

Völlig wider Erwarten machte der auf dem Weg in den Gastraum befindliche Service-Angestellte tatsächlich auf dem Absatz kehrt, um nur Sekunden später an Piets Tisch zu stehen.

»Sie wünschen?«

»Haben Sie Muscheln?«

»Zeeländische Art, mediterrane Art oder überbacken?«

Piet hatte Muscheln in Tomatensauce noch nie etwas abgewinnen können. Er liebte Muscheln, und er liebte Käse, nur beides zusammen hatte er immer für eine Fehlinterpretation gehalten.

Er knurrte: »Zeeländische Art!«

»Kommt sofort!«

»Und keine Karotte!«

»Nicht?«

»Nein!«

Dirk Hermans, der Opa, zählte schon siebzig Lenze und stand immer noch am Steuer seines Schiffes, aber mit tatkräftiger Unterstützung seiner beiden Söhne. Dazu hatte er noch drei Töchter, und die komplette Brut hatte ihm mittlerweile die Taufe von siebzehn Enkeln ermöglicht. Ein Aussterben der Muschelfischer-Familie Hermans war also fürderhin nicht zu erwarten.

Jan Kok, der Friese, entstammte einer Familie, die ursprünglich in Lemmer ansässig gewesen war, und Lemmer war irgendwann mal ein bedeutender Fischerort. Dann wurde aber 1932 der Abschlussdeich fertiggestellt, und Lemmer lag nicht mehr an der Nordsee, sondern am Ijsselmeer. Die Fischerfamilie Kok war damals nach Yerseke gezogen, aber das war gerade mal gute neunzig Jahre her, für zeeländische Muschelfischer ein vergleichsweise kurzer Zeitraum. Deswegen war Jan Kok in Yerseke natürlich noch längst kein Einheimischer. Nein! Einmal Friese, immer Friese!

Der Kellner brachte den schwarzen Emaille-Topf, und Piet legte das Magazin zur Seite. Er öffnete den Deckel, schloss die Augen und genoss den Duft von Meer und Kindheit, danach stellte er den Deckel umgedreht neben den Topf.

Dieser unglaublich intelligente Mensch, der vor zig Jahren die Idee mit diesem besonderen Muscheltopf gehabt hatte, hätte eigentlich ein Denkmal verdient. Der Deckel des Topfes war ungefähr ein Drittel so groß wie der Topf, und er hatte eine plane Oberfläche. Der Griff war nicht obendrauf wie bei anderen Töpfen, es waren zwei Griffe an der Seite, sodass man, wenn man den Deckel umdrehte, eine Schale für die Schalen hatte. Genial! Eine segensreiche Erfindung!

Piet entnahm die erste Muschel.

Sein prüfender Blick stellte fest: tatsächlich keine Karotten. In einen Muscheltopf gehörten Lauch, Schalotten, Knollensellerie und natürlich Weißwein, aber um Gottes willen keine Karotten. Eine Karotte war süß und passte überhaupt nicht zum wunderbaren Geschmack der zeeländischen Muschel. Vielleicht war Piet der einzige Mensch auf der Welt, der das so sah, aber er sah es eben so.

Der Kellner hatte ihm Messer und Gabel gebracht, was für ein Blödsinn. Piet nahm eine sehr weit geöffnete Muschel aus dem Topf, zutschte das Fleisch aus der Schale, und schon hatte er sein Besteck! Er entnahm mit seiner »Muschelzange« die nächste Muschel aus der Schale und führte sie zum Mund – köstlich!

Für Piet van Houvenkamp, Inspecteur der Polizei von Middelburg, gab es in den nächsten zehn Minuten keinen Fall!

6.

Adi, Lothar und ich kamen gegen 16 Uhr wieder auf unserer Parzelle des Vier-Sterne-Campingplatzes »De Grevelinge« an.

Gaby schaute in den leeren hellblauen Plastikeimer und rief: »Gewonnen!«

»Was gewonnen?«, fragte ich.

»Anne hat auf zwei Fische getippt, ich auf gar keinen. Gewonnen.«

Lothar verteidigte uns eindrucksvoll: »Wir hatten eine kleine Makrele, aber als der Typ die Leiche an der Angel hatte ...«

Gaby prustete: »Da hatte einer einen toten Fisch an der Angel!«

»Nein, eine Leiche, ein Toter, ein Mensch!«, korrigierte Adi.

Gaby strich ihrem Gatten zärtlich über den Bart. »Ach, Schatz, die Urlaube in Noordkapelle tun dir nicht gut. Kaum bist du hier, siehst du schon wieder Leichen.«

Jetzt wurde Adi böse. »Es war Westkapelle. Es war der Pier in Westkapelle.«

Anne hatte die laute Unterhaltung gehört. »Wie – ein Toter, beim Angeln?«

Ich erklärte es genauer: »Unter dem Pier in Westkapelle ist eine männliche Leiche angespült worden.«

Babette war neben ihren zitternden Mann getreten. »Ertrunken?«

»Das weiß man natürlich noch nicht«, erklärte Adi. »Aber er hatte einen Jutesack über dem Kopf, also Selbstmord scheidet wohl aus.«

Babette griff nach seiner Hand. »Das nächste Mal stellen wir den Caravan an den Möhnesee, da passiert so was nicht.«

Anne trat neben sie und sagte leise: »Da ist aber auch kein Chester Bloomberg!«

Babette ließ die Schultern sinken. »Da hast du natürlich recht.«

»Wisst ihr, was das Einzige ist, das uns in dieser Situation hilft?«

Wir sahen Lothar fragend an, und er antwortete: »Ein Grimbergen!«

»Wisst ihr, was noch besser hilft?«, fragte Anne. »Ein Grimbergen und ein Genever!«

7.

Den Hornhecht verband Piet immer mit seinem Großvater, mit dem er ihn auf dem Pier in Westkapelle als zehnjähriger Junge geangelt hatte, die Lamsoren erinnerten ihn an seine Mutter, mit der er manches Mal die Strandaster pflücken gegangen war, deren Blätter ein kleines bisschen aussahen wie die herabhängenden Öhrchen der kleinen Lämmer, was ihnen ihren seltsamen Namen gab. Die Kartoffeln hatten sie im eigenen kleinen Garten angebaut, oder sie hatten sie vom Bauern de Visser bekommen, wo sein Vater zur Erntezeit ausgeholfen hatte. Hornhecht, Lamsoren und Kartoffeln hatten ganz oben auf der Speisekarte der van Houvenkamps gestanden, denn sie waren umsonst gewesen.

Auf Piet van Houvenkamps Ernährungspräferenzliste rangierten sie allesamt auf Platz zwei, sehr weit oben, aber den Platz an der Sonne, den Platz eins, hatten sie nie erreicht. Beim Hornhecht schmeckte er die Nordsee, bei den Lamsoren die Seeluft und bei den Kartoffeln den Boden bei seinem Elternhaus, die Erde von Walcheren, aber bei diesen Muscheln schmeckte er Zeeland.

Piet legte die letzte leere Muschelschale zu den anderen in den umgedrehten Muscheltopfdeckel, aber er war noch nicht bereit, die Lektüre seiner Zeitschrift fortzusetzen. Er hatte sie nach links aus seinem direkten Sichtfeld geschoben, um sich während des Muschelgenusses nicht ablenken zu lassen.

Schon hatte das letzte Stück festen, würzigen Muschelfleisches seine Speiseröhre durchlaufen, und doch schwelgte er noch in dieser Sinfonie von Meer und Salz und Würze und Säure.

Piet öffnete die Augen, um nun das Erlebnis perfekt zu machen. Er ergriff das Glas, und das Grolsch floss weich und schaumig in seinen Mund, auf den Geschmacksknospen seiner Mundschleimhaut explodierte ein Feuerwerk der Sinne.

Er hatte von Johannes Mulder, dem Funktionär, gelesen, von Dirk Hermans, dem Opa, und von Jan Kok, dem Friesen, aber die entscheidende Personalie fehlte noch: »Jacobus Schouten, der Rebell«!

Der Mann blickte ihn vom Foto an. Dieser Schouten war fünfundfünfzig Jahre alt, stand da. Er kämpfte dafür, dass die Muschelfischer in Yerseke verstärkt in die Hängekultur investierten, weil die Muscheln so schneller wüchsen, weil sie näher an der Wasseroberfläche mehr Nahrung fänden, außerdem müssten sie nicht so stark entsandet werden, weil sie nicht mit dem Boden in Berührung kämen. Schouten stand mit dieser Meinung aber wohl ziemlich alleine da.

Piet betrachtete noch einmal das blaue Bild. Der Mann mit den wässrig blauen Augen im blauen Pullover. Mulder, Hermans und Kok hatten in die Kamera gelächelt. Schouten hatte an der Kamera vorbeigeschaut, und sein Blick war nicht freundlich, zwar nicht unsympathisch, aber eben auch nicht freundlich. Schouten sah missmutig auf seine weiß qualmende Zigarette.

Viele Freunde hatte der nicht, dachte Piet, missmutiger Eigenbrötler, vielleicht musste man auch so aussehen, wenn man als »der Rebell« in der Zeitung stehen sollte – oder wollte.

Er musste mehr über diesen weißhaarigen Fünfundfünfzigjährigen erfahren.

Piet kramte die Kachel aus der Cordjacke und tippte »Pim Wouters« in die Suchleiste. Nichts, keine Telefonnummer, kein Bild. Klar, das letzte Mal hatte er sich mit Pim getroffen, bevor ihn die Nationale Politie gezwungen hatte, mit diesem Computertelefon herumzulaufen. Pim Wouters war sein Pendant in der Stadt Goes. Im Präsidium hätte er die Nummer.

Er sah auf die Uhr. Fast 19 Uhr. Da war Pim sicher nicht mehr im Büro. Und wenn Annemieke und Ten Dracht Feierabend machen konnten, dann konnte Piet das auch.

Er rief den Kellner.

Er könnte noch bei Juliana vorbeischauen. Juliana Joosses war seit Jahren seine Vermieterin und vielleicht seine beste Freundin. Sie war schön, sie war klug, und sie war jugendliche vierundneunzig Jahre alt.

Der Kellner präsentierte die Rechnung, und als Piet bezahlte, lächelte er so freundlich, dass der erfahrene Ermittler sofort erkannte: Er hatte zu viel Trinkgeld gegeben. Egal … Piet mochte nun mal kein Kleingeld.

Eigentlich wollte er jetzt zu seinem Wagen gehen, aber er stellte wieder einmal fest, dass die verschiedenen Körperteile mit zunehmendem Alter immer weniger kooperierten. Sein Gehirn wollte zum Auto, seine Füße gingen zum Pier!

Auch wenn hier heute Nachmittag noch hochsommerliche Szenen zu beobachten gewesen waren, als sich die Touristen in Badebekleidung am Strand gesonnt hatten, so war es doch April, und Aprilabende in Westkapelle sind kühl. Und wenn hier am Nachmittag noch ganze Heerscharen von Anglern Hornhechten nach dem Leben getrachtet hatten, so lag der Pier nun wie ausgestorben vor ihm.

Die Polizei hatte das Terrain wieder freigegeben. Piet hatte erwartet, dass ein Meer von Schaulustigen hier flanieren würde, aber es war niemand mehr da. Es schien, als hätte man mit dem Trassierband der Polizei auch das Interesse der Einwohner und Touristen eingesammelt. Gehen Sie weiter, hier gibt es nichts zu sehen. Das wäre ein Fotomotiv für Thijs gewesen. Den Pier von Westkapelle ohne Menschen hatte Piet in den letzten Jahren nicht gesehen.

Er stellte sich ganz vorne an den Rand, den Blick auf das Meer gerichtet.

Hinter ihm lag Westkapelle, die vielen roten Dächer, deren Firste nicht höher als die Deichkrone waren. Der Ort hatte sich hinter den Deich geduckt. Irgendwo dort stand auch der Leuchtturm, der Turm der ehemaligen Willibrorduskirche, von dem Anfang des 18. Jahrhunderts die Glocke herabgestürzt war. Heute beherbergte der gotische Turm das Leuchtfeuer, das fünfunddreißig Kilometer weit auf das Meer hinausleuchtete.

Hatte man Jacobus Schouten hier unter dem Pier ertränkt? Er dachte nach. Wenig wahrscheinlich, es war schließlich das erste Mal, dass er den Pier ohne Menschen gesehen hatte. War der Fischer schon tot, bevor man seinen Rumpf in den Jutesack gesteckt hatte? Hatte man ihn irgendwo da draußen über Bord irgendeines Schiffes, vielleicht eines Muschelfischer-Kutters, geworfen, in der Hoffnung, dass er nie gefunden werden würde?

Henk ten Dracht könnte dazu vielleicht etwas sagen, aber der hatte ja heute Abend einen anderen Termin.

Piet schmunzelte, als er an das Bild dachte: Henk ten Dracht mit blauem Blazer und beigefarbener Chino am Strand. Das passte überhaupt nicht. Annemieke hatte ja auch nicht gerade Strandkleidung getragen, aber bei ihr …

Plötzlich schmunzelte Piet nicht mehr. Natürlich! Ja, was denn auch sonst?! Sie waren beide verabredet – und Piet wusste auch, mit wem.

Aber darüber konnte er jetzt nicht weiter nachdenken!

Pim! Er musste morgen früh sofort Pim Wouters anrufen. Der würde diesen Jacobus Schouten kennen.

Pim Wouters, Inspecteur der Politie von Goes, in dessen Revier Yerseke lag. Yerseke, dieser geschäftige, kleine Muschelfischer-Ort, das Muscheldorf Europas, wie man es nannte. Pim Wouters, der zuständige Inspecteur. Dieser Jacobus Schouten war zwar unter dem Pier in Westkapelle gefunden worden, aber er war nie und nimmer da ermordet worden. Er war angeschwemmt worden. Es war gar nicht sein Fall. Es war der Fall von Pim Wouters! Er, Piet van Houvenkamp, konnte jetzt einfach nach Hause fahren, und morgen würde sich das Polizeipräsidium von Goes um diesen Fall kümmern. Und bei diesem Gedanken legte sich ein Lächeln auf die Lippen des Inspecteurs Piet van Houvenkamp.

8.

Es war kurz vor halb neun. Es dämmerte gerade. Heute hätte man am Strand perfekt das Schauspiel beobachten können, wie die Sonne im Westen über der Nordsee den Horizont berührte. Wenn das klar zu erkennen war, wenn die Berührung auch nicht vom kleinsten Dunstschleier über dem Horizont verschluckt wurde, dann spielten sie im »Zeerover« *Once Upon a Time in the West*. Das Stück von Ennio Morricone verklang exakt in dem Moment, wenn der letzte orangefarbene Strich im Meer versank. Wunderbar!

Aber Piet war nicht im »Zeerover«, er erreichte gerade den »Grijze Dolfijn«, dieses schöne, alte Kaufmannshaus von Juliana Joosses, das neben vielen anderen Häusern am Binnenhafen davon zeugte, dass Middelburg einst einer der bedeutendsten Seehäfen der Niederlande gewesen war. In diesem herrlichen Haus am Turfkaai wohnte Piet seit Jahren für eine viel zu niedrige Miete.

Es war eine gute Zeit, um noch ein Stündchen mit Juliana zu plaudern.

Er schloss die schöne hellgrau lackierte Haustür mit dem eisernen Türklopfer in Form eines Delfins auf, er ging die Treppe hinauf zu seiner Wohnung im ersten Stock, und er achtete darauf, die dritte Treppenstufe nicht auszulassen. Diese dritte Treppenstufe knarzte seit Jahren, somit war sie für Juliana das untrügliche Zeichen: Piet kam nach Hause.

Er machte sich ein bisschen frisch, und er bildete sich ein, nur deshalb keine Dusche zu nehmen, weil es sonst zu spät für einen Besuch bei Juliana wäre. Das war natürlich reiner Selbstbetrug, seine alte Freundin ging nie vor 1 Uhr nachts zu Bett. Nachdem er ein Deodorant benutzt und ein frisches T-Shirt aus dem Schrank gekramt hatte, war er schon fast durch die Tür, aber dann fiel ihm die Zeitschrift ein.

Er nahm sie vom Küchentisch, stieg die Treppe wieder hinunter, schloss mit seinem Zweitschlüssel Julianas Wohnung auf und rief: »*Goedenavond*! Hast du schon einen Weißwein?«

»Nein, noch nicht!«, antwortete diese wunderbare, leise und schon leicht brüchige Stimme aus dem Wohnzimmer. »Bring mir bitte ein Glas!«

Piet öffnete den Kühlschrank, entnahm die grüne Flasche mit dem feinherben Rheinwein und goss ihn in ein altmodisches Weinglas mit dem grünen Fuß. Dann nahm er noch zwei Flaschen Grolsch, eine für den Durst und eine für den Genuss, er ploppte die Bügelflaschen auf, hängte sie wie immer mit dem Bügelverschluss an Zeige- und Mittelfinger und ging zu Juliana ins Wohnzimmer.

Sie saß in ihrem grünen Sessel mit den Holzgriffen an den Armlehnen, die schon reichlich abgegriffen waren, das Häkeldeckchen auf der Rückenlehne war gestärkt und so blütenweiß wie das Haar von Juliana. Piet hatte sich schon oft gefragt, was wohl älter war: der Sessel oder die Sitzende.

»Na, mein Lieber, wie war dein Tag?«, fragte seine Freundin, nachdem er sie sanft auf die faltigen Wangen geküsst hatte.

Er reichte ihr das Weinglas und sagte: »Fing gut an, ging chaotisch weiter und hört gut auf!«

»Das musst du mir aber ein bisschen genauer erklären.«

Und Piet erklärte. Er erzählte von dem Fahrrad und dem Rapsfeld und von den Hornhechten, die kommen, wenn der Raps blüht, und von den ersten vier Hornhechten in seinem Eimer und von dem Idioten aus Brabant, dessen Angelhaken sich verhakt hatte, und von der Bergung des Toten und von dem Polizeieinsatz, und Juliana hörte zu, ohne ihn auch nur ein einziges Mal zu unterbrechen.

Piet nahm einen tiefen Schluck aus der Durstpulle, und er

erzählte von Thijs Joziasse, dem Polizeifotografen, dann präsentierte er ihr die Ausgabe der Zeitschrift *Zeeland*. Er schlug die richtige Seite auf und zeigte ihr das Bild.

Juliana nahm von dem Beistelltischchen aus Mahagoni die Lupe, die auf dem Häkeldeckchen lag, und betrachtete es.

Piet dagegen betrachtete seine Grolsch-Flasche und war froh, ein paar Augenblicke nichts erzählen zu müssen.

Dann reichte Juliana ihm die Zeitschrift und fragte: »Liest du mir das bitte vor?«

Juliana Joosses hatte ein Gehör wie eine Fledermaus, aber sie konnte das Bild des Fischers Jacobus Schouten nur durch die Lupe betrachten, und wenn sie mit der Lupe las, war das sehr anstrengend für sie.

»Es ist eine Geschichte über ›die Gesichter des Meeres‹. Da ist einmal Johannes Mulder, ›der Funktionär‹, der ist Chef der Muschelfischer-Vereinigung, dann ist da noch ein Jan Kok, das ist ›der Friese‹, obwohl die Familie schon seit Jahrzehnten in Yerseke wohnt. Dirk Hermans nennen sie ›den Opa‹, weil er unzählige Enkel hat, und hier, das ist Jacobus Schouten, das könnte unser Mann sein. ›Jacobus Schouten, der Rebell‹.«

Juliana erfuhr, was die Zeitschrift über diesen Muschelfischer zu berichten wusste.

Als Piet zu Ende gelesen hatte, betrachtete er seine Vermieterin. Er war sehr gespannt, sie hatte ihn mit all ihrer Erfahrung aus vierundneunzig Lebensjahren schon öfter mit ihren Gedanken überrascht.

»Zeigst du mir noch einmal das Bild?«

Piet reichte ihr die *Zeeland*, und nach wenigen Sekunden gab Juliana ihm die Zeitschrift zurück und sagte: »PTBS!«

»PT-was?«

»Posttraumatische Belastungsstörung. PTBS. Der Mann ist fünfundfünfzig und hat schlohweiße Haare. Ich tippe auf eine posttraumatische Belastungsstörung. Ich hatte mal eine Freundin, die hat kurz nach der Hochzeit ihren Ehemann durch einen Autounfall verloren. Sie hat ihn sehr geliebt, er war, wie man so sagt, ihr Ein und Alles. Und nach dem Verlust konntest du zusehen, wie sie ihre schöne brünette Haarfarbe jeden Tag mehr verlor, und nach zwei oder drei Monaten war sie grau.«

Piet hatte mit allem gerechnet, aber nicht mit einer wissenschaftlichen Erklärung.

»So was gibt es?«

Er hatte noch nie davon gehört.

»So was gibt es. Von Marie Antoinette wird sogar erzählt, ihr wären in der Nacht, bevor sie aufs Schafott musste, all ihre Haare ergraut. Ob das wirklich in einer einzigen Nacht passiert sein kann, weiß ich nicht. Aber dieser Fischer ist doch eigentlich zu jung für so weiße Haare, ich habe dafür dreißig Jahre gebraucht. Und wenn du dir das Bild mal genau anschaust, der sieht nicht so aus, als ob das Leben gut zu ihm war.«

Piet betrachtete nun bestimmt schon zum dreißigsten Mal das blaue Bild mit dem weißhaarigen Jacobus Schouten. »›Missmutiger Eigenbrötler‹ ist mir eingefallen, als ich es zum ersten Mal gesehen habe.«

»Na, missmutig stimmt auf jeden Fall. Aber du sagtest, dein Tag hat gut aufgehört. Ich gehe mal davon aus, damit meinst du nicht, dass du mit deiner alten Freundin noch einen Schlummertrunk nimmst?« Sie lächelte ihn verschwörerisch an.

Piet lachte auf. »Nein, mir fiel am Ende ein, dass ich Pim Wouters anrufen muss, das ist mein Kollege vom Präsidium in Goes, denn wenn der Fischer aus Yerseke kommt, dann ist das sein Fall. Und ich habe damit eigentlich gar nichts mehr zu tun. Morgen früh fahre ich nach Goes und übergebe ihm formvollendet diesen Mordfall, und ich kümmere mich wieder intensiv um Hornhechte!«

In Julianas Stimme war leiser Spott zu erahnen, als sie sagte: »Das kannst du doch gar nicht!«

»Das kann ich nicht? Das muss ich! Der Mann ist nur in Westkapelle gefunden worden, aber ich glaube nicht, dass er da umgebracht worden ist. Man hat ihn irgendwo ins Meer geworfen, um ihn umzubringen, oder man hat ihn irgendwo umgebracht, und dann hat man ihn ins Meer geworfen. Er wurde halt angespült. Westkapelle ist zwar der Fundort der Leiche, aber höchstwahrscheinlich nicht der Tatort. Ich habe also mit der ganzen Geschichte nichts zu tun.«

Juliana lächelte milde. »Das meine ich doch gar nicht. Ich weiß doch gar nicht, ob das in deine Zuständigkeit fällt. Aber ich weiß, nicht nur vier Hornhechte haben angebissen. Du hast auch angebissen. Und ich kenne dich. Du kannst den Fall gar nicht loslassen.«

»Doch!«

»Nein!«

»Doch!«

»Na, dann gib mir noch ein Glas Wein, und dann warte ich mal in Ruhe ab, wie das weitergeht. Aber halte mich auf dem Laufenden.«

Piet protestierte: »Ich kann dich gar nicht auf dem Laufenden halten, denn morgen Mittag habe ich mit dem Fall nichts mehr zu tun!«

Die vierundneunzigjährige Juliana Joosses legte ihm bei diesen Worten die schöne faltige Hand mit den braunen Altersflecken auf den Unterarm und antwortete lächelnd: »Natürlich nicht!«

Sonntag

9.

Middelburg erwachte. Piet war dagegen schon auf den Beinen. Es war ein frischer, sonniger Sonntagmorgen. Es würde wieder ein warmer Tag werden, aber so früh am Morgen brauchte die Sonne wohl noch einige Zeit, um die Stadt im April von einem Sommertag zu überzeugen.

Piet hatte die Gazelle Impala aufgeschlossen und radelte ins Präsidium. Er genoss den kühlen Fahrtwind, er fuhr am Binnenhafen entlang zum Präsidium Achter de Houttuinen 10.

Als er um kurz vor halb acht das Büro von Annemieke betrat, saß sie schon mit einer Tasse köstlich duftenden Kaffees an ihrem Schreibtisch. An einem Sonntagmorgen, nachdem sie wahrscheinlich ein Date mit Henk ten Dracht gehabt hatte, also eigentlich zu früh für einen Morgen nach einer Nacht mit Henk ten Dracht. Schön!

Er wünschte seiner Assistentin einen guten Tag, ging zur Kaffeemaschine, zog sich diesen wunderbaren Kaffee mit der zarten Crema, den man nur in diesem Büro bekommen konnte, und fragte, weil sie ja gestern noch einen dringenden Termin gehabt hatte: »Wie war dein Abend?«

Sie antwortete: »Himmlisch!«

So genau wollte er es nun auch wieder nicht wissen.

Annemieke betrachte ihren Monitor und sagte: »Also eine Vermisstenanzeige, die auch nur entfernt mit unserer Leiche zu tun haben könnte, liegt nicht vor.«

Piet genoss den ersten Schluck Kaffee, und er genoss seinen nächsten Satz: »Der Tote ist wahrscheinlich Jacobus Schouten, ein Muschelfischer aus Yerseke, der in Yerseke sicher nicht nur Freunde hatte.«

Er legte der erstaunten Annemieke die aufgeschlagene Zeitschrift auf den Schreibtisch und fuhr fort: »Wir müssen Pim Wouters anrufen, der müsste ihn ein bisschen besser kennen. Dieser Jacobus Schouten ist kein Unbekannter, wenn er schon in der Zeitung steht. Und wenn er das wirklich ist, dann können wir Pim den Fall direkt übergeben, denn am Pier in Westkapelle ist der bestimmt nicht ertränkt worden. Da ist immer so viel los, dann hätte man ihn ja gleich im Subtropical Hallenbad in Domburg ersäufen können! Also ist das sein Fall, und wir haben Wochenende.«

Piet schaute aus dem Fenster auf die Binnengracht und freute sich noch über seinen durch überschäumende Laune hervorgerufenen treffenden Vergleich, als er Annemieke sagen hörte: »*Hoi* Pim! Ja, wir haben eine Leiche in Westkapelle gefunden, und es könnte sich um den Fischer Jacobus Schouten handeln. – Ja, wir können sofort rüberkommen. – Wie bitte? – Na, wenn du meinst.«

Annemieke nahm eine hellblaue Jacke mit weißen Fransenbordüren von der Garderobe, die wirklich perfekt zu ihrer Jeans passte, griff nach ihrer Handtasche und sagte: »Er erwartet uns bei sich zu Hause zum Frühstück.«

»Was?«

»Ja, und wir sollen Brötchen mitbringen.«

10.

In den Osterferien kann man prima draußen frühstücken, wenn man sie auf Mallorca, Madeira oder Mauritius verbringt, auf Walcheren klappt das eher selten. Umso zufriedener saß ich mit Anne nun vor dem Vorzelt, und wir genossen unser Brötchen.

Anne hatte es wie immer mit *hagelslag* bestreut, mit den Schokostreuseln, die sie in Deutschland nur zum Kuchenverzieren benutzen würde, in Noordkapelle waren Schokostreusel auf Pappbrötchen schon immer eine Delikatesse für sie. Ich war seit einigen Jahren ein großer Fan von *filet americain*. Es handelte sich um fein gehacktes Rinderfilet, vielleicht vergleichbar mit Tatar, aber noch feiner und ein bisschen schärfer gewürzt. In Kombination mit einem *kaiserbroodje* und belegt mit ein paar Schalottenringen entstand so allmorgendlich mein holländisches Mettbrötchen.

Wir hatten es uns auf unserer »Terrasse« gemütlich gemacht, also dem Stück Wiese zwischen Vorzelt, Windschutz und *sanitair privé*, unserer ganz privaten Nasszelle mit Dusche, Toilette und Waschbecken, diesem höchsten Luxusgut auf allen Campingplätzen, dem Grund, warum wir unseren Dethleffs 560 TK nach unserem ersten Urlaub auf »De Grevelinge« nie mehr wegbewegt hatten.

Ich trug noch Jeans und einen leichten Pullover, aber auch den würde ich gleich ablegen können, wenn die Sonne höher über die Bäume an der Gracht gestiegen war.

Unsere Frühstücksruhe wurde unterbrochen, weil Adi, Lothar und Gerd sich lautstark über irgendetwas echauffierten. Ich konnte sie von der Terrasse aus nicht sehen, aber dummerweise war es unmöglich, sie nicht zu hören, selbst wenn ich mir anfangs Mühe gab. Aber dann schnappte ich Satzfetzen auf wie: »Ja, das ist er, guck dir doch das Bild an!«, »Und Babette hat den tatsächlich erkannt? Das gibt's doch nicht!«, »Mensch, wenn's doch in der Zeitung steht ...«! Es half nichts. Ich ließ das holländische Mettbrötchen holländisches Mettbrötchen sein und ging rüber zum Nachbarstellplatz von Lothar und Gaby.

Die erfahrenen Camping-Recken standen um den weißen Tisch der Kettler-Sitzgruppe, und Gerd hatte den *Provinciale Zeeuwse Courant*, die Tageszeitung, aufgeschlagen. Im Lokalteil prangte über einem langen Bericht die Schlagzeile »Der grausame Fund von Westkapelle«. Es war ein Bild vom Pier abgedruckt, der weiträumig mit rot-weißem Polizei-Trassierband abgesperrt war, und ein Bild von Inspecteur van Houvenkamp, das ein Archivbild sein musste, denn er schaute noch reichlich jugendlich, wenn auch so griesgrämig wie immer in eine Kamera. Und dann war da das Porträt von dem Fischer, noch sehr lebendig in einem dunkelblauen Seemannstroyer und mit einer Fischermütze auf dem Kopf. Jacobus Schouten, stand unter dem Bild, sei ein Muschelfischer aus Yerseke, er sei mit einem Jutesack über dem Kopf unter dem Pier von Westkapelle von einem Angler entdeckt worden, und zufällig sei Inspecteur Piet van Houvenkamp vor Ort gewesen, weil er just zu diesem Zeitpunkt auf dem Pier Makrelen angelte.

Ich war als Letzter zu dieser lautstarken Runde gestoßen, aber jetzt wollte ich mich auch mal ein bisschen mit aufregen: »Hornhechte, du Hornochse, es waren Hornhechte! Wofür kriegen diese Journalisten eigentlich ihr Geld, wenn sie nicht mal Makrelen von Hornhechten unterscheiden können?!«

Lothar nickte anerkennend. »Ja, da hast du recht, aber Adi, erzähl mal, was Babette gesagt hat!«

Adi tippte mit dem Zeigefinger mehrmals auf das Foto des Fischers, und seine Stimme überschlug sich fast, als er rief: »Babette kennt den! Die Babette kennt den! Babette ist sich ganz sicher!«

Satz zwei und drei hatten meinen Kenntnisstand nicht erhöht, deshalb fragte ich nach: »Woher kennt sie ihn denn?«

»Die Babette ist ein großer Fan von Chester Bloomberg, das ist so ein Ernährungsjournalist, und sie hat eine Sendung gesehen, da hat der Bloomberg im Fernsehen diesen Jacobus Schouten interviewt. Sie ist sich ganz sicher.«

Plötzlich war Anne zwischen uns getreten, nahm die Zeitung und sagte: »Nein!«

Das Geplapper und Gezeter erstarben augenblicklich.

»Wie – ›nein‹?«, fragte Adi, der wohl ein bisschen sauer war, dass sein schöner Monolog so rüde unterbrochen worden war.

Anne antwortete: »Das ist kein Journalist. Babette hat gesagt, Chester Bloomberg ist ein Foodblogger.«

»Ja, und wo ist der Unterschied?«

»Der Blogger arbeitet nicht im Fernsehen, der hat seine Blogs im Internet, das ist kein Journalist, das ist ein Influencer, und Babette ist kein Fan, sie ist ein Follower!«

Damit ließ sie uns stehen, und Adi sagte beleidigt: »Na und? Für Frau Merkel ist das Internet auch Neuland!«

Lothar klopfte ihm auf die Schulter und sagte jovial: »Mach dir nichts draus. Wir kommen halt noch aus der Zeit, als *pranks* Streiche waren und Influencer einfach arbeitslos!«

Ein leichtes Knurren im Magen erinnerte mich daran, dass ich die erste Mahlzeit des Tages noch nicht erfolgreich abgeschlossen hatte. Ich stiefelte also auch zurück an unseren Frühstückstisch, wo Anne bereits wieder herzhaft in ihr Schokostreuselbrötchen biss.

»Und? War das nötig?«

Mir tat der Adi schon ein bisschen leid, auch wenn er bereitwillig seine Unwissenheit mit Frau Merkel teilte.

»Wieso? Ich wollte euch doch nur ein bisschen helfen.«

»Helfen? Du hast den armen Adi ganz schön alt aussehen lassen.«

»Quatsch, ich wollte euch doch nur sagen, wenn ihr wissen wollt, was Babette da gesehen hat, dann fragt Babette, wie sich dieser Chester Bloomberg genau schreibt, und dann geht ihr ins Internet und guckt euch dieses Interview an!«

»So einfach geht das?«

»So einfach geht das!«

»Kannst du das nicht eben für mich machen?«

Anne wischte sich den Mund ab, setzte sich kerzengerade hin und sah mich milde lächelnd an: »Ich habe keine Autogrammkarte von Herrn Bloomberg in der Küche hängen, ich habe keinerlei Ambitionen, irgendeinen Mordfall aufzuklären, ich habe …«

Sie platzierte rhetorisch geschickt eine ausgedehnte Denkpause in ihren Satz, und diese verfehlte ihre Wirkung nicht.

Natürlich wurde ich schon wieder ungeduldig und fragte: »Was hast du?«

Auf exakt diese Frage hatte sie gewartet. Sie lehnte sich zurück, lächelte mich noch kurz an, reckte dann mit geschlossenen Augen das schöne Gesicht der Sonne entgegen und sprach: »Ich … habe Urlaub!«

11.

Die Autobahn von Vlissingen nach Goes, die A58, war an diesem Sonntagmorgen nur wenig befahren, was Piet sehr wohlwollend zur Kenntnis nahm. Annemieke hätte das knapp dreißig Kilometer entfernte Goes auch bei höherem Verkehrsaufkommen in zwanzig Minuten erreicht, doch Piet freute sich sehr über die leere Autobahn. So konnte seine Assistentin einfach mit hundertsechzig die linke Spur entlangdüsen und musste nicht ständig die anderen Verkehrsteilnehmer links, rechts und auf dem Standstreifen überholen. Auf der Straße war sie immer im Einsatz. Um 8:46 Uhr bremste der Dienstpeugeot in der Einfahrt von Pim Wouters, Inspecteur der Polizei von Goes. Einundzwanzig Minuten, keine schlechte Zeit, inklusive Aufenthalt beim Bäcker, um acht Brötchen auf Kosten der Polizei von Middelburg käuflich zu erwerben.

Sie klingelten an der Tür des schmucken Reihenhauses, und Pims Frau Angelie öffnete mit unfassbar voluminösem Schwangerschaftsbauch und in einem viel zu großen Jogging-Anzug die Tür.

Augenblicklich stand Pim hinter ihr, und nach einer kurzen Begrüßung entspann sich das Gespräch, das in dieser Situation zwingend erforderlich war.

»Schön, dass ihr sofort kommen konntet«, sagte Pim. »Jacobus Schouten tot, meint ihr? Das kann ich mir gar nicht vorstellen. Ich hab' ihn vor drei Tagen noch gesehen.«

»Na ja, ganz sicher sind wir nicht«, gab Piet zu. »Aber ich habe ein Foto in der *Zeeland* gefunden, und ich glaube, die Ähnlichkeit …«

»Was für ein schöner Bauch!«, sagte Annemieke derweil zu Angelie. »Wie weit sind wir denn?«

»Also, ausgerechnet war ich vorgestern, aber der Arzt sagte, solange es keine Komplikationen gebe, wolle er nichts einleiten«, antwortete diese.

»Ich habe die Zeitschrift mitgebracht«, sagte Piet.

»Wir haben Brötchen mitgebracht«, sagte Annemieke und hielt die Brötchentüte hoch.

In diesem Moment wurden sich wohl alle Anwesenden der Absurdität des Quadrologes bewusst. Sie lachten laut.

»Kommt doch rein!«, bat Pim.

Wenig später saßen sie am gedeckten Frühstückstisch der Familie Wouters, und neben Brötchen, Marmelade und Wurst lagen da auch die aktuelle Ausgabe der Zeitschrift *Zeeland* und noch etwas, das nun wirklich nicht auf einen Frühstückstisch gehört. Es waren drei Abzüge der Fotos, die Thijs Joziasse noch am Fundort der Leiche gemacht hatte.

»Wenn man liest, was in dieser Zeitung steht, dann hatte dieser Schouten wohl nicht allzu viele Freunde«, sagte Piet.

Pim legte seine Stirn in bedeutungsschwangere Falten. »Der Schouten war schon ein komischer Vogel. Aber als genau das haben ihn die anderen auch gesehen. Ein komischer Vogel. Ein Außenseiter ja, aber eher belächelt als gefürchtet. Viele Freunde hatte er nicht, aber Feinde? Nee, Feinde hatte er meines Wissens auch nicht.«

»Wie dem auch sei«, warf Piet ein, »dieser Jacobus Schouten kommt aus Goes, und wir haben die Leiche zwar in Westkapelle gefunden, aber ob der Fundort auch der Tatort ist, das erscheint mir doch ziemlich zweifelhaft. Ich würde mal sagen: dein Fall, Herr Kollege!«

»Hm«, machte Pim Wouters, streichelte seiner Frau zärtlich über den Babybauch und sagte: »Weißt du, wir rechnen jede Stunde mit der Niederkunft von Angelie, und sie ist schon vierzig. Für mich ist das gerade ziemlich schwierig. Also wenn du diesen Fall erst mal in Middelburg übernehmen könntest, wäre das schon sehr hilfreich!«

»Auf keinen Fall!«, widersprach Piet. »Ich kenne mich doch mit diesen Fischern überhaupt nicht aus. Hier ist deine Erfahrung gefragt.«

»Aber das ist doch keine Frage. Natürlich kümmern wir uns um den Fall. Im Moment bist du als Vater gefragt, lieber Pim!«, antwortete dagegen Annemieke.

»Das ist sehr kollegial und vor allem auch sehr anständig von euch«, sagte Angelie und sah erleichtert aus. »Denn wenn Pim jetzt die ganze Zeit irgendwo im Westen rumlungern würde, dann würde mich das schon sehr beunruhigen, und meine Ruhe, die brauche ich jetzt unbedingt, sagt die Hebamme.«

»Na ja, irgendwo im Westen«, brummte Piet. »Walcheren ist ja nicht die Normandie!«

»Da gibt's nicht viel auszukennen. Mein Assistent Vincent Dekker, der ist mit dieser ganzen Fischerkiste noch viel besser vertraut«, sagte Pim.

Annemieke nickte. »Prima, dann soll er sich sofort mit uns in Verbindung setzen.«

»Und die Hornhechte?«, murmelte Piet.

»Welche Hornhechte?«

»Ach, nichts!«

12.

Anne wohnt gerne. Sie sitzt dann in unserem Wohnzimmer in ihrem Sessel und wohnt. Während des Wohnens kann sie Fernsehen gucken, Computer spielen, stricken und ein Buch lesen, gleichzeitig, und sie fühlt sich dabei sensationell. Wenn ich zu Hause bin, denke ich manchmal, ich bin ein guter Ehemann, ich wohne mit! Dann schiebe ich meinen Sessel neben ihren und wohne auch. Zehn Minuten, maximal! Dann springe ich auf, renne ans Fenster, gucke, ob wir irgendeinen neuen Vogel im Garten haben oder ob ich irgendein Blatt vom Baum gucken kann – ich bin fürs Wohnen nicht geschaffen.

Unser Dethleffs 560 TK verfügt an der Heckseite über ein »Kinderzimmer« mit einem Stockbett, über dem ein waagerechtes Fenster Tageslicht auf die Schlafstatt schickt. Dazu kommen zwei kleine Kleiderschränke und eine Schiebetür, die dieses Kinderzimmer von der restlichen »Mobilie« abtrennt. Es hatte mich immer wieder erstaunt, dass die Architekten des 560 TK den besonderen Ordnungssinn unserer Kinder scheinbar schon kannten, als sie den Grundriss entwarfen. Warum sonst sollte man eine solche Schiebetür vorsehen?

An der Bugseite befindet sich das französische Bett neben der Nasszelle, die wir noch nie benutzt haben, weil wir ja unser *sanitair privé* haben. Hätte man schon beim Kauf geahnt, dass es so etwas gab, hätten wir uns natürlich für ein mittig stehendes französisches Bett entscheiden können, das man von beiden Seiten hätte besteigen können. Wir hatten es nicht geahnt, deshalb mussten wir unsere Liegestatt jeden Abend von der Fußseite aus mit einem Kopfsprung entern, was mit zunehmendem Körpergewicht des Wohnwageninhabers zu zunehmend ächzenden Geräuschen des Wohnwagenunterbodens führte. Auch dieses »Elternschlafzimmer« wird durch eine Schiebetür vom Rest des Caravan-Interieurs abgetrennt, was das Bettenmachen überflüssig machte. Schön! Gemütlich!

Zwischen den beiden Schlafzimmern im Bug und im Heck des Caravans stehen die seitliche Sitzgruppe mit einer Polsterung in kreativ anheimelnden Beige-Braun-Tönen und an der Türseite die Küche mit beinahe großzügigem Kühlschrank und einem Drei-Flammen-Gasherd.

Anne konnte in dieser Küche Festmahle zubereiten, aber sie konnte da nicht wohnen. Wenn sie allerdings draußen vor dem Vorzelt saß, dann fühlte sie sich wieder sensationell. Manchmal sah ich ihr gern dabei zu. Zehn Minuten, maximal.

Anne wohnte also, ich stand wieder einmal auf und spazierte nervös über unseren Platz.

Detlef und Jutta schleppten gerade Taschen und Wäschekörbe zu ihrem Knaus Südwind, gefüllt mit all dem, was man so brauchte, um zwei Wochen Osterferien im Wohnwagen zu verbringen. Detlef pfiff dabei fröhlich die zweite Stimme der Weise von den Caprifischern vor sich hin, schließlich war er zweiter Tenor im Männergesangverein »Sangeslust« Bocholt.

Ich freute mich, die Freunde wiederzusehen.

Jutta umarmte mich und begrüßte mich mit den niederländischen drei Küsschen.

Detlef haute mir auf die Schulter und fragte: »Na, Alter, und? Hat's schon wieder einen Mord gegeben?«

Er wollte sich ausschütten vor Lachen, als ich antwortete: »Ja!«

»Nein!«

»Doch!«

»Das gibt's nicht!«

»Und ob es das gibt!«

»Ich räume gerade das Auto aus, dann komme ich rüber!«

Lothars Wohnwagen war komplett verwaist. Uschi wusch die Vorzeltfenster mit klarem Wasser ab, von Gerd war nichts zu sehen. Kein Lothar, kein Gerd, kein Adi, wo waren die Jungs?

Ich ging zum Schwimmbad, vielleicht wollten sie sich abkühlen. Da waren nur ein paar halbwüchsige Jungs damit beschäftigt, durch verbotene Arschbomben vom Beckenrand das Wasser vom Pool auf die Liegewiese zu befördern. Nächste Möglichkeit: zweites Frühstück. Doch auch an der *frituur* waren die Freunde nicht zu finden. Letzte Chance: Kantine.

Ich wandte mich in die Richtung, als Detlef von hinten rief: »Warte, ich komme mit!«

Da saßen sie, auf Rattan-Stühlen, Anouk brachte gerade drei Grolsch.

Detlef setzte sich auf den vierten Stuhl, ich zog mir einen vom Nachbartisch heran.

»Was macht ihr denn um diese Uhrzeit in der Kantine?! Denkt immer daran: ›Nie ein Bier vor vier!‹«

Das Argument wollte Lothar nicht gelten lassen. »Also für mich gilt das nicht! Wenn ihr mich irgendwo zu egal welcher Tageszeit in einem Biergarten seht und ich habe ein Mineralwasser vor mir, dann bin ich entführt worden und will euch ein Zeichen geben!«

Aber Adi beruhigte mich: »Irgendwo auf der Welt ist bestimmt gerade vier.«

Anouk lächelte. »Okay, ich bringe euch auch zwei.«

»In Notfällen ist Bierkonsum ab elf zu akzeptieren, und wir haben ganz sicher einen Notfall!«, sagte Gerd.

Adi ergriff das Wort. »Babette ist ziemlich beleidigt. Ihr Chester Bloomberg hat diesen Fischer interviewt, da ist sie sich hundertprozentig sicher.«

»Es wäre ja ganz spannend, zu wissen, was dieser Fischer dem erzählt hat, aber weiß der Geier, ob es die Sendung in irgendeiner

Mediathek gibt. Wir wissen ja nicht mal, wann die wo gelaufen ist.«

»Anne hat gesagt …«, begann ich.

Aber schon unterbrach mich Lothar. »Anne hat mich gerade ganz schön genervt, also red jetzt mal bitte nicht weiter, sonst bin ich schon wieder genervt.«

»Moment mal!« Jetzt musste ich meine Ehefrau doch mal verteidigen. »Sie hat gesagt, das ist kein Journalist, das ist ein Blogger, also brauchen wir keine Mediathek. Der hat seinen Kanal bestimmt auf YouTube, den können wir uns jederzeit im Internet ansehen. Wir haben ja jetzt WLAN auf dem Platz!«

Gerd stellte wieder unter Beweis, dass er stets in der Lage war, Probleme auf den Punkt zu bringen. »WLAN kostet 9,90 € die Woche, also wer von uns hat WLAN? Ich nicht!«

Lothar sagte: »Ich auch nicht!«

Detlef fragte: »Wir haben WLAN auf dem Platz? Seit wann?«

Ich schaute gerade ein bisschen beschämt zu Boden, als Adi sagte: »Wir haben WLAN! Babette muss doch immer diesen Chester gucken!«

»Aber Babette ist gerade ziemlich beleidigt …«, warf Gerd ein.

»Das macht nichts. Im Moment ist sie ja in Middelburg, um sich einen Rahmen für ihr Autogramm zu besorgen.«

Lothar konnte es sich nicht verkneifen. »Damit sie es euch in die Küche hängen kann!«

13.

Männer, deren nächster Geburtstag der sechzigste sein wird, reagieren manchmal ausgesprochen dünnhäutig, wenn man sie auf ihren fortgeschrittenen Tachostand hinweist. Vor ein paar Tagen wurde Piet durch die Bedienung eines Restaurants erklärt, was ein Seniorenteller ist und warum ältere Menschen manchmal weniger essen. Piet saß in diesem Gasthaus und fragte sich, ob er dieser impertinenten Wachtel einfach eine kleben sollte.

Das wäre eine Option gewesen, aber wenn die dann die Polizei gerufen hätte, hätte er selber kommen müssen, und wieder der ganze Ärger, und erklär das mal Annemieke.

Er stand daher einfach auf und ging und holte sich in der *frietboetiek* ein paar sensationelle *frietjes* mit *mayo*. Er bestellte wie immer die große Portion.

Piet hatte wieder Meer gebraucht. Und Fahrtwind. Er hatte sich das *fiets* geschnappt und war nach Noordkapelle gefahren. Es waren zwölf Kilometer, der Wind kam aus Südwest, also von der Seite, das war sehr gut, wenn er dann wie immer drehen würde, würde er auf dem Rückweg immer noch von der Seite kommen, nur von der anderen. Gegenwind hatte er im Moment genug.

Zweiundvierzig Minuten später saß er auf der Terrasse des »Zeerover«, wo man ihm sicher keinen Seniorenteller ans Herz legen würde.

Er hätte es niemals zugegeben, aber er freute sich, dass Robert an seinen Tisch kam, um nach seinen Wünschen zu fragen.

»Ich nehme den Seebarsch und völlig überraschend ein Grimbergen!«

Robert sagte: »Klasse Idee! Wie läuft's? Habt ihr den Muschelfischer-Killer schon am Haken?«

Piet schüttelte den Kopf. »Ich hab' ja gedacht, das ist gar nicht mein Fall. Der Mann kommt aus Yerseke, und er ist bestimmt nicht in Westkapelle umgebracht worden. Ich fahre also direkt nach Goes zu meinem Kollegen Pim Wouters, um den Fall abzugeben, aber seine Frau ist hochschwanger, die fahren jeden Tag dreimal in die Klinik, und jetzt hab' ich das Ding doch an der Backe!«

Robert nickte verständnisvoll. »Akzeptiert, Grimbergen kommt sofort!«

Die Kachel in seiner Jackentasche vibrierte. Annemieke hatte darauf bestanden, ihm die Grundbegriffe dieser Kachel zu erklären, wenn er schon gezwungen wurde, sie zu benutzen. Ein wirklich hilfreicher neuer Trick – und ein neuer Trick hieß jetzt *feature*, wie Annemieke ihm beigebracht hatte – war das Kontakteerstellen.

Jemand ruft dich an. Auf seiner Kachel hatte Annemieke den »Kurzsichtigenmodus« aktiviert, also wird die Rufnummer des Anrufenden in großen Ziffern auf dem Display angezeigt. Dann musst du nur den Anruf entgegennehmen, und wenn du nach dem Telefonat weißt, der Anrufer war Ruud, er macht um vier die Kneipe zu, oder es war Mattijs, die Inspektion für den Defender ist erledigt, der alte Land Rover kann abgeholt werden, dann musst du hinterher nur »Kontakt erstellen« anklicken, Namen eintragen, in der Kneipe oder in der Werkstatt ein Foto machen, rüberziehen, fertig. Wenn Ruud oder Mattijs das nächste Mal anrufen, dann grinsen sie vom Display.

Ja, es gab diese Momente, in denen die Kachel gar nicht so schlimm war und Piet gar nicht so alt.

Piet hatte in den letzten Monaten für alle Bekannten Kontakte erstellt. Wenn nun auf dem Display nur eine Nummer auftauchte, ohne Namen und ohne dämliches Grinsen, war Vorsicht geboten.

Das Handy klingelte, kein Grinsen, nur eine Nummer. Piet überlegte kurz, ob er auf der Terrasse des »Zeerover« in Noordkapelle, wo er gleich ein Grimbergen trinken würde, Sonntagmittag, kurz nach zwölf, ans Telefon gehen sollte. Es war zwar Wochenende, aber er hatte diesen Fall. Er nahm das Gespräch an …

»*Hoi* Piet!«

… und er war unglaublich froh, es angenommen zu haben.

»*Hoi* Isabelle! Schön, dich zu hören!«

Isabelle hatte die Halbinsel Walcheren vor ein paar Jahren verlassen, nachdem ihr Mann Coen auf »Camping de Grevelinge« ermordet worden war. Sie arbeitete jetzt in Breskens in einem Restaurant, es hieß »Spetters«.

Piet kannte das Restaurant nicht, seine Vorliebe galt eher den normalen *eetcafés* oder *strandpaviljoens*, wo ihm eine freundliche Kellnerin einen ordentlichen Fisch oder einen schwarzen Topf voller köstlich duftender, dampfender Muscheln vorsetzte.

Sein alter Schulkamerad Wim Verheijden, der Chef von »Camping de Grevelinge« und Isabelles Bruder, hatte ihm erzählt, dass man von der Terrasse des »Spetters« einen großartigen Ausblick auf den Yachthafen und die Westerschelde hatte.

Für Isabelle war es anscheinend wichtig, dass die Westerschelde zwischen ihr und Noordkapelle lag. Durch den Tunnel von Terneuzen wäre sie in einer Stunde in Middelburg, wenn sie Middelburg brauchte. Wenn sie es nicht brauchte, und das kam häufiger vor, dann lag die große tiefe Westerschelde zwischen ihr und ihrer Vergangenheit.

»Hast du heute Abend schon etwas vor?« fragte die immer noch so vertraute Stimme.

Selbst wenn sich die Fälle auf seinem Schreibtisch gerade gestapelt hätten, was nicht der Fall war, selbst wenn der Innenminister höchstpersönlich seinen Besuch angekündigt hätte, was ebenfalls nicht der Fall war, Piet hätte garantiert nichts vor, was ein Treffen mit Isabelle verhinderte.

»Nein, möchtest du mit mir reden?«

»Ich möchte mit dir spazieren gehen, ob wir reden, das sehen wir dann!«

»Das ist eine sehr gute Idee, wann und wo?«

»Im ›Lage Duintjes‹, um sieben?«

»Ja, gerne!«

Und schon hatte sie aufgelegt.

Was war da gerade passiert? Er hatte seit fast zwei Jahren nicht mehr mit ihr gesprochen. Er hätte es sich gewünscht, aber er hatte nicht gewusst, worüber sie hätten reden können.

Sie hatte ihn geküsst, genau auf dem Pier in Westkapelle, da, wo er gestern Hornhechte geangelt hatte, wo sie den toten Jacobus Schouten aus dem Wasser gezogen hatten, auf dem Pier, der seit Jahrzehnten der Nordsee trotzte, die manchmal so trügerisch ruhig war und dann wieder so wild und tobend, dass man nicht glauben konnte, dass dieses von Menschen geschaffene Bauwerk aus Holz hier schon so lange stehen konnte. Ja, so was können sie, die Menschen in Westkapelle. In Middelburg, da leben die Kaufleute, in Vlissingen die Fischer, aber in Westkapelle, da leben die Menschen schon seit dem 16. Jahrhundert vom Deichbau. Wie man der Nordsee trotzte, das wussten sie schon immer, die aus Westkapelle.

Auf diesem Pier hatte Isabelle ihn geküsst. Er hatte nicht gewusst, wie er damit umgehen sollte.

Isabelle. Gibt es die große Liebe des Lebens, und was ist, wenn die große Liebe des Lebens sich für einen anderen entscheidet? Manchmal im Leben verpasste man etwas. Da ist ein uraltes Lied, das alle anderen kennen, alle finden, der Text sei so großartig, und du kannst vielleicht die Melodie mitpfeifen, aber auf den Text hast du nie geachtet, obwohl du die alte Vinylplatte noch im Regal stehen hast. Das Lied ist an dir vorbeigegangen. Du hast es verpasst. Isabelle hatte sich damals für Coen entschieden. Er hatte nicht um sie gekämpft, er hatte es akzeptiert. Manchmal im Leben verpasste man etwas, weil man fair sein wollte.

Und vor zwei Jahren hatte sie ihn geküsst, aber dann war sie geflohen. Er dachte, er dürfte sie nicht aufhalten. Wahrscheinlich hatte er da schon wieder was verpasst.

Piet freute sich, sie am Abend zu sehen. Er hatte keine Ahnung, was sie von ihm wollte. Vielleicht würde er nur neben ihr hergehen. Vielleicht würden sie beide nur schweigen. Aber wenn sie fliehen wollte, würde er sie aufhalten. Er wollte sie nicht wieder verpassen.

Er schaute auf das Display und drückte auf »Kontakt erstellen«, er tippte »Isabelle«, ohne Nachnamen, ohne Bild, nur »Isabelle«, ihr Lächeln kannte er auswendig.

14.

Das innen grün-beigefarbene dekorierte Vorzelt von Babette und Adi war seit jeher das aufgeräumteste Vorzelt von allen auf »Camping De Grevelinge«. Selbst die kleinen Piraten und Segelschiffe, die immer entweder rot-weiß oder blau-weiß sein mussten, waren in Babettes Vorzelt grün-beige.

Anne nannte diesen Zeeland-Nippes immer »Stehrümchen«, weil sie da halt rumstehen mussten, und in allen andern Vorzelten waren sie leicht verstaubt, bei Babette strahlten sie aber in genau dem Glanz, der sie damals umgeben hatte, als sie sie im »Zeerover«, bei »Akkerdaas«, dem Krimskramsfachgeschäft in Domburg, oder auf dem Charles-Dickens-Weihnachtsmarkt in Veere erstanden hatte.

Ein grün-beigefarbener Läufer lag auf dem Esstisch, um den normalerweise vier exakt ausgerichtete Stühle gruppiert waren.

Nun standen diese vier Stühle und ein eilig herbeigeschaffter Campinghocker vor-, hinter- und nebeneinander, damit fünf Männer gleichzeitig auf den Laptop sehen konnten. Der Laptop war silbern und nicht grün-beige, ich war ein bisschen überrascht.

»Was ist das denn?«, fragte Lothar, als auf dem Monitor eine leicht bekleidete Schönheit aus einem Sportwagen glitt.

»Das ist nur die Werbung!«, antwortete Gerd und drückte auf »Überspringen«.

Nun sah man Rinder, dann Schweine, dann einen Typen, der Pizzateigfladen jonglierte.

»Und was ist das?«

»Herrgott, was weiß denn ich, der Vorspann oder so was, jetzt reg dich doch mal ab.«

Inzwischen sah man auf dem Monitor das Reklameschild eines Restaurants: »De Branding«. Darunter stand fröhlich lächelnd ein Mann, den ich kannte.

Die anderen kannten ihn wohl nicht, denn Gerd fragte: »Was ist das denn?«

Da stand Chester Bloomberg in all seiner ihm eigenen Inszenierung. Dieses Mal trug er einen hellblauen Jeansanzug mit grün-beige karierter Weste. Na, das passte ja!

Kinn- und Schnauzbart bewegten sich plötzlich, und ich vernahm zum ersten Mal die Stimme des Chester Bloomberg. Die Tonlage war durchaus etwas höher, aber der Akzent erinnerte an den jungen Howard Carpendale.

»Yerseke – vielleicht ist Yerseke eine Stadt, vielleicht ist Yerseke aber auch nur ein Dorf mit sechstausend Einwohnern. Auf jeden Fall ist Yerseke in Europa das ›Muscheldorf Nr. eins‹. Fünfundsechzig Miesmuschelfischer sind hier ansässig. Und in Yerseke gibt es die einzige Muschelauktion Europas. Es gibt einige Herzmuschelfischer, auch für seine Austern ist Yerseke bekannt. Aber es sind die Miesmuscheln aus der Oosterschelde, die mich hierhergeführt haben. Ihren Namen verdankt die Miesmuschel dem mittelhochdeutschen Wort ›Mies‹ für Moos, weil diese Muschelart den Meeresgrund teppichartig – ähnlich wie Moos – überzieht. Miesmuschelbänke können eine Größe von einigen Kilometern erreichen und aus mehreren Millionen Tieren bestehen. Miesmuscheln aus Zeeland sind ein Naturprodukt, wie man es *so* selten auf europäischen Speisekarten findet. Die Muscheln werden nicht mit irgendwelchen Medikamenten behandelt, sie werden nicht gedüngt oder gemästet, die Muschelfischer aus Yerseke sind die Bewahrer dieses einzigartigen Schatzes, den die Natur uns hier, im Süden der Niederlande, offeriert. Ich möchte heute im Restaurant ›De Branding‹ in Yerseke – wo man nicht nur die besten Muscheln bekommt, lassen sie sich auf keinen Fall die köstlichen Austern entgehen – mit Jacobus Schouten sprechen, einem Fischer, der schon seit siebenundzwanzig Jahren Kapitän eines Muschelkutters in Yerseke ist.«

Schnitt! Das nächste Bild zeigte einen Tisch im Restaurant. Chester saß nun einem Mann gegenüber.

»Meneer Schouten, die zeeländischen *mosselen* sind wunderbare Lebewesen, die hier in Zeeland wie nirgends sonst in den Meeren auf natürliche Weise gezüchtet werden.«

Jacobus Schouten schien überhaupt nicht gewillt, der Eloge seines Interviewers zu folgen. »Ja, wir züchten seit jeher diese Muscheln auf dieselbe Weise. Wir säen sie aus, man kann auch sagen, wir legen sie blöd auf den Meeresboden. Wir warten ab, bis sie groß genug sind. Dann ernten wir sie, und völlig überraschend haben sie mehr Sand als die Muscheln aus Frankreich, Spanien oder Irland.«

Chester Bloomberg schien erbost. »Aber in Frankreich und Spanien, da pflegt man die Hängekultur. Die Muscheln werden an Flößen oder an Langleinen aufgezogen. Ist das das Naturprodukt, das sie wollen?«

Schouten antwortete spöttisch: »Naturprodukt, Naturprodukt! Wir faseln doch nur von Natur. Es geht hier aber nicht um Natur, es geht ...« Schouten schob sich eine filterlose Zigarette zwischen die Zähne, entzündete sie nicht, und sagte dann breit lächelnd: »Wissen Sie, das Grundgesetz in Yerseke heißt einfach: Artikel 1 – Wo kommen wir denn dahin? Artikel 2 – Das haben wir schon immer so gemacht! Und Artikel 3 – Um Gottes willen, das kostet doch Geld! So läuft das hier in Yerseke. Wir sind so fürchterlich stolz auf uns selbst. Wir Muschelfischer in Yerseke stehen im Hafen, hauen uns gegenseitig auf die Schulter, dann trinken wir noch ein Geneverken auf unser Wohl, und währenddessen werden wir von den Spaniern und Franzosen vom Markt gefegt. So läuft das hier!«

»Werden wir also auch in Zeeland demnächst nur noch die Hängekultur pflegen? Wie viele Ihrer Kollegen sind Ihrer Meinung?«

Erneut lächelte Jacobus Schouten, mild und spöttisch zugleich, und er sprach in die Kamera: »Nun, vielleicht bin ich der Einzige!«

Damit drehte er sich um und ließ den feinen Herrn Bloomberg vor seiner Kamera stehen. Wahrscheinlich wollte er draußen seine Zigarette rauchen.

Chester Bloomberg zögerte zunächst, lächelte dann aber ansatzlos wieder ein besonders schönes Videobloggerlächeln.

Er beugte sich über einen Teller Muscheln und sprach: »Das Besondere an den Muscheln ist: Man braucht kein Besteck.« Er nahm eine leere Muschel und entnahm mit den beiden Schalen das Fleisch einer zweiten Muschel, er aß es und sagte genüsslich: »Oosterschelde, völlig klar, wahrscheinlich aus dem Bereich der Sandböden vor dem Veerse Meer, köstlich! Ich wollte euch Meneer Schouten vorstellen, ›den Rebell‹, wie man ihn hier nennt. Ich möchte sagen, der Rebell ist durchaus unterhaltsam. Wollen wir hoffen, dass er nicht zu viele Nachahmer findet. Liebe Foodfollower, wir sehen uns am Montag, dann erzähle ich euch, wie man hier in Zeeland zu Fuß Austern sammeln kann. Also, bis dann, und damit verabschiede ich mich, wie ich es immer tue.« Er lächelte gekonnt und hob die Hand wie Karl Lagerfeld seinen Fächer. »*Love*, Chester!«

Adi schloss das Video-Programm und klappte den Laptop zu.

Lothar fragte in die Runde: »Na, das Gespräch hat sich der aufgeblasene Fatzke aber anders vorgestellt, oder was meint ihr?«

Gerd sagte nachdenklich: »Nee, das glaube ich nicht. Der wusste ganz genau, wie dieser Fischer das sieht, und er dachte, so kriegt er seine Meinung am Ende noch besser ins rechte Licht gerückt.«

»Nee!«, sagte Detlef. »Glaube ich nicht! Der hat dem ganz schön in die Muschelsuppe gespuckt, das glaube ich!«

Adi fragte: »Wovon lebt denn so ein Blogger?«

»Na, von der Werbung, die vorher gelaufen ist«, antwortete Lothar.

Ich fragte mich, ob da nicht noch ein paar Euro dazukommen könnten. »Macht der das aus freien Stücken, oder wird der von irgendjemandem engagiert, damit er hier dreht? Dann könnten da noch ein paar Mücken dazukommen, von irgendeinem Fremdenverkehrsverein oder von der Muschelgewerkschaft oder wie das auch immer heißt.«

Adi brachte das Gespräch in eine andere Richtung. »Aber wenn das der Fall sein sollte, dann hat dieses Interview ja bestimmt nicht nur diesem Chester nicht gepasst. Was meint ihr, was die Kollegen dazu sagen?!«

Lothar sprach das aus, was jeder dachte: »Wenn das mein Kollege wäre, würde ich dem ganz schön eins vors Fressbrett kloppen!«

Gerd kraulte sich seinen Vier-Tage-Bart. »Vielleicht hat ein Kollege es nicht beim Vors-Fressbrett-Kloppen belassen. Sonst hätte Kapitän Schouten vielleicht nur einen Schneidezahn weniger. Aber die Zähne waren wahrscheinlich noch komplett. Nur der ganze Kopf steckte in einem Jutesack, und der ganze Kapitän steckte unter dem Pier in Westkapelle.«

Ich war mir sicher: »Wir müssen irgendwie mit diesem Chester Bloomberg in Kontakt kommen!«

»Und ich weiß auch schon, wie ...«, sagte Lothar, zog den Laptop zu sich herüber, scrollte herunter zu der Chatfunktion und schrieb: »Lieber Chester! Dein letzter Interviewpartner ist gestern unter dem Pier in Westkapelle mausetot aufgefunden worden. Ich glaube, du, mit deiner Intelligenz und deinem Einfühlungsvermögen, bist genau der Richtige, um diesen Fall aufzuklären!« Er zögerte kurz und setzte noch hinzu: »*Love*, Babette!«

Das hatte er geschrieben, und er drückte sofort auf »Senden«!

»Bist du bescheuert?«, fragte Adi. »Was wird Babette denn sagen, wenn sie eine Antwort auf dieses Schreiben kriegt, das sie gar nicht gesendet hat?«

»Wahrscheinlich kommt da gar keine Antwort, und wenn eine kommt, freut sie sich halbtot, dass sie eine Mail von ihrem Chester Bloomberg bekommen hat!«

Detlef war sich da nicht so sicher: »Also, bevor du so eine Mail abschickst, sollten wir das zumindest mal diskutieren. Wir sind doch ein Team.«

»Und? Hättet ihr zugestimmt?«

»Wahrscheinlich nicht!«, erwiderte Gerd.

»Auf keinen Fall!«, sagte Adi

»Deswegen hätten wir es ja noch mal diskutieren müssen!«, sagte ich.

Und dann legte sich ein Schweigen auf die Runde, das von einem »Pling« unterbrochen wurde.

Fünf Männer starrten auf den Monitor, und wir lasen: »Dear Babette! Ein Mann muss tun, was ein Mann tun muss! Wann treffen wir uns wo?«

Lothar beugte sich erneut über den Laptop und schrieb: »Morgen 12 Uhr Mittag im ›Zeerover‹ in Noordkapelle.« Er hielt kurz inne und fügte hinzu: »Und keine Bullen!«

Und schon wieder drückte er auf »Senden«.

»Du hast das wieder nicht mit uns abgesprochen!«, schimpfte Gerd, und Adi fluchte: »Wie soll ich das denn Babette erklären?«

Wieder ertönte das »Pling«, und auf dem Bildschirm erschien: »Ich habe morgen unendlich viele Termine, aber ich werde zusehen, dass ich es einrichten kann. *Love*, Chester!«

»Wir wollten einen Kontakt zu Chester Bloomberg, den haben wir, wir sehen ihn morgen Mittag im ›Zeerover‹, das war unser Problem! Und wie du das deiner Babette erklärst, das ist ganz allein dein Problem!«

15.

In Noordkapelle bog Piet mit der äußerst betagten Gazelle Impala vom Randduinweg in die Eikenlaan.

Den Strandabschnitt, an dem das »Lage Duintjes« lag, nennt man in Noordkapelle »Hondenstrand«, weil da ganzjährig auch vierbeinige Familienmitglieder am Strandurlaub teilnehmen können. Am Parkplatz »Hondenstrand« hatte ein kluger Witzbold vor zwei Jahren das »*Honden*« durch »*Katten*« ersetzt. Ein von Perser-, Siam- und Savannah-, von Maine-Coon-, Britisch-Kurzhaar-Katzen oder räudigen Straßenkatern bevölkerter Strandabschnitt. Piet wusste bis heute nicht, ob er das lustig oder einfach nur entsetzlich finden sollte. Aber es war ja nur ein Gedankenspiel. An den Stränden auf Walcheren fand man Möwen, Muscheln, Hunde, einige deutsche Walrösser in Badehosen, aber ganz sicher keine Katzen. Das war beruhigend.

Es war ein Sonntagabend im April, und auch wenn die Sonne am Nachmittag sehr sommerliche Gefühle hatte aufkommen lassen, so umfing ihn jetzt kühlere Abendluft, als er seine Impala abschloss. Auf dem Fahrradparkplatz waren nur noch wenige *fietsen* angekettet.

Piet genoss die salzige Seeluft, er genoss die Stille. Er ging sehr langsam. Weil die Vorfreude noch andauern sollte, weil er nicht wusste, was da auf ihn zukommen würde? Er stieg den Deich hoch, links lag »Lage Duintjes«, der Treffpunkt. Hier hatten sie sich verabredet. Er sah auf die alte Timex an seinem Handgelenk.

Die Militäruhr war noch von seinem Vater, es war keine goldene Uhr, keine wertvolle Uhr, aber er hatte sie auch nicht geerbt.

Sein Vater hatte sie ihm geschenkt, er hatte sich bei ihm dafür bedanken können. Das war wichtiger. Es war eine Handaufzugsuhr, aber sie ging immer noch auf die Minute genau.

Sechs Minuten waren es noch bis sieben. Er könnte drinnen nachsehen, ob sie schon da war. Wenn nicht, würde er hier draußen auf sie warten.

Im »Lage Duintjes« war nicht mehr allzu viel los.

Joost, der Chef, freute sich, ihn zu sehen. »Leffe?«

»Nein, danke, Joost, heute nicht!«

Joost zuckte mit den Schultern und polierte weiter Gläser.

Das Leffe ist ein leicht herbes Abteibier, es gehörte für Piet zum »Lage Duintjes« wie das Grimbergen zum »Zeerover«. Die Abtei »Notre-Dame de Leffe« liegt im belgischen Dinant, dreißig Kilometer südlich von Namur. In diesem Kloster hatten die Mönche schon im Jahr 1240 beschlossen, eine Brauerei für die Zubereitung eines gesunden, stärkenden Getränks zu errichten. Piet war im Allgemeinen gerne bereit, den Mönchen drei, vier Gläser lang postum zu diesem Beschluss zu gratulieren. Aber nicht an diesem Abend.

Er durchquerte den Gastraum und ging vor bis zur Terrasse. Isabelle saß an einem Tisch ganz vorne am Strand. Glasscheiben in blauen Fensterrahmen schützten die Gäste vor dem Nordwind.

Isabelle trug Jeans, ein hellblaues T-Shirt und eine dunkelbraune Daunenjacke. Nichts an ihrer Erscheinung war außergewöhnlich, aber Piet sah sie, und sein Brustkorb zog sich zusammen. Glück ist eine Sekunde, Glück ist vergänglich, man muss die Momente sammeln, um zufrieden zu werden. Als Piet Isabelle vor sich sah, war er für einen Moment vollkommen glücklich.

Sie schaute aufs Meer, und er konnte sie für ein paar Sekunden ansehen. Sie trug ihr Haar inzwischen etwas länger, aber sie war für Piet um keine Sekunde gealtert. Vielleicht sah man ihr an, dass das Leben nicht nur gut zu ihr gewesen war. Das tat ihrer Schönheit jedoch keinen Abbruch.

Er setzte sich auf einen der zwei freien Stühle. »Schön, dich zu sehen!«

Er hatte in den letzten Jahren keinen ehrlicheren Satz gesagt.

Sie sah ihn an, antwortete: »Ja!«

Sie lächelte unsicher, sie stand sofort auf, und gemeinsam verließen sie den *Strandpaviljoen*.

Sie gingen hinunter an den Strand, nebeneinander, schweigend.

Isabelle zog den Reißverschluss ihrer Daunenjacke hoch. Kluges Mädchen. Er trug natürlich wieder nur ein T-Shirt und die alte Levi's-Cordjacke. Aber er würde nicht frieren. Und wenn das Thermometer auf fünf Grad fiel, er würde diesen Spaziergang nicht abkürzen, heute nicht.

Er nahm sie bei der Hand, sie gingen an der Wasserlinie entlang in Richtung Domburg. Wenn wieder zwei hölzerne Buhnen vom Strand ins Meer liefen, mussten sie sich eine Lücke zwischen den algenbesetzten Stämmen suchen, um danach wieder an die Wasserlinie zurückzukehren. Das Meer ging zurück, und sie gingen über den Streifen, wo die Wellen den Strand vor ein paar Minuten noch überspült hatten.

»Viel zu tun?«, fragte sie.

»Nein«, log er. »Wochenende, genau die richtige Zeit für einen ausgedehnten Abendspaziergang.«

Er wartete auf ihre Antwort. Er wartete vielleicht zehn Minuten oder drei, wer weiß das schon?

Dann sagte er: »Wir haben uns fast zwei Jahre nicht gesehen!«

»Ja, es ist alles geblieben, alles so leer geblieben.«

Er wollte nicht nachfragen.

Später sagte sie: »Am Anfang habe ich mich dabei wohl gefühlt. Ich konnte nicht weinen. Aber es war wenigstens leer. Ich dachte, ich hätte das verdient.«

Wie konnte er ihr helfen, welchen Satz konnte er sagen?

»Ich glaube, du hast dich bewusst entschieden, dich gegen alles abzuschotten, was Glück sein konnte.«

Sie ließ seine Hand los, ergriff sie ein paar Minuten später wieder.

»Ich konnte doch nicht glücklich sein.«

Piet zögerte, bevor er sagte: »Am Anfang, ja, aber dann wolltest du nicht mehr glücklich sein. Du musst ein bisschen Glück einfach zulassen.«

Spöttisch erwiderte sie: »Einfach! Da ist nichts einfach!«

»Ich meine auch nicht von heute auf morgen. Aber Coen ist seit fast zwei Jahren nicht mehr da.« Piet blieb abrupt stehen.

Sie schaute ihn fragend an.

»Jetzt atme mal ganz tief ein. Riech die Luft. Schau raus aufs Meer.«

Sie sog die Luft ein, sie lächelte ein ganz kleines bisschen und sagte: »Lass uns umkehren. Frierst du nicht mit deiner dünnen Jacke?«

»Nein!«

Sie gingen schweigend weiter. Plötzlich blieb Isabelle stehen, sie bückte sich, hob etwas auf. Es war keine Muschel. Es war ein kleines, schwarzbraunes, dreieckiges Ding.

Piet nahm es ihr aus der Hand. »Das ist ein Haifischzahn. Die findet man hier sehr selten. Da hast du aber Glück gehabt.«

Sie hakte sich bei ihm ein: »Ich brauche dich!«

»Ich bin da!«

16.

Acht Kunststoffhülsen hatte ich tief in das Erdreich des Stellplatzes 438 des Vier-Sterne-Campingplatzes »Camping de Grevelinge« getrieben. Acht hellgraue Kunststoffhülsen, die die Stangen des Windschutzes aufnehmen sollten, wenn wir nach Monaten der Mühen, des Plagens endlich wieder unser zweites Zuhause aufsuchen konnten, um den lieben Gott einen guten Mann sein zu lassen, und nicht einmal jener hätte nach diesen Monaten die acht Kunststoffhülsen wiedergefunden, die jedes Jahr erneut vom sprießenden Rasen verdeckt worden waren.

Im letzten Herbst hatte ich zur Prophylaxe eine hölzerne Windschutzstange in acht gleich lange Teile gesägt und diese an einem Ende mittels einer Spaxschraube mit einem kleinen Marmeladenglasdeckel verbunden, sodass nun nicht mehr das kleine Loch der Kunststoffhülse, sondern der größere Deckel eines Marmeladenglases gefunden werden musste. Und auch wenn die acht Marmeladenglasdeckel einen erheblich größeren Umfang als die Kunststoffhülsen aufwiesen, so fand ich sie doch wieder nicht, wodurch die naturwissenschaftliche Regel bestätigt wird, dass physikalische Gesetze an der niederländischen Nordseeküste jederzeit außer Kraft gesetzt werden können, wenn der Platzwart über einen Aufsitzmäher verfügt.

Als wir vorgestern über die von Starkregen überflutete A4 gepflügt waren, hatten wir trotz der Beteuerungen des Herrn Plöger nicht mit einem sonnigen Spätnachmittag gerechnet, deshalb waren wir direkt zum »Camping de Grevelinge« gefahren, um die notwendigen Vorkehrungen auf unserem Platz im Trockenen ausführen zu können. Marmeladenglasdeckel mussten gesucht werden, danach der Windschutz aufgestellt. Das Stromkabel musste von der Privatnasszelle zum Vorzelt gezogen, das Wasser musste angeschlossen werden. Die neun quadratischen Fichtenholztrittplatten mussten dergestalt zwischen Vorzelt und *sanitair privé* platziert werden, dass man im Dunkeln barfuß und unfallfrei die Toilette erreichen konnte.

Das war immer meine verantwortungsvolle Aufgabe. Wenn man auch nur eine dieser Trittplatten zehn Zentimeter zu weit nach hinten verlegte, dann trat man vorne auf die Kante, woraufhin sich das Fichtenholzquadrat an der hinteren Kante erhob und einen mit Wucht in der Kniekehle traf, was zunächst einmal schmerzhaft war. Dieser Schmerz jedoch führte zudem zu einem entsprechenden Schrei, der nicht nur den Rest des Campingplatzes weckte. Nein, Lothar würde sich wieder stöhnend im Bett wälzen und seiner Gaby erzählen: »Der Idiot hat wieder die Trittplatten falsch verlegt!«

Als dann das Windlicht auf unserem Vorzelttisch und die Kerzen auf dem Sideboard diese besondere heimelige Atmosphäre schufen, fühlten wir uns in unserer mehr oder minder mobilen Urlaubsbehausung so wohl, dass wir einen entscheidenden Tagesordnungspunkt für Anreisetage völlig vergessen hatten.

Gestern war dann der arme Fischer aus Yerseke unter dem Pier in Westkapelle hervorgezogen worden, und mein Adrenalinspiegel war erst nach Mitternacht wieder auf Normalwerte gesunken, und so hatten wir den entscheidenden Tagesordnungspunkt auch am Tag darauf versäumt.

Aber als Lothar auf dem Laptop von Babette das Treffen mit Chester Bloomberg arrangiert hatte, fiel es mir siedend heiß wieder ein: Wir waren seit Freitag in Noordkapelle, und wir waren noch nicht im »Zeerover« gewesen.

Es war schon spät am Nachmittag, als Anne und ich endlich in

Richtung unseres Frittendealers aufbrachen. Dem Gegenverkehr von Familien, die den Strand bereits verließen, nach zu urteilen, war es gegen fünf.

»Stimmt dich das auch ein bisschen melancholisch?«, fragte Anne, und ich wusste sofort, was sie meinte.

Da hatten Väter vorne und hinten Kindersitze an ihren Fahrrädern. Ganze Heerscharen von Bollerwagen wurden von Müttern gezogen. Und ja, es stimmte mich tatsächlich melancholisch. Unsere Kinder waren das erste Mal nicht dabei. Manchmal war ich aber auch ein bisschen dankbar, wenn ich Sätze vernahm wie: »Nein, Sorayaschen, et gibt getz kein Eis mehr«, oder: »Jetzt pass doch endlich auf, Kevin-Pascal, du fährst mir ja schon wieder in die Hacke!«

Tristan war mit drei Kumpels, zwei Zelten und einem Opel Corsa auf dem Weg nach Südfrankreich, und Edda wollte lernen. Sagte sie. Die Abi-Prüfungen lagen allerdings schon ein paar Wochen zurück, also handelte es sich um eine sehr durchschaubare Ausrede. Sie wollte wohl eher die »sturmfreie Bude« nutzen und mit Alex, dem schon seit anderthalb Jahren aktuellen Schwiegersohnanwärter, alles das mal zu Hause machen, was man nicht so einfach machen kann, wenn die Eltern im Haus sind. Ich wollte nicht darüber nachdenken, was das ist.

Ich sah den Deich vor mir und blieb stehen. Ich genoss diesen Moment, wenn man das Meer schon spüren kann, obwohl man es noch nicht sieht.

Anne nahm meine Hand und fragte: »*Saté*-Spieße oder *frikandel speciaal*?«

Ich antwortete ehrlich: »Egal! Grimbergen!«

Der »Zeerover« war neu gestrichen worden. Ein merkwürdiger Anblick.

Irgendwer hatte gesagt, es gebe einen neuen Besitzer, aber anscheinend waren alle Befürchtungen völlig überflüssig. Robert kam wie immer auf uns zu und freute sich sehr, uns zu sehen.

»Zwei Grimbergen und zweimal *frikandel speciaal*?«, fragte er, und ich antwortete: »Nee, ich nehme *saté, friet, mayo*!«

Robert war seit Anbeginn der Zeit Kellner im »Zeerover«. Es stand ihm ins Gesicht geschrieben, dass er an der Nordsee wohnte. Die Stürme, die Sonne, das Salz und das Meer hatten sich ein für alle Mal in seine Züge gegraben, und all diese Gesichtszüge entgleisten ihm nun völlig, als er sagte: »Wir haben hier eine neue Karte. *Saté* steht nicht mehr drauf.«

Nun taten es meine Gesichtszüge den seinigen gleich, aber zumindest teilweise konnte er mich beruhigen.

»Grimbergen haben wir noch! Wie wär's mit einem schönen Topf zeeländische *mosselen*?«

Es waren also nicht alle Befürchtungen unbegründet, aber die meisten.

»Okay, *mosselen*!«

Ich erzählte Anne von unserem Coup mit Babettes Laptop, und sie amüsierte sich königlich.

»Ihr trefft wirklich diesen Chester Bloomberg, hier im ›Zeerover‹?«

Robert brachte die beiden Gläser mit dem dunklen belgischen Abteibier.

Ich stöhnte auf. Langsam wurde es zu viel. Zeerover frisch gestrichen, kein *saté* auf der Karte und dann das: Mein Grimbergen schwappte fröhlich in neu designten Gläsern. Immer noch schöne große Kelche, aber der Fuß war viel zu lang, sicher 0,8, vielleicht sogar ein Zentimeter länger als der Fuß des traditionellen Glases. Mussten jetzt sogar die belgischen Äbte modernisieren?

Robert und Anne schienen meine entsetzte Miene bemerkt zu haben. Beide sahen mich aufmerksam an. Beide sprachen kein Wort.

Stille.

Ich ergriff umständlich das neue Glas. Ergonomisch nicht unbedingt ein Reinfall, man konnte es gut halten. Ich führte es an die Lippen, nahm den ersten Schluck.

Weiterhin Stille.

Ein zweiter, ein dritter Schluck.

Stille!

Ich stellte das Glas ab, wischte mir den Schaum vom Mund und schwieg.

Stille!!!

Dann sagte ich: »Jaaa!«

Robert grinste, Anne nahm ihr Glas ebenfalls hoch und probierte einen Schluck.

»Kann man trinken!«

Robert lachte, drehte sich um und ging pfeifend unser Essen holen.

Es darf nicht zu still sein im »Zeerover«.

»Manchmal finde ich dich wirklich zu konservativ!«, sagte Anne.

Hatte ich übertrieben? Nach der Blogger-Geschichte schon der nächste Disput mit meiner Ehefrau?

Vorsichtig fragte ich: »Findest du?«

Anne drehte das Glas in ihrer Hand. »Ja, aber diese neuen Grimbergen-Gläser sind echt scheiße!«

Robert kam zurück an unseren Tisch und stellte die *frikandel speciaal* mit *frietjes* vor Anne auf den Tisch. Sie hatte wieder auf Mayonnaise verzichtet; ich werde es nie verstehen. Und dann stand er vor mir, der dampfende schwarze Topf. Robert nahm den Deckel ab, und ein göttlicher Duft von Meer und Zeeland entzündete ein olfaktorisches Feuerwerk in meinen Riechzellen.

Muscheln sind ja quasi ein diätetisches Lebensmittel. Sie verfügen pro Portion nur über neunundsechzig Kilokalorien und gehören damit zu den Lebensmitteln mit geringer Kaloriendichte. Klar, sie bestehen zu achtzig Prozent aus Wasser. Ich erklärte Robert auch noch kurz, dass Miesmuscheln nur zehneinhalb

Gramm Proteine pro hundert Gramm besitzen, also eiweißreich sind, und das Ganze bei nur etwa zweieinhalb Gramm Kohlenhydraten. Er nickte wissend. Wer auf eine figurbewusste Ernährung Wert legt, sollte regelmäßig Muscheln essen. Ich habe das recherchiert, das stimmt alles.

Und ich lege verdammt viel Wert auf eine figurbewusste Ernährung, und angesichts der ganzen Vitamine und den großen Mengen anderer Nährstoffe, die in zeeländischen Miesmuscheln enthalten sind, entwickelte sich bei mir gerade ein sehr, sehr gutes Gewissen, was die Ernährung betraf.

Ich tunkte eine Pommes in die Mayonnaise und sprach zu Robert: »Bringst du mir bitte noch ein Grimbergen? Das erste ist verdunstet!«

Er lächelte mich an und sagte: »Gesundes Leben kann so einfach sein!«

Als unsere Gazellen die Einfahrt von »De Grevelinge« erreichten, standen da noch drei, vier Wohnwagen vor der Schranke. An der Rezeption herrschte auch um diese Uhrzeit noch Hochbetrieb.

Anne sagte: »Fahr schon mal vor, ich muss eben zur Rezeption!«

Als ich in unserer Ecke ankam, saß Gerd mit einem Buch vor dem Vorzelt. Er trug einen dicken Fleece-Pulli, aber auch er wollte wohl den Abend an der frischen Luft genießen.

»Was liest du gerade?«

»*Ulysses* von James Joyce. Weltliteratur.«

»Worum geht's?«

»Ja, das ist was ganz Besonderes. Joyce beschreibt in diesem Wälzer nur einen einzigen Tag im Leben des Leopold Bloom, Anzeigenaquisiteur in Dublin.«

»Nur ein Tag und so dick. Wie viele Seiten hat denn das Buch?«

»Moment!« Gerd blätterte bis zur allerletzten Seite. »Neunhundertsiebenundachtzig Seiten.«

»Und wo bist du?«

Gerd blätterte kurz zurück. »Knapp vor der Hälfte, Seite vierhundertneunundsiebzig.«

»Wow! Und wie lange bist du jetzt dran?«

»Ich lese es nur, wenn ich hier bin. Ich glaube, seit mittlerweile vier Jahren.«

Adi saß mit Babette vor dem Vorzelt, und als ich über den braun-beigefarbenen Windschutz schaute, bedeutete er mir mit einer nach außen wischenden Handbewegung, dass sie mich gerade nicht gebrauchen konnten. Da gab es wohl etwas zu besprechen.

Lothar hatte noch ein Grimbergen für mich, und als ich endlich die Schiebetür zu unserem Vorzelt zur Seite schob, saß Anne bereits vor unserem Laptop und betrachtete das Video von Chester Bloomberg mit Jacobus Schouten.

Aha, wir hatten jetzt also auch WLAN. Deshalb musste sie noch mal eben in die Rezeption. 9,90 € die Woche.

Ich wartete ab, bis Herr Bloomberg das berühmte »*Love*, Chester« ausgesprochen hatte, dann fragte ich: »Und?«

»Und der Fischer da ist die Leiche, die sie unter dem Pier in Westkapelle gefunden haben?«

»Ja.«

»Und morgen um zwölf trefft ihr diesen Chester im ›Zeerover‹?«

»Ja! 12 Uhr mittags.«

»Tsss!« Und so, wie eine Mutter lächelt, wenn der zweijährige Sohn sich unbedingt selbst anziehen will, was natürlich zwangsläufig mit der Jacke an den Füßen und der Strumpfhose auf dem Kopf endet, so lächelte auch Anne, sie schüttelte nur unmerklich ihr schönes Haupt, griff sich das Strickzeug vom Tisch und sagte: »Bernhard und die Detektive!«

Montag

17.

Die Kachel klingelte, und das schelmische Gesicht von Mattijs lächelte ihn an. Piet nahm ab.

»*Hoi* Mattijs! Was gibt's?«

»Dein Land Rover muss zur Inspektion!«

»Ach so … Seit wann ist er fällig?«

Mattijs antwortete: »Seit dreieinhalb Jahren?!«

»Was? Und warum hast du mich nicht vorher angerufen?«

»Ich habe dich dreizehn Mal angerufen!«

»Und warum hast du nicht Annemieke angerufen?«

»Annemieke habe ich fünfzehn Mal angerufen. Und danach hat sie gesagt, ihr Chef liebe unter dem Arsch wegrostende Land Rover, da dran könnte sie nichts machen!«

»Und warum rufst du mich jetzt an?«

Eine kleine Pause setzte ein, etwas länger als nötig, bis Mattijs dann endlich antwortete: »Ich habe das ultimative Angebot für dich. Einen fast neuen Land Rover Defender, siebzehntausend Kilometer gelaufen, scheckheftgepflegt, und den kann ich dir für 43.000 Euro lassen. Mit dem Ding bist du dein ganzes Rentnerleben lang motorisiert, Piet, das ist der Monster-Schnapp, und wenn du den nicht willst, dann musst du mir trotzdem deine alte Möhre bringen, damit ich dir den einigermaßen auf Vordermann bringe.«

Piet dachte kurz nach, bevor er fragte: »Welche Farbe?«

»Wie, welche Farbe?«

»Hellgrün oder hellblau?«

»Wieso hellgrün oder hellblau?«

»Welche Farbe?«

»Der ist schwarz, und der sieht super aus!«

»Ist aber kein Land Rover!«

»Natürlich ist das ein Land Rover!«

»Ein Land Rover ist hellgrün oder hellblau, und wenn er nicht hellgrün oder hellblau ist, dann ist es kein Land Rover!«

Mattijs stöhnte auf, das war deutlich zu hören.

»Okay, ich streiche ihn dir eigenhändig hellblau an, und jetzt schwing deinen scheiß Arsch in die grüne Rostbeule und komm hierher.«

»Hellblau!«

»Was?!«

»Mein Land Rover ist hellblau, du Lada-Schrauber.«

Ein leichtes Schluchzen war in der Kachel zu vernehmen.

Also so richtig hellblau war der fahrbare Untersatz des Piet van Houvenkamp, Inspecteur der Politie von Middelburg, nicht. Im Verkaufsprospekt hatte die Farbe damals *»light blue«* geheißen, und auch das konnte Piet nicht wissen, denn er hatte den Wagen einst von seinem Großvater, Wilhelmus van Houvenkamp, übernommen, was schon wirtschaftlich Sinn machte. Wilhelmus hatte seinen Enkel nicht nur nicht über den Tisch gezogen, er hatte ihm nicht nur einen fairen Preis gemacht, er hatte die Wagenübergabe auch als karitativen Akt empfunden. Das Auto hatte interfamiliär für zehntausend Gulden den Besitzer gewechselt, ein Bruchteil dessen, was er wert gewesen war. Es war ein wunderschöner Land Rover Series III von 1968, einer mit dem sehr seltenen 2,6-Liter-Sechszylinder mit sechsundachtzig PS, was gegenüber der Normalmotorisierung mit dreiundsechzig Pferdestärken ein gewaltiger Vorteil war. Er hatte eine Alu-Karosserie, er war als Sechs-Sitzer konzipiert, was bei Angelausflügen ein nicht zu leugnender Vorteil war. Und nicht zu vergessen: Der Wagen war von 1968 – also von vor 1974, was wiederum bedeutete, dass er ein schwarzes Nummernschild hatte, das die Nummernschildbehörde als »dunkelblau« bezeichnete. Damit galt er als Oldtimer und war steuerbefreit. Der Opa hatte alles, was irgendwie mit Technik und Maschinen zu tun hatte, stets mit Akribie in Schuss gehalten. Am aktuellen Anblick des Fahrzeugs hätte Opa nur wenig Freude gehabt. Das charmante »*light blue*« war eigentlich nur noch an den Innenseiten der Türen zu erkennen.

Am späten Vormittag fuhr Piet mit seinem vormals hellblauen Land Rover auf den Hof des Lada-Schraubers.

Mattijs de Jonge hatte sämtliche wichtigen Berufe durchlebt, die man an der Schelde haben konnte. Auch Mattijs war mal ein Muschelfischer gewesen, ein kleiner Muschelfischer, aber dann wurden die anderen größer, dann wurden die anderen zu groß, aber ein Leben ohne Muschelkutter konnte sich Mattijs nun mal nicht vorstellen. Dann war da diese kleine Werft in Wemeldinge gewesen, die hatte jemand verkaufen wollen, und Mattijs griff zu. Er erfuhr erst später, warum dieser Jemand die Werft hatte verkaufen wollen. Es war halt eine kleine Werft, dann wurden die anderen Werften größer, dann wurden die anderen zu groß, aber ein Leben ohne Motoren und Schrauben konnte sich Mattijs nun mal nicht vorstellen. Jetzt reparierte er Schiffe aller Art, schraubte an Motoren aller Art, und er kriegte das hin, was jeder Muschelfischer hinkriegen musste: Er hielt sich über Wasser!

Er kriegte es immer irgendwie hin, solange er nicht zu viele Kunden hatte wie Piet, die ihm einfach nichts zum Schrauben brachten. Und solange er nicht zu viele Land Rover verkaufte. Die scheiß Dinger gingen einfach irgendwie nicht kaputt.

Mattijs stand schon freudestrahlend am Tor, als Piet auf den Hof fuhr, und er führte ihn zur Halle, deren Rolltor geschlossen war. Das hatte Piet noch nie gesehen. Nun drückte Mattijs auf einen Knopf an der Garagenwand, und das schwere silberfarbene Rolltor erhob sich majestätisch.

Da stand er nun, im Scheinwerferlicht, das morgens um halb elf nun wirklich nicht nötig war. Der Defender in Schwarz.

»Nu' guck dir die Prachtkarre an. Der ist erste Hand. Von einem Programmierer in Amsterdam, nur in der Stadt gefahren, kein Gelände.«

Piet grinste ein entschuldigend-schiefes Grinsen: »Mensch, Mattijs, das siehst du doch selbst. Meiner ist ein Land Rover. Das da ist ein Pussy-Defender!«

»Ein Pussy-Was?«

»Na, ein Auto für verweichlichte Stadtmenschen, für diese Hipster, an der Seite kahl rasierter Kopf, dafür einen Bart wie 'ne Ziege. Für die Typen ist das vielleicht ein Auto, aber doch nicht für … Was ist das?«

»Ja, geil, 'ne? Das sind die neuen schwarz glänzenden Leichtmetallfelgen im ›Säbelzahn-Look‹. Du hast ja noch die alten, weißen Standard-Felgen!«

»So, nun pass mal auf! Wenn ein Eingeborener irgendwo in den entlegensten Ecken von Südamerika oder Afrika oder Südostasien in den letzten fünfzig Jahren zum ersten Mal in seinem Leben eine Felge gesehen hat, dann kannst du darauf wetten, dass es die weiße Standardfelge eines Land Rovers war. Machst du mir jetzt die Inspektion – ja oder nein?«

Mattijs drückte wieder auf den Knopf in der Garagenwand, und leicht quietschend schloss sich das silberfarbene Rolltor.

»Nur schmieren, was zu schmieren ist, kontrollieren, was zu kontrollieren ist …«, betete Mattijs herunter, und mit leicht gesteigertem Enthusiasmus fügte er hinzu: »Oder ich könnte ihn dir auch *light blue* lackieren?!«

Jetzt tat er Piet fast ein bisschen leid, deshalb antwortete der Inspecteur auch mit einigem Mitgefühl in der Stimme: »Wenn du alles kontrollierst, was zu kontrollieren ist, alles schmierst, was zu schmieren ist, dann gibst du mir hinterher die Rechnung, und ich bezahl, was zu bezahlen ist. Wenn du den Wagen lackierst, bring ich dich um!«

Mattijs zuckte die Schultern, und Piet fragte: »Wie lange brauchst du?«

»Na ja, ohne waschen und saugen, denn das ist ja sicher verboten, kannst du ihn in drei Stunden wieder abholen.«

»Drei Stunden, ja? Das ist blöd. Geht das nicht ein bisschen schneller? Ich muss noch nach Goes!«

»Ich kann dir ja einen Wagen leihen. Dann fährst du nach Goes und bist in drei Stunden wieder hier. Was willst du denn da? Das ist doch gar nicht dein Bezirk?«

»Ich muss zu Pim Wouters, wegen des Mordfalls. Hast du bestimmt schon in der Zeitung gelesen.«

Mattijs antwortete gelangweilt: »Pim Wouters kenn ich, das ist der Chef von Vincent Dekker. Das ist ein Kumpel von mir. Und welcher Mord? Ich les keine Zeitung.«

»Am Pier in Westkapelle ist eine Leiche angeschwemmt worden. Sagt dir der Name Jacobus Schouten was?«

Mattijs überlegte. »Jacobus Schouten sagst du? Nie gehört.«

Piet wollte sich hier nicht festquatschen. Er wollte mit Mattijs' Wagen nach Goes.

»Okay. Wo ist denn der Corolla? Ich muss los.«

»Mit dem Corolla ist Carin zum Einkaufen gefahren, aber ich habe da ein anderes Auto für dich!«

So sprach der ehemalige Fischer und jetzige Kleinwerftbesitzer, der alles schraubte, was es zu schrauben gab, lächelte kurz und drückte auf den Knopf in der Garagenwand, worauf sich leicht quietschend ein silberfarbenes Rolltor hob.

18.

Piet steuerte den schweren Wagen an der Auffahrt De Poel auf die A58 in Richtung Goes. In der Hand hielt er ein mit Kunststoff bezogenes, stinkendes Lendkrad, das auch wunderbar in einen VW Transporter, einen Renault Espace oder ein anderes indiskutables Fortbewegungsmittel gepasst hätte. Vor sich sah er zwei riesige runde Belüftungsdüsen. Statt dieser Raumschiffbelüftungsdüsen hatte sein Land Rover eine Klappe unter der Windschutzscheibe. Das war eine Klimaanlage. War es heiß, Klappe auf. Wurd's zu kalt, Klappe zu.

Aus dem Lautsprecher drang ein »Pling«. Im Display las er: »Bluetooth-Verbindung mit ›Piets Kachel‹ hergestellt.« Na ja, braucht kein Mensch, ist aber nicht völlig unpraktisch. Das musste er schon zugeben.

Und die Karre fuhr sich gut, auch das musste er sich widerwillig eingestehen. Natürlich, hatte ja auch mehr als doppelt so viel PS wie sein Schätzchen. Er fuhr sich verdammt gut, das war schon wahr.

Aber etwas anderes war nicht wahr. Es war ihm nicht gleich aufgefallen. Er hatte einen solch diebischen Spaß gehabt, seinen Kumpel Mattijs zu ärgern, dass er es nicht gleich gemerkt hatte. Wieso hatte Mattijs gesagt, der Name Jacobus Schouten sage ihm nichts? Mattijs hatte eine Werft, und selbst, wenn er an Schoutens Kutter noch nie Hand angelegt hatte – in Yerseke gab es nur gut sechzig Fischer. Und dieser Schouten war jemand, der auffiel. »Der Rebell«, hatten sie in der Zeitschrift geschrieben. Mattijs musste ihn kennen, zumindest dem Namen nach.

Das Polizeipräsidium von Goes lag in der Valckeslotlaan 6. Piet parkte eine Straße weiter im Meeuwenweg. Er wollte mit dem schwarzen Ungetüm nicht am Präsidium gesehen werden.

Piet kannte sich aus, und er ging durch den Siebzigerjahre-Zweckbau direkt zum Büro von Pim Wouters. Dort angekommen, musste er nicht klopfen, die Tür stand offen. An der Wand begrüßte ihn der König lächelnd in einem schmucklosen Rahmen, sonst begrüßte ihn niemand, das Büro war leer.

Plötzlich vernahm er hinter sich eine Stimme. »Was tun Sie hier?«

Piet drehte sich um und sah einen jungen Mann mit sauber gestutztem blonden Kinn- und Schnauzbart. Er trug Jeans, kariertes Hemd, darüber eine blaue Steppweste, an den Füßen ein paar blütenweiße Sneaker.

»Mein Name ist Piet van Houvenkamp, ich bin …«

Der Bärtige unterbrach ihn. »Ich weiß, wer Sie sind. Guten Tag, Herr Inspecteur. Entschuldigen Sie, dass ich Sie so angeblafft habe, aber hier im Büro …« Er kam auf Piet zu und reichte ihm die Hand.

Piet schenkte ihm das, was er unter einem Lächeln verstand, also ein schiefes Verziehen der Mundwinkel, mit dem man auch versalzene *frietjes* quittieren konnte. Ernst dreinschauen gelang ihm definitiv besser.

»Mein Name ist Vincent Dekker, ich bin der Brigadier, sozusagen die rechte und die linke Hand von Pim Wouters.« »Schön, Sie kennenzulernen. Wo ist Pim?«

»Keine Ahnung. Oder genau genommen, eine Ahnung habe ich schon. Er bekam einen Anruf, stöhnte laut auf und hat dann, ohne ein weiteres Wort zu sagen, im Laufschritt das Präsidium verlassen. Ich denke, die Anruferin war seine Frau.«

»Dann geht's jetzt wohl los. Ich habe Angelie gestern noch gesehen. Bei dem Babybauch fragt man sich schon, warum man von ›hochschwanger‹ spricht, ›rundschwanger‹ wäre logischer, oder?«

Dekker wiegte nachdenklich sein blondes Haupt und sagte: »Ja, vielleicht geht's jetzt los, vielleicht aber auch nicht. Der Alte hat sich in den letzten zwei Wochen mindestens fünf Mal nach einem Anruf in Trab gesetzt.«

Piet setzte sich auf Wouters' Schreibtisch. »Erzählen Sie mal. Kannten Sie Jacobus Schouten?«

»Natürlich. Ich bin oft draußen in Yerseke. Wissen Sie, ich liebe Muscheln und Austern, und die kriegen Sie nirgends besser als da. Waren Sie mal in der ›Oesterij‹ oder in ›De Branding‹? Und die Fischer, das ist ein Völkchen für sich. Spannende Leute, harte Arbeiter und mitten im Leben. Und wer sich für die Muschelfischer interessiert, der kennt Schouten. Das war ein bunter Vogel!«

»Ja, so was habe ich auch schon gehört. Gut, sagen wir mal so, wenn wir eh nicht wissen, wo wir anfangen sollen, können wir das auch vor Ort tun. Wann haben Sie heute Zeit?«

»Ich habe hier noch allerhand zu tun, wenn der Chef nicht da ist, aber um fünf habe ich Feierabend.«

Piet versuchte wieder ein Lächeln.

Er zog die Kachel aus seiner Cordjacke und wählte Annemiekes Nummer. »*Hoi* Annemieke! Buchst du uns mal um sechs einen Tisch in ›De Branding‹ in Yerseke oder im …« Er sah Dekker an. »Wie hieß das andere Lokal?«

»Das ist die ›Oesterij‹.«

»Das andere Lokal wäre die Oesterij. – Bitte? – Ja. – Nein, ein richtiger Tisch. Das ist kein Polizeieinsatz in dem Sinne.« Er lauschte der Stimme seiner Assistentin. »Für drei Personen. Nein, nein, das ist eher privat. Meneer Dekker hat da nämlich schon Feierabend.«

Dekkers Blick war vielleicht als missmutig zu bezeichnen. Piet tat das, was er am besten konnte. Er schaute ernst drein.

19.

Für einen Aprilvormittag hatte sich die Sonne schon ganz schön ins Zeug gelegt. Es war 11:23 Uhr, als fünf äußerst stattliche Ganzjahresbewohner des »Camping de Grevelinge« auf ihren Fahrrädern das Naturschutzgebiet »De Manteling« erreichten, das dem Deich vorgelagert war. Vier von ihnen waren bei den viereinhalb Kilometern durchaus ins Schwitzen gekommen. Die Winterpause war ihrer Kondition wieder einmal abträglich gewesen.

Einer hatte damit kein Problem: Adi saß im Sattel mit der aufrechten Grandezza eines Dr. Reiner Klimke, als der 1984 in Los Angeles auf Ahlerich die olympische Goldmedaille im Dressurreiten mit exakt derselben Körperhaltung gewann. Nur trug er auf dem Haupt statt eines schwarzen Zylinders einen ebenso schwarzen Fahrradhelm.

Fahrradhelme sind grundsätzlich begrüßenswert, erst recht, wenn man wie Adi ein Trekking-E-Bike fuhr, mit Shimano-Kettenschaltung, Mittelmotor und Scheibenbremse. Dazu hatte Adi als Zubehör noch eine Smartphone-Halterung aus extrem dehnbarem Silikon gewählt, erst vor acht Tagen online bestellt und pünktlich einen Tag vor der Abfahrt erhalten. Mit der Smartphone-Halterung konnte er sein Handy als Navigationsgerät einsetzen, sodass er sich auch nach fünf Grimbergen auf dem Weg zu »Camping de Grevelinge« nicht verfahren würde. Durch dieses Wunderwerk der Zweirad-Technik war Adi selbst bei Gegenwind in der Lage, seine Höchstgeschwindigkeit von fünfundzwanzig Stundenkilometern auszuschöpfen. Eine Beschleunigung über diesen Wert hinaus war möglich, erforderte dann allerdings wegen fehlender elektrischer Unterstützung einige körperliche Anstrengung, zu der Adi weder in der Lage noch in der Laune war.

In Deutschland ist die Reihenfolge stets »Kneipe – Deich – Strand – Meer«. Man geht vom Dorf in die Kneipe, dann über den Deich, dann an den Strand und dann ins Meer. Diese absonderliche Anordnung ist der Grund, warum viele männliche Camping-Touristen in Deutschland im ganzen Urlaub das Meer nicht sehen. In den Niederlanden lautet diese Reihenfolge »Deich – Kneipe – Strand – Meer«. Der Niederländer besandet seinen Strand nach den Winterstürmen, er putzt ihn heraus, er transportiert mit Treckern die putzigen kleinen Strandhäuschen vor die Dünen, und wenn das alles geschehen ist, ist der Niederländer so stolz auf seinen Strand, dass er die Kneipe auf Stelzen mitten auf den selbigen platziert.

Der *strandpaviljoen* »De Zeerover« fügte sich in exakt diese Reihenfolge. Man latschte erst einmal ein paar hundert Meter durch »De Manteling«, das Naturschutzgebiet, in dem man wild lebende Pferde, schottische Hochlandrinder – wie auch immer sie dahin gekommen sein mögen – sowie manchmal auch Rehwild sehen kann. Der Weg ist an beiden Seiten von Hunderten von Fahrradständern gesäumt.

Um diese frühe Uhrzeit hatten die Männer noch keine Probleme, einen Platz für ihre Räder zu finden, das würde sich am frühen Nachmittag ganz sicher ändern. Sie stellten ihre *fietsen* an der Stelle ab, an der die Steigung Richtung Deichspitze begann, nur Adi fuhr bis ganz oben auf den Deich. Klar!

Der »Zeerover« vermittelte eine Atmosphäre von »Wir sind vorbereitet. Sie können kommen!«. Das Servicepersonal stand in Dreier-Grüppchen vor oder hinter dem Tresen, noch in einen Plausch vertieft. Die fünf oder sechs Gäste, die um diese Zeit schon einen Cappuccino oder eine Cola genießen wollten, hatten ihr Getränk bereits vor sich stehen.

Ich sah ihn sofort. Und wäre der »Zeerover« voll besetzt gewesen, jeder Platz an jedem Tisch, und wäre die »Kellnerautobahn« zwischen Tresen und Tischen belebt wie der Dortmunder Westenhellweg am letzten Samstag der Adventszeit gewesen, ich hätte ihn trotzdem sofort gesehen.

Chester Bloomberg trug einen hellblauen zweireihigen Anzug in Schlangenhautoptik, darunter ein weißes Hemd mit goldener Kragennadel. Die rote Krawatte harmonierte perfekt mit dem Einstecktuch, obwohl sie nicht aus demselben Stoff gefertigt waren. Seine Schuhe blieben uns verborgen. Niemand bedauerte das. Kurz, er passte in den »Zeerover« wie Robert Geiss in den Buckingham Palace.

Chester Bloomberg saß am letzten Fenstertisch. Sein Blick war auf das Meer gerichtet.

Wir traten an seinen Tisch, und Lothar sagte: »Wir haben ein Date!«

Bloomberg brauchte einige Sekunden, um sich von seinem Meerblick loszureißen. Was hatte er da gesucht? England. Die waren doch schon weg! Mühsam fand Bloomberg in die Wirklichkeit zurück.

»Oh, ja, ein Date. Aber nehmen Sie doch Platz! Äh … wo ist Babette?«

»Die ist …«

Ja, da hätten wir drauf kommen können, dass uns diese Erklärung abverlangt würde.

Gerd war schließlich ein wahrer Meister der Improvisation. »Der, der, äh … der geht es nicht so gut!«

»Die hatte einen Rückfall!«, eilte Detlef ihm zu Hilfe.

»Einen Rückfall in was, bitte?« fragte Chester Bloomberg, und Lothar erklärte: »*Frikandel speciaal, frietjes, mayo*!«

»Um Gottes willen!« Der Ohnmacht nahe, legte Bloomberg den Rücken der rechten Hand gegen seine Stirn, was anscheinend sehr schnell zu einer Erholung führte. »Dabei sage ich meinen Followern immer wieder: ›Essen ist Kultur!‹«

Nun war es an Adi, seine arme Frau zu verteidigen. »Ja, da hält sie sich auch immer dran! Nur dieses eine Mal …«

Und Lothar ergänzte: »Deswegen hat sie auch die ganze Nacht rumge… äh … also wie ein Reiher, wollte ich sagen!«

Gerd setzte sich plump direkt neben Bloomberg und legte den *Provinciale Zeeuwse Courant* vor ihm auf den Tisch. Er musste nicht blättern, keine Seite aufschlagen, es war die Titelstory.

Bloomberg entnahm seiner Westentasche einen … Ja, wie nennt man so was? Einen Doppelmonokel, einen Kneifer oder wie auch immer? Er entnahm seiner Westentasche also eine Lesebrille ohne Bügel und setzte sie auf die britische Nase.

Er starrte die Seite lange an, dann sagte er: »Ich spreche nicht Niederländisch!«

»Aber Sie können Niederländisch gucken! Ist er das?«

Bloomberg nahm das brillenähnliche Gestell wieder ab und fragte: »Wer soll das sein?«

Jetzt wurde es Lothar zu bunt. »Ist das der Kerl, den Sie im Internet interviewt haben, verdammt noch mal?!«

Bloomberg überlegte anscheinend, ob er wegen der rüden Ansprache protestieren sollte. Er überlegte ungefähr so lange, wie er gebraucht hatte, um sich vom Anblick des Meeres loszureißen.

Dann entnahm er einer weiteren Westentasche (wie viele Westentaschen hatte der eigentlich?) ein weißes Stofftaschentuch, entfaltete es so, dass jeder im Umkreis von zehn Metern das Monogramm »CFB« lesen konnte oder musste, reinigte die eh schon blitzsauberen Gläser seiner Lesebrille, setzte sie wieder auf und betrachtete erneut das Foto des weißhaarigen Mannes.

Eine Zeitspanne später, in der Robert locker fünf Grimbergen und fünfmal *frikandel-friet-mayo* hätte servieren können, antwortete der Overdresste: »Ja, zweifelsohne, das ist Jacobus Schouten. Also, dass ich das nicht sofort gesehen habe, dieser unglückliche, getriebene Mann.«

Gerd versuchte, das Gespräch wieder in ein ruhigeres Fahrwasser zu führen. »Getrieben kann schon sein, aber als er vorgestern unter dem Pier in Westkapelle aufgefunden wurde, hatte er einen Jutesack über den Kopf gebunden. Also, selbst wenn er unglücklich war, Selbstmord scheidet eher aus.«

Und wieder nahm CFB seine Brille von der Nase. »Ein Jutesack, sagen Sie?!«

Lothar raunte mir zu: »Wenn der jetzt die Brille wieder aufsetzt, halbiere ich ihm das Ding mit der Hacke in drei Teile.«

»Wissen Sie, die gebräuchlichste Verpackung für diese köstlichen zeeländischen Muscheln sind tropffreie Zwei-Kilo-Packs. Die finden Sie in jedem Supermarkt, aber für die Gastronomie oder den Großhandel existieren auch Fünfzehn-Kilo-Gebinde, und die werden in Jutesäcken geliefert. Man müsste sich den fraglichen Sack einmal ansehen.«

»Sie meinen«, jetzt nahm Gerd seine Brille ab, »der Jutesack über dem Kopf könnte auf einen Zwist mit den anderen Muschelfischern hindeuten?!«

Bloomberg lehnte sich zurück. »Dieser Jacobus Schouten ist ein Querulant. Deshalb habe ich ihn ja als Interviewpartner für meinen Video-Blog ausgewählt. Wissen Sie, in Frankreich und Portugal werden die Muscheln fast nur noch in Hängekultur gezüchtet. Da hängen diese wunderbaren schwarz-violetten Geschmacksbomben an Seilen, rund um sie herum tobt das leckere Plankton, sie klappen kurz auf, atmen einmal ein, und schon ist der Nährstoffbedarf für die nächsten zwei Tage gedeckt. Wie soll ich Ihnen das erklären?« Chester Bloomberg legte seine Stirn in bedeutungsschwere Falten. »Stellen Sie sich ein Reh vor, das im dunklen Tann zwischen zwei prächtigen Fichten in einer Hängematte liegt, und einmal am Tag kommt der Förster vorbei, grüßt freundlich und legt dem kleinen Bambi zärtlich junges Gras, Knospen und ein paar frische Kräuter in den Mund. Glauben Sie, dass das Muskelfleisch dieses Tieres schmackhaft ist?! Ich versichere Ihnen: Es ist es nicht! Und nun begeben wir uns wieder in die Nordsee oder die Oosterschelde. Da liegen die Muscheln auf dem Grund. Sie liegen nicht in Hängematten, sie kämpfen um ihr Leben. Sie kämpfen darum, die schmackhafteste Muschel auf Europas Tellern zu sein. Und …« Nun zögerte Chester Bloomberg, seine Gesichtszüge nahmen wieder den Ausdruck an, den wir auch in seinem Video gesehen hatten. »Sie gewinnen diesen Kampf! Die zeeländischen Muscheln sind jeder anderen europäischen Muschel … ach was, ich war in Thailand und Japan, sie sind weltweit jeder anderen Muschel geschmacklich überlegen. Und es ist keine Nuance, die sie trennt. Es sind Dimensionen!«

Wenn irgendjemand behaupten würde, Chester Bloomberg neige zu Pathetik, ich würde ihm nicht widersprechen.

Damit konnte er Babette und 1,4 Millionen weitere Babettes sicher überzeugen, aber nicht Gerd. »Und Sie glauben, weil er für die Hängekultur eintritt – oder besser: eintrat –, hatte er Feinde?«

»Kann man das Feinde nennen? Feinde?! Wissen Sie, vor fünfzig Jahren, da war die Miesmuschel hier in der Gegend so etwas wie die Kartoffel. Wenn kein Haushaltsgeld mehr da war, hat man sich halt ein paar Kartoffeln aus dem Keller geholt, oder man hat ein paar Muscheln gesammelt. Aber heute kommt kein Sternekoch mehr ohne dieses Geschenk Neptuns aus. Die Muscheln sind allerdings nicht immer gleich gut. So ein Muschelfischer denkt, er hat eine wunderbare Parzelle gefunden, wo die Muscheln gut gedeihen, doch ein Jahr später sieht das schon wieder ganz anders aus. Wie die Muscheln kämpfen, so tun es auch die Fischer!«

»Aber das beantwortet meine Frage nicht. Hatte Schouten Feinde?«

»Ja, natürlich!«

»Wie viele?«

»In Yerseke gibt es fünfundsechzig Muschelfischer, einer war Jacobus Schouten, und die anderen waren seine Feinde.«

Fünf gesellige Camper, die eigentlich mit ihren Familien eine fröhliche Osterwoche verleben wollten, saßen nun schweigend am letzten Fenstertisch mit Chester Bloomberg.

Sehr gerne würden sie dem Inspecteur Piet van Houvenkamp – »ihrem« Inspecteur – unter die Arme greifen, aber vierundsechzig potenzielle Mörder waren dreiundsechzig zu viel.

Ich suchte nach einem Ausweg. »Wie hieß noch mal dieses Restaurant, wo sie den Fischer interviewt haben?«

»Sie meinen ›De Branding‹? Das kann ich Ihnen wirklich nur empfehlen. Und wenn Sie etwas Neues erfahren, lassen Sie es mich bitte wissen. Ich bin noch zwei Tage in Zeeland. Morgen bin ich auf ›De Kleine Schorre‹. Das ist das einzige Weingut von Zeeland. Man spricht ja immer von Weinbergen, aber die höchste Erhebung auf Schouwen-Duiveland ist der Deich. Ich bin ja mal gespannt, wie die da Wein anbauen.«

Ich hatte zu der gesamten investigativen Befragung nicht allzu viel beigetragen. Das musste ich noch dringend ändern, so sagte ich: »Mister Bloomberg, vielen Dank, dass Sie sich für uns Zeit genommen haben. Das Getränk geht natürlich auf uns!«

Er sah zunächst mich an, dann Adi. Er zog aus einer weiteren Westentasche die bekannte Autogrammkarte und einen Stift. Er notierte: »*Get well soon! Love, Chester!*«

»Liebe Grüße an Babette!«

Mit dem Blick eines Diebes, der sich gerade fragt, ob er wirklich alle Fingerabdrücke abgewischt hat, antwortete Adi: »Werde ich ausrichten!«

Als CFB gegangen war, saßen wir noch eine Zeit lang ratlos am Tisch.

»Na, viel hat uns das nicht gebracht, oder?«, fragte ich in die Runde.

»Aber wir geben nicht auf. Wir können van Houvenkamp doch nicht im Stich lassen.«

Robert brachte die Rechnung.

»Und was wäre ein Urlaub ohne spannenden Mordfall?! Ich hab' mich halt schon so dran gewöhnt.«

»Ja genau!«, sagte Gerd.

»Das sehe ich auch so«, ergänzte Lothar.

Plötzlich schlug sich Detlef die Hand vor den Mund und rief laut aus: »Um Gottes willen!«

Die anderen vier Männer beendeten schlagartig ihr Gespräch und schauten in das schreckverzerrte Gesicht ihres Kumpanen.

»Was ist los?«

Detlef konnte nicht sprechen. Zu einigen unartikulierten Lauten deutete er nur auf die Rechnung, die vor ihm auf dem Tisch lag.

Lothar ergriff sie als Erster.

Die drei Übrigen schauten nun alle von Detlef zu Lothar, und der stammelte: »Dieser geckenhafte Gnom! Er hat das Bier, dieses kulturhistorisch einzigartige Gebräu, wohlschmeckend, nährstoffreich und belebend, er hat das Bier in einem Satz viermal beleidigt.«

Sechs fragende Augen waren auf ihn gerichtet, und nach einer langen Pause sagte er: »Hier steht: ›Ein – kleines – alkoholfreies – Radler!‹«

20.

Als das Tempolimit auf den Autobahnen der Niederlande von hundertzwanzig Stundenkilometer auf hundertdreißig Stundenkilometer erhöht wurde, wurde dieses Thema in allen Autobahnraststätten, Kneipen und Cafés intensiv diskutiert. Würde diese Entscheidung der Mitte-Rechts-Minderheitsregierung die sehr positiven Unfallzahlen wieder nach oben treiben? War die Erhöhung unter Gesichtspunkten des Umweltschutzes vertretbar? Würde sich die Stau-Situation auf den Autobahnen entkrampfen?

Piet hatte sich aus diesen Diskussionen immer herausgehalten. Sie hatten ihn nicht interessiert. Hundertdreißig Stundenkilometer schaffte sein Landy, wenn es längere Zeit bergab ging, und in den Niederlanden – oder zumindest in Walcheren, der wunderschönen Halbinsel in der Provinz Zeeland – geht es nun mal nicht längere Zeit bergab. In der Nähe von Zoutelande gibt es eine Düne, die mit einer Höhe von vierundfünfzig Metern eine der höchsten Dünen der Niederlande ist. Den fantastischen Blick auf die Halbinsel, auf die Nordsee und die Westerschelde hatte Piet schon oft genossen. Diese Düne ist der höchste Punkt Walcherens, und sie ist mit dem Auto nicht befahrbar. Längere Zeit bergab fahren konnte Piet mit seinem Gefährt also nicht, und auf ebener Fläche war eine Geschwindigkeit von hundertfünfzehn oder hundertzwanzig Stundenkilometern das höchste aller Gefühle, mehr war halt nicht drin.

Die Tachonadel vibrierte leicht, sie stand auf hundertsiebzig, tendierte in Richtung hundertachtzig. Säße Annemieke am Steuer, hätte Piet sie beschimpft, gemaßregelt oder zumindest sehr ernst angesehen, aber sie saß nicht hinterm Steuer. Es war der Inspecteur Piet van Houvenkamp himself, der da gerade als achtundfünfzigjährige Version von Max Verstappen über die A58 knallte.

In Rekordzeit erreichte er das Präsidium, dann fuhr er doch noch ein Stück an der Herengracht entlang. Er parkte auf dem Parkplatz an der Wijngaardstraat vor dem Restaurant »Scherp« und ging die vierhundert Meter zurück zum Präsidium zu Fuß.

Der Kaffee aus Annemiekes Maschine wurde seinem Ruf gerecht.

Sie selbst saß an ihrem Schreibtisch und sagte: »Das ist ja mal ein Ding.«

Und sie sagte nicht, dass Piet es geschafft hatte, die Seiten aus der Zeitschrift *Zeeland* mit seiner Kachel zu fotografieren und an Annemieke zu schicken, obwohl er schon sehr stolz darauf war.

»Yerseke ist ja eigentlich nur ein Dorf, aber für die Muschelzucht ist es wohl so etwas wie eine Hauptstadt. Da gibt es die einzige Muschelauktionshalle Europas. Stell dir das mal vor! In dem kleinen Ort gibt es fünfundsechzig Fischer, und im Königin-Juliana-Hafen – das ist der für die Muschelfischer – liegen mehr als einhundertfünfzig Schiffe, dazu gibt es auch noch ein Trockendock für die Wartung. Abgesehen von den Fischern und der Auktionshalle sind in Yerseke auch die *big player* im Muschelhandel ansässig. Firmen wie Zeelands Eer, Krijn Veenstra oder Koning & Timmermans haben ihren Sitz in Yerseke.« Sie wandte den Blick vom Monitor ab. »Hast du das gewusst?«

Piet roch genüsslich an seinem Kaffee und sagte: »Nee. Ich meine, dass es da viele Muschel- und Austernfischer gibt, war mir klar, aber dass es so groß ist, hatte ich nicht gedacht. Koning & Timmermans, die kenne ich natürlich.«

Annemieke sah ihren Chef überrascht an. »Woher?«

»Am ›Zeerover‹ hängt doch vorne das Schild. ›Guten Appetit mit Muscheln von Konig & Timmermans!‹«

Annemieke lächelte milde. Sollte sie einen Satz wie »Den größten Teil deiner Allgemeinbildung hast du aus Kneipen« auf den Lippen gehabt haben, so sprach sie ihn nicht aus.

Piet fasste zusammen: »Dann haben wir also die Fischer auf der einen Seite, die Händler auf der anderen Seite und die Auktionshalle in der Mitte. Sehe ich das richtig?«

»Im Prinzip ja, aber mittlerweile stehen auch einige Fischer direkt bei den Handelshäusern auf der *payroll*. Damit umgeht man dann die Auktionen, was den Auktionatoren nicht so sehr passen dürfte.«

»Den anderen Fischern vielleicht auch nicht.«

Annemieke nickte. »Vielleicht … Es gibt da eine Muschelfischer-Gilde. Da könnten wir bestimmt Genaueres erfahren. Der Vorsitzende ist …« Sie tippte auf ihrer Tastatur, aber Piet kam ihr zuvor: »Johannes Mulder!«

Sie sah ihn verdutzt an. »Ach ja, der Artikel in der *Zeeland*.«

»Was weißt du über die Familie? Wissen die Angehörigen Bescheid?«

»Jacobus Schouten war Witwer. Es gibt zwei Söhne, Rafael und Ronald. Rafael studiert in Amsterdam, sein jüngerer Bruder Ronald arbeitet für seinen Vater auf dem Schiff in Yerseke, ich habe das an Vincent Dekker in Goes weitergegeben. Er hat die traurige Nachricht schon überbracht. Rafael Schouten ist wohl gerade auf dem Weg nach Yerseke. Dekker hat uns für morgen früh um neun einen Termin mit beiden auf dem Schiff gemacht, auf der … Moment …« Sie blätterte in ihren Notizen, während Piets Kachel in der Brusttasche seiner Cordjacke vibrierte. »Auf der ›YE 19 Leentje‹, so heißt das Schiff. Hörst du mir überhaupt zu?«

»Ja, natürlich«, sagte Piet, was auch ein bisschen stimmte.

Sie hatten morgen früh einen Termin mit den Schouten-Söhnen, und das Schiff hieß auch irgendwie, aber im Moment wurde seine Aufmerksamkeit von einem Foto beansprucht, das auf dem Display seiner Kachel erschienen war.

Mattijs de Jonge grinste ihm entgegen.

Piet nahm den Anruf an, und nach einem knappen »Ja, Piet!« legte Mattijs sofort los: »Sag mal, wie lange fährst du denn so nach Goes und zurück? Hast du einen kleinen Umweg über Rotterdam genommen? Ich hab's dir ja gesagt, der schwarze Bolide macht schon Spaß. Gib's zu! Deine Karre ist übrigens seit zwei Stunden fertig, ich habe sie auch extra nicht gewaschen.«

Piet schnauzte unwirsch: »Was soll ich denn zugeben? So ein Blödsinn, ich sag' nur Pussy-Defender! Ich komme gleich. Moment, nee, heute kriege ich das nicht mehr hin. Ich hole ihn morgen Vormittag oder vielleicht morgen Nachmittag ab, spätestens am Nachmittag.«

Piet konnte sich das freche Grinsen des Mattijs de Jonge nur zu gut vorstellen.

Annemieke stand auf und griff nach ihrer Handtasche. »Ich habe uns den Tisch für 18 Uhr im ›De Branding‹ reserviert. Das andere Lokal, die ›Oesterij‹, schließt bereits um diese Zeit. Wir müssen los, wir haben jetzt 17:15 Uhr …«

Piet ergänzte: »Oder wie Brigadier Dekker sagen würde: Feierabend!«

Als sie das Präsidium verließen, nahm Annemieke aus ihrer Handtasche den Schlüssel für den Dienstpeugeot, aber Piet wehrte ab: »Lass nur, wir nehmen meinen Wagen.«

21.

Am späten Nachmittag hatte ich mir eine warme Strickjacke angezogen, und nun saß ich zufrieden mit einem dampfenden Tee vor dem Vorzelt.

Anne war noch einmal ins Dorf gefahren.

Sie hatte im Vorzelt gestanden und sich umgeschaut. Von der Arbeitsplatte zum Tisch, vom Fernseher zum Kühlschrank.

»Was ist los, Schatz?«, hatte ich gefragt, und sie hatte geantwortet: »Es fehlt was!«

Wieder hatte sie von der Arbeitsplatte zum Tisch, vom Fernseher zum Kühlschrank geschaut. Plötzlich hatte ich gespürt, dass da eine elektrische Entladung in der Luft lag. Klar, es musste ja etwas mit Strom zu tun haben, wenn einem ein Licht aufgeht.

Anne hatte gerufen: »Natürlich, Blumen!«

Sie war auf ihre grüne Gazelle Paris gesprungen und ohne weiteren Gruß davongeradelt.

Die »Bloembinderij Johanna« schloss schließlich um 18 Uhr ihre einzige Pforte. Anne musste sich beeilen.

Im Sommer hatten wir die Probleme nicht. Im Sommer waren wir stolze Inhaber des Blumenpflückbons.

Viele Bauern auf Walcheren haben ihre Feldränder mit Wiesenblumen eingesät, sehr zur Freude der Bienen, die an den Blüten von Sonnenblumen, Mohn und Kornblumen, Schmuckkörbchen und all den anderen Sommerblumen ihre Nektar-Rationen sammeln können, aber auch zur Freude der Camper, die für zwölf Euro fünfzig eben einen Blumenpflückbon erwerben und sich dann gänzlich unabhängig von irgendwelchen Öffnungszeiten allein in Noordkapelle an sieben verschiedenen Orten einen wunderschönen Blumenstrauß zusammenstellen können. Das funktioniert den ganzen Sommer über, es funktioniert allerdings nicht zu Ostern, da ist an den fraglichen Feldern mit viel Wohlwollen ein dünner grüner Flaum zu erkennen. Es braucht einige Fantasie, dann schon das in wenigen Wochen im Wind wogende Blütenmeer zu erahnen. Im April ist man noch auf Johanna angewiesen, und die macht nun mal um 18 Uhr dicht.

Die Köpfe von Lothar und Gerd erschienen wie Stockpuppen eines Puppentheaters über meinem Windschutz. »Krisensituation«, sagte Gerd.

»Stufe Orange«, setzte Lothar nach.

»Was ist los?« Ich war aufgestanden, neugierig wäre untertrieben.

Lothar erklärte: »Feinstaub in Adis Caravan.«

»Wie – Feinstaub in Adis Caravan? Erzähl keinen Blödsinn. Was ist los?«

Lothar beharrte. »Feinstaub in Adis Caravan. Dicke Luft, kein Verkehr!«

»Mann, Lothar!«

»Also, Babette ist stinksauer«, führte Gerd aus, »dass wir über ihren Account Kontakt mit Chester Bloomberg aufgenommen haben. Und dass wir ihn dann noch getroffen haben, das verzeiht sie uns nie. Wir können also zusammenfassen: Bei Adi hängt der Haussegen in etwa so schief, wie Lothar morgens singt, wenn er unter der Dusche steht.«

Mutlose Stille legte sich auf die Runde, bis Detlef hinzutrat. Er hatte natürlich alles mit angehört.

»Ja, ja, Gott sprach zu den Männern: Ihr werdet finden liebevolle, genügsame und brave Ehefrauen in allen Ecken der Welt. Dann machte er die Erde rund und lachte!«

Nicht einmal dieser Satz war imstande, die Stimmung zu heben.

Also fragte ich: »Ist es so schlimm? Nun, dann lasst uns dem Bruder zu Hilfe eilen!«

Ich hatte da so eine Idee.

Wir schlichen um die Ecke zu Adis braun-beigefarbenem Vorzelt. Es herrschte absolute Stille, kein Adi, keine Babette, nicht mal ein Kai Pflaume oder ein Alexander Bommes waren zu vernehmen. Die Befragung war vorüber, der Jäger hatte gesiegt, Adi war zur Strecke gebracht.

Ich drehte mich zu den anderen um und flüsterte: »Okay, ich probiere es allein. Wenn es gefährlich wird, kommt ihr nach.«

Lothar bestätigte: »Wenn's gefährlich wird, raus aus der Deckung und Feuerschutz, alles klar!«

Wie fängt man das an? Vielleicht mit einem kleinen Liedchen auf den Lippen. Ich pfiff ein dezentes *Do not forsake me, oh my darling, on this our wedding day* und erschien geisterhaft in der Schiebetür des Vorzeltes.

Babette zerteilte Kartoffeln, und auch die Luft im Vorzelt hätte man schneiden können.

Ich pfiff meinen letzten Ton und fragte dann betont gut gelaunt: »Wann wollen wir denn morgen los? Was haltet ihr von 12 Uhr mittags?«

Babette antwortete, und auch ihr Tonfall war schneidend wie das Hümmelchen, mit dem sie den Kartoffeln zu Leibe rückte: »Mit euch wollen wir eigentlich gar nichts mehr zu tun haben. Auch wenn man jahrelang einem Irrtum aufgesessen ist, muss man ihn irgendwann korrigieren können, nicht wahr, Adi?«

Ich spürte förmlich die Schrauben auf den Daumen des Freundes. Ich durfte nicht aufgeben.

»Ich meine, gegen Mittag dürfte ja nicht so viel Verkehr sein, und nach Dreischor sind es von hier aus vierzig Kilometer. Das Navi sagt, neununddreißig Minuten, egal, ob man über Neeltje Jans fährt oder über die Zeelandbrücke.«

Ich sprach ohne Punkt und Komma, um ihr nur keine Möglichkeit zu geben, mir in den Redefluss zu grätschen. Schon ihre erste Salve hatte meinen Enthusiasmus erheblich geschwächt. Ich war mir nicht sicher, ob mein Mut eine weitere Intervention überstanden hätte.

Ohne jegliche rhetorische Pause fuhr ich fort: »Ich meine, Chester hat ja gesagt, ›De Kleine Schorre‹ sei das einzige Weingut von Zeeland. Wenn nichts dazwischenkommt, ist er am späten Mittag, frühen Nachmittag da, und ich glaube, die Expertenmeinung von Chester sollten wir uns nicht entgehen lassen, wenn es um den ersten und einzigen niederländischen Wein geht.«

Babette fiel das Schälmesser in die Schüssel.

Wirkungstreffer!

»Chester … Bloomberg … morgen?«

»Ja, natürlich. Er hat doch gesagt, er würde dich gerne treffen. Aber das weißt du doch, er hat doch extra das Autogramm geschrieben. ›*Get well soon*‹, ›Komm schon bald‹. Und das wäre dann morgen Mittag. Wäre das denn okay für euch, oder hast du was anderes vor, Babette?«

»Ich? Nein, nein, da habe ich eigentlich nichts im Plan. Das können wir machen. Ich meine, wenn ihr wollt, dann können wir auch schon um halb zwölf fahren.«

So, jetzt fuhr die Bahn auf der richtigen Schiene.

»Ja, das können wir natürlich auch machen. Adi, wir wollten noch auf ein Bier in die Kantine. Kommst du mit?«

Adi wehrte ab. »Nein, geht mal ohne mich, gleich kommt die *Tagesschau*.«

Babette war da ganz anderer Ansicht. »Aber Liebling, geh doch mit. Ich muss sowieso mal überlegen, was ich morgen anziehe.«

22.

Piet trieb die einhundertzweiundzwanzig Pferde des schwarzen Defenders auf der A58 nach Yerseke. Dieses Mal hielt er sich strikt an die vorgegebene Höchstgeschwindigkeit, wobei er eine wahrscheinliche Tachoabweichung von fünf Prozent großzügig addierte. Aber er blieb konsequent unter einhundertvierzig. Vorgesetzte haben schließlich auch eine Vorbildfunktion.

In Yerseke bog er auf den Havendijk ein und parkte den großen Wagen vor »De Branding«.

Das Restaurant war nicht zu übersehen. Vom Deich aus führte ein überdachter Steg zum Restaurant im ersten Stock eines alten weißen Fischerhauses. An der Seite des Steges prangte in blauen Lettern auf dem weißen Baldachindach: »De Branding«.

Der Gastraum war fast leer, man öffnete um 18 Uhr. Annemieke und Piet waren die ersten Gäste. Ein freundlicher Mann, dessen gemütliche Ausstrahlung dem Gast sofort klarmachte, dass man hier gut essen konnte, führte sie zu einem Tisch am Fenster. Von Brigadier Dekker war noch nichts zu sehen.

»Also pünktlich ist er nicht«, stellte Annemieke fest.

»Warum auch? Er hat ja Feierabend.«

Der gemütliche Kellner brachte die Karte.

»Und, willst du ihn übernehmen?«

»Wen? Dekker?«

»Nein, den schönen Land Rover!«

Piet lehnte brüsk ab: »Auf keinen Fall, das ist so ein Großserienteil, der hat doch keinen Charakter …«

»Mir gefällt er!«, warf Annemieke ein.

»Und er ist schwarz!«

»Na und? Deine Gazelle ist doch auch schwarz!«

»Das ist ja wohl was ganz anderes.«

Der Kellner unterbrach die müßige Diskussion. »Wissen Sie schon, was Sie trinken möchten?«

Annemieke lächelte ihn an und bestellte. »Ich nehme ein Spa rot, und der Chef trinkt bestimmt ein großes Bier. Wissen Sie, er hat Feierabend, und ich kann ja fahren.«

Der freundliche Mann schaute einen Moment so, wie man einen Briefträger anschaut, der einem mittags an der Haustür ungefragt mitteilt, dass er morgens gute Verdauung hatte. Er hob an zu einer Antwort, überlegte es sich dann aber augenscheinlich anders und sagte nur: »Sehr gerne, die Dame!«

Dekker betrat das Restaurant, blickte kurz irritiert auf seine Armbanduhr, kam an ihren Tisch, grüßte und stellte sich dann Annemieke vor. »Brigadier Dekker, aber nennen Sie mich bitte Vincent!«

»Schön, dich kennenzulernen«, antwortete Annemieke und deutete auf den freien Stuhl neben sich.

Dekker hatte plötzlich ein dämliches Grinsen in seinem bärtigen Gesicht, und Piet dachte, dass das große Bier eine verdammt gute Idee gewesen war.

Der Kellner brachte die Getränke, perfektes Timing.

Vincent Dekker deutete auf das Bier und sagte: »Für mich auch ein großes Bier!«

Piet befand, es war nun an der Zeit, ein sinnvolles Gespräch zu beginnen. »Sie haben dem Sohn die Nachricht überbracht. Wie hat er reagiert?«

»Na ja, ich will nicht gerade sagen ›schulterzuckend‹, aber viel hat nicht gefehlt. Also, Trauer oder Entsetzen oder so war da nicht. War aber auch nicht zu erwarten.«

»Warum nicht?« Annemieke sah ihn interessiert an.

»Wie soll ich sagen? Bei den Schoutens war immer schon ordentlich Druck auf dem Kessel, wenn du verstehst, was ich meine. Die Mutter ist sehr früh gestorben, bei der Geburt des zweiten Sohnes, Ronald hatte sie nie kennengelernt. Und der Alte war schon ein Kauz!«

»Kannten Sie ihn gut?«

»Den Alten? Nee, man grüßte sich eben, aber Kontakt habe ich zu dem nicht gehabt. Ronny ist halt ein Kumpel von mir. Wissen Sie, der hat immer alles Mögliche unternommen, um von seinem Vater so angenommen zu werden wie sein Bruder, aber der Alte hat Rafael immer vorgezogen, mehr geliebt als Ronald.«

»Das hat sich wie geäußert?«

»Na ja, nehmen Sie die Geschichte hier in ›De Branding‹, das war *das* Stadtgespräch in Yerseke. Ich meine, Yerseke ist natürlich keine Stadt!«

Piets Interesse war geweckt. »Es war also das Stadtgespräch im Dorf … Egal, erzählen Sie.«

Vincent Dekker erzählte die Geschichte, die sich drei Wochen zuvor – also zwei Wochen und vier Tage, bevor Piet zum Hornhechteangeln auf den Pier von Westkapelle gefahren war – in genau diesem Restaurant »De Branding«, Havendijk 50 in Yerseke, zugetragen hatte. Und als Rafael Schouten auch in Dekkers Geschichte die Worte »Ich brauche Yerseke nicht! Ich brauche dich nicht! Und ich brauche dein Geld nicht!« gesagt hatte, wurde es still am Tisch. Dekker hatte seine Geschichte zu Ende erzählt, Annemieke wirkte ein bisschen ergriffen, und Piet trank sein Bier aus.

Er bedeutete dem Kellner, dass er einem zweiten großen Bier nicht abgeneigt war, und wandte sich wieder an Dekker: »Der große Bruder …«

»Rafael?«

»Ja, Rafael. Sie haben ihn erreicht?«

»Ja, der Rafael, der ist so ein bisschen … Ja, wie soll ich sagen? Der Rafael ist so ein bisschen nicht von dieser Welt. Der ist wissenschaftlicher Assistent für Kunstgeschichte an der Radboud Universiteit in Nijmegen, und seien Sie mal ehrlich, wer so was studiert …«

Annemieke hätte bestimmt eine passende Antwort parat. Deshalb unterbrach Piet sehr schnell Dekkers Redefluss. »Der passt in Yerseke nicht ins Weltbild, das verstehe ich schon. Annemieke sagte, er käme hierher. Wann kann ich ihn sprechen?«

»Ronald will morgen Mittag mit der ›Leentje‹ raus, ich habe uns um neun einen Termin mit den beiden auf dem Schiff gemacht. Passt Ihnen das? Wenn nicht, muss ich Ronald einen Strich durch seinen Fahrplan machen.«

»Nee, das passt schon.«

Als Vorspeise hatten sie die Plateau Yerseke mit Aal, Räucherlachs und Garnelen, dann die wunderbaren Muscheln. Die Muscheln zogen durch den aufsteigenden wohlriechenden Dampf die gesamte Aufmerksamkeit des Inspecteurs auf sich, sodass das Gespräch für einige Zeit zum Erliegen kam.

Erst, als die letzte Muschelschale ihren Weg in den Topfdeckel angetreten hatte, fragte Piet: »Ronald ist Ihr Kumpel, sagen Sie?« Er wischte sich mit der Serviette den Mund ab. »Sie haben also ein gutes Verhältnis zu ihm? Wie sieht es mit den anderen Fischern aus? Wie stehen die zu Ronald, wenn sie seinem Vater schon eher feindselig gegenüberstehen?«

»Ich glaube, da kann man schon sagen, der Ronald ist in Yerseke beliebt. Oder … Nee …« Dekker nahm einen großen Schluck von seinem Bier. »Sagen wir besser: anerkannt. Wissen Sie, die Fischer hier, das ist kein Kindergeburtstag. Das ist ein hartes Geschäft, und da braucht man auch mal harte Bandagen, und Ronald hat die.«

»Und sein Vater?«, hakte Annemieke nach.

»Der hatte die auch. Deswegen klappte zwischen den beiden nur ganz wenig.«

Als Dessert wählte Annemieke eine *Dame blanche,* Piet und Dekker einen Genever.

Als Piet vom Baldachin-bedachten Steg auf die Fahrertür des verhassten schwarzen Land Rovers zusteuerte, stibitzte Annemieke ihm den Schlüssel aus der Hand.

»Ich fahre!«

23.

»Sag mal, bist du eigentlich wahnsinnig?« Adi war sehr aufgebracht. »Woher willst du wissen, dass dieser Bloomberg morgen am späten Mittag im Weingut auftaucht? Wenn der erst um fünf kommt, lässt sich Babette scheiden.«

»Also, Chester hat uns im ›Zeerover‹ erzählt, dass er dahin fährt, und der kündigt in seinem Food-Blog immer den nächsten Beitrag an. Hast du die Folge über das Fußfischen nicht gesehen?«

Es war Adi anzusehen, dass er sich eigentlich auch mal ein anderes Thema als immer Chester Bloomberg wünschte.

Aber Lothar sah eine Möglichkeit, Finger tief in Wunden zu bohren, und solche Möglichkeiten ließ er ungern ungenutzt. »Du, das war ein Bild für die Götter. Da gibt es hier so einen Strandabschnitt, und bei Niedrigwasser, vor allem nach einer Springflut, kannst du die Austern zu Fuß am Strand einsammeln. Also, du kannst das, ich kann das. Aber wir sind auch beide nicht gekleidet wie dieser englische Gourmet-Zausel. Als er gestern in braunen Budapestern und grünen Knickerbocker über diesen Strand gestakst ist und über das Austernsammeln gesprochen hat, da hat er gesagt: ›Wir sehen uns Dienstagnachmittag im Weingut ›De Kleine Schorre‹.‹ Gut, die Uhrzeit weiß ich auch nicht so genau. Aber der will bestimmt noch ein paar Autogramme verteilen. Also dachte ich, gegen eins müsste passen!« Lothar wischte sich den Schaum von den Lippen. »Und wenn er gegen drei kommt, ist es ihr auch egal. Mensch, sei doch froh, dass wir dich da rausgehauen haben.«

Adi war noch nicht beruhigt. »Und wenn der dann meine Babette gar nicht so nett behandelt …?«

Lothar antwortete: »Dann nimmt sie das Autogramm aus der Küche, und du bist wieder der Chef im Ring.«

Adi lächelte. »Ach was, ich finde das eigentlich ganz süß, dass sie gerade schwärmt wie ein Teenager. Wisst ihr, Appetit darf sie sich holen, aber gegessen …«

»… wird nach der Philosophie von Chester Bloomberg.«

»Na ja, seitdem sie diese Videos guckt, legt sie sich beim Kochen ganz schön ins Zeug«, sagte Adi. »Na, dann hoffen wir mal, dass morgen alles gut geht. Anouk? Bringst du uns noch fünf Grimbergen?«

Dienstag

24.

Den Kaffee im »Sint John« hatte Piet entgegen seinen sonstigen Gepflogenheiten im Stehen eingenommen, auf den *bolus* hatte er ganz verzichtet. Dieser neue Fall verlangte wegen der räumlichen Entfernungen einige Umstellungen im Zeitplan. Wenn Annemieke ihm sonst einen Termin für 9 Uhr irgendwo in Middelburg in die Kachel gesendet hatte, dann bedeutete das:

8:00 Uhr Aufstehen

8:30 Uhr Kaffee im »Sint John«

8:50 Uhr Gazelle Impala

8:55 Uhr Präsidium, zweiter Kaffee

9:00 Uhr Termin in Middelburg

Bei diesem Fall war sein Arbeitstag von Umwegen geprägt. Er verbrachte plötzlich ganze Tage auf der A58 zwischen Middelburg und Goes, und dann auch noch am Steuer dieses schwarzen Großserien-Raumschiffs.

Annemieke hatte angeboten zu fahren, aber als sie am Auto angekommen waren, stand Piet gerade viel näher an der Fahrer- als an der Beifahrertür, und dann nicht auch zu fahren wäre ja noch ein Umweg gewesen.

Der Königin-Juliana-Hafen trägt diesen königlichen Namen, weil die Königin selbst im Jahr 1981 nach Yerseke gereist war, um die Statue des *Mosselman* einzuweihen, dieses Muschelmanns aus Bronze, der bei jedem Wetter mit seinen hohen Wattstiefeln, mit der Fischermütze auf dem Kopf und dem Muschelkorb in der rechten Hand an der Hafeneinfahrt die Seeleute empfängt.

Stolz, aber auch gemächlich, kraftstrotzend und leise ruhend lag das Schiff an seinem angestammten Anleger. Auf dem blau lackierten Bug des Muschelkutters prangte in weißen Buchstaben »YE 19 Leentje«. Die vorderen Aufbauten und die Ausleger, die die Netze auswarfen und wieder einholten, waren gelb lackiert. Förderbänder dienten dem Transport der edlen Fracht in die zu füllenden Muschelcontainer. Jetzt waren die Container leer, die Förderbänder standen still. Alles war geradezu peinlich sauber, nirgends eine kaputte Muschelschale, kein vergessener Seestern, nirgends platzte auch nur ein bisschen Lack ab. Dieses Schiff wurde geliebt, von Jacobus Schouten geliebt, wie die Namensgeberin, einst und bis heute.

Piet hatte einen gehörigen Respekt vor nassem Metall auf Schiffen, seitdem seine Laufschuhe einmal bei einem Angelausflug auf dem nassen Deck keinen Halt gefunden hatten, was zu einem kunstvollen Spagat geführt hatte. Piet konnte keinen Spagat! Es hatte Wochen gedauert, bis sämtliche Bänder wieder entdehnt, alle Muskelfasern entzerrt waren.

Es sah vielleicht ein bisschen peinlich aus, aber eigentlich war Piet ganz froh, dass ihm ein Matrose die Hand reichte, als er mit einem großen Schritt an Deck des Schiffes trat.

»Guten Tag! Ich bin Inspecteur Piet van Houvenkamp, Polizei Middelburg, das ist meine Assistentin, Brigadier Annemieke Breukink. Wir untersuchen den Mordfall Jacobus Schouten.«

»Ja, schlimme Sache. Mein Name ist Sanne Kok. Ronald müsste jeden Augenblick kommen.«

Piet schaute genauer hin. Als er den Matrosen an Bord gesehen hatte, hatte er instinktiv mit einem Mann gerechnet. Sanne ahnte wohl, was er dachte. Sie lächelte, und als sie die blaue Wollmütze abnahm, kamen schulterlange blonde Haare zum Vorschein.

»Ich bin hier nur die Sommervertretung. Ich studiere eigentlich Aquakultur in Wageningen, und Jacobus war so lieb, mir hier für die Semesterferien einen Job zu geben. Der dritte Mann, Per Jansen, hatte eine Meniskus-Operation.«

»Oh, ja, das ist eine langwierige Sache«, sagte Piet, der wieder an den unfreiwilligen Spagat denken musste.

Drei Männer gingen am Hafenbecken entlang und steuerten auf das Schiff zu. Die blütenweißen Sneaker von Vincent Dekker hätte man selbst bei starkem Nebel erkannt. Die anderen beiden Männer waren ungefähr gleich groß, wenn auch von unterschiedlicher Statur. Der eine, kräftig und breitschultrig, trug Jeans und ein blaues Fischerhemd, der andere war eher schlaksig, wirkte blass, nicht wie jemand, der oft unter freiem Himmel arbeitete. Piet musste nicht einen Augenblick überlegen, wer Rafael und wer Ronald war.

Dekker stellte die Herren vor.

Piet drückte sein Beileid aus, beide zeigten keine sichtbare Reaktion, also wandte sich Piet an Ronald. »Wann haben Sie Ihren Vater das letzte Mal gesehen?«

»Das kann ich Ihnen sehr genau sagen. Wir sind am Mittwochnachmittag hier in Yerseke eingelaufen und haben am Ponton angelegt. Da wird die Probe entnommen und versiegelt. Der Alte ist dann zur Bemusterungshalle und zur Auktion rübergegangen. Als er zurückkam, hat er gesagt, Beta Mosselen hätte die Ladung gekauft, und Sanne und ich sind dann mit der ›Leentje‹ wieder raus. Wissen Sie, an Beta Mosselen zu verkaufen ist ziemlich blöd, denn die haben ihre Parzelle am weitesten draußen. Da warst du zwei Tage lang draußen, und wenn du endlich im Hafen bist und den Fang verkauft hast, bist du noch mal Stunden unterwegs, um die Muscheln wieder abzuliefern.«

»Wie? Sie verkaufen die Muscheln auf der Auktion und liefern die nicht hier ab?«

»Nein, nein, alle Händler haben ihre eigenen Parzellen«, erklärte Sanne. »Die sind über das ganze Verdronken Land van Zuid-Beveland verteilt. Als die Oosterschelde eingepoldert wurde, ist dieses Stück Süd-Beveland überflutet worden, und weil es eigentlich kein Meeresboden ist, sondern überspültes Land, ist es fast sandfrei. Das ist für die Muscheln natürlich toll. Man will ja das Muschelfleisch genießen und nicht auf Sandkörnern rumbeißen.«

»Und nachdem Sie die Ladung auf der Parzelle abgeliefert hatten, sind Sie wieder zurückgekommen.«

»Ja, wir haben hier festgemacht, das Deck geschrubbt und alles sauber gemacht. Da bestand der Alte immer drauf.«

»War er dabei?«

»Wo denken Sie hin? Wenn's ums Schrubben geht, ist der verschwunden. Dann sitzt der immer im ›Sportvisser‹ und gibt sich Bier und 'n Genever.«

Annemieke hatte ihr Notizbuch gezückt. »Können Sie da zeitlich ein bisschen genauer werden? Nachmittag ist eine ziemlich vage Angabe.«

»Na, ich denke, wir sind so gegen zwei reingekommen. Bemusterung und Auktion vielleicht anderthalb, zwei Stunden. Es wird so gegen vier gewesen sein, vielleicht auch fünf.«

Sanne kam zu Hilfe. »Das können wir ganz genau klären, auf dem Auktionsprotokoll sind Menge, Preis, Datum und Uhrzeit vermerkt. Von der Auktionshalle zum Hafen geht man zehn Minuten. Dann haben Sie es fast auf die Minute.«

Annemieke bohrte weiter: »Und danach haben Sie Ihren Vater nicht mehr gesehen?«

Ronald antwortete missmutig: »Ich hab' doch gesagt, der geht dann einen trinken!«

»Und am nächsten Tag?«

»Nee.«

»Am übernächsten?«

»Nee, wir sehen uns hier an Bord, und fertig!«

Rafael hatte bei dieser Unterhaltung stumm danebengestanden. Er hatte sich nicht einmal bewegt.

»Wann haben Sie Ihren Vater das letzte Mal gesehen?«

»Wir hatten einen Streit, in einem Restaurant.«

»Ich weiß, in ›De Branding‹. Wann genau war das?«

»Das war vor drei Wochen, gestern war es drei Wochen her.«

»Und danach haben Sie ihn nicht mehr gesehen?«

»Ich wollte ihn nicht mehr sehen, wissen Sie. Mein Vater ist ein unglaublich sturer Bock … war ein sturer Bock. Man konnte ihm etwas hundert Mal erklären, das war ihm egal. Andere Menschen galten für ihn nicht. Was er tat, war richtig, und so musste nach seinem logischen Denkgerüst alles andere falsch sein. Ich habe ihm hundert Mal erklärt, dass ich nicht auf den Kutter gehe. Er hat mich nicht mal gefragt, ob ich Kapitän werden will. Er ist davon ausgegangen!« Rafael schüttelte nachdenklich den Kopf. »Was er dachte, musste richtig sein. Es gab keinen Grund, meinen Vater zu sehen, es gab keinen Grund, mit meinem Vater zu sprechen. Miteinander reden, das ist verbale Kommunikation, ist der Austausch von Informationen, und Austausch ist gegenseitiges Geben und Nehmen. Dazu war mein Vater nie in der Lage. Reden mit Jacobus Schouten war sinnlos.«

Piet drehte sich um und schaute aufs Meer, auf die Oosterschelde, so friedlich lag sie da an diesem Dienstagmorgen, aber auf dem Schiff war gar nichts friedlich.

»Normalerweise fragt man an dieser Stelle, hatte ihr Vater Feinde, und normalerweise erhält man die Antwort, der Vater hatte keine Feinde.«

Ronald lachte auf. »Nee, die Antwort kriegen Sie hier nicht. Der Alte hat sich doch mit jedem angelegt. Er wollte unbedingt die Hängekultur in Yerseke einführen, da war er allerdings der Einzige. Er hat sich mit allen Fischern angelegt, mit dem Auktionator, mit den Händlern. Nur mit dem Wirt im ›Kroeg‹ und Pinella im ›Sportvisser‹ hat er sich gut verstanden.«

Vincent Dekker bestätigte die Aussagen seines Kumpels: »Ich habe es Ihnen ja gesagt. Schouten war einfach nicht beliebt. Viele hielten ihn nur für ein bisschen verrückt, für einen Sonderling, aber mit manchen hatte er auch richtig Streit.«

Rafael wandte sich wieder an Piet. »Können Sie uns schon sagen, wann die Leiche unseres Vaters freigegeben wird?«

»Sie meinen, wegen der Beerdigung.«

»Mein Vater wird nicht beerdigt. Er war zwar ein sturer Hund, aber seinen letzten Willen wird der kriegen. Seine Asche wird zwischen Domburg und Burgh-Haamstede in die Nordsee gestreut.«

Annemieke blickte in ihr Notizbuch und bemerkte: »Der Gerichtsmediziner Henk ten Dracht führt im Laufe des Tages seine Untersuchungen durch. Wir haben heute Nachmittag einen Termin bei ihm. Wenn der pathologische Befund vorliegt, können wir Ihnen vielleicht mehr sagen, aber versprechen kann ich Ihnen da nichts.«

Rafael nahm eine Visitenkarte aus seinem Portemonnaie und reichte sie Annemieke. »Gut, ich bin ab morgen wieder im Institut. Hier ist meine Karte, Sie können mich da jederzeit erreichen. Brauchen Sie mich noch?«

Vincent schaute Annemieke an, Annemieke schaute Piet an. Piet schüttelte bedächtig den Kopf, und Vincent sagte: »Nein, du kannst gehen.«

Ronald hatte das Gespräch entweder teilnahmslos verfolgt, oder es hatte ihn einfach nicht interessiert. Er lehnte an einem gelben Ausleger und drehte sich eine Zigarette.

Piet fragte: »Sie wollen rausfahren? Wann sind Sie zurück?«

»Ich denke morgen Abend oder übermorgen Vormittag. Wäre das okay?«

Piet nickte. »Ja, das ist okay! Na dann – Hals- und Beinbruch!

Sanne reichte ihm erneut die Hand, sodass er mit einem langen Schritt wieder festen Boden unter den Füßen hatte, und sie ergänzte: »Man sagt ›Petri Heil‹!«

Sie sprang hinter ihm auf den Kai, ging zur vorderen Festmacherleine, Dekker warf das hintere Seil los. Schon war Sanne wieder an Bord, Ronald hob auf der Brücke den Arm zum Gruß, die

Maschinen nahmen ihre Arbeit auf, und »Leentje« verließ den Liegeplatz.

Die drei Polizisten schauten dem blauen Schiff noch eine Minute hinterher.

»Wie konnte Jacobus auf die Idee kommen, dass Rafael Kapitän wird? Das sieht doch jeder, dass der hinter einen Schreibtisch gehört ...«, sagte Annemieke.

Vincent Dekker klärte sie auf: »Vertu dich da mal nicht. Rafael hat als Jugendlicher jede Segelregatta auf der Schelde gewonnen. Wenn einer mit dem Meer umgehen kann, dann er.« An Piet gewandt führte er fort: »Wir könnten noch zu Johannes Mulder gehen. Seine ›Johanna Jacoba‹ liegt dort drüben, und ich habe Mulder eben gesehen. Er müsste an Bord sein.«

Piet schaute auf seine uralte Timex, die noch ein bisschen älter war als sein Land Rover, und fragte seine Assistentin: »Wann haben wir den Termin bei Henk ten Dracht?«

Annemieke sah in ihr Notizbuch. »Um 11 Uhr, in genau dreiundfünfzig Minuten.«

Piet schüttelte den Kopf. »Dann schaffen wir das nicht. Gehen Sie hin, sprechen Sie mit ihm, und am späten Nachmittag telefonieren wir!«

Dekker lächelte. Vielleicht war er ein kleines bisschen stolz, dass Piet ihm bei der Arbeit freie Hand ließ. Er verabschiedete sich, und seine schneeweißen Sneaker schwebten Richtung Parkplatz.

Auch Annemieke und Piet machten sich auf den Weg.

»Was hast du eigentlich gegen Vincent?«, fragte seine Assistentin.

»Nichts. Wieso?«

»Weil wir keinen Termin bei Ten Dracht haben. Wir haben gesagt, wenn wir hier fertig sind, fahren wir rüber. Du wolltest Dekker nur loswerden.«

»Na ja, aber ich dachte auch, es wäre wohl sinnvoll, *schnell* einen Termin bei Ten Dracht zu haben, und du hast ja gesagt 11 Uhr.«

»Weil du geguckt hast wie 11 Uhr.«

»Ja, du hast recht, ich finde, 11 Uhr passt sehr gut.«

»Dann ohne Vincent Dekker!«

»Das würde ich in diesem Falle billigend in Kauf nehmen.«

Annemieke boxte ihren Chef auf den rechten Oberarm, nahm ihr Smartphone aus der Handtasche und machte einen Termin mit Henk ten Dracht, um 11 Uhr, in genau sechsundvierzig Minuten.

25.

Dreischor ist ein typisch zeeländisches Ringdorf auf der Insel Schouwen-Duiveland, das Weingut »De Kleine Schorre« mit seiner traditionell schwarz geteerten Scheune stammt aus dem Jahr 1735 und ist damit einer der ältesten Bauernhöfe des Dorfes, und das will etwas heißen, denn an alten Bauernhöfen hat Dreischor einige zu bieten. Die umliegenden Weinanbauflächen kann man natürlich nicht als »Weinberge« bezeichnen, was sich schon ob der Definition des Begriffes »Berg« verbietet. Ein Berg erhebt sich über die Umgebung, und zwar höher und steiler als ein Hügel, und hat damit eine gewisse Mindesthöhe. Außerdem zeichnet er sich durch genügend Abstand zu anderen Bergen aus, ist also deutlich als Berg erkennbar. Diese wenigen klugen Sätze verraten schon: In den Niederlanden gibt es keinen Berg, und in Dreischor auf Schouwen-Duiveland erst recht nicht. Deshalb spricht man auf dem Weingut »De Kleine Schorre« von »Weingärten«.

Am Dienstagvormittag ging es in Garnisonsstärke nach Dreischor. Anne hatte durchaus Lust, sich mal ein Weingut in den Niederlanden anzusehen, Gaby wollte einen Auxerrois probieren, Jutta fragte sich, ob eine Flasche Wein aus den Niederlanden nicht ein fantastisches Geschenk für die Daheimgebliebenen wäre, und Uschi wollte nicht allein auf dem Campingplatz rumsitzen. Den vier Frauen ging die potenzielle Anwesenheit des Foodbloggers Chester Bloomberg natürlich meterweit am verlängerten Rücken vorbei, was keineswegs für Babette galt.

Die war am Vormittag bereits in drei verschiedenen Outfits gesichtet worden. Sie hatte das Haar mit diversen Gels und Schäumen zu einer beachtlichen vogelnestähnlichen Konstruktion gestylt, womit sie der Originalfrise des Chester Bloomberg durchaus nahekam.

Somit hatten sich also sowohl fünf Camperladys als auch deren detektivisch erprobte Gatten auf den Weg gemacht. Die Abordnung von »Camping de Grevelinge« war dabei recht unorthodox auf die Transportmittel verteilt. Anne steuerte unseren Audi und chauffierte darin alle Frauen, während die Männer im Tiguan von Lothar durch ihr Eigengewicht die Zuladungskapazität des Fahrzeugs auf einen lächerlichen Restwert reduzierten.

Die zunächst geplante Aufteilung nach Ehepartnern scheiterte daran, dass beide Fahrzeuge Fünf-Sitzer waren. Es fand sich einfach kein Paar, das bereit war, als einziges in getrennten Autos zu reisen, während alle anderen paarweise unterwegs waren. »Eine Karre voll Männer, eine Karre voll Frauen« war die einzig praktikable Methode.

Im Weingut »De Kleine Schorre« war schon am späten Mittag allerhand los. Ich fragte mich, ob der Publikumsverkehr durch den angekündigten Besuch von Chester Bloomberg heute besonders rege war oder ob hier dienstagmittags immer der Bär steppte.

Das Weingut verfügte über einen Hofladen, eine Probierstube und für die, die zu viel probiert hatten, sogar über ein Mini-Camping.

Anne und Gaby waren sofort im Hofladen verschwunden.

Ich schaute mich noch auf dem Hof um, da winkte Lothar schon von einem der Tische auf der gemütlichen Außenterrasse vor der Probierstube.

Wir traten an den Tisch, und Detlef sagte: »Schon klar – kein Bier vor vier!«

»Hier geht es um Wein, du Banause!«, warf ich ein, aber Lothar reagierte unwirsch: »Papperlapapp! Das ist die perfekte Beobachtungsstation. Von hier aus hast du den Ausgang des Hofladens im Auge, den Eingang zur Probierstube, die Abfüllhalle und den Parkplatz. Wenn der Vogel einfliegt, sehe ich ihn sofort, und dann: Zugriff.«

Ich stimmte ihm zu: »Da hast du recht, und gerade *der* Vogel ist schwer zu übersehen.«

Detlef war noch ein bisschen irritiert. »Was willst du denn da zugreifen?«

»Der Mann muss instruiert werden, dass er Babette extrem freundlich behandelt, sonst hilft uns Bernhards schöner Plan nämlich keinen Zentimeter weiter.«

Auch damit hatte er recht.

»Aber wie willst du das hinkriegen?«

»Das lass mal meine Sorge sein. Wichtig ist nur, dass ihr, auf mein Zeichen hin, sofort die Mädels ablenkt. Ich brauche, sagen wir mal, drei Minuten oder zweihundert Sekunden, nein, hundertachtzig, okay?«

Ich weiß nicht, ob auf niederländischen Weingütern die probierwilligen Kunden grundsätzlich von Weinköniginnen bedient werden. An diesem Dienstagmittag auf der Terrasse der Probierstube von »De Kleine Schorre« war das definitiv der Fall. Da konnten selbst die schwarze Jeans und das schwarze T-Shirt mit dem goldenen Wappen nicht täuschen. Auch ohne Dirndl und Hochsteckfrisur war sie eindeutig eine Weinkönigin. Blond und schön trat sie lächelnd an unseren Tisch und fragte nach unseren Wünschen, um nur wenige Minuten später mit einem Tablett mit fünf Gläsern Weißburgunder erneut vor uns zu stehen. Sie erzählte, dieser Wein werde auch in der Business-Class der KLM ausgeschenkt.

Nun kann man die Nutzer der Business-Class des Königlich Niederländischen Luftfahrtunternehmens natürlich nicht mit den Bewohnern von »Camping de Grevelinge« vergleichen. Die haben selbstverständlich nicht diese Ess- und Trinkkultur, diesen sicheren Umgang mit den Genüssen dieser Welt. Es fehlen die ausgebildeten Geschmacksknospen eines Sommeliers, aber dafür fliegen sie halt höher.

Es war ein schöner Weißburgunder, frisch und fruchtig, aber mit einiger Wucht im Geschmack, er würde sicher gut zu einem Topf Muscheln passen. Und während ich den dampfenden schwarzen Topf schon vor mir sah, hörte ich plötzlich Lothars Stimme.

»Codename Schuhgeschäft!«

Mit einer Geschwindigkeit, die ich dem alten Silberrücken niemals zugetraut hätte, schwang er seinen Körper über den Bretterzaun der Probier-Terrasse und sprintete in Richtung Parkplatz davon.

Gerd erteilte derweil die Instruktionen. »Adi, du schnappst dir Babette, sie ist da vorne an der Abfüllhalle. Wahrscheinlich vermutet sie Bloomberg da.« Er deutete auf Detlef. »Wir beide holen die Mädels aus dem Hofladen, und du«, dabei nickte er mir zu, »hältst hier den Tisch frei.«

Innerhalb von Sekunden waren alle verschwunden, und ich saß an einem sonnigen Dienstagmittag am Tisch einer Weinprobierstubenterrasse mit fünf Gläsern Weißburgunder. Hoffentlich kannte mich hier niemand.

Als Erstes erschienen Gerd und Detlef zurück am Tisch, allein.

Detlef erklärte: »Die hundertachtzig Sekunden sind rum, und die Damen müssen noch bezahlen. Die Schlange an der Kasse ist länger als morgens um sieben bei Johnny an der Brötchentheke, also kommt noch mal bequem 'ne Viertelstunde dazu.«

Das sollte reichen.

Adi schlenderte gerade mit Babette von der Abfüllhalle in Richtung Terrasse, als Chester Bloomberg die Szene betrat.

Heute war er gewandet in ein rötlichbraunes Tweed-Jackett mit kontrastierendem Revers in Fichtennadeldunkelgrün. Ich assoziierte ein Eichhörnchen im Nadelwald. Zum kleinkarierten hellen Hemd hatte er eine großkarierte Krawatte in Rot- und Brauntönen gewählt. Die beigefarbene Kniebundhose und die rotbraunen Monks, diese an Mönchsschuhe erinnernden Ledertreter mit der prägnanten Doppelschnalle, umrahmten orangefarbene Kniestrümpfe. Das schlug dem Fass den Boden aus – auch noch oranje, pure Anbiederei! Um das Bild abzurunden, trug er auf dem Schädel einen fast weißen Strohhut mit einem Hutband in exakt dem Orangeton, der schon seine Socken zierte.

»Babette!«, rief der Foodblogger, als er ihrer ansichtig wurde – oder besser, nachdem Lothar ihn unauffällig in ihre Richtung gewiesen hatte.

»Chester!«, antwortete sie und bemerkte dabei überhaupt nicht, dass er sie gar nicht erkannt haben konnte, denn sie hatte zwar eine Autogrammkarte von Chester Bloomberg, doch es war eher unwahrscheinlich, dass er auch eine von ihr hatte. Es war ihr egal.

Ein zartes Rosa hatte sich über ihre Wangen gelegt.

Ich freute mich fast ein bisschen für sie und wollte jetzt nicht in Adis Haut stecken. Und eins musste ich zugeben: Lothar hatte ganze Arbeit geleistet.

Alle setzten sich, und die Weinkönigin stand schon wieder am Tisch: »Sie wünschen?«

Adi schob Chester Bloomberg ein Glas Wein rüber. »Möchten Sie probieren? Es hat noch niemand daraus getrunken.« Bloomberg fasste das Glas am Stiel, führte es an die Nase und sprach: »Der *blanc*, der weiße Burgunder, man erkennt ihn gleich an der Farbe. Den Grauburgunder könnte man im Weinberg für eine rote Traube halten, die Beerenhaut ist rötlich-grau gefärbt. Der Weißburgunder ist grün-gelb, das Grün des Blattwerks und das Gelb der Sonne, und beide sind perfekt in diesem Wein gefangen.« Er steckte seine Nase ins Glas und bewies sofort, dass er den immensen Kolben nicht nur zur Zierde mitten im Gesicht trug. »Herrlich, diese Apfelnote!«

Auch die anderen vier Gläser wurden augenblicklich an die Nase gehoben, um den Apfelduft zu erkennen.

»Oooh, und der ist sehr gelungen. Wissen Sie, in südlichen

Anbaugebieten – also in Südfrankreich, Spanien oder Italien – fehlt dem Pinot Blanc oft die Säure, da wurde er vom Chardonnay verdrängt, aber hier in Zeeland – und ich gebe zu, ich hatte nicht damit gerechnet –, hier ist das Säurespiel so ausgewogen, dass er sich bestimmt ein paar Jahre lagern lässt. Sehr gelungen. Ich muss sagen: sehr gelungen!«

Babette ließ ihrer Begeisterung freien Lauf: »Oh, Chester, was du alles über Essen und Trinken weißt, unglaublich!«

Lothar sagte: »Und was Sie alles riechen können! Das ist ja der Wahnsinn. Nur – wann trinken Sie endlich?«

Chester fragte irritiert: »Trinken? Aber mein Herr! Es ist 11:30 Uhr. Und gleich muss ich vor die Kamera. Um 13 Uhr ist Show-Time.«

Babette applaudierte, wenn auch nur kurz.

Bloomberg schob sein Glas in die Mitte des Tisches, zwei weitere Gläser folgten seinem Beispiel.

»Sie sind so weit gereist, da müssten Sie doch wissen, dass irgendwo auf der Welt immer schon 16 Uhr ist«, warf Lothar ein.

Er führte sein Glas an die Lippen, und ich war ein bisschen stolz, dass er es nicht mit einem Schluck leerte.

Babette lächelte ihren Chester an. »Banausen!«

Gerd versuchte, diesen Fauxpas gekonnt zu überspielen. »Wissen Sie, dass die niederländische Fluglinie KLM sich entschieden hat, ihren Passagieren diesen Wein in der Business-Class auszuschenken?«

»Nein, das muss mir bei meiner Recherche entgangen sein …«

Gerd zog sein Weinglas von der Tischmitte zu sich zurück, nahm einen gaaanz kleinen Schluck und sagte: »Na ja, man kann ja auch nicht alles wissen!«

Und trotzdem: Mit einem hatte dieser Chester Bloomberg recht. Wir waren nicht hier, um mittags Wein zu trinken, wir wollten etwas über den toten Fischer erfahren.

»Herr Bloomberg, Sie haben den Muschelfischer Jacobus

Schouten interviewt. Sie sagten, er war ein Querulant. Klar! Aber wenn alle anderen meinen, seine Ideen wären falsch, wenn alle anderen meinen, seine Ideen hätten mit der Realität nichts zu tun, dann gibt es doch keinen Grund, diesen einzigen armen Irren umzubringen. Wo ist da das Motiv?«

Es war wieder so weit. Chester Bloomberg zog aus seiner Westentasche ein brillenähnliches Doppelmonokel-Gestell. Dieses Exemplar war passend zur Kontrastborte seines Tweed-Jacketts fichtennadeldunkelgrün. Er nahm das Weinglas in die Hand und betrachtete intensiv die Gravur. Ein kleines Schäfchen, und völlig überraschend stand darunter: »De Kleine Schorre«. Das hätte ich ihm auch so sagen können. Ich wusste, er würde das Doppelmonokel-Ding wieder von der Nase nehmen müssen, bevor er fortfahren konnte. Und so kam es. Das fichtennadeldunkelgrüne Nasenfahrrad verschwand wieder in der Bloomberg'schen Westentasche, er neigte den Kopf leicht nach links und sprach: »Nein.«

Es herrschte atemlose Stille. Irgendwas musste er doch noch sagen. »Nein.« Das ist doch keine Antwort auf meine Frage, das ist nicht einmal ein richtiger Satz. Ich war wirklich beruhigt, als Bloomberg den Kopf wieder in die Horizontale führte.

»Nein. Das ist natürlich kein Motiv. Aber wissen Sie, was ich glaube? Die Muschel ist das Gold von Zeeland. Und wenn es um Gold geht, dann ist ein Menschenleben nicht mehr viel wert. Das lehrt uns die Geschichte vom Reich der Inkas bis zum Goldrausch von Alaska. Entweder hat Schouten betrogen, oder Schouten hat aufgedeckt, dass ein anderer betrügt. Vergessen Sie nie: Die Habgier ist eine der Todsünden, und die Habgier macht auch vor Yerseke nicht halt.«

Bloomberg wirkte von den eigenen Worten ermattet.

Babette fragte: »Chester, soll ich dir ein Glas Wasser besorgen?«

Er wehrte mit einer Handbewegung, die entfernt an den Gruß

von Lisbet 2 in der Kutsche erinnerte, ab. »Nein, nein. Ich habe aber noch eine Idee. Es gibt da diesen Muschelbaron, das ist ein ehemaliger Muschelfischer, und der bietet eine Rundfahrt durch die Oosterschelde an. Da sehen Sie alles, von der Muschelsaat über das Auktionshaus bis zum Ausbringen auf die Muschelfelder. Das hilft Ihnen bestimmt, wenn Sie in dem Fall weiterkommen wollen.«

Zwei Männer in schwarzen Arbeitshosen, schwarzen T-Shirts und mit Gürteln, an denen eine Taschenlampe, eine Rolle Klebeband, ein Multitool und sonst noch was hing, traten an den Tisch: »Wir möchten Sie nicht unterbrechen, aber wir haben die Szene hier vor der Terrasse aufgebaut, da haben wir die ganzen Follower im Hintergrund, und das Licht ist jetzt wirklich perfekt, also …«

Chester Bloomberg erhob sich und sagte: »Ich muss mich jetzt wirklich verabschieden, die Follower erwarten einen perfekten Blog! Liebste Babette, da bist du ja im Bilde, möchtest du mich begleiten? Du bringst mir bestimmt Glück!«

Sie sprang auf und folgte ihm.

Bloomberg war verschwunden, das schlechte Gewissen war verschwunden, alle griffen wieder beherzt zum Weißburgunder.

Lothar bemerkte: »Codename Schuhgeschäft!«, und alle stellten ihre Weingläser wieder ab.

Anne, Gaby, Jutta und Uschi hatten die Strecke vom Hofladen zu unserem Tisch schon zu zwei Dritteln zurückgelegt. Jede hatte eine Tüte in der Hand, da würde über das eine Glas Wein sicher nicht diskutiert werden. Weder von Anne noch von Gaby, Jutta oder Uschi. Und was sollte man zu Babette sagen? In Adis Wohnwagen würde kein Partikelchen Feinstaub mehr zu finden sein.

Eine gute Stunde später verließen fünf weibliche und fünf männliche Camper den Weingarten »De Kleine Schorre«.

Ich ging ganz dicht neben Lothar, und als niemand uns sah, zog ich an seinem Sweatshirt.

»Was ist los?«

»Was hast du mit Bloomberg gemacht, dass er so freundlich zu Babette war?«

Er blieb abrupt stehen und flüsterte mir verschwörerisch zu: »Ich habe ihm gesagt, ihr Magen sei wegen des gestrigen Rückfalls noch sehr angegriffen. Wenn sie sich nur ein bisschen aufregen würde, dann würde sie bestimmt wieder, also … wie ein Reiher!«

»Oh ja, da hätte er Sitz und Sauberkeit von Wams und Beinkleid riskiert. Und das so kurz vor dem Dreh!«

Ein Grinsen ist normalerweise geräuschlos. Nicht so bei Lothar. Er grinste und gluckste: »Eben. Man muss das den Leuten nur richtig erklären.«

26.

Das alte Haus mit der Hausnummer 14 in der Vlissingsestraat war aus roten Ziegeln gebaut, die Fassade war zurückhaltend schmuckvoll, es verfügte über eine wunderschöne anthrazitgrau lackierte Haustür. Es mag irgendwann zu Beginn des 20. Jahrhunderts gebaut worden sein, von außen konnte man jedenfalls nicht ahnen, welch modern eingerichtetes Interieur den Besucher hinter der Haustür erwartete. Man hätte denken können, es handele sich um das Einfamilienhaus eines wohlhabenden Kaufmanns, wäre da nicht die Tafel rechts neben der Eingangstür gewesen: »Politiebureau Middelburg, *Patholoog-anatoom*, Henk ten Dracht.«

Der Niederländer ist ein bodenständiger Typ, auf den Doktortitel wird eher verzichtet. Dass das auch für Henk ten Dracht galt, überraschte Piet.

Hinter der Haustür lief ein lichter Flur auf drei hohe weiße Türen zu.

An den Wänden hingen Stiche von alten Landkarten. Piet erkannte auf einer Karte die Schelde, als sie noch nicht eingepoldert war. Zuid-Beveland existierte noch, war nicht die überspülte Lagerstätte von Millionen von Muscheln. Annemieke deutete auf eine andere Karte, die den inneren Stadtkern von Middelburg auf einer historischen Karte darstellte, der Singel, die Gracht, die den Stadtkern nach allen Seiten begrenzte.

»Schau mal! Findest du nicht auch, die Innenstadt von Middelburg sieht auf Landkarten aus wie der Kopf von Lisa Simpson?«

Piet lachte auf und sagte: »Die Ähnlichkeit ist frappierend.«

Er nahm sich fest vor, mal zu googeln, wer diese Lisa Simpson war. Wahrscheinlich eine von diesen gelben Comicfiguren. Musste leicht zu finden sein, sie hatte ja einen Kopf wie die Innenstadt von Middelburg.

Aus der rechten der drei hohen weißen Türen trat Anna Visser auf die beiden zu. Sie trug eine weiße Jeans, eine hellblaue Bluse und ein strahlendes Lächeln.

»Schön, euch zu sehen.« Sie küsste Annemieke dreimal auf die Wangen und reichte Piet die Hand.

Dann drehte sie sich um, ging zur mittleren der drei Türen, öffnete sie, ohne anzuklopfen, und bat die beiden herein.

Ten Dracht saß an seinem Schreibtisch und schaute angestrengt auf einen Monitor. »Danke, Anna! Kommt rein. Kaffee?«

Piet nickte und wartete auf die Begrüßung von Henk und Annemieke.

»Für mich nicht, vielen Dank!«, war von Annemieke zu vernehmen, und sonst nur ein: »*Hoi* Henk!«

»*Hoi* Annemieke, *hoi* Piet, nehmt doch bitte Platz.«

Als die beiden auf zwei vor dem Schreibtisch stehenden Thonet-Stühlen saßen, stand Ten Dracht auf. Er hatte jahrelang in Nijmegen an der Hochschule Molekulare Lebenswissenschaften gelehrt. Er wusste: Vorlesungen hielt man im Stehen.

»Ich habe die Obduktion gestern am späten Abend beendet und muss sagen: Unser Muschelfischer hatte noch einige Überraschungen für uns parat.« Erwartungsvoll blickte der Pathologe zu Piet.

Piet sah gelangweilt auf seine Fingernägel. Er war entschlossen, nicht zu applaudieren.

»Nun, wir haben ja alle gesehen, dass man ihm einen Jutesack über den Kopf gezogen hatte. Der Sack war übrigens beschriftet. Er trug die Aufschrift … Moment!« Ten Dracht ging um seinen Schreibtisch herum und vollführte einige Bewegungen mit der Maus, um dann fortzufahren. »Hier haben wir es. Die Aufschrift lautet: ›Koning & Timmermans, 15 kg‹. Diesen Sack habe ich dann sorgfältig entfernt und fand Überraschung Nummer eins. Eine Schädelfraktur. Das Cranium wurde am Hinterkopf gebrochen, mit einem nicht so breiten, stumpfen Gegenstand. Ein Eisenstiel, ein Rohr, vielleicht ein Besenstiel, zumal die Verletzung nicht so schwer war. Wir unterscheiden entsprechend der Schwere der Verletzung von SHT 1 bis SHT 3.« Und wieder folgte ein Blick zu Piet.

Annemieke fragte: »Jetzt mal für Laien. Erklärst du uns das bitte mit normalen Worten?«

»Aber gerne! SHT 1 bedeutet ein leichtes Schädel-Hirn-Trauma, eine Gehirnerschütterung, eine Commotio cerebri. Dabei gibt es eine Ohnmachtszeit von höchstens fünfzehn Minuten, und es ist im Allgemeinen nicht von bleibenden Schäden auszugehen. Das sieht bei SHT 2 und 3 schon anders aus. Bei SHT 2 spricht man auch von Gehirnprellung. Da gibt es mit hoher Wahrscheinlichkeit bleibende Schäden. Es können epileptische Anfälle oder Lähmungen auftreten. SHT 3 ist dann die sogenannte Gehirnquetschung, das ist ein lebensbedrohlicher Zustand.«

Piet hasste diese Vorlesungen, und auch wenn er sich noch so sehr vorgenommen hatte, während des ganzen Monologes stumm Fingernägel zu studieren – es ging nicht.

»Verdammt noch mal, jetzt spuck's schon aus! Ist er also erschlagen worden und nicht ertrunken?«

Er bereute den Satz Millisekunden, nachdem er ihn gesagt hatte. Er hatte Ten Dracht schon wieder eine Chance gegeben, weiter zu dozieren, und der nutzte sie natürlich gnadenlos aus.

»Ohne exakte medizinische Parameter ist ein forensisches Abbild des Tathergangs nun mal nicht möglich. Sonst kannst du auch Lotto spielen, aber ich weise dich darauf hin, dass die Gewinnchancen noch niedriger sind als eure Aufklärungsquote bei Fahrraddiebstählen.«

Piet lenkte ein: »Ist ja schon gut. Mach weiter!«

»Mach weiter, mach weiter!«, äffte Henk ihn nach. »Na gut,

sei's drum. Ich gehe bei unserem Fischer von einem SHT 1 aus, mit einer Wahrscheinlichkeit von zwanzig Prozent SHT 2.«

»... was wiederum bedeutet: Der Schlag war nicht tödlich!«

»Nein, auf keinen Fall. Um diese Hypothese zu verifizieren, habe ich die Lunge untersucht, denn das Wort ›ertrinken‹ ist ja mehr als irreführend. Es geht auf den griechischen Arzt Galenos zurück. Er ging davon aus, dass der Ertrinkende so viel Wasser schluckt, bis der Magen-Darm-Trakt übervoll ist und schließlich der Tod eintritt. In Wahrheit ist der Ertrinkungstod ein Erstickungsvorgang, bei dem die Flüssigkeit das Luftholen verhindert. Das Ertrinkungsmedium dringt schließlich in die Atemwege ein, es folgt der endgültige Atemstillstand, Exitus. Meneer Schouten wurde von hinten mit einem stumpfen, länglichen Gegenstand eins übergezogen, woraufhin er in Ohnmacht fiel ...«

Piet ergänzte: »... und dann irgendwo in die Nordsee geworfen wurde!«

Nun setzte sich Henk ten Dracht hinter seinen Schreibtisch, und faltete entspannt die Hände. Anscheinend näherte sich die Vorlesung ihrem Ende.

»Siehst du, Piet, das ist das Problem mit voreiligen Schlüssen. Man macht Flüchtigkeitsfehler, und die kann ich mir als *patholoog-anatoom* nicht leisten. Ich habe das Wasser in der Lunge von Jacobus Schouten entnommen, dann habe ich den Salzgehalt der Probe gemessen, die Salzkonzentration ist signifikant geringer als im Nordseewasser. Ich denke, Schouten ist im Veerse Meer oder in der Oosterschelde ertrunken.«

Piet blickte auf.

»Aber ... das ist unmöglich. Er ist unter dem Pier in Westkapelle gefunden worden. Da sind die Deltawerke, da sind die Sperrvorrichtungen, da ist Neeltje Jans. Das ist nicht möglich.«

»Es ist eine wissenschaftlich belegte Tatsache. Das war meine Aufgabe. Jetzt herauszufinden, wie diese Ergebnisse der forensischen Analysen in deinen Fall passen, das ist deine Aufgabe.«

Etwas missmutig stand Piet auf. Heute würde er den Ring nicht als Sieger verlassen. Schade. Aber es waren interessante Ergebnisse. Vielleicht würden die neuen Erkenntnisse ein bisschen Licht in den tiefdunklen Fall bringen. Er wandte sich zum Gehen.

Da ertönte wieder und fast triumphierend die Stimme des Pathologen: »Und ich hatte noch eine Idee!«

Piet blieb stehen. »Noch etwas?«

»Ja. Als ich den Jutesack mit der Aufschrift ›Koning & Timmermans, 15 kg‹ gesehen habe, da bekam ich mächtigen Hunger auf Muscheln und habe im Fischmarkt zwei Kilo Super bestellt. Ich nehme immer Super, Imperial und Jumbo sind mir zu groß. Die werden morgen Vormittag extra für uns ganz frisch aus der Schelde gezogen. Ich habe ein fantastisches Rezept: Muscheln Saigon. Kommt ihr morgen Abend zu mir? Dann können wir mal in Ruhe bei einem Glas Wein …«, er wechselte den Blick von Annemieke zu Piet, »… oder einem Bierchen über den Fall sprechen.«

Piet war überrascht. »Moment mal, du hast letztens im Restaurant gesagt, du magst keinen Fisch!«

»Das stimmt, Fisch mag ich nicht, aber Muscheln und Schalentiere esse ich gerne. Meeresfrüchte sind doch eine Delikatesse! Sagen wir, um 19 Uhr bei mir?«

Annemieke strahlte, und Piet wusste, er hatte im Ring gestanden, er hatte verloren, jetzt musste er bezahlen.

»Morgen um 19 Uhr bei dir!«

27.

Betrachtet man die Seebären-Kolonien auf dem Galapagos-Archipel, die Schaf- oder Schnuckenherden in der Lüneburger Heide oder die Zehntausenden von Eselspinguinen im Südpazifik, so sieht man zunächst eine immense Häufung sich ähnelnder Lebewesen auf engstem Raum. Das lässt auf ein hohes Maß an sozialer Kompetenz und große gegenseitige Akzeptanz schließen. Beobachtet man dann jedoch, wie sich zwei Seebärbullen gegenseitig die mächtigen Reißzähne ins Fleisch schlagen, um einen besonders sonnigen Felsen zu erkämpfen, sieht man, wie zwei Heidschnuckenböcke brutal mit den Stirnen zusammenkrachen, oder beobachtet man den Eselspinguin, der mit dem Ei des Nachbarn Fußball spielt, so bekommen die Bilder des so vorbildlichen Sozialgefüges Risse.

Ersetzen wir nun die Begriffe »Seebär«, »Heidschnucke« und »Eselspinguin« durch das Wort »Camper«, so entdecken wir eine beachtliche Kongruenz im Sozialverhalten. Nicht nur auf dem Robbenfelsen, auf der Heidewiese oder in der Pinguinkolonie, nein, auch auf den sonnenbeschienenen, wohnwagenbestandenen Hainen an Nord- und Ostsee wird das Sozialverhalten dominiert durch Hackordnung, Imponiergehabe und Wadenbeißertum.

Im letzten Jahr wurde auf dem Areal des Vier-Sterne-Campingplatzes »De Grevelinge« die Benutzung eines Holzkohlegrills zum Zwecke der Zubereitung von eines Campers würdigen Speisen untersagt. Die fragwürdige Begründung lautete, man wolle der Brandgefahr trotzen. Dieses Argument konnte natürlich keinen der einhundertsechzehn luxuriös biwakierenden Ganzjahrescamper überzeugen. Was hieß denn hier Brandgefahr?! Ein Grill muss brennen! Wie will man denn sonst die Poren des Rib-Eye-Steaks verschließen, um es *medium rare* auf den Teller zu schlenzen? Wie soll man das Würstchen brutzeln? Wie kann das Hühnchen goldgelb an der Stange tanzen, wenn der Grill nicht brennt?

Nun wurden die Holzkohlegrills platzauf, platzab durch Gasgrills ersetzt, die zwar auch nicht ohne Feuer auskamen, aber wahrscheinlich hatte Wim Verheijden, der Besitzer des Campingplatzes, einen Deal mit den größten europäischen Gasgrillherstellern.

In der letzten Saison hatte das Campermännchen Adi noch vor Beginn der Sommerferien im Internet den El Fuego Gasgrill Rochester erstanden – reduziert auf zweihundertneun Euro, aus Edelstahl, mit drei Brennern, als Dreingabe das Buch *Johann Lafer. Meine besten Grillrezepte*! Durch diesen Kauf hatte Adi einen frühen Sieg davongetragen, der für die konkurrierenden Männchen nur eine Handlungsoption offenließ: Es mussten Gasgrills erstanden werden, die drei Bedingungen erfüllten – mehr als dreihundert Euro, mehr als drei Brenner, mehr als drei Bücher!

Auf Lothars neuem Grill brutzelte ein Lachsloin auf einer Akazienplanke, auf der Seitenkochplatte köchelte ein Tomaten-Mangold-Gemüse leise blubbernd vor sich hin. Die Kombination aus beidem wehte einen betörenden Duft über den Platz, der mich neugierig über Lothars Windschutz lugen ließ.

»Das riecht ja köstlich bei euch!«

Der Herr Chefgriller stand mit blau-weiß karierter Schürze vor der Killerplauze neben dem neuen Prachtstück.

Stolz lag in seiner Baritonstimme, als er fragte: »Lust auf einen Weißburgunder?«

Nicht einmal eine Minute später hatte ich einen Weißburgunder von der Ahr im Glas, 2018, schöner Wein.

»Der ist von Kriechel, ich bin jetzt bei Weißburgunder gelandet, der hat nicht so viel Säure.« Noch sprach Lothar eher beiläufig vom Lachs begleitenden Getränk, aber schon schaltete er auf Angriff: »Ich hab' einen neuen Grill gekauft.«

Na ja, ich auch. Hatte halt zwei Wochen Lieferzeit.

Lothar fuhr fort: »Hab' ich mir nicht leicht gemacht, die Entscheidung.«

Ich schon.

»Hat ein Vermögen gekostet, aber Qualität hat halt ihren Preis.«

Eigentlich wollte ich noch etwas entgegnen, etwas wie: »Der beste jemals getestete Grill ...« Aber Lothar ließ mich gar nicht zu Wort kommen.

»Es ist der Broil King Monarch 390 mit drei Stabbrennern, Seitenkochplatte und Spießbratenbrenner!«

Wenn ich mich nicht endgültig blamieren wollte, musste ich auch baldmöglichst in eine »Outdoor-Küche« investieren. Kriegten die Kinder halt nichts zum Geburtstag.

»Magst du noch ein Glas Weißburgunder?«

»Aber sicher!«, antwortete Gerd, der gerade den Windschutzeingang passierte.

»Ich hab' einen neuen Grill gekauft ...«, wandte Lothar sich nun an den Nachbarn zur Rechten.

»Ja, das mag sein, aber wir haben über Wichtigeres zu reden!« Gerd erstickte die geplante Gasgrill-Präsentation im Keim. »Ihr kennt doch den Ständer an der Rezeption mit den ganzen Prospekten. Jede Menge Ausflugsziele für die ganze Familie, ›Het Arsenaal‹ in Vlissingen, der Wasserpark ›Neeltje Jans‹ oder ein Rundflug vom Flughafen Arnemuiden.«

»Ja sicher. Willst du damit sagen, ein schnöder Ausflug wäre wichtiger als mein neuer Grill? Hab' ich mir nicht leicht gemacht, die Entscheidung ...«

»Ich hab' da nach einem Flyer für diesen Muschelkutter gesucht, von dem Chester gesprochen hat.«

»Und?«

»Nicht dabei! Da sagt der Wim, geh mal zum VVV. Das Regal bei denen ist fünfmal so groß! Meine Herren, ich präsentiere …«

Vor meinem inneren Ohr hörte ich Fanfaren und Trommelwirbel. Da müsste Musik sein …!

Gerd zog ein kleines Faltblatt hervor und wedelte damit kurz vor unseren Nasen herum, bevor er es aufklappte und hineinsah. »›Der *Mosselbaron*! Alles Wissenswerte von A bis Z.‹ Hier steht's: ›Adriaan Nieuwman war fünfunddreißig Jahre lang Kapitän auf einem Muschelfischer-Boot. Heute ist er fünfundsechzig (also als das Faltblatt gedruckt wurde) und hat seinen wohlverdienten Unruhestand angetreten. Aber alle Fischer in Yerseke nennen ihn noch heute ›den *Mosselbaron*‹. Ganz ohne Steuerrad kann er freilich nicht auskommen, und Adriaan ist der Meinung, alle Welt soll vom Naturwunder ›Zeeländische Muscheln‹ erfahren. Deshalb macht er jetzt mit seinem Schiff ›YE 99 Adriaan Neptunus‹ Rundfahrten auf der Oosterschelde. Eine zeeländische Muschel hat drei oder vier Mal ihren Standort gewechselt, bevor sie als *Zeeuwse Mossel* in den Handel kommt. Die Fahrt auf der ›Adriaan Neptunus‹ führt zu all diesen Standorten. Sie erfahren, wo die Muschelsaat ausgebracht wird, wo die jugendliche Muschel heranwächst und wo die Muscheln auf sandfreiem Boden zur besonderen Spezialität heranreifen. Natürlich probieren Sie die Köstlichkeit an Bord. Erleben Sie einen unvergesslichen Nachmittag im Muscheldorf Europas!‹« Gerd klappte den dreiseitigen Flyer zusammen und deutete mit dem Zeigefinger auf die Rückseite. »›Mittwoch bis Sonntag, 13 Uhr ab Yerseke. Vierstündige Rundfahrt inklusive Imbiss, Erwachsene achtundzwanzig Euro, Kinder achtzehn Euro. Gruppenfahrten ab zehn Personen, nach Vereinbarung.‹«

Lothar nahm noch einen Schluck Weißburgunder. »Wenn wir wirklich was erfahren wollen, dann müssen wir schon so eine Gruppenfahrt machen. Aber wie kriegen wir die Damen überzeugt, dass man einmal im Leben auf einem stinkenden Fischkutter gewesen sein muss? Ich glaube, Gaby erzählt mir was anderes.«

Weißer Rauch zischelte unter dem Deckel des Grills hervor. Lothar hob den Deckel an und wurde augenblicklich mitsamt seinem Broil King Monarch 390 von einer weißen Wolke verschlungen.

»Um Gottes willen, mein Lachs!«, fluchte er.

Gerd und ich waren uns ohne weitere Kommunikation einig. Es war Zeit zu gehen.

28.

Annemieke und Piet gingen die Vlissingsestraat hoch bis zum Varkensmarkt, da trennten sich ihre Wege. Sie mussten nachdenken. Annemieke benötigte dazu einen Schreibtisch, einen Computer und einen guten Café Crema. Piet brauchte sein Fahrrad.

Nur wenige Minuten später saß er auf der alten Impala und fuhr den Londensekaai entlang, vorbei an den Hausbooten, auch an dem schönen hellgrauen Exemplar mit der silberweißen Teak-Terrasse, auf dem im letzten Jahr die schöne Romy van Zwamen ihr Leben ausgehaucht hatte, auf der ihr Leben ausgehaucht wurde. Das war eine kniffelige Geschichte gewesen. Piet ahnte, dass es dieses Mal sicher nicht leichter werden würde.

Hätte man ihn auf dem Londensekaai oder an der Spijkerbrücke gefragt, wohin er eigentlich führe, er hätte es nicht sagen können. Er ließ sich treiben, vom Wind, der seine Gedanken ordnen sollte, von seinem Fahrrad, das ohne jedes Navigationssystem schon dahin fahren würde, wo das mit dem Nachdenken klappen konnte, und das konnte überall sein, nur nicht an einem Schreibtisch mit Computer und Kaffee.

Keine halbe Stunde später schloss er seine Impala an ein Brückengeländer im Yachthafen von Veere an, direkt neben dem Schild, das besagte, dass man an diesem Brückengeländer keine Fahrräder anschließen soll. Es war sonst nicht seine Art, sich über solche kleinen, profanen Verbote einfach hinwegzusetzen. Piet war Polizist, er hielt sich an Vorschriften, meistens, aber jetzt dachte er nach, und wer nachdachte, war schon mal in Gedanken, und wer in Gedanken war, der übersah schon mal ein Schild.

Er ging den Yachthafen entlang hinüber zum Veerse Meer, er hatte kein Auge für die wunderschönen Giebelhäuser, selbst die Marktstände mit dem köstlichen Fisch und den Schalentieren konnten sein Interesse heute nicht wecken. Er war in Gedanken.

Er ging an der alten Kanone vorbei, die nur noch wenig daran erinnerte, dass die Oranier den Hafen im 17. Jahrhundert als Kriegshafen genutzt hatten. Heute – nach dem Bau des Veerse Gatdam im Westen und dem Zandkreekdam im Osten – war das Veerse Meer ein Binnengewässer. Da wären die Kriegsschiffe nicht mehr weit gekommen.

Nun stand Piet vorne am Campveerse Toren, dem berühmten Verteidigungsturm aus dem 15. Jahrhundert, der in jeder anderen Stadt das Wahrzeichen wäre. Aber Veere hatte ja noch die Schottenhäuser, die Giebelhäuser am Hafen, die Grote Kerk, das alte Rathaus von 1474 – um nur einige zu nennen.

Er stand also vor dem Campveerse Toren, an der Stelle, wo gleich das *Rondje Pontje* anlegen würde, die kleine Fähre, mit der Fußgänger und Radfahrer nach Kamperland übersetzen konnten.

Piet sah hinaus auf das Veerse Meer. Henk hatte gesagt, das Wasser in der Lunge von Jacobus Schouten hatte einen geringeren Salzgehalt, er müsste im Veerse Meer oder in der Oosterschelde ertrunken sein. Nicht in der Nordsee, nein, im Veerse Meer oder in der Oosterschelde. Aber wie kam er dann unter den Pier von Westkapelle?

Die Oosterschelde war nach der großen Flut von 1953 durch die Deltawerke eingedeicht worden, deshalb war der Salzgehalt geringer, aber das Veerse Meer wurde durch den Zandkreekdam nochmals von der Oosterschelde abgetrennt, also musste der Salzgehalt wieder ein anderer sein.

Piet zog die Kachel aus der Jackentasche und suchte in den Kontakten. Nein, der war da natürlich nicht zu finden. Die Kachel war gerade mal anderthalb Jahre alt, davor hatte er das Nokia 6110 für, sagen wir mal, zehn Jahre gehabt, und wann hatte er das letzte Mal mit Edwin gesprochen? Das musste jetzt, das war … Also wenn der letzte Anruf von einer Telefonzelle aus erfolgt wäre, dann hätte er sicher noch Gulden eingeworfen.

In solchen Fällen gab es nur eine Lösung. Anrufen – Favoriten – erste Nummer. Annemieke war so schnell an seinem Ohr, es konnte gar nicht geklingelt haben.

»*Hoi* Piet! Was gibt's?«

»Ich brauche die Nummer von Edwin Mees!«

»*Der* Edwin Mees? Bei GroenLink oder privat?«

»Wenn er auch eine Kachel hat, wäre privat am besten!«

»Ich kümmere mich sofort darum. Wenn ich sie habe, schick ich dir den Kontakt!«

Edwin Mees war immer ein ganz besonderer Typ gewesen. Er war in der Schule eine Klasse über Piet, bis zur neunten Klasse, da hatte Piet ihn eingeholt, oder besser, Edwin hatte auf ihn gewartet. Wenn die Clique am Abend Genesis oder Barclay James Harvest hörte, war Edwin immer noch bei The Who und Jimi Hendrix. Als die Jungs plötzlich Plateauschuhe mit sechs Zentimetern Absatz trugen, hatte Edwin noch die Jesus-Latschen an den Füßen. Aber er war ein netter Kerl. Sie gingen gemeinsam angeln. Wenn er der Meeräsche dabei mal mit dem Hammer eins zwischen die Augen geben sollte, warf Edwin das Viech wieder ins Meer. Kein Wunder, dass er Vegetarier wurde. Als sich 1990 vier Parteien zu GroenLinks zusammenschlossen, war Edwin sofort dabei. Ab 2006 saß er sogar im Parlament in Den Haag, aber als die Grünen 2012 nur 2,3 Prozent holten, da waren das statt zehn nur noch vier Sitze, und für Mees war keiner mehr dabei. Seitdem hatte man von ihm nicht mehr viel gehört.

Aber Piet hatte einmal in der Zeitung etwas von einer Bürgerinitiative für bessere Wasserqualität im Veerse Meer gelesen. Das Foto neben dem Artikel war von keiner guten Qualität, er hatte Edwin beinahe nicht erkannt. Dennoch fiel er ihm auf, als er genauer hinschaute. Statt des Herrn Abgeordneten, der zumindest in Ansätzen versucht hatte, sein Äußeres der Zweiten Kammer der Generalstaaten anzupassen, lächelte ihm ein ziemlich alter Fan von The Who und Jimi Hendrix entgegen. Obwohl das Foto ein Brustporträt war, konnte Piet die Jesus-Latschen deutlich vor sich sehen.

Die Kachel vibrierte in seiner Hand. Eine Nachricht von Annemieke: »Kontakt Edwin Mees«. Ha, sie hatte das Jesus-Latschen-Brustporträt herausgesucht, und sie hatte seine Mobilnummer gefunden. Worauf sollte er warten?!

Er drückte auf die angegebene Nummer, wenig später hörte er: »*Hoi*, hier ist Edwin!«

»Und hier ist Piet!«

»Äh, welcher Piet?«

Das war ja klar. Wie sollte Edwin wissen, wer ihn da angerufen hatte, wenn ihr letztes Telefongespräch noch mit Gulden bezahlt worden war?

»Piet van Houvenkamp!«

»Piet van Houvenkamp, du alter Retter von Recht und Ordnung! Das ist ja eine Überraschung! Immer noch Bulle?«

»Ja, noch sechs Jahre, wenn das Rentenalter nicht hochgesetzt wird ...«

»Es wird hochgesetzt, es wird ganz sicher hochgesetzt. Die Lebenserwartung steigt, da muss die Arbeiterklasse länger ran, sonst klappt das ja nicht mit der Ausbeutung. Was verschafft mir denn die Ehre deines Anrufes?«

Was sollte er ihm sagen? Den Muschelfischer mit dem Jutesack über dem Kopf erwähnte er besser noch nicht.

»Es geht um die Wasserqualität im Veerse Meer und in der Oosterschelde.«

Edwin zögerte mit einer Antwort. »Mein alter Piet kümmert sich um die Umwelt. Unglaublich. Aber ja, da kann ich dir sicher allerhand erzählen. Was willst du wissen?«

Nein, das wollte Piet nicht am Telefon besprechen.

»Können wir uns irgendwo treffen?«

»Ja klar. Ich wohne jetzt in Vrouwenpolder. Kennst du das ›Boekanier‹?«

Piet lachte. »Was heißt hier kennen? Es gab Zeiten, da habe ich da gewohnt. Wann?«

»Passt es dir um 19 Uhr?«

»Perfekt. Bis gleich!«

29.

Die blaue Schiebetür zu unserem Vorzelt war geschlossen, das Holzschild »*Gone to the Beach*« hing im Fenster. Anne und ich waren ganz sicher nicht am Strand, aber das Vorzelt war verwaist. Die Kinder waren zu Hause geblieben, Anne war auch nicht da, und ich war erst im Begriff, es zu betreten.

Es war ein wenig frisch. Die Heizung brauchte man zwar noch nicht, aber ich holte mir einen Pullover aus dem Schrank und setzte mich ins Vorzelt. Auf dem Tisch lag der Laptop. Wir hatten ja jetzt WLAN. 9,90 Euro in der Woche, kein Pappenstiel. Da wäre es fast fahrlässig, das Internet nicht auch zu nutzen.

Ich klappte den Computer auf, öffnete die Suchmaschine und gab ein: »*Mosselbaron*«.

Zunächst sah ich ein Satellitenbild von Zeeland, dann zoomte die Kamera immer näher heran. Ich konnte die Umrisse von Yerseke erkennen. Und immer weiter zoomte das Objektiv, bis ich im Königin-Juliana-Hafen angekommen war. In der nächsten Sequenz sah ich die »YE 99 Adriaan Neptunus« mit schneidiger Bugwelle durchs Wasser ziehen. Ich sah Adriaan, wie er eine Muschel öffnete und etwas erklärte, blendend amüsierte Kinder, Muschelaufzuchtstationen und dann schöne Menschen, die auf einem sonnenbeschienenen Schiff Weißweingläser schwenkten und mit strahlend weißen Zähnen um die Wette lächelten. Eine Platte mit Austern war zu sehen und herrliche Muscheln und schon wieder Weißwein.

Und plötzlich sagte Anne: »Da verbringen wir hier seit zwanzig Jahren unseren Urlaub, aber so was haben wir noch nie gemacht.«

Ich hatte sie nicht hereinkommen sehen. Jetzt musste ich konzentriert und zielgerichtet zur Sache gehen.

Ich entgegnete: »Ja, aber das ist doch ziemlich touristisch, oder?«

Anne war überhaupt nicht meiner Meinung. »Nein, das ist doch nicht touristisch. Da geht es um regionale Spezialitäten, es geht um Nachhaltigkeit, und das ist bestimmt auch sehr informativ.«

»Meinst du nicht, das stinkt auf so einem Kutter?«

Anne stemmte beide Hände in die Hüfte. »Also du hast wirklich gar keine Ahnung. Die Muscheln sind total frisch, die sind gerade aus dem Meer gezogen worden, da riecht gar nichts. Und was meinst du, was die für Hygienevorschriften haben?!«

Es lief nicht schlecht.

»Alles gut und schön, aber die wollen ein Geld haben, das kannst du dir nicht vorstellen. Hier! Achtundzwanzig Euro für Erwachsene und, noch schlimmer, Gruppen ab zehn Personen nach Vereinbarung. Was meinst du, was das wohl kostet?!«

Anne klappte den Laptop zu und nahm ihn unter den Arm. »Ganz ehrlich, Schatz, das wäre doch ein ganz wunderbarer Ausflug. Dann darf das auch mal ein bisschen was kosten. Ich muss das sofort der Gaby zeigen.«

Sie verschwand mit dem Computer unterm Arm aus dem Vorzelt.

Ich nahm mir ein Grolsch aus dem Kühlschrank und zündete die Windlichter auf dem Tisch und auf dem Sideboard an. Ich setzte mich an den Tisch, nahm einen tiefen Schluck und lehnte mich zurück. Mein Tagwerk war getan.

30.

Auf die Pelgrimskerk ist man in Vrouwenpolder schon ein bisschen stolz. Schließlich wurde das spätgotische Gotteshaus 1314 zum ersten Mal erwähnt. Mehr als siebenhundert Jahre hatte die protestantische Kirche also bereits auf dem Buckel. Hatte man eigentlich vor ein paar Jahren mit großem Brimborium ein 700. Jubiläum gefeiert? Straßenfest rund um die Kirche mit *rommelmarkt* und *poffertjes*-Stand?

Piet war das an diesem Abend herzlich egal, er hatte Durst. Er war mit dem Fahrrad aus Middelburg gekommen. Die N57, die von der Autobahnauffahrt Middelburg-Oost bis zum Veerse Gatdam führte, war zur Schnellstraße ausgebaut worden, was für Radfahrer nur bedingt von Vorteil war. Der Verbreiterung der Straße waren natürlich all die drei, vier Meter hohen Hecken zum Opfer gefallen, die den Radfahrer oft sehr effektiv vor Gegen- und Seitenwind geschützt hatten. Bis Serooskerke war er auf kleineren Straßen unterwegs gewesen, durch Dörfer und Hecken geschützt, aber die letzten vier Kilometer hatte er brutalen Gegenwind gehabt, die reinste Quälerei.

Jetzt stand er jedoch vor dem »Boekanier«, er sah das Leffe vom Fass schon in sein Glas fließen. Er freute sich auf Edwin, und der Gegenwind war schon vergessen.

Piet betrat die gemütliche Gaststube, die mit allerlei maritimen Antiquitäten ausstaffiert war. Da hingen Taue an der Decke, es gab Steuerräder, Schiffsglocken und Bullaugen. Selbst ein alter Maschinentelegraph stand da; mit dem Gerät stellte der Käpt'n oder ein Offizier auf der Brücke die geforderte Maschinenleistung ein, und die Jungs im Maschinenraum hatten dann ordentlich was zu tun.

Die Kneipe war gut besucht, fast alle Barhocker an der Holztheke waren besetzt.

Auch wenn Piet seinen alten Mitschüler seit zwei Jahrzehnten nicht mehr gesehen hatte, er musste nicht lange suchen, er erkannte ihn sofort von hinten. Und jetzt fiel es ihm wieder ein. Sie hatten Edwin damals »Roger« genannt, nach Roger Daltrey, denn mit exakt dem langmähnigen blonden Lockenkopf des Sängers von The Who war Edwin auch immer rumgelaufen. Was hieß hier »war«?! Was da mit dem Rücken zu Piet am Tresen saß, war entweder Roger Daltrey *himself*, oder es war Edwin »Roger« Mees.

»'n Abend, Roger!« Piet haute ihm auf die Schulter und zog sich den freien Barhocker neben dem Kumpel zurecht.

Edwin sah ihn grinsend an. »Von wegen Roger! Hast du mal ein neues Bild von Daltrey gesehen? Gepflegte Kurzhaarfrisur, sag ich dir. Wenn man nicht genau wüsste, dass der Typ ein rattenscharfer Sänger mit einer Röhre wie ein Auspuff von 'ner Harley ist, der wäre auch glatt als Banker oder als Chefarzt durchgegangen. Leffe?«

»Aber unbedingt.«

Die hübsche Frau mit der blonden Hochsteckfrisur hatte das Glas schon in der Hand.

»Nun, was hat dich nach zwanzig Jahren bewogen, den alten Kumpel mal wieder anzurufen? Ich nehme nicht an, dass ich dir plötzlich gefehlt habe.«

Piet musste grinsen. Das konnte er nicht so gut, deshalb war er froh, dass ihm die Bedienung gerade sein frisch gezapftes Abteibier über den Tresen schob.

Er nahm den ersten tiefen Schluck, wischte sich den Mund ab und sagte: »Ja, das wäre wohl netter, wenn ich so etwas sagen würde, aber bleiben wir bei der Wahrheit. Wir haben eine Leiche in Westkapelle unter dem Pier gefunden …«

Edwin unterbrach ihn. »Dieser Fischer aus Yerseke? Ich hab's im Internet gelesen. Und da kann ich euch helfen?«

Piet schaute missmutig zu, wie die kleinen Bläschen des weißbeigefarbenen Schaums auf seinem Bier langsam zerplatzten.

»Ja, kann sein. Weißt du, das Opfer hatte einen Muschelsack über den Kopf gebunden, als wir ihn unter dem Pier in Westkapelle rausgezogen haben. Und als unser *patholoog-anatoom*, Henk ten Dracht, diesen Sack entfernt hat, stellte er fest, dass man unserm Käpt'n den Schädel eingeschlagen hatte.«

»Wow, in welcher garstigen Welt leben wir eigentlich?! Und das ausgerechnet auf Walcheren ...«

An dieser Stelle musste Piet einschreiten. »Das kann man noch nicht sagen. Denn an der Schädelverletzung ist er nicht gestorben.«

Edwin zog die linke Augenbraue bis fast an den gelockten Haarschopf. »Man kann jemandem den Schädel einschlagen, und der ist nicht tot?«

»Laut Henk ten Dracht, ja. Anscheinend gibt es Schädelhirntraumata 1 bis 3, je nach der Schwere der Verletzung. Auf jeden Fall ist Schouten nicht an der Schädelverletzung gestorben, er ist ertrunken.«

Edwin Mees nickte gedankenverloren. »Man hat ihm erst mal eins über den Schädel gezogen, sodass er bewusstlos war oder sich zumindest nicht mehr wehren konnte, dann hat man ihn auf ein Boot gepackt und irgendwo bei Westkapelle ins Wasser geworfen. Er war zwar noch nicht tot, aber auch nicht lebendig genug zum Schwimmen, und dann ist er ertrunken.«

Piet korrigierte ihn sofort. »Nein, so ist es nicht gewesen. Ten Dracht hat gesagt, der Salzgehalt vom Wasser, das sie in der Lunge von unserem Käpt'n gefunden haben, wäre zu niedrig, um aus der Nordsee zu stammen. Seiner Meinung nach müsste Schouten in der Oosterschelde oder im Veerse Meer ertrunken sein. Und jetzt kommst du ins Spiel.«

Mees nahm noch einen Schluck Bier. »Ich fürchte, da macht es sich euer Pathologe zu einfach!«

»Das hatte ich gehofft«, antwortete Piet.

»Wie meinst du das?«

»Ach, nur so! Erzähl schon! Warum hat er es sich zu leicht gemacht?«

»Na ja, du weißt, 1953 hatten wir die große Sturmflut, und danach wurden die Deltawerke, viele Deichbauten und Sturmflutwehre gebaut, sodass die Oosterschelde …«

»… mittlerweile ein Binnenmeer ist!«, ergänzte Piet.

»Nein, das ist sie nicht. Die Sturmflutwehre sind ja offen, und durch die Gezeiten flutet die Nordsee die Oosterschelde, da wird eine Menge Wasser hin- und hergeschoben. Die Tide erreicht an der Stelle drei Meter. Nur im Fall einer Sturmflut würden die Wehre komplett geschlossen.«

»Und wie sieht es im Veerse Meer aus? Ich meine, der Salzgehalt muss doch noch niedriger sein, denn das Veerse Meer ist ja wiederum von der Oosterschelde abgeschlossen.«

Edwin lächelte vielsagend. »Immer langsam mit dem jungen Hering. Das Wasser in der Oosterschelde hat nicht überall die gleiche Salinität, also den gleichen Salzgehalt. Wenn du direkt hinter Neeltje Jans den Salzgehalt misst, hast du natürlich einen völlig anderen Wert, als wenn du zum Beispiel in Yerseke misst, wo euer Kapitän gelebt hat. Als am Veerse Meer der Zandkreekdam gebaut worden war, hatten wir erst mal ein reines Binnengewässer. Die Salinität nahm rapide ab, und das Wasser wurde brackig. Du kannst dir vorstellen, was das für Auswirkungen auf die Fische und Schalentiere hatte. Die Fischer sind auf die Barrikaden gegangen. Die Politik hat schließlich nachgegeben, und so wurde ein Siel gebaut, durch das bei Flut sauerstoffreiches und salzhaltiges Nordseewasser ins Veerse Meer strömt, bei Ebbe fließt nährstoffreiches Wasser zurück. So stieg dann der Salzgehalt wieder an.«

Piet deutete auf sein Glas, die blonde Dame sagte nur: »Sofort!«, und machte sich an die Arbeit.

»Wenn so viel über Salz geredet wird, kriegt man richtig Durst!«, sagte Piet entschuldigend. »Das waren jetzt fast zu viele Informationen. Fass bitte mal kurz zusammen – was bedeutet das für mich?«

Der alternde Umweltaktivist lehnte sich zufrieden gegen die Rückenlehne seines Barhockers. »Die Nordsee hat hier vor Walcheren einen Salinitätswert von 35 Promille, die Oosterschelde hat einen Mittelwert von 30 bis 31 Promille, und beim Veerse Meer liegen wir vielleicht bei 28 bis 30 Promille. Das heißt aber nicht, dass wir im Veerse Meer nicht Stellen finden können, wo der Salzgehalt im Wasser höher ist als an manchen Stellen in der Oosterschelde. An einigen Stellen ist es sicherlich zudem noch entscheidend, ob wir Ebbe oder Flut hatten. Und abgesehen davon ist der Salzgehalt im Winter auch oft niedriger, wenn es viel geregnet hat.«

Piet seufzte hörbar. »Das ist toll, dass du so viel weißt. Aber das hilft ja alles nichts, wenn es mir nicht weiterhilft.«

Edwin lachte. »Ja, das Problem hatten wir schon in der Schule. Man lernt jede Menge Blödsinn, und wofür? Aber in diesem Fall kann dir das wirklich weiterhelfen. Wir brauchen den genauen Salinitätswert des Wassers, das in Schoutens Lunge gefunden wurde. Und dann schippern wir morgen mal ein bisschen durch die Gegend und messen nach, wo wir diesen Vergleichswert wiederfinden.«

»Wie kann man das messen?«

»Mit einem digitalen Refraktometer. Das Ding hat an der Oberseite eine Probenmulde aus Edelstahl, da träufelst du ein paar Tropfen Wasser rein, drückst auf einen Knopf, und schon zeigt dir das Display den Salzgehalt an. Das dauert nur Sekunden.«

»Und wie lange dauert die ganze Tour?«

Edwin wiegte sein Laborantenhaupt hin und her, er schien zu rechnen. »Na ja, in ein, zwei Tagen müsste alles erledigt sein.«

»Ein, zwei Tage?! Hör mal, ich habe einen Mordfall aufzuklären! Ich meine, musst du nicht sowieso ab und zu mal im ganzen Revier den Salzgehalt …«

Edwin lachte auf. »Ach, ich soll für dich durch die ganze Oosterschelde und das ganze Veerse Meer …«

»Nein, nur so ein paar Stichproben. Hast du eigentlich noch Lust auf ein Leffe?«

Edwin schüttelte grinsend den Kopf. »Okay, du gibst mir morgen Vormittag den Wert von eurem *patholoog-anatoom* durch, und ich fahr los und suche das passende Revier. Und das eine sage ich dir: Das kostet dich mehr als ein Leffe, dass das klar ist!«

Piet tippte sich mit dem Zeigefinger an eine imaginäre Matrosenmütze. »*Aye, aye, Sir!* Alles Roger!«

31.

Piet stellte die Gazelle am Turfkaai ab und freute sich, als er das blaue Licht hinter Julianas Fenstern sah. Er hatte befürchtet, das Treffen mit seinem alten Kumpel hätte einen Besuch bei der alten Freundin unmöglich gemacht. Unter der Straßenlaterne schaute er auf die Armbanduhr, es war kurz vor Mitternacht. Er lächelte in sich hinein. Was würde Juliana sagen? »Liegen kann ich noch genug, wenn ich tot bin.«

Er stieg die Treppen zu seiner Wohnung hinauf, natürlich knarzte die dritte Stufe. Er legte die Jacke ab, schnappte sich seinen Zweitschlüssel vom Brett und stieg die Treppe wieder hinab. Er klopfte, öffnete die Tür und schaute zunächst ins Wohnzimmer.

Juliana lächelte ihn an. »Nein, es ist nicht zu spät. Nein, ich bin noch nicht müde. Ja, ich habe noch Wein, und ich freue mich, wenn du dich endlich zu mir setzt.«

Piet grinste. Manchmal kann man nicht antworten, weil es einfach nichts zu antworten gibt.

Er sagte: »Komme sofort!«, und holte sich zwei Grolsch aus dem Kühlschrank.

Juliana hob das Weinglas mit dem grünen Fuß, und Piet leerte das erste Grolsch zu einem guten Drittel.

»Ja, spannender Tag!«, sagte er und hielt die aufsteigende Kohlensäure des Bieres in seiner Speiseröhre mit Mühe in Schach. »Ich konnte den Fall leider nicht an Pim Wouters abgeben …«

Juliana tat entrüstet. »Nein, das ist ja schade! Warum denn nicht?«

»Seine Frau ist hochschwanger, und sie rechnen jede Minute mit der Niederkunft, da kann er natürlich nicht ... Warum grinst du?«

»Och, nur so, erzähl weiter!«

»Heute Morgen waren wir auf dem Schiff von Jacobus Schouten. Ich habe beide Söhne kennengelernt. Da ist der ältere Sohn, Rafael, den hatte Jacobus wohl als Kapitän für das zweite Schiff vorgesehen, aber der hat ihm erst vor Kurzem in einem Restaurant sozusagen das Schiffsruder vor die Füße geworfen.«

»Vor allen Leuten?«

»Ja, und das noch mit den Worten ›Ich brauche Yerseke nicht! Ich brauche dich nicht! Und ich brauche dein Geld nicht!‹«

Juliana nickte wissend. »Das muss für den Vater fürchterlich gewesen sein.«

Piet verringerte die Füllhöhe der Grolsch-Flasche um ein weiteres Drittel. »Ganz sicher, und dann ist Rafael nach Nijmegen gefahren und ward nicht mehr gesehen.«

»Und der andere Sohn?«

»Der heißt Ronald, der wäre liebend gern Kapitän geworden, aber den wollte der Alte nicht.«

Juliana nippte an ihrem Weinglas. »Der verlorene Sohn.«

»Nein, der andere ist ja weggezogen.«

Juliana korrigierte: »Ich meine das *Gleichnis vom verlorenen Sohn*. Da ist es zwar der jüngere Sohn, der auszieht, und der ältere bleibt zu Hause. Aber der Sohn, der beim Vater bleibt, glaubt immer, er hat alles richtig gemacht. Und der Vater sorgt sich nur um den verlorenen Sohn. Das kannst du ja mal nachlesen. Ich weiß nicht, ob es dir bei diesem Fall hilft, mir hilft das Lukas-Evangelium im Allgemeinen sehr.«

»Das Schlimme für mich ist ja, du stehst da mit zwei Söhnen eines verstorbenen, eines *ermordeten* Vaters, und keiner von beiden trauert. Rafael hat mir seine Karte in die Hand gedrückt, er ist wissenschaftlicher Assistent am Institut für Kunstgeschichte an der Radboud Universiteit in Nijmegen. Ich solle mich melden, wenn noch was sei. Der Vater liegt im Leichenschauhaus, und der haut einfach wieder ab. Und Ronald ist mit dem Muschelkutter raus. Er sei spätestens in zwei Tagen wieder im Hafen, ob ich was dagegen hätte. Und ob ich was dagegen hatte! Ich hätte ihm gerne gesagt: ›Dein Vater ist tot, du ignorantes Arschloch!‹, aber hätte es was gebracht?«

Mit einem Schnipsen von Zeige- und Mittelfinger öffnete Piet den Bügelverschluss der zweiten Grolsch-Flasche.

»Nein, das hätte nichts gebracht. Weißt du, ich glaube nicht, dass der Vater den jüngeren Sohn drangsaliert hat, nein, das glaube ich nicht.« Juliana zögerte, bevor sie weitersprach. »Aber vielleicht ist Missachtung das Schlimmste, was man einem Sohn antun kann. Wenn Rafael wieder zurück nach Nijmegen gegangen ist, ist Ronald dann mit dem großen Schiff allein rausgefahren?«

Piets Züge entspannten sich beim Gedanken an die blonde Studentin. »Nein, Jacobus hatte noch eine junge Frau angestellt, nur für die Semesterferien. Der zweite Mann fällt ein paar Wochen aus, wegen irgendeiner Operation. Sanne Kok, sympathisches Mädchen!«

Juliana war immer zufrieden, wenn ihr sehr geschätzter Mieter beim Gedanken an eine Frau positive Reaktionen zeigte – die Hoffnung stirbt zuletzt –, und so sagte sie fröhlich: »Ach, Sanne Kok! Kok – wie dieser Friese in der Zeitschrift, der andere Fischer?«

Piet war froh, dass er saß. Er war sich nicht sicher, ob es ihm sonst nicht die Füße weggezogen hätte. »Kok – wie dieser Friese in der Zeitschrift, der andere Fischer?« Verdammt noch mal, warum hatte er das nicht gesehen?! Am Alter konnte es nicht liegen. Juliana war vierundneunzig!

Mittwoch

32.

Das »Sint John« in der Sint Janstraat war seit Jahren Piets Lieblings-Café. Dieses Café und der Inspecteur hatten aber auch einiges gemeinsam. Beide waren ein bisschen abgerockt, ohne heruntergekommen zu sein. Beide hatten schon bessere Tage erlebt, wussten aber nicht mehr, wann, und eigentlich fühlten sich beide ganz wohl in ihrer lange nicht mehr renovierten Haut.

Piet saß auf einem der gemütlichen Holzstühle, es war halb acht, und Lotte brachte das Frühstück, einen nach »früh am Morgen« duftenden Kaffee, einen *Zeeuwsen bolus* und ein freundliches Lächeln. Das Besondere an diesem Frühstück war, dass die Zutaten zwei und drei gratis waren. Den *bolus* gab es zum Kaffee dazu und Lottes Lächeln zum *bolus*.

Der *bolus* war einfach eine Art zeeländischer Krapfen, nur dass er halt viel besser schmeckte als alle anderen Krapfen irgendwo auf der Welt. Ohne dieses wunderbare, klebrige und nicht zu süße Gebäck war für Piet ein Start in den Tag nur schwer vorstellbar. Klebrig war er allerdings wirklich. Wenn man einen davon gegessen hatte, dann wusste man, warum man von »sich die Finger lecken« sprach.

Annemieke schien ein bisschen überrascht, ihren Chef schon so früh am Treffpunkt zu sehen. Normalerweise hatte sie morgens schon den ersten Kaffee getrunken, wenn Piet im Türrahmen des »Sint John« auftauchte.

Sie setzte sich ihm gegenüber und begrüßte Lotte, die sofort an ihrem Tisch stand, um die Bestellung aufzunehmen, die sie eigentlich schon kannte.

»Einen *koffie verkeerd* ohne *bolus*, bitte.«

Annemieke bestellte die süße Zugabe immer ab. Nun, die hatte zwar eine Traumfigur, aber Piet war nicht bereit, für fünf, na ja, vielleicht auch zehn Kilo weniger auf die leckere Beilage zu verzichten.

Lotte hatte sich noch keine anderthalb Meter von ihrem Tisch entfernt, da platzte es auch schon aus Piet heraus: »Ich war gestern Abend noch bei Juliana!«

»Das ist toll. Wie geht's der alten Dame?«

»So weit prima, aber das ist keine gute Tat von mir. Ich glaube, am Ende habe ich mehr von unseren Gesprächen als sie. Am Samstag war ich bei ihr und habe ihr von der Leiche erzählt, die wir gefunden haben, und davon, dass wir das Opfer mit Hilfe von Thijs Joziasse identifiziert haben, weil der für eine Zeitschrift fotografiert hat, in der auch ein Bericht über die Fischer von Yerseke stand. Und gestern habe ich ihr erzählt, dass wir auf der ›Leentje‹ waren und dass beide Söhne da waren. Als ich dabei erwähnte, dass Ronald im Moment mit einer Aushilfe namens Sanne Kok unterwegs sei, da fragte Juliana: ›Kok – wie dieser Friese in der Zeitschrift? Der andere Fischer?‹«

Annemieke schaute ihn verblüfft an. »Wow, die Verbindungslinie habe ich aber auch nicht gezogen. Natürlich. Ich meine, Kok ist kein seltener Name, das muss nichts heißen, aber in einem kleinen Ort wie Yerseke … Warte, ich rufe Vincent Dekker an.«

Sie nahm ihr Smartphone aus der Handtasche, aber Piet legte ihr die Hand auf den Arm.

»Nein, warte noch, das kannst du gleich im Präsidium machen. Ob wir das einen Kaffee früher oder später wissen, spielt auch keine Rolle. Vincent Dekker …«

»Was ist mit Vincent Dekker?«

»Och, nichts!«

Eine halbe Stunde später hatte die Kaffeemaschine in Annemiekes Büro gerade den zweiten Kaffee des Morgens in die Tasse laufen lassen, als Annemieke am Telefon von Dekker schon die gewünschte Auskunft bekommen hatte.

»Ja, Sanne ist die Tochter von Jan Kok. Er dachte, das wüssten wir.«

»Wieso dachte er, dass wir das wüssten?! Wir konnten das doch gar nicht wissen! Woher denn?! Kannst du mal einen Termin mit diesem Jan Kok machen? Den will ich sprechen. Was ist mit seiner Tochter, warum fährt sie nicht auf seinem Schiff? Und wie hieß der Kerl noch mal, mit dem Dekker gestern gesprochen hat, als wir zurückgefahren sind?«

Annemieke schlug ihr Notizbuch auf. »Das war Johannes Mulder, und das Schiff war die ›Johanna Jacoba‹.«

»Johannes Mulder, der Funktionär! Wir hatten gestern gesagt, den besucht Dekker allein …«

»Weil wir den Termin bei Henk hatten.« Hatte Annenmieke da gegrinst?

Piet fuhr fort. »Und Dekker wollte mich hinterher anrufen, das hat er nicht getan. Was hat es mit diesem Mulder auf sich? Mit dem möchte ich auch einen Termin, mit dem auch!«

Piet verließ Annemiekes Büro, sie war jetzt im Recherche-Modus, das war ihr Element. Telefonnummern und Adressen recherchieren, Termine koordinieren, dem Netz Informationen entlocken, die das Netz manchmal nicht freiwillig herausgab. Dabei nutzte sie alle Mittel. Nur eines konnte sie dabei nicht gebrauchen: Piet!

Der Inspecteur gönnte sich in der Zeit ein bisschen frische Luft. Er würde nächstes Jahr sechzig werden. Manchmal dachte er über die Rente nach. Jeden Tag angeln können. Keiner hätte etwas dagegen. Aber er war noch nicht müde. Manchmal ein bisschen lustlos, aber müde war er nicht.

Er ging den Molenberg entlang. Einfach ein bisschen spazieren, an der Binnengracht, dem Binnenhafen entlang.

Sah er Gespenster? War Dekker nur ein bisschen vorsichtig ihm gegenüber?

Aber als Juliana gestern Jan Kok erwähnte, da fügte sich etwas zusammen. Irgendetwas war da, vielleicht nur ein Gefühl. Und es hatte schließlich genug Tage gegeben, da hatte sein Gefühl ihn nicht getrogen.

33.

Es war noch ein bisschen frisch draußen. Wir hatten unseren Frühstückstisch im Vorzelt gedeckt. Es roch nach Kaffee, nach frischen Brötchen, nach Vorzelt, es roch nach Urlaub. Wir sprachen über diesen *Mosselbaron*. Ein schöner Ausflug würde das werden. Obwohl es da noch ein Problem gegeben hatte.

Anne erzählte amüsiert: »Babette ist ja, was Schiffe angeht, ausgesprochen vorsichtig, sie hat einen sehr empfindlichen Magen.«

Und ich dachte, Lothar hätte das auf diesem Weingut nur erfunden.

»Aber da Chester Bloomberg diesen Ausflug empfohlen hat, will sie jetzt doch unbedingt mit.«

Es klopfte an das Aluminiumprofil der Schiebetür. Damals, in grauer Vorzeit, als es noch die messingfarbenen Stahlrohrstangen gab, hätte Lothars Klopfen das ganze Vorzelt zum Erbeben gebraucht. Heute schaukelte das Holzschild »*Gone to the Beach*« ein wenig, ansonsten nahm unsere dem Wohnwagen vorgebaute Stoffbehausung Lothars Begrüßungsritual erstaunlich gelassen entgegen.

»Kommst du mit nach Yerseke? Wir wollen zu diesem *Mosselbaron*!« Anne kaute fröhlich auf ihrem Milchbrötchen mit Schokostreuseln.

Das ist einer der Vorteile dieser extrem verformbaren Brötchen. Man kann, ja, man muss sie sehr lange kauen, und das ist, der Expertise bedeutender Ernährungsphysiologen folgend, ausgesprochen gesund.

Anscheinend hatte Anne gerade wieder einen Bissen bewältigt, denn sie sagte: »Die Tickets könnt ihr auch online bestellen. Wir haben doch jetzt WLAN!«

Schade. Ich hätte mir schon gerne mal dieses berühmte Muscheldorf angesehen, wo Kapitän Schouten sich mit Gott und der Welt und vor allem mit allen anderen Fischern angelegt hatte, aber Anne hatte natürlich recht. Warum sollte man fünfzig Kilometer durch die Gegend schraddeln, wenn man die Karten dreieinhalb Klicks später auch im heimischen Vorzelt gebucht hatte?

»Jahaaa«, sagte Lothar. »Aber der schreibt ja hier …« Er zog den Prospekt des *Mosselbarons* aus der Gesäßtasche seiner Jogginghose. Der Begriff »Faltblatt« hatte jetzt jede Berechtigung. »Der schreibt hier: ›Mittwoch bis Sonntag, 13 Uhr ab Yerseke. Vierstündige Rundfahrt inklusive Imbiss, Erwachsene achtundzwanzig Euro, Kinder achtzehn Euro. Gruppenfahrten ab zehn Personen, nach Vereinbarung.‹ So. Und Vereinbarung geht nun mal nicht so gut online. Vereinbarung, das ist Auge in Auge …«

Anne ergänzte: »Zahn um Zahn. Na, dann haut mal ab, aber bringt mir zwei Kilo Muscheln mit, und nicht diese ganz großen.«

Was sollte man dazu sagen? Ich hatte einen Lauf! Gestern war sie sofort aufgebrochen, um die Freundinnen zum gemeinsamen Ausflug zu überreden, heute erhielt ich die Genehmigung zur Herrentour quasi *en passant*. …! …? …!? Was stimmte da nicht? Ich würde mir später darüber Gedanken machen.

Erst mal ging es nach Yerseke.

»Könnt ihr bitte Lothars Auto nehmen? Ich brauche den Wagen!«

Der Wohnwagen gegenüber schien verwaist. Detlef und Jutta waren nicht zu Hause.

Uschi und Gerd saßen vor dem Vorzelt. Es war ja auch schon eine gute halbe Stunde später, die Sonne war mindestens einen halben Meter höher über die Bäume an der Gracht gekraxelt.

»Wir fahren nach Yerseke, zu diesem *Mosselbaron*. Kommst du mit, Gerd?«

Uschi hatte gerade in ihr Milchbrötchen gebissen. Aufgrund der kautschukähnlichen Konsistenz des Backwerks war ihr also ein hörbarer Protest für mindestens fünfzehn Sekunden rein physisch nicht möglich. Diese Zeitspanne nutzte Gerd aus, um die Jeansjacke überzuwerfen, seiner Gattin einen Kuss auf die Stirn zu drücken und mit uns hinter dem schmucken Fendt-Caravan zu entschwinden.

»Sollen wir Adi fragen?«, fragte Gerd beim Besteigen von Lothars Tiguan.

»Lieber nicht. Denk an Babettes nervösen Magen.« Ich stieg auf den Beifahrersitz.

Als ich im Begriff war, die Tür zu schließen, glaubte ich, von Weitem Uschis Stimme zu vernehmen: »Gerd, aber wir wollten doch ins Gartencenter!«

Lothar trat das Gaspedal vehement nach unten und beschleunigte die Wolfsburger Version eines Jeeps auf exakt die zehn Stundenkilometer, die auf dem Vier-Sterne-Camping-Terrain »De Grevelinge« erlaubt waren.

Ich sah aus dem Seitenfenster des Boliden ins Nichts und fragte mich: »Wofür braucht sie den Wagen?« Na ja, wer Frauen versteht, kann auch Holz schweißen!

34.

»Es war gestern Nachmittag, nicht wahr?«

Piet wusste nicht, wovon sie sprach. »Was war gestern Nachmittag?«

»Gestern Nachmittag wolltest du dieses fürchterliche Auto zu Mattijs zurückbringen.«

»Ja, natürlich, und das hätte ich auch längst gemacht, aber ich habe ja eine Assistentin, die mir ständig neue Termine macht.«

Annemieke lächelte. »… um die du selbst gebeten hast. Ruf Mattijs doch an, und sag ihm, der Wagen gefällt dir eigentlich, du bist dir nur noch nicht ganz sicher, ob du ihn wirklich kaufen sollst. Dann ist der erst mal zufrieden.«

Piet reagierte brüsk. »Mir gefällt dieses Auto?! Wie kommst du denn darauf? Ein Großserienklon ohne Charakter, ein Pussy-Defender mit einem Armaturenbrett aus stinkendem Kunststoff, das für Captain Kirk auf der Enterprise gedacht war – und der soll mir gefallen?! Kein Stück!«

Annemieke schaute aus dem Fenster auf die vorbeifliegende Landschaft, damit er ihr Grinsen nicht sah.

Er war in den letzten sechzehn Jahren noch nie so viel Auto gefahren wie in den letzten drei Tagen. Er genoss jeden Kilometer, aber er war keinesfalls bereit, das zuzugeben.

»Wann treffen wir Jan Kok, und wo?«

Sie musste nicht in das Notizbuch schauen. Hinter Annemiekes Stirn befand sich weiter innen der Frontallappen der Großhirnrinde, da war ihr Arbeitsspeicher untergebracht, ihr Kurzzeitgedächtnis, und das funktionierte vorwärtsgerichtet tadellos. Wenn Sie einen Plan gemacht hatte, dann war der für die nächsten Wochen mit Zeiten, Adressen und Ansprechpartnern in ihrem Arbeitsspeicher jederzeit abrufbar. Beim Zurückschauen musste man allerdings Vorsicht walten lassen. Annemieke wusste ganz genau, wann sie mit wem wo einen Termin haben würde, aber wenn man sie einen Tag später fragte, wann sie die Befragung gestern Vormittag gehabt hatte, wo das war und mit wem überhaupt, dann musste sie im Notizblock oder im Smartphone nachschauen. Um Punkt 0:00 Uhr wurde im Frontallappen der Großhirnrinde feucht durchgewischt, und alle nicht mehr benötigten Informationen wurden aus ihrem Arbeitsspeicher gelöscht, um für die Termine des nächsten Tages Platz zu schaffen.

Den Plan für den heutigen Mittag und Nachmittag konnte sie also ganz einfach referieren.

»Wir treffen Vincent Dekker vor dem ›Sportvisser‹, das ist eine Kneipe direkt neben dem Königin-Juliana-Hafen, um zwanzig nach zwölf. Für halb eins hat Vincent dann den Termin mit Jan Kok gemacht. Den Termin mit Johannes Mulder haben wir im Anschluss, ich hab' mal gesagt, halb zwei, auf dessen Schiff, der ›YE 13 Johanna Jacoba‹. Und danach treffen wir noch Dirk Hermans. Er wohnt in der Oude Torenstraat, das ist bequem zu Fuß zu erreichen.«

Piet dachte kurz nach. »Von Dirk Hermans hatten wir nicht gesprochen. Warum treffen wir den?«

Annemieke trommelte mit den Fingern auf ihrer Handtasche. »Ich weiß nicht. In dem Artikel *Die Gesichter des Meeres*, da ging es um Jacobus Schouten, der Mann ist tot. Es ging um Jan Kok, dessen Tochter arbeitet auf dem Schiff von Schouten. Dann wurde Johannes Mulder porträtiert, der ist Chef der Muschelfischer-Gilde, und Vincent sagte, der könnte uns weiterhelfen. Da dachte ich mir, fehlt noch Dirk Hermans. Warum? Keine Ahnung, nenn es weibliche Intuition, es war einfach so ein Gefühl.«

Piet nahm sich vor, gerade das Gespräch mit Dirk Hermans sehr konzentriert anzugehen.

Sie hatte da nur so ein Gefühl, aber es hatte schon Tage gegeben, da hatte sie das Gefühl nicht getrogen.

Piet parkte den schwarzen Land Rover am Prins Willem Alexanderhaven, dem Yachthafen von Yerseke. Sie gingen ein paar Schritte über den Deich. Hier schienen die Wohnhäuser unter dem Meeresspiegel zu liegen, eine lange Treppe führte hinunter bis in das Dorf.

Sie konnten die Kneipe schon von Weitem sehen, weil auf dem Dach einige Pfannen weiß angemalt waren, sodass das Wort »Brasserie« selbst für die Piloten der Cessnas und Pipers, die den Touristen die Oosterschelde von oben zeigten, gut zu erkennen war.

Annemieke erklärte: »Im ›Sportvisser‹ treffen sich die Fischer nach der Arbeit, hat Vincent gesagt.«

Piet nickte. »Ja, Ronald hatte erwähnt, dass sein Vater im ›Sportvisser‹ war, während er noch den verkauften Fang ausliefern musste.«

35.

Von außen war der »Sportvisser« nur eine unscheinbare Kneipe wie jede andere auch. Man hätte sich auch auf dieser Terrasse an jedem Nachmittag größere Touristenansammlungen vorstellen können. Das Bild änderte sich jedoch, sobald man den Gastraum betrat.

Ein großer blauer Billardtisch nahm einen großen Teil des Raumes ein. Dahinter stand nicht nur eine Theke, an der Theke standen auch Barhocker, und da standen nicht nur Barhocker, da saßen auch Menschen. Eine ganze Batterie von Schnapsflaschen war mit dem Hals nach unten in ihren Flaschenhaltern über dem Tresen angebracht. Ruud hatte ihm mal erklärt, dass die Dinger »Barbutler« hießen. Piet las das Schild »*Westmalle Dubbel van de tap*«, es gab also ein Abteibier vom Fass. Piet sah abgesessene Stühle, abgeschabte Tische, das vergilbte Foto eines Pferdefuhrwerks mit Heineken-Fässern, es war alles da.

Piet spürte seine trockene Zunge. Er fühlte sich zuhause.

Er schaute auf die Timex und sagte zu der Bedienung: »Ein Heineken, bitte!«

Annemieke lächelte Piet schelmisch an. »Heineken? Mittagspause?«

»Es ist Viertel nach zwölf!«

Die Dame hinter dem Tresen wandte sich an Annemieke: »Und für Sie?«

»Für mich bitte ein Spa rot!«

Piet konnte den Blick nicht von der Frau hinter dem Tresen lassen. Sie hatte ein freundliches Gesicht, eine dunkle Bubikopf-Frisur, und sie war groß, richtig groß.

Es ist ja durch Statistiken hinlänglich belegt, dass die Niederländer das größte Volk der Erde sind. Nicht im Sinne der Anzahl von Menschen, da gibt es schon noch ein paar mehr Chinesen oder Inder. Nein, in Bezug auf die Körpergröße sind die Niederländer das größte, man könnte auch sagen, das längste Volk der Erde. So sind die niederländischen Frauen im Schnitt drei Zentimeter größer als die deutschen. Das sind natürlich Durchschnittswerte, und die Bedienung im »Sportvisser« zog den Schnitt ganz schön nach oben.

Vincent Dekker betrat den Raum. »*Hoi* Pinella!«

Er trat zu Piet und Annemieke an den Tresen und fragte: »*Hoi*! Kommt ihr mit an den Tisch?«

Die beiden folgten Pim Wouters' Assistenten an den runden Tisch unter dem Foto mit dem Pferdefuhrwerk. Ganz rechts am Tresen ließ sich ein fülliger Mann mit blauer Mütze von seinem Barhocker rutschen und kam zu ihnen.

Dekker beeilte sich, ihn vorzustellen. »Herr Inspecteur, das ist Kapitän Jan Kok.«

»Jan, das ist Inspekteur Piet van Houvenkamp aus Middelburg, und das ist Brigadier Annemieke Breukink.«

Sie nickten einander zu.

Die Bedienung kam zu ihnen und brachte die Getränke. Vielleicht schaute Piet ihr einen Moment zu lang hinterher, denn Annemieke widmete sich schon Kapitän Kok.

»Herr Kapitän, wie geht es den Muschelfischern in Yerseke heute so?«

Kok grinste. »Gute Frage, Sie werden keinen einzigen Fischer hier im Ort finden, der da ›gut‹ sagt. Die Preise gehen ständig runter. Die Fangquoten gehen zurück. Irgendwer in Brüssel hat immer was zu regulieren. Andererseits sind die Muscheln so lecker – die Leute werden nie aufhören, sie zu essen, und wir werden immer Arbeit haben. Nicht alle von uns, aber viele. Vielleicht verdienen wir noch weniger Geld, aber ich will mit niemandem tauschen.«

»Sie kannten Jacobus Schouten?«

Kapitän Kok stopfte sich eine Pfeife. »Natürlich, jeder Fischer in Yerseke kennt jeden Fischer in Yerseke, und Jacobus war ein bunter Hund!«

Piet beteiligte sich nicht am Gespräch, war aber alles andere als teilnahmslos, er folgte dem Gespräch sehr genau. Annemiekes nächste Frage überraschte ihn, aber er musste zugeben: gut gemacht.

»Hätte Schouten die erste Frage auch so beantwortet?«

Kok musste augenscheinlich ein paar Gedanken sortieren, dann sagte er: »Hm, ich denke schon. Sehen Sie, weil das Geschäft schwieriger wird, müssen wir wachsen. Ich habe zwei Schiffe, es gibt Kollegen, die haben drei. Manche lassen sich von den Handelsgesellschaften anstellen. Jacobus wollte dringend ein zweites Schiff, und es musste ein MZI-Boot sein …«

»Moment!« Annemieke unterbrach ihn. »Was ist ein MZI-Boot?«

»Das ist ein Spezialschiff, das die Muschelsaat ernten kann, wenn sie an Seilen hängend aufgezogen werden. Jacobus wollte ja unbedingt die Hängekultur forcieren. Neues Schiff, Hängekultur, Sie sehen schon, Jacobus war durchaus nach vorne gewandt, und er war optimistisch!«

»Aber seine Söhne haben da nicht so mitgespielt?«

Jan Kok zögerte, wollte nicht recht mit der Sprache rausrücken. Er steckte die fertig gestopfte Pfeife wieder in die Jackentasche, vielleicht war ihm das Pfeifestopfen in Fleisch und Blut übergegangen, wahrscheinlich ein Relikt aus der Zeit, als man in Kneipen noch rauchen durfte.

»Also, Jacobus war schon schwierig«, sagte er schließlich. »Ich habe ihn gemocht, aber mit ihm auf einem Schiff?! Niemals! Und Rafael hat halt für sein Leben ganz andere Pläne, das müssen Eltern auch irgendwann respektieren.«

Annemieke hakte nach: »Und der andere Sohn?«

»Ronald, ja, der gefällt mir. Der macht mir Spaß. Vielleicht war ich auch mal so, als ich in seinem Alter war. Sagen wir mal so: Er ist ein Hallodri, er baut Mist. Er ist nicht, wie soll man sagen, er ist nicht ... Nee, andersrum. Ich glaube, Ronald wird ein guter Kapitän ... in fünf Jahren.«

Jan Kok erhob sich lächelnd. Er war wohl der Annahme, das Gespräch sei damit beendet.

Piet sah das nicht ganz so. »Sie haben gesagt, niemals mit Jacobus auf einem Schiff. Ihre Tochter Sanne fuhr mit Jacobus und Ronald auf der ›Leentje‹. Warum nicht bei Ihnen? Derselbe Grund?«

Jan Kok lachte. »Ja, das kann schon sein. Wer will schon in den Semesterferien mit dem alten Vater auf ein Schiff, wenn man das Schiff auch mit einem kräftigen, jungen Kerl wie Ronald teilen kann?« Er schaute von Annemieke zu Piet. »Brauchen Sie mich dann noch?«

Piet antwortete: »Wenn wir Sie brauchen, werden wir Sie finden.«

Kok verließ den »Sportvisser«. Er hatte den Türrahmen keinen halben Meter passiert, da blieb er stehen, entzündete sein Pfeifchen und ging gemessenen Schrittes zum Hafen.

36.

»Das ist doch bekloppt! Ich bin an dieser Abfahrt fast zwanzig Jahre lang jedes Jahr in den Oster-, Sommer- und Herbstferien vorbeigefahren, ich betone *vorbei*gefahren, und ich hätte nie gedacht, dass dieses Kaff berühmt ist.« Gerd schüttelte das intelligente Medizinerhaupt. »Fast zwanzig Jahre, und die Ausfahrt 33 Yerseke haben wir nie benutzt.«

Lothar fuhr auf der Landstraße die knapp drei Kilometer bis zum Ort, und er folgte treu der alten Touristenweisheit: »Immer den Schildern ›Hafen‹ folgen!« Er steuerte vom Molendijk auf den Havendijk, und Gerd war mit Kopfschütteln noch immer nicht ganz fertig.

»Fast zwanzig Jahre, und nie hier gewesen. Ist doch schön hier!«

Ich sagte: »Nu' is' ja gut. Jetzt sind wir ja da!«

Lothar hatte die Geschwindigkeit verlangsamt und fuhr beinahe im Schritttempo an Reklametafeln diverser Restaurants vorbei. »Oesterij«, »Pekaar«, »Oesters & Bubbles« war da zu lesen.

Gerd geriet ins Schwärmen: »Das sieht so schön aus!«

Ich musste ihm zustimmen. »Und lecker!«

Lothar rief uns zur Ordnung: »Männer, wir haben hier etwas zu erledigen.« Er deutete auf sein Navigationsgerät. »Wir haben noch fünfhundert Meter bis zum Königin-Juliana-Hafen, wir brauchen nur noch einen Parkplatz.«

In Yerseke hatte die ganze Königsfamilie Häfen angelegt, aber das musste schon eine Zeit lang her sein. Der erste Hafen, den wir passierten, war der Prinz-Willem-Alexander-Hafen, und das war der kleinste. Heute war Prinz Willem Alexander König der Niederlande und hätte jederzeit den größten Hafen für sich beanspruchen können. Der nächste Hafen war nach der Mama vom Prinzen benannt. Der Prinzessin-Beatrix-Hafen war schon fast doppelt so groß, aber das war noch nichts gegen den Hafen von Omma. Der Königin-Juliana-Hafen war der nördlichste und mindestens so groß wie der von Mama und Sohnemann zusammen.

Wir fanden einen Parkplatz an Beatrix' Hafen und machten uns zu Fuß auf den Weg zum Muschelfischer-Hafen, dem von Omma.

Gemächlich gingen wir an vielen Fischerbooten vorbei, die allesamt am Bug das Kürzel »YE« trugen, nebst einer Nummer und dem Namen des Schiffes. Wir suchten die »YE 99 Adriaan Neptunus«.

Mir fiel etwas auf. »Wenn die im Internet nicht nachkoloriert haben, müssten wir das Schiff relativ leicht finden können. Die Schiffsrümpfe sind fast alle blau, manche grün und ganz wenige rot. Aber kein einziges Schiff ist weiß!«

Gerd stimmte mir zu. »Da hast du recht, im Internet war das Schiff weiß. Was ist das schön hier! Dass wir in fast zwanzig Jahren …«

»Ja, ist gut, wir wissen … Da ist es!«

Wir waren um eine Ecke gebogen, und am Ende der nächsten Reihe Schiffe sahen wir einen blütenweißen Rumpf, der sich hinter den großen blauen und grünen Kollegen fast zu verstecken schien. Wir legten einen Gang zu, am Ende liefen wir fast, bis wir es tatsächlich lesen konnten: »YE 99 Adriaan Neptunus«, der *Mosselbaron*.

Auch dieses Schiff war sicherlich ein Muschelkutter – oder es war mal einer gewesen –, aber mit den modernen Trawlern mit ihren gelben Aufbauten hatte es wenig gemein. Das Schiff war im Gegensatz zu den anderen Kuttern weiß. Die Aufbauten waren zwar auch hier gelb gestrichen, doch sie trugen keine Netze mehr, sondern hielten weiße Sonnendächer aus Segeltuch. Auf dem Deck gab es keine großen Stahlbehälter, die mittels Förderbändern mit der schwarzglänzenden Pracht befüllt wurden. Stattdessen luden Tische und Bänke zum Verweilen ein. Ein kleiner Tresen mit zwei großen Sektkühlern, davor vier Barhocker, zeigte eindrucksvoll, dass die »Adriaan Neptunus« von hartem seemännischen Tagewerk so weit entfernt war wie der Pinguin vom Nordpol.

Aus dem Steuerhaus trat in diesem Moment ein hagerer Mann. Das kräftige graublonde Haar war nach hinten gekämmt, der Bart in derselben Färbung war nicht sehr dicht, aber gepflegt. Der Mann trug eine dunkelblaue angeschmuddelte Bermuda-Shorts mit aufgenähten Seitentaschen und ein Bretagne-Shirt, dieses weite blau-weiß gestreifte Baumwollhemd, das hier in Yerseke ganz sicher nicht nach der französischen Muschel- und Austern-Hochburg benannt wurde. Hier hieß es wahrscheinlich *Zeeuwse overhemd*.

»Das ist er«, raunte Lothar uns zu und rief in perfektem Niederländisch: »Moin Käpt'n!«

Der Mann, der wahrscheinlich Adriaan Nieuwman war – er hatte auch ohne weiße Uniform die Attitüde eines Kapitäns –, winkte uns zu und entblößte bei einem jovialen Lächeln eine Reihe Zähne, die so weiß waren, dass es noch die zweiten sein mussten. Kein Dentallabor hätte sich getraut, beim Farbdesign von dritten Zähnen die Grau- und Gelbnuancen komplett wegzulassen.

Nieuwman bedeutete uns mit einer einzigen Handbewegung, am Kai zu warten, er würde jetzt das Schiff verlassen, und er freue sich darauf, uns genau da, wo wir jetzt standen, zu begrüßen. Er trat auf die Bordwand und war mit einem Satz am Ufer.

Dieser Mann ging ganz sicher auf die siebzig zu, wenn er sie nicht schon erreicht hatte. Dabei war er beweglich wie eine Katze, hatte ein jungenhaftes Lächeln, und die tiefen Falten um Mund

und Augen schmückten sein Gesicht ungemein. Wenn unsere Damen den *Mosselbaron* das erste Mal persönlich in Augenschein genommen hätten, würden die den Ausflug jedes Jahr machen wollen.

»Guten Tag! Was kann ich für Sie tun?«, begrüßte er uns in perfektem Deutsch.

Und die Stimme war auch noch angenehm!

»Wir würden gerne einen Ausflug mit dem ›*Mosselbaron*‹ buchen«, sagte Lothar.

»Tickets gibt es …«, wollte der Kapitän gerade ausführen, als Lothar ihn auch schon unterbrach: »In Ihrem Faltblatt steht was von ›Gruppen ab zehn Personen nach Vereinbarung‹.«

Käpt'n Nieuwman bat uns in seinem sonoren Bariton, in eine Kneipe mitzukommen, wo er sein Mittagessen einzunehmen gedachte.

»Der ›Sportvisser‹ ist nur fünf Minuten von hier.«

Wenig später saßen wir an einem Holztisch auf der Terrasse der Brasserie.

Eine sehr große Dame trat an unseren Tisch, begrüßte uns und sagte: »Adriaan, der Kabeljau ist fantastisch.«

Adriaan hatte keinen Blick in die Speisekarte geworfen, die auf dem Tisch lag.

»Dann nehme ich den und ein schönes …«

»… und ein schönes Westmalle Dubbel.«

Der Dialog schien geübt zu sein.

»Meine Herren?«

Lothar murmelte irgendwas von: »Irgendwo auf der Welt ist es bestimmt schon nach vier …«

»Was sagten Sie?«, hakte die Kellnerin nach.

»Ich sagte, wir nehmen auch zwei Westmalle. Verdammt, wo bleibt denn der Gerd?! Ach egal, bringen Sie bitte drei Westmalle.«

»Mit meinem sind es dann vier!«, ergänzte Nieuwman lächelnd.

Gerd kam nun auch auf die Terrasse.

»Wo bleibst du denn? Wir haben dir ein Westmalle mitbestellt.«

Jetzt hätte sich für Gerd die Chance geboten, scheinheilig das Bier abzulehnen, auf die zu frühe Tageszeit hinzuweisen und am Ende dennoch das kühle Klosterbräu in die Kehle zu gießen, weil es nun einmal bestellt worden war, und »bevor es verschalt ...!«. Doch nichts dergleichen geschah.

Gerd sagte lediglich: »Ich hab' nur noch mal geguckt. Diese Leute, die da gerade gegangen sind, der Mann in der Cordjacke und die Frau mit den kurzen Haaren, das waren doch der Inspecteur und seine Assistentin, oder?«

»Van Houvenkamp, meinst du? Hab' ich nicht gesehen ...«

An dieser Stelle wurde die Diskussion abrupt unterbrochen, weil die Bedienung ein Tablett mit vier kühlen Westmalle-Abteibieren auf den Holztisch stellte.

»Danke, Pinella!«, sagte Adriaan Nieuwman.

Dann wurde es für einige Sekunden still, weil die Geschmacksknospen auf der Mundschleimhaut der anwesenden Männer nun aufblühten und sie diesem Schauspiel eine Weile andächtig folgten.

»Sie wollen also die ›Adriaan Neptunus‹ chartern. Wie viele Personen sind Sie denn?«

»Wir sind zehn.«

Nieuwman entgegnete: »Aber da passen bequem noch zehn, zwölf Leute dazu. Das ist ja auch eine Frage des Preises ...«

Gerd folgte ihm interessiert, entgegnete aber: »Wir wollen vielleicht nicht dieselbe Runde fahren, die Sie sonst immer nehmen.«

Jetzt stellte Nieuwman sein Bier, dass vorher mindestens sechzig Prozent seiner Aufmerksamkeit auf sich gezogen hatte, zur Seite, um demonstrativ Interesse zu bekunden.

Und nun erklärte Lothar: »Die letzten beiden Mordfälle, die sich im beschaulichen Middelburg ereigneten, konnte Inspecteur Piet van Houvenkamp, der sicher ein exzellenter Polizist ist, nur aufklären, weil wir ihm dabei zur Seite gestanden haben. Sie müssen wissen, wir sind eine Gruppe deutscher Privatdetektive …«

Ich seufzte. »Sehr privat!«

Lothar unterbrach mich mit den Worten: »Unterbrich mich nicht!« Nachdem er mir noch einen strengen Blick zugeworfen hatte, fuhr er fort: »Sehen Sie, jetzt ist ja in Yerseke dieser Fischer umgebracht worden. Den Fundort haben wir forensisch untersucht, aber aus ermittlungstechnischen Gründen müssen wir alles über die Arbeit und das Leben von diesem Fischer erfahren – und da kommen Sie ins Spiel!«

Das Thermometer, das sicher irgendwo auf der Terrasse hing, würde vielleicht zweiundzwanzig Grad Celsius anzeigen, auf meiner Stirn zeigten sich jedoch Sturzbäche von Schweiß! Was erzählte dieser Mann dem Käpt'n da gerade für einen unglaublichen Blödsinn?

Diesem Käpt'n, der sich nun zurücklehnte und antwortete: »Sie sprechen von Jacobus Schouten! Jaha, dazu kann ich Ihnen allerhand sagen. Wissen Sie, die Fischer hier in Yerseke, die tun immer so, als wären sie eine eingeschworene Gemeinschaft, mit gemeinsamer Tradition, mit gemeinsamen Werten, aber wenn man hinter die Fassade schaut, dann sieht man: Sie bröckelt, die Fassade. Da bleibt von der berühmten Fischerehre nicht mehr viel übrig. Sie wollen wissen, wer die Feinde von Schouten waren? Das kann ich Ihnen sagen. Sie wollen wissen, wer alles ein Motiv hatte? Das kann ich Ihnen sagen. Morgen Nachmittag, 13 Uhr?«

Ich schlug vor: »Normalerweise zahlen Erwachsene achtundzwanzig Euro. Wir sind zehn. Sagen wir zweihundertfünfzig?«

»Moment«, warf Nieuwman ein, »ich könnte bequem noch zehn Mann mehr unterbringen. Also sagen wir fünfhundert!«

»Dann lassen wir es!«

»Vierhundert.«

»Zweihundertsechzig!«

»Dreihundert?«

»Zweihundertfünfundsechzig! Hand drauf.«

Einigermaßen zerknirscht reichte mir Kapitän Adriaan Nieuwman die Hand. »Zweihundertfünfundsechzig. Aber in bar! Dann bis morgen.«

Als wir die Terrasse der »Brasserie Sportvisser« mehr als hundert Meter hinter uns gelassen hatten, fragte Gerd: »Wie hast du das denn gemacht? Ich habe schon auf dem Basar von Izmir um eine Wasserpfeife gefeilscht, in Tanger habe ich einen verdammt ausgefuchsten Händler beim Kauf von Argan-Öl fast in den Ruin getrieben, aber das habe ich noch nie gesehen. Der ganz normale Preis wäre zweihundertachtzig Euro gewesen, und du kriegst den Zuschlag bei zweihundertfünfundsechzig. Wieso kannst du das so gut?«

»ZDF, 15:05 Uhr, Montag bis Freitag, *Bares für Rares*!«

Ich ging voran. Die Freunde blieben einige Meter zurück. Ich konnte es nicht sehen, aber ich war sicher, sie blickten mir respektvoll nach!

37.

Annemieke skizzierte den weiteren Plan. »Dann gehen wir jetzt rüber zum Schiff von Johannes Mulder, das ist die ›YE 29 Johanna Jacoba‹, die liegt …«

Vincent Dekker vollendete den Satz: »… zweihundertfünfzig Meter von hier, ich war ja gestern schon bei ihm. Ich wollte Sie noch anrufen, aber jetzt haben wir ja diesen Termin. Johannes erwartet uns …«

»… um halb zwei!« Annemieke war an der Reihe beim Sätzevollenden.

»Wir haben also noch ein bisschen Zeit.«

Piet brauchte jetzt ein paar Minuten ohne diesen Dekker. Er stand auf. »Ein bisschen frische Seeluft kann ich jetzt gebrauchen.« Er reichte ihm einen Zwanziger, »Können Sie bitte zahlen?«, und verließ die Kneipe.

Annemieke folgte ihm auf die Terrasse, auf der sich noch niemand für ein Bierchen in der Mittagssonne entschieden hatte.

Sie fragte: »Und? Was hältst du von Jan Kok?«

Piet sagte: »Ein stolzer Mann!«

Annemieke stimmte zu: »Ein Friese halt.«

»Jaja, und die Tochter will nicht mit ihrem Vater aufs Schiff, klar! Dabei hat der Vater zwei Schiffe.«

Ein paar Minuten später hatte Dekker bezahlt, und sie machten sich gemeinsam auf den Weg zur »YE 13 Johanna Jacoba«.

Sie hatte ebenso einen blauen Rumpf und einen gelben Aufbau wie die »Leentje« der Schoutens. Das Schiff von Kapitän Johannes Mulder war aber eindeutig neueren Baujahrs. Piet hätte nicht erklären können, woran genau er das festmachte, aber es war so. Auch hier achtete man peinlich auf Sauberkeit. Man hätte vom Boden essen können, aber das war nicht nötig, erkannte Piet, als sie mit Mulder in der Messe in einer gemütlichen Sitzecke Platz nahmen.

»Kaffee?«, fragte Mulder.

Die drei bejahten, und in den nächsten zwei Minuten war die Kombüse vom Pusten und Knurren und dem Rauschen und Pfeifen erfüllt, das Kaffeevollautomaten bei der Arbeit nun mal von sich geben. An ein Gespräch war noch nicht zu denken.

Piet schaute sich um. Die Kombüse war vollständig ausgestattet. Neben dem Kaffeevollautomaten war da ein Herd mit Backofen, ein großer Kühlschrank, eine Mikrowelle. Diese Schiffe waren oft mehrere Tage unterwegs, und sie waren gut dafür gerüstet.

»Wie kann ich Ihnen helfen?«

Piet verfuhr nach Plan sieben seiner Lieblingsgesprächseröffnungen: erst einmal klarmachen, dass man selber gar keine Ahnung hatte. Mulder würde sich ganz bestimmt sehr wohl fühlen in der Rolle des großzügig erklärenden Experten.

Also sagte Piet: »Sie sind hier also der Boss im Betrieb!«

»Nun!« Er strich sich über den Bauch seiner blauen Kapitänsjacke. »Boss kann man nicht sagen. Ich bin der Vorsitzende unserer Produzentenorganisation, der PO Muschelkultur, und als solcher natürlich auch im Vorstand des Niederländischen Fischerbundes, NFB. Außerdem habe ich gute Kontakte zum Landwirtschaftsministerium in Den Haag. In unserer Muschelfischer-Gilde – das ist ein Verein, der in unserem schönen modernen Beruf die Traditionen und die althergebrachten Werte hochhält –, da bin ich Präsident, das schon, aber Boss von allem kann man wirklich nicht sagen!« Piet dachte bei sich, was für ein sympathischer, bescheidener Zeitgenosse der Mann doch war, und fuhr fort: »Und Sie kannten Jacobus Schouten!«

»Aber natürlich kannte ich Jacobus. Jeder Fischer in Yerseke kennt jeden Fischer in Yerseke!«

»Er war ein ziemlicher Quertreiber, kann man das so sagen?«

Mulder nahm die Brille von der Nase, zog ein Tuch aus der Jackentasche und reinigte die dicken Gläser. Er lächelte. Offenbar schaltete er nun in den Modus »jovialer Gesprächspartner, zu jeglicher Unterstützung der Polizei selbstverständlich bereit«.

»Jacobus war ein Freigeist. Einer, der auch mal andersrum dachte. Wissen Sie, wir praktizieren hier in Zeeland die Muschelkultur zu fünfundneunzig Prozent als Bodenkultur. In Frankreich oder Spanien wäre das nicht möglich. Aber wir haben die Chance, weil die Oosterschelde eingepoldert ist. Das ist kein Meeresboden. Da ist nicht alles voller Sand. ›Verdronken Land van Zuid-Beveland‹, wo die Muschelparzellen liegen, da sind Lehm und Mutterboden, die Muscheln können sich da prima entsanden. Und die Muscheln sind kräftiger. Wenn sie in irgendwelchen Baumwollnetzen hängen würden, dann hätten sie nichts zu tun, die Schalen wären dünner. Unsere Muscheln kämpfen um ihr Leben, deshalb haben sie härtere Schalen, ein kräftiges weißes Muschelfleisch, und das schmeckt man.«

Annemieke wollte jetzt Klarheit. »Aber wenn das qualitativ so eindeutig besser ist, warum wollte Schouten unbedingt zur Hängekultur wechseln. War er verrückt?«

Mulder beeilte sich zu bemerken: »Nein, nein, es gibt natürlich auch Argumente für die Hängekultur. Das Plankton-Vorkommen – also die Nahrung der Muscheln – ist natürlich unter der Wasseroberfläche deutlich höher als am Boden. Die Muscheln wachsen schneller. Das machen sich die Fischer in Frankreich, Irland und Spanien zunutze. Spanien macht dabei den größten Anteil aus, fünfundvierzig Prozent der europäischen Muschelproduktion kommt aus Galicien.«

»Und die niederländischen Muschelfischer wollen das nicht?«

Mulder nickte. »Richtig, bei uns will man das nicht. Liegen wir richtig? Ich weiß es nicht, aber wir haben ein Alleinstellungsmerkmal. Unsere Muscheln sind etwas Besonderes, sie heben sich ab. War Schouten deswegen verrückt? Keineswegs. Er wäre halt nur besser ein Galicier gewesen.«

Ja, Johannes Mulder war wirklich ein Funktionär, ein Politiker. Der wusste gar nicht, wie man einen Satz nicht diplomatisch formuliert. Vorher hatten alle gesagt: Jacobus Schouten hätte in Yerseke unter fünfundsechzig Fischern vierundsechzig Feinde. Jetzt hatten sie mit zwei Fischern gesprochen, und plötzlich war das Haar dieses bissigen bunten Hundes nur deshalb so weiß gewesen, weil er ein Lämmlein war, das niemandem etwas zuleide tun konnte.

»Die Söhne, Ronald und Rafael, kannten Sie die auch?«

»Ja, gute Jungs!«

Normalerweise war das immer Piets Aufgabe, aber jetzt hatte Annemieke gerade so richtig genug von diesem honigsüßen Geseire, dass sie nicht mehr anders konnte.

Sie sprang auf und sagte: »Jetzt hören Sie aber auf! Das ist hier kein Familienidyll wie im Groschenroman. Der eine Sohn hat seinem Vater vor halb Yerseke im Restaurant die Brocken vor die Füße geschmissen, der andere ist ein unzuverlässiger Gernegroß, und der Alte ist tot. Mit einem Jutesack über dem eingeschlagenen Schädel!«

Na ja, den eingeschlagenen Schädel hätte Piet noch nicht erwähnt, aber das schreckverzerrte Gesicht des Johannes Mulder zeigte, dass es vielleicht genau der richtige Moment war.

»Was? Mit eingeschlagenem Schädel?«

»Allerdings! Also lassen Sie mal Ihre diplomatischen Floskeln, und sagen Sie die Wahrheit!«

»Aber ich beantworte doch nur Ihre Fragen. Ich habe Ihnen gesagt: Jacobus war nicht verrückt. Ein Sonderling, ein Querkopf, auf jeden Fall, aber er war keine Bedrohung für die anderen Fischer. Und ja, ich habe ihn gemocht. Seine Söhne *sind* gute Jungs. Dazu stehe ich. Ronald ist ein Raubein, das ist klar, wenn ihm die Argumente ausgehen, dann tun es auch mal die Fäuste, aber er ist okay. Und Rafael ist ein feiner Mann, einer der besten Regattasegler, die ich kenne. Als im letzten Jahr geplant wurde, mit einem niederländischen Boot beim America's Cup an den Start zu gehen, da hat man Rafael als Crewmitglied angefragt. Aber der vergeudet sein Talent irgendwo auf dem Festland am Schreibtisch. Bei den Schoutens ist viel schiefgegangen, es hätte auch alles gut werden können, wenn Magdalena damals nicht bei der Geburt von Ronald gestorben wäre. Aber was hilft das ganze ›Wenn und Aber‹? Drei Männer, jeder fühlt sich missverstanden, keiner ist glücklich, einer ist tot. Das hätte so nicht kommen müssen.«

Mulder war ein, zwei Zentimeter kleiner geworden. Er war in sich zusammengesackt.

Sagte er die Wahrheit? Piet glaubte, ja.

38.

Anne genoss die Stille, dieses Fleckchen Erde, diese fünfundzwanzig Quadratmeter, begrenzt durch ein Vorzelt, ein Stückchen Hecke, ein *sanitair privé* – das Privatbad, das aus diesem Areal eine Luxussuite unter den Wohnwagenstellplätzen machte – und einen Windschutz, von Hand genäht vom einzigen Windschutznäher von Noordkapelle.

Sie genoss die Stille. In den letzten beinahe zwanzig Jahren waren da die Kinder gewesen, Tristan und Edda, die immer für Trubel gesorgt hatten und die in diesem Jahr, ihrem beginnenden Erwachsenendasein frönend, die Mitreise abgelehnt hatten.

Anne war traurig gewesen, als die Kinder ihr die Entschlüsse an zwei aufeinanderfolgenden Tagen mitgeteilt hatten. Da war dieses Gefühl des Nicht-mehr-gebraucht-Werdens. Das Mama-Taxi konnte langsam auf den Schrottplatz gerollt werden. Jetzt begann eine neue Etappe. Andererseits: Solange noch neue Etappen beginnen, ist das Rennen noch nicht zu Ende.

Sie war heute Vormittag nach Kamperland gefahren, um sich ein kleines Ferienhaus anzusehen. Sollte man auf den Wohnwagen verzichten? Gab es ein Leben nach dem *sanitair privé*? Mit Bernhard wollte sie noch nicht darüber reden, aber der war auch schon wieder mit den Kumpels unterwegs.

Sie bräuchte bald so was wie ein Hobby. Vielleicht könnte sie Laternenmasten umhäkeln, ein Grillkochbuch schreiben, oder sie könnte mit zwei Freundinnen in kecken Matrosenuniformen die Lieder der Andrews Sisters intonieren. All das könnte sie tun, aber nicht heute.

Heute genoss sie die fünfundzwanzig Quadratmeter, mal allein, mal ganz ruhig, auch schön. Sie saß auf dem Campingstuhl, hatte ihre Augen geschlossen und reckte ihr Gesicht der Sonne entgegen, als sie Babettes aufgeregte Stimme vernahm.

»Hast du das gesehen?«

»Was soll ich gesehen haben?«

»Na, du hast doch jetzt auch WLAN. Hast du den neuen Blog von Chester nicht gesehen?«

Jetzt öffnete Anne die Augen, schaute Babette sehr freundlich lächelnd an und sagte: »Nein?!«

»Aber das musst du dir ansehen. Komm!« Babette schob die Schiebetür zum Vorzelt auf, setzte sich an den Tisch, klappte den Laptop auf. »Passwort?«

»Zeerover.«

»Wie einfallslos!«, sprach sie und traktierte vehement die Tastatur.

»So, schau hier!« Babette drehte den Laptop leicht nach rechts, sodass Anne den Monitor gut einsehen konnte.

Der Vorspann lief. Man sah einen grasenden Limousin-Bullen, zwei fröhliche Schweine, einen Pizza-Jongleur vor Altstadtkulisse, wahrscheinlich Italien, möglicherweise Neapel. Ein wichtig aussehender Koch mit französischen Nationalfarben am Stehkragen, Lachse, die in Stromschnellen sprangen, Menschen, die in Alkmaar Käselaiber über Kopfsteinpflaster wuchteten. Eine Dorade brutzelte gefällig in der Pfanne, in einem Champagnerglas perlten feine Bläschen an die Oberfläche. Dann zoomte das Objektiv zurück. Das Champagnerglas war in seiner Gänze zu sehen, und schon sah man die Hand, die es hielt, dann den albern gekleideten Inhaber der Hand und bald sein lächelndes Gesicht mit dem schönen Mund, mit dem er nun seine Fingerspitzen küsste, die Geste, die wohl jeder Gourmet auf der Welt versteht, und dann sprach er: »*Love*, Chester!«

»Guck mal, wo der da sitzt«, sagte Babette.

Chester Bloomberg saß an einem Schreibtisch mit Telefonen und Computern, ein Ambiente, das seine Follower sicher noch nie vorher gesehen hatten.

Er trug heute einen schwarzen Anzug mit Weste. Es hätte beinahe seriös wirken können, wäre da nicht das roséfarbene Hemd mit der pink-lila gestreiften Fliege gewesen, das die Ernsthaftigkeit des Bloggers deutlich infrage stellte.

In der Manier eines *Tagesschau*-Sprechers sagte Bloomberg: »Meine Lieben! Ihr wart vor wenigen Tagen Zeugen meines Interviews mit Kapitän Jakobus Schouten. Er war einer von fünfundsechzig Muschelfischern aus Yerseke, die sich für die ursprüngliche, für die wahre Art der Muschelzucht einsetzen. Naturbelassen, keine industrielle Aufzucht. Schouten war immer darauf bedacht, das Althergebrachte mit dem Modernen zu kombinieren, damit sich die Muschelfischer in Zeeland gegen die schier übermächtige Konkurrenz aus Spanien und Frankreich behaupten können.«

Chester Bloomberg fuhr sich mit dem Finger über die linke Augenbraue, obwohl da nicht ein Härchen gekrümmt war.

»›Er ist einer von fünfundsechzig‹, sagte ich in meinem Beitrag, heute muss ich leider und mit schwerem, mit trauerndem Herzen sagen: ›Er war einer von fünfundsechzig!‹ Jacobus Schouten ist …«

Die nun folgende Pause dauerte elf Sekunden, in denen Chester Bloomberg mit den Tränen kämpfte. Er gewann nicht!

»Jacobus Schouten ist … tot!«

Chester Bloomberg entnahm der Brusttasche des Jacketts ein Einstecktuch, das die Initialien »CFB« trug. Er schnäuzte sich formvollendet. Dann blickte er in die Kamera wie Claus Kleber, bevor der im *heute journal* das Wetter ankündigt.

»Meine Freunde, ich werde nicht ruhen, bevor die Menschen, die meinem Freund Jacobus Schouten das angetan haben, hinter Schloss und Riegel sitzen. Oder noch schlimmer …«, beinahe lächelte Bloomberg, »… bei Wasser und Brot!«

39.

Die Odulphuskirche oder auch Reformierte Kirche von Yerseke war bis zur Reformation dem heiligen Odulf von Utrecht geweiht. Irgendwann im 16. Jahrhundert brannte das Langhaus der Kirche nieder und wurde nicht mehr aufgebaut. Der große Westturm stand deshalb frei in der Gegend rum. Man riss ihn ab und baute stattdessen einen großen neugotischen Turm, den deutsche Flieger 1940 zerbombten. Als man die Kirche 1948 wiederaufbaute, dachte man, Sparsamkeit sei eine Zier und dass ein Turm gar nicht so groß sein müsse. Wer Yerseke heute besucht und die Kirche besichtigt, der findet ein imposantes spätgotisches Bauwerk mit Langhaus und Querschiff vor, das statt eines Turmes in der Mitte ein Türmchen trägt wie eine eingelaufene Fischermütze auf einem zu dicken Kopf, das allerdings mit Stolz.

Im Schatten dieses Bauwerks liegt die Oude Torenstraat, wo in einem typischen roten Klinkerhaus der nächste Kapitän wohnte. Dirk Hermans.

Er empfing Dekker, Annemieke und Piet höchstersönlich an der Haustür und führte sie in den Garten an einen großen, rechteckigen Tisch mit acht weiß lackierten Stühlen.

An das Haus war zum Garten hin ein Anbau – ebenfalls aus roten Klinkern – angeschlossen worden, und daran ein weiterer weiß verputzter Anbau.

Piet erinnerte sich an den Artikel in der *Zeeland*. Dirk Hermans war der »Opa«, zwei Söhne, drei Töchter, etwa hundert Enkel. Wenn er die alle unterbringen wollte, dann musste hier und da schon mal ein bisschen angebaut werden.

Hermans sah auch ein bisschen wie ein Opa aus: grauer Haarkranz, dreiviertelrund um eine schöne glänzende Glatze gewachsen, rote Nase und ordentlich Furchen im Gesicht. Mit schwarzer Cordhose, weißem Hemd mit kleinem Stehkragen und grauer Weste wirkte er ein bisschen so, als wäre er gerade aus der Odolphuskirche gekommen und hätte nur eben das Jackett abgelegt.

Dekker wollte wohl seine persönliche Bekanntschaft ausnutzen. »Dirk, erzähl mal, was war Jacobus für ein Mensch!?«

Dirk Hermans sprach mit auffallend tiefer Stimme, und er sprach sehr ruhig, in wohl gesetzten Worten. »Jacobus Schouten war vor allem von zwei Eigenschaften geprägt. Er war streitlustig, und er war allein.«

Annemieke fasste nach: »Allein, weil er so lange ohne seine Frau leben musste?«

»Nein, allein, weil er allein sein wollte. Als er seine Leentje verloren hatte, war er noch so jung, dass er noch einmal hätte heiraten können. Er hätte sicherlich nicht lange suchen müssen. Kapitän mit eigenem Schiff und ein großer, stattlicher Mann. Aber er wollte allein sein. Er war seinen Söhnen immer ein Erzieher, selten ein Vater. Sehen Sie, ich habe zwei Jungs und drei Mädchen. Beide Jungs stehen am Steuer, weil wir uns vertrauen, weil wir uns lieben, weil wir eine Familie sind, weil wir zusammen sind. Jacobus war immer allein.«

Dekker fragte: »Und die Streitlust, wie äußerte sich die?«

»Ach, ich glaube, er provozierte einfach gerne, bei ihm konnte man das Wort ›Angriffslust‹ wörtlich nehmen. Natürlich glaubte er an seine Philosophie. Dass die Franzosen und Spanier uns alle überholen, wenn wir nicht auch die Muschelwirtschaft umstellen, aber er hat sich auch gerne gestritten. Es gibt solche Leute.«

Piet ahnte, was Hermans meinte. »Ein bisschen Krawall stand auf seiner täglichen To-do-Liste?! Er brauchte eine unbefriedigende Situation, um selbst zufrieden zu sein?«

Eine liebenswerte ältere Dame trat mit einem Tablett an den Tisch und grüßte in die Runde.

An der Art, wie sie Hermans anschaute, wie er zurücklächelte, erkannte man sofort: Es war nicht nur seine Frau, die beiden hatten sich gefunden.

Sie schenkte Kaffee aus einer altmodischen Porzellankanne in altmodische Porzellantassen, auf einem Teller lagen frisch gebackene Apfeltaschen, die unwiderstehlich dufteten.

»Wie hatten Sie gesagt?« Hermans nahm das Gespräch wieder auf. »Eine unbefriedigende Situation, und er war zufrieden damit. Ja, das könnte man so sagen. Das Problem war: Seine Söhne waren nicht zufrieden damit. Die Menschen waren nicht zufrieden damit. Beide Söhne haben einen Plan für ihr Leben. Jacobus hat sich allerdings nie für ihre Pläne interessiert. Er hatte seinen Plan, nichts anderes zählte, der Plan musste durchgesetzt werden, und sonst wurde gestritten. Kein Vertrauen, keine Kompromisse. Ich kann Rafael so gut verstehen. Rafael hatte vielleicht andere Interessen, aber vor allem wollte er nicht mehr mit seinem Vater leben, und das ist schlimm.«

Er brauchte einen Moment, um seine eigenen Worte zu verdauen.

Piet gab ihm gerne die Zeit. Das bot ihm die Möglichkeit, sich eine Apfeltasche vom Tablett zu nehmen.

Dekker hatte wohl nur darauf gewartet, auch er griff beherzt zu. Dass selbst Annemieke nur Sekunden mit sich kämpfte, bevor auch sie sich eine der mit Apfel und Rosinen gefüllten Blätterteigtaschen nahm, zeugte vom verführerischen Duft des Gebäcks.

Es dauerte bestimmt eine ganze Minute, vielleicht zwei, bis Piet sagte: »Käpt'n Hermans …«

Der alte Kapitän hob so plötzlich seinen Kopf, als sei er gerade geweckt worden. Dann stammelte er: »Ja, das ist doch keine Familie, meine ich. Wenn ich mir vorstelle, dass ich irgendwann vor meinen Herrgott trete, und der fragt mich: ›Wo ist dein Sohn?‹«

Hermans schaute ins Nirgendwo, oder irgendwo dahin, wo er seinen Herrgott vermutete. »Jetzt ist er tot, ohne Frieden mit seinen Söhnen gefunden zu haben!«

Piet stand auf und legte ihm kurz die Hand auf die Schulter. Auch Annemieke und Dekker wandten sich zum Gehen.

»Vielen Dank für die *tollen appelflappen*!«, sagte Annemieke zu Hermans' Frau, die in der Gartentür stand. »Da gehören natürlich Apfelstücke, Rosinen und Zimt rein. Aber bei Ihnen ist es nicht nur Zimt.«

Frau Hermans kam mit dem Mund ganz nah an Annemiekes Ohr und sagte: »Bei mir kommen noch Ingwerpulver und Kardamom dazu. Geheimrezept!«

Annemieke lächelte verschwörerisch und wandte sich dann, wahrscheinlich einer weiblichen Eingebung folgend, noch einmal an Hermans: »Was machen Ihre Mädchen?«

Die Lethargie des alten Kapitäns war augenblicklich verflogen. Mit strahlenden Augen erzählte er: »Heleen, die Kleine, studiert in Amsterdam, Medizin, die ist völlig aus der Art geschlagen. Anike arbeitet bei einem Rechtsanwalt in Goes, und Benthe hat ein Blumengeschäft. Aber das wollten die auch genau so. Wenn eine meiner Töchter hätte Fischerin werden wollen, dann hätte ich sie gerne auf mein Boot genommen. Und da hätte ich mir von Frederike auch nicht reinreden lassen.«

Seine Frau warf ein: »Das hat er sowieso nie gemacht. Die Schiffe, das ist sein Metier.« Und dann fügte sie noch lächelnd hinzu: »Dafür hat er hier zu Hause nichts zu sagen!«

40.

»Mann, das war ja ein Parforceritt. Wir haben halb Yerseke kennengelernt, und das an einem Tag.«

Piet steuerte schnurstracks auf den schwarzen Defender zu, der im Schatten der Odolphus-Kirche geparkt war, als ein kleines Engelchen auf seiner Schulter ihm leise ins Ohr flüsterte, dass es möglicherweise sinnvoll sein könnte, den Autoschlüssel seiner Assistentin auszuhändigen, allein schon, um ihr eindeutig klarzumachen, dass er beileibe kein Interesse an diesem Großseriengerät hatte. Das Teufelchen auf der anderen Schulter versuchte es noch mit: »Quatsch, fahr die Kiste selber. So lange hast du ihn ja nicht mehr!« Aber der Kollege mit den Flügelchen auf dem Rücken hatte ihn schon überzeugt.

»Möchtest du fahren?«

Er warf Annemieke den Autoschlüssel zu und sie sich auf den Fahrersitz. Sie musste den Sitz kaum verstellen. Sie waren fast gleich groß. Piet war sich sicher, laut Dienstausweis war er drei Zentimeter größer, aber der Zahn der Zeit hatte schon arg an seinen Bandscheiben geknabbert, und sie hatte halt sehr lange Beine.

Am Ende ihres rechten langen Beines verfügte Annemieke über einen resoluten Gasfuß, der nun wieder seiner Lieblingsbeschäftigung nachging. Er testete die Wegstrecke des Gaspedals zum Bodenblech.

Jetzt war der Moment gekommen.

»Sollen wir noch in Wemeldinge vorbeifahren, um die Kiste abzugeben?« Piet konnte diese Frage beruhigt stellen, denn er kannte die Antwort.

»Dafür ist es zu spät. Wir sind ja gleich noch bei Henk eingeladen, und ich muss noch duschen …«

Piet grinste fröhlich in sich hinein.

Annemieke bog in Kapelle nicht in Richtung Autobahn ab, sie fuhr über die Landstraße in Richtung Goes, obwohl ihre Geschwindigkeit eher auf die Autobahn gepasst hätte.

»Was hast du eigentlich gegen Dekker?«

Die Frage kam für Piet völlig überraschend. »Was soll ich gegen Dekker haben? Nichts!«

Sie lachte. »Komm, hör auf. Du kannst ihn nicht leiden.«

Piet war immer sehr unwohl in seiner Haut, wenn er sich ertappt fühlte. In sechzig Prozent der Fälle war Annemieke Breukink daran schuld, die anderen vierzig Prozent gingen auf Juliana. Es war jetzt nicht mehr die Zeit für Ausflüchte.

»Du hast ihn heute Morgen am Telefon gefragt, ob Sanne Kok etwas mit Jan Kok zu tun hat. Und er hat geantwortet, dass er dachte, wir wüssten, dass sie seine Tochter sei. Wir konnten das überhaupt nicht wissen. Er ist ein Kumpel von Ronald. Er kennt die Fischer. Er kennt Mattijs de Jonge. Er kennt alle, er weiß alles, aber er teilt uns verdammt wenig mit.«

Annemieke zog die rechte Augenbraue hoch. »Du übertreibst. Weißt du, ich glaube eher, er will gerade bei dir keine Fehler machen. Er war heute wirklich sehr gut, hat gute Kontakte gehabt, gute Fragen gestellt.«

»Ja, schon …«

»Weißt du was? Ich mache für euch beide mal einen Termin, also ich mache natürlich einen Termin für uns drei, und dann kann ich plötzlich nicht, und ihr geht einfach ein, zwei Bier trinken. Vielleicht hilft das.«

»Bestimmt!«

Man sollte eher nicht widersprechen, wenn man sich ertappt fühlte, man sollte niemals widersprechen, wenn man sich von Annemieke Breukink ertappt fühlte.

»Ich kann dich am Turfkaai absetzen, dann parke ich den Wagen am Präsidium.«

Da konnte er widersprechen, dann fühlte sicher sie sich ertappt. »Nein, fahr zum Präsidium, ich geh die paar Meter zu Fuß!«

Er ging über die Langevielebinnenbrug, er schaute auf die Binnengracht, auf die Kloveniersdoelen, diesen prächtigen Bau, der schon zu Beginn des 17. Jahrhunderts gebaut wurde und der in seiner langen Geschichte ein Schützenhaus, das Quartier der Ostindien-Kompanie und ein Militärhospital der Franzosen war. Von der Langevielebinnenbrug hatte man einen so schönen Ausblick. Er wäre perfekt gewesen, hätte man von der Brücke nicht auch das Präsidium sehen können.

Piet wollte gerade weitergehen, aber aus irgendeinem Grund blieb er noch einen Augenblick stehen. Irgendetwas zog ihn zurück zum Präsidium. Er machte kehrt, ging zum Parkplatz, er stieg in den Wagen und fuhr ihn zum Turfkaai. Mit einem kurzen Umweg über Zoutelande, Westkapelle, Domburg, Vrouwenpolder und Serooskerke.

41.

Am Abend nahm Piet die Impala. Vom Turfkaai in Middelburg zum Haus von Ten Dracht in Domburg waren es knapp fünfzehn Kilometer. Das schaffte er locker, und wenn er es nicht locker schaffte, dann schaffte er es! Die Aussicht auf zwei, drei Bier, die Aussicht auf den Fahrtwind, der ihm durch die Haare wehen würde, der ihm die Gedanken ordnen würde, war Grund genug, den Land Rover heute Abend stehen zu lassen.

Fahrtwind konnte er gebrauchen. Was er nicht gebrauchen konnte, war der Gegenwind, der ihm zwischen Grijpskerke und Aagtekerke ganz schön ins Gesicht blies. Er musste so kräftig in die Pedale treten, dass er trotz des kühlen Windes spürte, wie er unter Cordjacke und Pullover zu schwitzen begann. Zum Glück konnte sein Deo nicht versagen. Er hatte keins benutzt. Ein wenig missmutig dachte er an das besondere Windphänomen, das jeder Radfahrer auf Walcheren kannte. Die Zeit, die er gleich am Esstisch seines *patholoog-anatoom* verbringen würde, würde der Wind nutzen, um auf Südost zu drehen, sodass er auch auf dem Rückweg wieder in den Pedalen stehen würde. Sein Chef Meinert Waatering kam neuerdings mit einem E-Bike ins Präsidium. Piet hatte nicht einmal darüber nachgedacht. Er würde auch nicht darüber nachdenken, niemals!

Domburgse Weg 114. Doch, das war die Adresse.

Piet schob die Impala in die Kieseinfahrt. Der Hof bot Platz für vier oder fünf Autos, aber da standen nur ein dunkelblauer Jaguar F-Pace und ein Dienstpeugeot der Polizei von Middelburg.

Piet hatte dieses Haus schon öfter gesehen und bestaunt. Er

hatte immer gedacht, dieses Bauwerk mit den beiden Fachwerkgiebeln, den Zinnen und den verspielten Fensterflächen, dem Balkon auf der linken und der Orangerie auf der rechten Seite wäre ein Gästehaus für besonders betuchte Gäste. Er hätte es nie für ein Privathaus gehalten.

Piet schloss die Impala ab und schaute einmal flüchtig in den Jaguar F-Pace. Leder, Holz, Glas.

»Gefällt er dir?« Henk ten Dracht stand in der Eingangstür.

»Ja, schön, ein blauer Geländewagen aus England. Habe ich auch!« Piet bückte sich und nahm die Fahrradspange vom rechten Hosenbein.

»Komm doch rein. Annemieke ist auch schon da.«

Piet folgte ihm in eine prächtige Eingangshalle.

Ein großformatiges Gemälde hing an der Stirnwand, drei Frauen in weißen und pastellfarbenen Kleidern saßen in einem Rosengarten. Viele große Maler hatten um 1900 herum die Sommer in Domburg verbracht, das wusste Piet. Jan Toorop und Piet Mondrian zählten zu ihnen. Und der Grund war immer derselbe: das Licht.

Annemieke stand plötzlich neben ihm. »Ist das nicht schön?«

Piet fiel keine Antwort ein, und als er dann das aussprach, was er dachte, war es auch wieder falsch. »Das ist doch unbezahlbar!«

Henk lachte. »Da hast du allerdings recht, für einen *patholoog-anatoom* ist das absolut unbezahlbar. Aber beruhige dich, ich habe es ja auch nicht bezahlt. Ich habe es geerbt.«

Er öffnete eine Tür, und sie gingen in eine sehr gemütliche Wohnküche. Ein großer Esstisch stand am Fenster nach Osten, sodass man hier oft ein sonniges Frühstück einnehmen konnte.

»Apéritif?«, fragte Henk. »Gläschen Schampus, Piet, ein Bier?«

»Gerne!«

Henk öffente einen großen silbernen Kühlschrank, und Piet hatte die Auswahl. Heineken, Grolsch, Leffe, Erdinger. Er entschied sich für ein Heineken. Der Abend nahm eine überraschend positive Wendung.

»Das Haus hat 1887 ein Urgroßonkel von mir gebaut, Johann Georg Mezger.«

»Du meinst, *der* Dr. Johann Georg Mezger?«

»Ja, genau der!«

Piet nahm einen tiefen Schluck aus der Heineken-Flasche.

Er kannte die Geschichte. Mezger hieß nicht nur so. Er war auch ein Fleischerssohn aus Amsterdam, aber vor allem war er einer der Begründer der modernen Physiotherapie. Wenn man damals Probleme mit den Beinen hatte, dann galt man als lahm. Man wurde auf einen Stuhl gesetzt, und da blieb man dann sitzen. Mezger praktizierte damals als Erster die Massage als Therapieform. Und als er einen Sohn von König Willem III. behandelt hatte, der eigentlich als lahm galt, dann aber plötzlich wieder gehen konnte, da machten sich der europäische Adel, Fürsten und Prinzen auf nach Domburg, der Perle der Nordsee. Der goldene Daumen, der *Gouden Duimen*, des Dr. Johann Georg Mezger hatte den Ruf Domburgs als mondänes Seebad mitbegründet.

»Und du bist ein direkter Nachfahre von Johann Georg Mezger?«

»Nicht direkt. In der dritten Generation gab es keine Nachfahren ersten Grades mehr, und dann haben die Notare gesucht und gesucht. Ich wusste zwar, dass Mezger ein Urgroßonkel von mir ist, aber dass ich der letzte Erbe bin, das war wirklich eine nette Überraschung! Setzen wir uns, für mein Muschelgericht brauche ich gleich nur gute zehn Minuten.«

Piet hielt verschiedene Muschelgerichte eh für verzichtbar. Ja, er hatte mal überbackene Muscheln gegessen, das kann man machen, muss man aber nicht.

Annemieke war da anderer Meinung. »Nur zehn Minuten! Wie machst du das denn?«

»Ganz einfach, ich zeige es dir gleich!«

Er reichte Annemieke das Champagnerglas. »Wie war euer Tag?«

Annemieke lächelte ihn an. »Nicht so einfach, drei Kapitäne an einem Tag. Und zwei davon waren im Nachhinein dicke Freunde von unserem Jacobus Schouten, der doch eigentlich nur Feinde hatte. Erst der dritte, der hat ihm ordentlich die Leviten gelesen.«

Piet trank sein Bier aus. »Wirklich nicht viel drin in den kleinen grünen Dingern!«

»Klar, nimm dir noch eins. Sind noch ein paar da!«

Piet öffnete das zweite Heineken. »Aber das waren ja auch ganz unterschiedliche Typen, dieser Mulder, der ist da Sheriff von allem. Vorsitzender der Produzenten-Gesellschaft und Präsident im Traditionsclub, der kann ja nichts Negatives über seine Mitglieder sagen. Wenn sie tot sind, erst recht nicht!«

Annemieke nickte zustimmend. »Und der Jan Kok, der ist ja auch irgendwie ein Einzelgänger. Wenn deine Familie seit zig Jahren in Yerseke lebt und du bist immer noch ›der Friese‹, dann bleibst du ein Einzelgänger wie Jacobus Schouten auch.« An Henk gerichtet sagte sie: »Und stell dir vor, seine Tochter, Sanne, fährt auf dem Kutter von Jacobus. Uns ist die Namensgleichheit gar nicht sofort aufgefallen, die alte Freundin von Piet …«

»Ja, Juliana, mit ihren vierundneunzig Jahren, die guckt mich an und fragt: › Ach, Sanne Kok! Kok – wie dieser Friese in der Zeitschrift, der andere Fischer?‹ Mit vierundneunzig Jahren, stell dir das mal …« Er verstummte.

Zwei Champagnergläser wurden abgestellt, zwei Gesichter schauten nun zu Piet.

»Was ist los?«, fragte seine Assisstentin.

»Wenn eine der Töchter von Dirk Hermans hätte Fischerin werden wollen, dann wäre sie mit ihm auf dem Boot gefahren, und da hätte er sich von Frederike nicht reinreden lassen.«

»Genau das hat er gesagt, und das bedeutet, wir brauchen

morgen keinen Termin bei Jan Kok, sondern bei seiner Frau.« Annemieke nahm ihr Notizbuch zur Hand.

»Oder noch besser: Wenn wir sicher sind, dass weder er noch seine Tochter zu Hause sind, besuchen wir seine Frau und behaupten, wir hätten einen Termin mit Sanne oder Jan.«

Annemieke klappte ihr Notizbuch wieder zu. »Genau so machen wir es.«

Henk stand auf. »So, und jetzt habe ich Hunger. Schau, Annemieke. Hier in der kleinen Glasschüssel habe ich Kokosmilch, Currypaste, ein bisschen Limettensaft, Zucker und Fischsauce vermischt.«

Er schwitzte in einem schwarzen Muscheltopf Knoblauch und Ingwer mit etwas Erdnussöl an, nach einer guten Minute gab er die Kokosmilch-Mischung dazu. Er stellte sich stolz vor den Herd und verschränkte die Arme.

»Das war's?«, fragte Annemieke mit ungläubiger Miene.

»Das war's fast!«, antwortete Henk. »Das lassen wir jetzt so fünf Minuten köcheln, dann kommen die Muscheln mit rein. Wir hacken jetzt noch eine Frühlingszwiebel und ein bisschen Koriander. Ich nehme auch immer gerne eine Chilischote. Hat irgendeiner was gegen Chili?«

Als beide verneinten, entkernte er die Chili-Schote. Annemieke schnitt die Frühlingszwiebel in kleine Ringe und zupfte den Koriander. Die drei Zutaten wurden vermengt, der Muscheltopf geöffnet und die schwarzglänzende Köstlichkeit in den Topf gegeben.

»Jetzt war's das«, sagte Henk und fragte: »Chablis-chen?«

Piet blieb beim Bier.

Eine Korkunterlage wurde auf den Esstisch gestellt, und drei tiefe Teller wurden verteilt.

Henk sah auf seine Armbanduhr, murmelte etwas von dreieinhalb Minuten, nahm den Muscheltopf vom Herd, stellte ihn auf den Untersatz, nahm schwungvoll den Deckel ab, streute Frühlingszwiebel, Koriander und Chili über die Muscheln und sagte: »Voilà!«

Ein betörender Duft von zeeländischen Muscheln und exotischen Gewürzen lag in der Luft, und Piet revidierte – zumindest in Gedanken – die Einstellung, dass man neben Muscheln zeeländischer Art kein weiteres Muschelgericht brauchte. Und dann schmeckten sie auch noch besser, als sie rochen, was er kaum für möglich gehalten hatte.

Alle drei aßen still und konzentriert ihre Portion, nur selten von Lauten, die von körperlichem Wohlbehagen oder tief empfundenem Genuss kündeten, unterbrochen.

Normalerweise benutzte Piet bei Muscheln ein Paar Muschelschalen als Besteck, aber dieses Mal ließ er sich noch einen Löffel geben. Die Sauce war ein Gedicht, und er war nicht bereit, auch nur einen Tropfen davon auf dem Teller zu belassen. Als alle Muschelschalen im Topfdeckel lagen, als alle Teller leer waren, geschah das Unmögliche.

Piet sagte: »Henk, das war fantastisch. Das hätte ich nicht geglaubt.«

Henk schenkte Chablis nach und holte für Piet ein drittes Bier aus dem Kühlschrank. Er stellte Teller und Töpfe in die Spülmaschine und setzte sich wieder.

»Du hast doch gestern gesagt, das wäre nicht möglich mit dem Oosterscheldewasser in der Lunge. Ich habe da vielleicht eine Lösung gefunden.«

»Und die wäre?«

»Der Leichnam hat an den unteren Extremitäten im Bereich der Knöchel Male, die man als Druckstellen interpretieren könnte. Die müssen *post mortem*, also nach dem Tod, entstanden sein. Ich konnte sie zunächst nicht zuordnen, aber vielleicht könnte es sich um Druckstellen handeln, die von einem Seil herrühren.«

»Man könnte ihn also, vielleicht mit einem Boot, von der Schelde in die offene See gezogen haben. Die Tafelschütze sind ja, wenn kein Sturm droht, geöffnet. Gestern Mittag hast du davon nichts gesagt.«

»Nein. Das ist ja auch nicht sicher, aber … es wäre möglich. Weißt du, so ein Körper, der längere Zeit im Wasser war und der natürlich oft von den Wellen gegen das Pier gedrückt wurde, der …«

Piet grinste. »Ja, ich verstehe schon, das sind diese Flüchtigkeitsfehler, die passieren schon mal. Aber weißt du, bevor uns davon noch mehr unterlaufen …«

Er hatte wirklich »uns« gesagt, die vielen Konflikttraining-Seminare in den letzten Jahren hatten sich doch ausgezahlt.

»Bevor uns davon noch mehr unterlaufen, kannst du mir bitte den genauen Wert für die Salinität der Probe schicken, sagen wir bis elf?« Er trank sein Bier aus und schaute auf die Armbanduhr. »So, ich denke, das wird heute noch ziemlich kalt auf dem Fahrrad. Ich mach mich dann mal auf die Socken. Henk, danke für die fantastischen Muscheln!«

Als Piet eine knappe halbe Stunde später in Buttinge an der Tankstelle vorbeiradelte, verschwand fast unmerklich das Grinsen aus seinem Gesicht.

Gründonnerstag

42.

Frisch war der junge Morgen, und exakt so, frisch wie der junge Morgen, musste man auch Annemieke beschreiben, wie sie da im dunkelblauen Rock und hellblauer Bluse an ihrem Schreibtisch saß und freudestrahlend berichtete: »So, Herr Inspecteur, ich hole auf. Ab sofort bist du hier in der Abteilung nicht mehr der Einzige, der eine Assistentin hat. Ich habe jetzt auch jemanden, der mich klaglos und voller Engagement mit Hintergrundinformationen versorgt, der Gesprächstermine mit interessanten Menschen abspricht und sich am Ende auch noch für die gute Zusammenarbeit bedankt.«

Piet ging auf ihre Wortwahl ein und antwortete: »Du überraschst mich, Frau Brigadier, wie heißt die Dame?«

Sie lachte. »Nichts Dame, mein Assistent ist Johannes Mulder, der Mann ist vernetzt, das kann ich dir sagen. Er hat gestern Abend noch mit dem Chef der Muschelauktion gesprochen. Er ist heute Vormittag im Hause, da können wir ihn treffen. Außerdem rät Herr Mulder, auch mit den Muschelhandelshäusern zu reden, damit wir alle Seiten kennen. Du weißt schon, Koning & Timmermans und Krijn Veenstra und so. Und wir haben ja noch unseren Termin bei Jan Kok, wenn er nicht zu Hause ist.«

»Richtig, das muss auch auf jeden Fall noch heute passieren.«

Annemieke berichtete weiter: »Mulder sagt, sie sind beide draußen, sowohl Kapitän Kok mit der ›YE 8 Frisia‹ als auch Sanne mit Ronald. Mulder meint, die könnten wir vor Nachmittag nicht sprechen, wie schade. Also, wir haben eine ganz schöne Gurkerei vor uns. Zum Glück hast du den Defender noch nicht abgegeben.«

Er hatte den Wagen am Abend abgestellt, war dann mit dem Fahrrad zu Henk gefahren, und jetzt stand das Auto brav am Londensekaai.

»Aber heute Nachmittag muss ich den wirklich zurückbringen. Weißt du, mein alter Landy fehlt mir schon. Das ist noch ein Fahrzeug mit Charakter!«

Annemieke tippte eine Nummer in ihr Telefon, wartete einen Moment, sagte dann: »Guten Morgen, Meneer de Jonge, kleinen Moment, ich verbinde mit Inspecteur van Houvenkamp.«

Sie hielt Piet den Hörer hin. Er hatte keine andere Chance.

»Ja, Mattijs, du alte Ratte! ... Was, dieser Land Rover? ... Nein, ich mag ihn nicht, ist halt ein Großserienscheiß. ... Okay, irgendwie praktisch ist er schon, der Pussy-Defender. ... Nee, weiß ich nicht! Vielleicht. Ich habe mich noch nicht entschieden, ich muss noch ein bisschen Probe fahren. ... Ja! Okay, bis späten Nachmittag. ... Ja, wird gemacht, du alter Lada-Schrauber!«

Annemieke legte lächelnd den Hörer auf. »Na bitte, geht doch!«

»Und wenn du gerade telefonierst, ruf doch bitte Henk an. Er wollte mir ja den genauen Salzgehalt übermitteln.«

Natürlich stahlen ihnen die ständigen Fahrten nach Yerseke und zurück wertvolle Zeit, die Annemieke zumindest zum Teil nutzte, um die notwendigen Telefonate durchzuführen.

Henk ten Dracht rief um 10:07 Uhr zurück, obwohl er lediglich zugestimmt hatte, den Wert bis elf zu ermitteln.

»Henk sagt, der Salinitätswert liege bei zweiunddreißig, im Wattenmeer hätte es fünfunddreißig sein müssen.«

Piet hielt sich tatsächlich an die Geschwindigkeitsbegrenzung.

»Dann ruf bitte eben noch Edwin Mees an.«

Annemieke hatte augenblicklich alles verstanden. »Lass mich raten. Du hast Edwin Mees zum Hilfssheriff ernannt!«

»So kann man das sagen!«

Sie aktivierte die Bluetooth-Verbindung zwischen ihrem

Handy und der Freisprecheinrichtung des Autos, und wenige Sekunden später hörte man Edwins Stimme aus dem Autolautsprecher: »Mees!«

»*Hoi* Roger, du, ich habe den Salzgehalt vom Wasser aus der Lunge unseres Muschelfischers. Der Wert ist zweiunddreißig.«

Mees brauchte einen Moment, bevor er antwortete, wahrscheinlich kratzte er sich in der Zwischenzeit am Kinn. »Das macht die Sache nicht leichter. Dann war es eher nicht im Veerse Meer, da würde er maximal bei dreißig liegen. Okay, ich fahre raus und führe ein paar Messungen durch.

Piet sagte freundlich: »Prima, probier dein Glück.«

Dann fiel Mees wohl noch etwas ein. »Hey, du bist doch so ein Agatha-Christie-Fan. Dann bin ich jetzt dein Assistent, ich bin Mr. Stringer, und du bist Miss Marple. Ja, ich kenne mich aus!«

Piet lachte. »Du kennst dich aus! Diesen Mr. Stringer hat es in den Büchern von Agatha Christie nie gegeben. In den Filmen wurde die Miss Marple von Margaret Rutherford gespielt, und die hat darauf bestanden, dass ihr Mann mitspielen darf. Dieser Ehemann hieß Stringer Davis, und den hat man extra für sie da reingeschrieben.«

»Nicht dein Ernst?!«

Piet lachte. »Oh doch, also, ich bin nicht Miss Marple, und du bist Roger!«

43.

Die Muschelauktionshalle von Yerseke ist eine Sensation, sie ist die einzige Muschelauktionshalle Europas. Wer nun denkt, dem Besucher würde mit schmuckvollen Schildern der Weg zu einer stattlichen Immobilie gewiesen, der irrt. In einem hässlichen viereckigen Betonkasten mit Flachdach entscheidet sich das Schicksal ganzer Schiffsladungen voller Miesmuscheln.

An der Eingangstür wurden sie schon vom »Funktionär« Johannes Mulder erwartet. »Die Polizei der Niederlande, pünktlich, wie die Maurer früher waren, sagen die Fischer. Die Maurer sagen über die Fischer übrigens das Gleiche.« Er reichte beiden die Hand und fuhr fort. »Ich habe für Sie ein Gespräch mit unserem Auktionator abgemacht, Bas Kortendiek, das ist der meistrespektierte Mann im Ort, und Bas weiß alles über Muschelauktionen und Verkauf.«

Mulder öffnete die Tür und sprach mit einer älteren Frau, die Miesmuscheln auf ein Miniatur-Förderband legte. Sofort unterbrach sie ihre Arbeit und verließ den Raum. Nur Sekunden später stand ein großer Mann mit ordentlichem Bauch und widerspenstigen grau melierten Haaren verschmitzt lächelnd vor ihnen. Das Leben schien ihm Spaß zu machen.

»Guten Morgen, ich bin Bas Kortendiek, ich bin hier der Auktionator. Willkommen im schönsten Haus von Yerseke!« Er lachte laut über seinen eigenen Witz.

Mulder verabschiedete sich. »Ich denke, ab jetzt sind Sie hervorragend betreut. Bas wird Ihnen alles sagen, was Sie wissen wollen. Sie entschuldigen mich, ich habe noch einen kleinen

Nebenjob!« Er hob die Hand zum Gruß und verließ den Raum durch eine verzinkte Metalltür.

Kortendiek übernahm die Konversation. »Ja, dann zeige ich Ihnen erst mal, was hier so passiert. Wo wir jetzt stehen, das ist die Bemusterungshalle. Wenn ein Schiff mit frischem Fang in den Königin-Juliana-Hafen einläuft, entnimmt einer unserer Mitarbeiter der Ladung einen Eimer Muscheln. Dieser Eimer wird dann versiegelt und zu uns in die Bemusterungshalle gebracht. Hier gehen nun unsere fleißigen Muschelexperten ans Werk und prüfen: Wie hoch ist das Tara-Gewicht? Wie viele Seesterne, Krebse und andere Tiere müssen noch aussortiert werden? Wie groß sind die Muscheln? Unsere Ariane legt die Muscheln hier auf diese Messmaschine.« Die ältere Dame, die den Auktionator eben aus einem der Hinterzimmer geholt hatte, legte inzwischen wieder Muscheln auf das kleine Förderband, und Bas erklärte: »Sie laufen zwischen diesen beiden Edelstahlstäben durch, der Abstand zwischen den Stäben wird immer größer. Die Muscheln, die schon hier vorne durchfallen, das sind die kleinsten, unsere Extra select, dann kommen Extra, Super, Imperial, Jumbo bis Goldmarke.« Er nahm ganz hinten eine sehr große Muschel aus dem Behälter.

Annemieke fragte nach: »Und das entscheidet dann über den Preis des Fangs?«

»Moment, so weit sind wir noch nicht. Wir können an dieser Stelle schon sagen, wie viele Muscheln welcher Größe im Fang sind. Aber die Größe der Muschel sagt ja noch nicht, wie hoch der Fleischanteil ist. Jetzt geht es also erst mal in den Kochtopf. Morgen, Jan.«

Der knochige alte Herr, der die Muscheln mit einer Schaumkelle aus dem Topf nahm, hatte das Rentenalter sicher schon vor einigen Jahren erreicht. Wahrscheinlich ging er hier seinem Hobby nach.

»Die gekochten Muscheln werden dann ohne Schale gewogen. Die Fischer freuen sich immer, wenn das Fleisch fast weiß ist, dann ist es sehr eiweißhaltig, und das Fleischgewicht der Muscheln ist höher. So, dann gehen wir jetzt mal rüber in die Auktionshalle.«

Der nächste Raum war tatsächlich noch schmuckloser. Einige Tische mit Resopalplatten, Laptops darauf, ein großer Monitor an der Wand. Das war's.

Bas Kortendiek deutete auf den Tisch ganz vorne. »Das ist mein Platz. Und auf dem großen Monitor werden die ganzen Messergebnisse aus der Bemusterungshalle angezeigt. Die Bieter sitzen an ihren Laptops und geben die Gebote ein. Hier entscheidet sich für den Muschelfischer, was er verdient hat.«

Piet fügte hinzu: »Und wie weit er an dem Tag noch fahren muss.«

Das lebensfrohe Lachen des Bas Kortendiek füllte die Auktionshalle. »Ja, bloß nicht denken, man hätte Feierabend, wenn man im Hafen liegt. Wenn der Fischer seinen Fang verkauft hat, muss die Miesmuschel-Charge noch in die Vorratsparzelle des Käufers in der Oosterschelde gebracht werden.«

Piet glänzte mit seinem neu erworbenen Wissen: »Um sie zu entsanden.«

Kortendiek ergänzte: »Nicht nur das. Die Bedingungen sind hier optimal. Strömung und Wellengang sind gering, und das Wasser der Oosterschelde ist besonders rein. Die Muscheln werden von Sand und Schlamm befreit, und das Miesmuschelfleisch bekommt eine schöne Konsistenz.«

Annemieke benötigte noch ein paar Einträge für ihr Notizbuch. »Am letzten Mittwoch fand hier eine Auktion statt, und Schouten hat seine Ladung an Beta Mosselen verkauft. Man sagte uns, in der Auktionshalle könnte man uns genau sagen, wann das passiert ist.«

Kortendiek antwortete selbstsicher: »Allerdings, das können wir, dann kommen Sie mal mit ins Büro!«

Im angrenzenden Raum saßen zwei Frauen an ihren Schreibtischen. Eine sprach mit einem hochgewachsenen Mann, der lässig an ihrem Schreibtisch lehnte.

Bas Kortendiek sprach die andere an: »Eline, am letzten Mittwoch ist eine Charge von Schouten an die Beta Mosselen verkauft worden, kannst du bitte mal nachschauen, wann genau das war.«

Dann ging er weiter zu dem zweiten Schreibtisch, er winkte Piet und sagte: »Ich glaube, Sie kennen sich noch nicht, das ist Sander van Loon. Sander ist der Geschäftsführer von Koning & Timmermans, die wichtigste Muschelhandelsgesellschaft in Yerseke, ach was, der ganzen Niederlande, komm, seien wir ehrlich, weltweit.«

Dieses Mal lachte Kortendiek nicht allein. Van Loon amüsierte sich auch königlich.

»Und das ist Inspecteur van Houvenkamp.«

Piet reichte Van Loon die Hand und wies auf Annemieke: »Meine Assistentin, Brigadier Annemieke Breukink.«

Van Loon lächelte verbindlich. »Dann sind Sie hier wegen Jacobus Schouten, dem alten Quertreiber!«

»Ja, das sind wir. Und Ihr Verhältnis war also nicht allzu gut?«

»Och, das kann man so nicht sagen. Ich habe ihn immer respektiert. Im Gegenteil, ich glaube, er hat gute Arbeit gemacht. Deshalb habe ich ihm ja auch angeboten, für uns zu fahren. Wissen Sie, viele Fischer …«

»Ich weiß«, unterbrach ihn Piet, »viele Fischer lassen sich von den Muschelhandelsgesellschaften direkt anstellen. Warum hätte Jacobus das tun sollen? Was wäre sein Vorteil gewesen?«

Van Loon sah sich in dem Büro um und erwiderte: »Ich glaube, das sollten wir woanders besprechen, hier haben zwei schöne Frauen zu arbeiten.«

»Wir haben einen Besprechungsraum im ersten Stock, der ist gerade frei, den kann ich Ihnen gerne anbieten«, sagte Kortendiek.

Van Loon entgegnete: »Nein, ich muss erst noch raus zum alten Hafen. Wir haben da ein Grundstück gekauft mit leerstehenden Muschel- und Austern-Schuppen, mit den alten Austernbecken und einem Löschpier. Das wollen wir im Herbst zu einem Muschelmuseum umbauen, gute Werbung für uns und …«

Kortendiek nahm den Ball gerne auf. »… gute Werbung für Yerseke!« Er reckte dabei seinen Daumen nach oben.

Van Loon schaute auf seine Armbanduhr. »In zwanzig Minuten habe ich den Termin mit dem Architekten, aber, sagen wir mal, um 14:30 Uhr könnten wir uns in meinem Büro treffen. Wäre Ihnen das recht? Dann können wir alles besprechen.«

Annemieke ließ sich von Eline ein Blatt Papier geben, das diese gerade ausgedruckt hatte. Sie faltete es zusammen, legte es in ihr Notizbuch und sagte: »14:30 Uhr passt sehr gut. Und wie ist die Adresse?«

Als er sie mit den nötigen Informationen versorgt hatte, verabschiedete sich Sander van Loon.

»Wie sieht's aus? 12:30 Uhr, Mittagspause. Setzen wir uns nach draußen? Da können wir uns in Ruhe unterhalten«, schlug Bas Kortendiek vor.

Er führte die beiden zu vier bunten Stühlen und einem Holztisch direkt hinter der Auktionshalle. Im Vergleich zu der Siebzigerjahre-Architektur des Gebäudes wirkte die Sitzgruppe fast gemütlich.

»Kannten Sie Jacobus Schouten gut?«

Bas Kortendiek kramte ein Päckchen Tabak aus seiner Hosentasche und drehte sich eine Zigarette. Er zündete sie auch noch in Ruhe an und nahm den ersten Zug. Mittagspause!

»Natürlich kannte ich Jacobus gut. Wir sind, also, wir waren gleich alt. Wir wären zusammen zur Schule gegangen, wenn ich aus Yerseke kommen würde, aber ich bin in Brouwershaven geboren und aufgewachsen. Allerdings kenne ich ihn so lange, wie ich hier arbeite, und das sind mittlerweile vierundzwanzig Jahre. Nächstes Jahr habe ich Jubiläum. Vielleicht kriege ich da eine goldene Uhr, aber wahrscheinlich eher zwei Kilo Muscheln.« Und wieder dröhnte die Bariton-Lache des Bas Kortendiek durch die Runde.

Piet fragte: »Es gibt ein paar Muschelfischer, die stehen bei den Muschelhandelsgesellschaften auf der *payroll*, ist das ein Problem für Sie?«

Kortendiek blies eine kunstvolle Rauchwolke in den sommerlichen Himmel. »Ja, manche machen das, aber ich glaube, das ist kein Trend. Sehen Sie, so ein Muschelfischer, das muss ja eigentlich ein Einzelgänger sein. Und den meisten geht ihre Freiheit über alles. Wenn du aber bei der Muschelhandelsgesellschaft angestellt bist, dann machst du, was die wollen. Dafür ist dein Gehalt natürlich sicher.« Er nahm noch einen Zug und dachte nach. »Sie sind doch wegen Jacobus hier, und Sie haben ja gehört, was Van Loon eben gesagt hat. Sie haben Schouten das Angebot gemacht, für Koning & Timmermans zu fahren, er hat es abgelehnt. Und so sind die meisten. Die wollen sich nicht von smarten Geschäftsführern mit Hochschulabschluss vorschreiben lassen, wann und wohin sie fahren sollen.«

Piet hatte gespannt zugehört, jetzt sagte er: »Die Aussagen hier im Ort sind sehr unterschiedlich. Die einen sagen, Schouten hatte jede Menge Feinde. Die anderen sagen, er war nur ein Querdenker, ein Quälgeist, aber Feinde hatte er nicht, man hätte ihn eher belächelt. Sie sind kein Fischer, Sie sind kein Händler, Sie stehen sozusagen in der Mitte.«

»Und jetzt wollen Sie von mir wissen, wie es denn wirklich war …«

Piet lächelte ihn an. »Wenn man wissen will, ob das Spiel fair war, fragt man am besten den Schiedsrichter.«

Kortendiek fühlte sich jetzt bestimmt ein bisschen geschmeichelt, so etwas hilft bei Zeugenaussagen ungemein.

Er fuhr fort: »Also, recht haben sie alle beide. Natürlich war er nur ein Quälgeist, und natürlich haben die anderen ihn belächelt. Aber Jacobus war hartnäckig, nicht ein bisschen hartnäckig, er war störrisch wie eine alte Ulme. Und störrisch und hartnäckig zusammen, das kann sehr anstrengend werden. Am Anfang regt man sich ein bisschen auf, da belächelt man noch, aber Jacobus hatte das seltene Talent, immer wieder den Finger in die Wunde zu legen, ach was, den Finger, die ganze Hand. Bei Jacobus mussten sie den ›Quälgeist‹ wörtlich nehmen. Ich kann mir schon vorstellen, dass der einen so zur Weißglut treiben konnte …« Er unterbrach, er zog wieder an seiner Zigarette.

»… dass man ihm den Schädel einschlägt?«, fragte Annemieke.

»Na ja, wie wütend, wie verzweifelt muss man sein, um jemandem den Schädel einzuschlagen, jemandem, den man schon so lange kennt? Ich weiß es nicht. Ich kann Ihnen nur sagen, er konnte einen zur Weißglut treiben. Ob das so weit gehen kann? Ich weiß es nicht.«

Kortendiek saß da. Der Mann, dem man eben noch ansehen konnte, dass ihm das Leben Spaß macht, saß da, zerknirscht, nachdenklich, ratlos.

Piet und Annemieke verabschiedeten sich. »Vielen Dank, Meneer Kortendiek!«

Die Worte rissen den alten Auktionator aus seinen Gedanken. »Ja, äh, ich hoffe, ich konnte Ihnen ein bisschen weiterhelfen.«

44.

Die Sonne hatte wohl in diesen Osterferien beschlossen, sich besonders intensiv um Zeeland zu kümmern. Für den heutigen Donnerstag, »Grün«donnerstag, waren wieder über zwanzig Grad angekündigt. Morgen sollte es kühler werden, vor allem im Süden Zeelands, und in Brabant war mit einigen Schauern zu rechnen. Klar, Karfreitag!

Wir parkten die Autos wieder auf dem Parkplatz am Prinzessin-Beatrix-Hafen und gingen zu Fuß den mittlerweile bekannten Weg zum Liegeplatz der »YE 99 Adriaan Neptunus«.

Ich trug eine weiße Jeans zum hellblauen Leinenhemd. Zum Glück war ich nicht der Einzige, der sich für dieses Event besonders fein machen musste, und ich war durchaus der Ansicht, dass es mich hätte schlimmer treffen können. Das Hawaii-Hemd von Lothar wirkte ebenfalls deplatziert, vielleicht nicht auf diesem Schiff, aber sicher an seinem Körper, doch auch Lothars Kleidung konnte man einen rudimentären Rest von Normalität einräumen, wenn man Adi gesehen hatte. Adi trug ein kariertes Leinen-Sakko und einen fast weißen Strohhut mit einem orangefarbenen Hutband. Anne fotografierte ihn mit dem Handy.

Am Kai stand ein vierschrötiger Matrose, dessen Äußeres mit der weltgewandten Attitüde des *Mosselbarons* nun gar nichts gemein hatte. Ein Riffelblech führte vom Kai auf das Schiff. Hinter der Bordwand war es umgebogen, sodass es nicht so leicht abrutschen konnte. Als Gangway wirkte es dennoch sehr improvisiert, aber es erfüllte seinen Zweck. Der Matrose half uns auf das Blech, der Käpt'n half uns runter.

Kapitän Nieuwman hatte die kurze Bermuda gegen eine weiße Jeans getauscht. Das Bretagne-Shirt hatte er entweder anbehalten, oder er hatte mehrere von den Dingern. Die Farbe seines Teints würde ich mit Mühe im August erreichen, und dazu müsste ich schon einige Tage gut geölt am Strand liegen. Sein Haar hatte diese wunderbare Mischung aus Blond und Silber.

Nun begrüßte er zunächst die anwesenden Damen. Er wies auf den Tresen, auf dem zehn Prosecco-Gläser, aufgereiht wie die zehn Pins auf einer Bowlingbahn, auf die durstigen Gäste warteten.

Ich wollte gerade ein Glas nehmen, als Anne sagte: »Moment, das ist so ein schönes Bild.«

Nieuwmans Bariton ließ lakonisch vernehmen: »Normalerweise steht hinter diesem Tresen ein sehr hübscher, junger Mann, meine Damen. Aber Ihre Gatten mussten mich ja unbedingt so weit herunterhandeln, dass dafür kein Spielraum blieb. Jetzt müssen Sie halt mit mir vorliebnehmen.«

Na wunderbar. Gestern war ich bei den Jungs mit meinem Erfolg beim Handeln noch der Star gewesen, aber jetzt sah das anders aus. Ich nahm mir fest vor, keine weiteren Details der Preisverhandlung offenzulegen, als ich sah, wie Lothar bereits mit den Schultern zuckte und säuerlich auf mich zeigte.

Nieuwman griff sich ein Wasserglas und sagte: »Cheers, auf einen schönen Nachmittag, und sorry, dass ich beim Wasser bleibe. Ich muss noch fahren!« Er wandte sich an seinen Matrosen. »Frank, du kannst die Leinen loswerfen.«

Die »YE 99 Adriaan Neptunus« nahm Kurs auf die Deltawerke.

45.

Piet und Annemieke gingen zurück zum schwarzen Land Rover.

Annemieke sagte: »Wir wollten uns anschauen, wie die Koks so wohnen. Bis heute Nachmittag sollen Jan und Sanne Kok unterwegs sein.«

»Also los, sturmfreie Bude. Hast du ihre Adresse?«

Nach einem kurzen Blick in ihr Notizheft gab sie das nächste Ziel bekannt.

Und Piet van Houvenkamp tippte milde lächelnd in das bordeigene Navigationssystem: »Yerseke, Ambachtsherenlaan 25«.

Sein zufriedenes Grinsen quittierte Annemieke mit den Worten: »Elender Pussy-Defender!«

Die Hausnummer 25 gehörte zu einem schönen Backsteinhaus, das durch seine Größe, den beachtlichen, sehr gepflegten Vorgarten und die Mauer aus aufgeschichteten Findlingen wenig niederländisch darauf hindeutete, dass hier recht wohlhabende Menschen wohnten.

Annemieke und Piet betraten das Grundstück durch eine dunkelgrün lackierte Gartentür. Sie klingelten zwei Mal, ein drittes Mal, nichts geschah. Als sie sich gerade abwenden wollten, wurde die ebenfalls dunkelgrün lackierte Haustür geöffnet, und eine Erscheinung in rosafarbenem Morgenmantel und mit wallendem roten Haar stand im Türrahmen.

»Ja bitte?«

Annemieke öffnete die Gartentür, und sie betraten den Garten.

Sie sagte: »Guten Tag, ich bin Brigadier Annemieke Breukink

von der Polizei Middelburg, das ist Inspecteur Piet van Houvenkamp. Wir würden gerne Herrn Jan Kok sprechen.«

»Oh, das tut mir leid, mein Mann ist mit dem Schiff draußen. Wissen Sie, er ist Kapitän. Ich bin Anna Kok. Guten Tag.« Sie reichte den beiden lächelnd die Hand.

Annemieke ergänzte: »Ihre Tochter Sanne ist auch draußen?«

Das Lächeln im Gesicht der Frau Kok war plötzlich verschwunden. »Ja, sie ist mit Ronald Schouten unterwegs. Aber entschuldigen Sie bitte meinen Aufzug. Ich war gerade im Bad. Kommen Sie doch rein.« Frau Kok wies auf einen Tisch mit vier Stühlen. »Nehmen Sie schon mal Platz, ich bin gleich wieder da!«

Die Stilsitzgruppe in flämischer Eiche diente der Familie vielleicht als Esstisch, oder sie aßen alle in der Küche, damit das repräsentative Esszimmer nicht verschmutzt wurde. Frau Kok vermittelte den Eindruck, dass ihr daran gelegen sein könnte.

Sie verschwand durch eine Tür und ließ die beiden Polizisten allein.

»Bisschen spät für die Morgentoilette«, bemerkte Annemieke.

»Na ja, ist ja keiner da, für den sie sich zurechtmachen müsste, oder?«

Es dauerte einige Minuten, bis Frau Kok wieder erschien, und nun war sie die Kapitänsgattin, wenn auch eher die Gattin des Kapitäns eines Luxusdampfers als die Frau eines Muschelfischers. Sie trug einen dunkelblauen Hosenanzug, ihr Make-up war eher nicht dezent, und ihr Haar wallte jetzt noch eindrucksvoller.

»Wann erwarten Sie Ihren Mann zurück?«

»Ach, ich denke, am späten Nachmittag ist er wieder hier. Wissen Sie, ein Fischer versäumt ungern das Abendessen.« Sie lächelte sympathisch und fügte hinzu: »Darf ich Ihnen etwas anbieten? Einen Kaffee, Espresso, Cappuccino?«

Annemieke lehnte ab. »Nein, danke! Wir wollten ja auch eigentlich Ihren Mann sprechen …«

Piet nahm den Ball auf. »Kannten Sie Jacobus Schouten?«

Fast entsetzt antwortete die Kapitänsgattin, die sich inzwischen auch auf einem Stuhl niedergelassen hatte: »Ob ich den kannte?! Natürlich kannte ich den, ein ungehobelter Klotz war das.«

Annemieke lächelte. »Ja, da sagen Sie was. Die Männer an der Nordsee. Ich sage ja immer, das sind eher Kerle als Herren.« Sie lachte komplizenhaft. »Ihre Tochter fährt auf der ›YE 19 Leentje‹?«

»Ja.«

Man sah ihr an, dass sie sich bei diesem Gedanken nicht sehr wohl fühlte.

»Meine Tochter studiert Aquakultur in Wageningen, und da ist es natürlich sinnvoll, in den Semesterferien mal ein Praktikum bei einem Muschelfischer zu machen. Das passt da ganz gut in den Lebenslauf.«

Annemieke bohrte nach: »Möchte sie später auch Kapitän werden, wie ihr Vater?«

»Aber wo denken Sie denn hin? Wenn sie ihren Master in Aquakultur hat, dann stehen ihr wahrlich andere Türen offen.«

Annemieke lächelte zustimmend, aber Piet fragte: »Ihr Mann hat drei Muschelkutter, und Sanne fährt auf dem Schiff von Jacobus Schouten. Finden Sie das nicht sonderbar?«

Anna Kok saß mit sehr geradem Rücken auf dem Stuhl, ihre schlanken Beine in der dunkelblauen Hose bildeten eine perfekte Parallele.

»Nein, wieso?« Ihre Stimme hatte nun etwas Schneidendes. Sie schaute wieder Annemieke an. »Ich hatte es ja vorgeschlagen. Ich habe gesagt: ›Fahr doch bei deinem Vater mit.‹ Aber ich kann sie natürlich auch verstehen. Hätten Sie in ihrem Alter bei Ihrem Vater arbeiten wollen?«

Annemieke legte die Hand an die Stirn. »Um Gottes willen. Auf keinen Fall!«

»Sehen Sie, und so ist es bei Sanne auch.«

»Dann hatten Sie also nichts dagegen, dass sie in den Semesterferien bei Jacobus Schouten auf dem Kutter arbeitet?«

»Nein … eigentlich nicht!«

Piet hakte nach. »Das ›eigentlich‹ müssen Sie mir erklären.«

»Ich muss Ihnen gar nichts erklären. Meine Familienangelegenheiten haben mit dem Tod von Jacobus Schouten nichts zu tun, und aus genau diesem Grunde geht Sie das überhaupt nichts an, Herr Inspecteur!«

Sie sprach das »Herr Inspecteur« in einem theatralischen Staccato aus. Annemieke fühlte sich an Katherine Hepburn erinnert, die trug auch meist Hosen, und die hatte sogar John Wayne Kontra gegeben.

Annemieke nahm ihre Handtasche auf den Schoß und zauberte eine Visitenkarte hervor. Sie legte sie auf das silberne Tablett, das den Esstisch aus flämischer Eiche zierte, und sagte beruhigend: »Bei Sanne müssen Sie sich keine Gedanken machen. Sie wirkt vielleicht zart und verletzlich, aber ich glaube, sie ist tough, sie ist eine sehr gefestigte junge Frau.«

Dankbar lächelte Frau Kok. »Ja, da haben Sie recht. Diesen Eindruck möchte sie vermitteln.«

Die Fassade war nicht ganz makellos geblieben. Die Gattin des Kapitäns war äußerlich ruhig geblieben, sie hatte auf jeden Floretthieb eine Parade Riposte gehabt. Und doch war sie getroffen.

Anna Kok stand auf, reichte Annemieke die Hand und nickte beiden kurz zu. Die Audienz war beendet.

46.

Wir passierten die Einmündung des Veerse Meer da, wo der Zandkreekdam aus dem Meeresarm ein Binnengewässer machte. Eine halbe Stunde später, etwas nördlich von Colijnsplaat, erreichten wir eine Konstruktion aus vielen röhrenähnlichen Schwimmkörpern, die als lange Linien an der Wasseroberfläche schwammen. Sechs oder acht dieser Linien verliefen parallel, sodass ein rechteckiges Feld entstand.

Kapitän Nieuwman stoppte die Maschinen und überließ seinem Matrosen das Ruder. Er stellte sich zu uns und referierte: »Seit 1825 ist die Muschelfischerei in Zeeland reglementiert. Sie müssen sich das Muschelfischen in dieser Zeit vorstellen wie die normale Fischerei heute. Man warf seine Netze aus, und die Muscheln lagen halt irgendwo. Heute sind die Muschelfischer ja eher Muschelzüchter als Fischer. Aber wir sind im Jahr 1825. Damals wurden die Muschelreviere in Parzellen aufgeteilt und unter den Fischern verlost. Fünfzig Jahre später hat sich dann irgendein Erbsenzähler am Hofe des Königs überlegt, warum zuteilen, wenn man auch verpachten kann, und so ist es bis heute geblieben.

Wenn sich die Muscheln fortpflanzen, geben die Weibchen ihre Eier und die Männchen ihr Sperma direkt ins Wasser ab. Aus den befruchteten Eiern werden Muschellarven, und die liegen nicht am Boden wie die erwachsenen Muscheln, es sind Schwimmlarven. Sie driften fröhlich durch das westliche Wattenmeer oder durch die Oosterschelde und denken sich: ›Mann, das ist aber eine Strömung hier.‹ Und damit ihnen bei der ganzen Hin- und Herströmerei nicht schwindelig wird, hat der liebe Gott den Muscheln Byssusfäden spendiert. Das sind Superhaftfäden, mit denen sich die jungen Muscheln an Pflanzen oder Pfählen festhalten können. Da führen die Muschelteenager dann ein Probewohnen durch. Ist es gemütlich, ist es schön warm, ist genug Plankton auf dem Teller? Wenn unsere jungen Muscheln damit nicht zufrieden sind, dann ziehen sie ihre Byssusfäden wieder ein und ziehen noch mal um. Das kann einige Male passieren, bis das Muschelchen sein Traumhaus gefunden hat. Dass die Muschellarven und die jungen Muscheln diese besondere Sehnsucht nach einem festen Wohnsitz haben, das haben sich die Fischer zunutze gemacht. Was Sie hier sehen, ist eine MZI, eine *mosselzaad-invanginstallatie*, also eine Muschelfangvorrichtung. Die meisten davon findet man im Wattenmeer, aber einige sind auch hier in der Oosterschelde. Der Muschelzüchter hat für die Muscheln ein besonders schönes Fleckchen ausgesucht: gute Temperatur, gute Strömung, viel Nahrung, und da installiert der Fischer dann diese MZIs. An den Ketten hängen vier, fünf Meter lange Seile nach unten. Na, das ist doch das gefundene Fressen für unsere wohnungssuchenden Jungmuscheln. Und jetzt gucken Sie sich mal an, was der Edu Dreekman da rausholt.«

Edu Dreekman war Kapitän der »YE 68 Amalia«, ein Muschelboot – jetzt wieder, wie es sich gehört, mit blauem Rumpf –, das sich entlang einer der schwimmenden Ketten näherte. Anne filmte mit dem Handy, wie an einem Schwenkarm zwei überdimensionale Staubsaugerfüße an beiden Seiten der Kette senkrecht nach unten geführt wurden, dann zog das MZI-Boot langsam an der Muschelkette vorbei. An die Saug-Apparatur war ein riesiger Schlauch angeschlossen, und es dauerte nur ein paar Sekunden, bis sich aus einem Füllstutzen am Ende des Schlauches eine schwarzblau-glänzende Masse in einen Edelstahlcontainer an Bord des Schiffes ergoss.

»Das sind Millionen und Abermillionen von jungen Miesmuscheln. Sie sind jetzt ungefähr ein Jahr alt und etwa drei Zentimeter groß. Wie groß sind sie, wenn sie auf dem Teller landen?«

Ich überlegte noch, aber Uschi war schneller.

»Na ja, das kommt ja auf die Größenklasse an, die heißen dann Super oder Imperial oder Jumbo, aber so fünf bis sechs Zentimeter haben die eigentlich schon.«

»Genau. Und die kleinen Dinger, die der Edu gerade abgeerntet hat, die haben vielleicht drei Zentimeter, also kommen die uns nicht in den schwarzen Topf. Nein, die ziehen noch mal um. Und wohin, das erfahren wir bei der nächsten Station. Noch einen Prosecco?«

Dankbar wurden ihm einige Gläser hingehalten, und der Käpt'n schenkte nach. Nieuwman winkte seinem Kollegen an Bord des MZI-Bootes noch einmal zu und kehrte zurück ans Steuer.

Die »Adriaan Neptunus« war ein altes Schätzchen. Die neuen Schiffe sind ja schon eher Muscheltrawler, da stehen im Maschinenraum zwei Sechshundertfünfzig-PS-Aggregate. Die »Neptunus« war älter und natürlich kleiner. Wenn man Adriaan Nieuwman fragte, erzählte er sehr gerne, bei einem Schiffsmotor käme es nie auf die Leistung an, sondern darauf, dass er lief.

Geräuschvoll nahm die Maschine nun ihre Arbeit wieder auf. Das Schiff wendete im weiten Bogen und nahm Kurs Richtung Osten.

»Du, das ist so 'ne Art feuchte Landwirtschaft«, sagte Lothar, »hast du das gewusst?«

»Nee, ich hab' auch gedacht, da gibt es Muschelreviere, da fährt man hin, wirft die Netze aus und fängt die Dinger. Am nächsten Tag bringt man die mit einem Lieferwagen in den ›Zeerover‹, und – zack – steht der schwarze Muscheltopf auf dem Tisch.«

Babette ergänzte: »Hier in Zeeland läuft das Ganze noch sehr natürlich ab. Ihr müsst euch das mal in Frankreich oder Spanien angucken, da ist das eine Industrie! Hat Chester auch gesagt.« Sie nickte noch einige Male, um ihrem eigenen Satz zuzustimmen, dann führte sie das Proseccoglas an die Lippen.

Auf wessen Wohl sie trank, stand außer Frage.

47.

»Ist dir mal aufgefallen, dass hier alle Mittagspause machen, nur wir nicht?«

Annemiekes Magen hatte schon zweimal deutlich vernehmen lassen, dass er ein wenig Beschäftigung gut gebrauchen könnte.

»Wie hieß noch mal das andere Restaurant, das Dekker vorgeschlagen hatte? ›De Branding‹ machte erst um 18 Uhr auf, und das andere wurde dann geschlossen, das war doch direkt gegenüber …«

Annemieke musste nicht lange überlegen. »Ach so, ja, das war die ›Oesterij‹. Die ist am Havendijk.«

»Gut, dann machen wir jetzt auch eine Mittagspause.«

Vom Haus der Koks zur »Oesterij« waren es nur anderthalb Kilometer. Ein kurzer Spaziergang hätte beiden gutgetan, aber Sander van Loon wollten sie schon um 14:30 bei Koning & Timmermans treffen, also stiegen sie in den schwarzen Land Rover.

»Wir haben jetzt mehr als zwei Stunden in diesem romantischen Fischerdorf verbracht, und wir haben nicht ein einziges Mal die weißesten Sneaker Zeelands gesehen.«

Annemieke schüttelte lächelnd den Kopf. »Fällt dir jetzt auch gerade auf, dass du schon wieder an Dekker rummäkelst? Ich rufe ihn im Büro an.«

Sie hatte ihr Smartphone schon in der Hand, als Piet antwortete: »Dekker, Büro, Mittagspause. Das sind drei Worte, die nicht zusammenpassen.«

Dekker ging tatsächlich nicht an sein Telefon.

Sie bogen ab in den Steeweg Richtung Hafen.

»Ich habe auch die Mobilnummer!«

Annemieke wählte, und nur Sekunden später zeigte Vincent Dekker, dass er für die Kollegen auch in der Zeitspanne zu erreichen war, die gemeinhin als »Mittagspause« bezeichnet wurde.

»Vincent, schön, dass ich dich erreiche. Wir sind seit heute Morgen in Yerseke unterwegs ... Ja, genau, dann könnten wir uns mal austauschen. Wo bist du? ... Alles klar, bis gleich. ... Ich denke, in zweieinhalb Minuten.« Annemieke lachte laut, als sie das Mobiltelefon wieder in die Handtasche legte. »Drei Mal darfst du raten, wo er ist.«

»In der ›Oesterij‹.«

»Richtig, mit dir macht Quiz echt keinen Spaß.«

Die ›Oesterij‹ war zunächst einmal ein kleiner Raum mit sehr rustikalen Tischen und Bänken. Der Blick ging auf die *oesterputs*, die Austernbecken, und die dahinterliegenden alten Backsteinhäuschen. Es war wohl ein Blick auf das Yerseke in der ersten Hälfte des 20. Jahrhunderts. Im Restaurant waren die Tische an diesem Mittag nur spärlich besetzt, aber das Restaurant war auch maximal halb so groß wie die Terrasse des Restaurants, und auf dieser Terrasse war kein einziger Platz mehr zu bekommen. Es sei denn, man war mit Vincent Dekker verabredet, der allein an einem Vierertisch ganz außen auf der Terrasse saß und fröhlich winkte.

Piet und Annemieke setzten sich dazu, und Dekker winkte ab, als die Bedienung die Karte bringen wollte.

»Ihr müsst die gratinierten Muscheln essen. Für die Beschreibung reicht nicht mal das Wort ›Delikatesse‹ aus. Entweder die gratinierten Muscheln oder die Meeresfrüchte-Platte für zwei Personen, da ist alles drauf: Hummer, Scampi, Crevetten, Muscheln, Strandschnecken, und das auf Lamsoren und Zeekraal, ein Gedicht, aber nur, wenn ihr wirklich Hunger habt.«

Also bestellte Annemieke: »Zweimal die gratinierten Muscheln und zwei Spa rot, bitte.«

Piet korrigierte: »Ein Spa rot und ein kleines Bier. Was haben Sie?«

»Grolsch«, antwortete die Dame, die schwarze Jeans trug und ein schwarzes T-Shirt, das mit dem Logo »Oesterij« bedruckt war.

Die Welt war gut zu Inspecteur Piet van Houvenkamp. Gratinierte Muscheln, dazu sein Grolsch, und eine Bedienung, die den Namen der Kneipe auf der Brust spazieren führte.

Diese Logo-T-Shirts hatten sich anscheinend landesweit durchgesetzt, und es hatte Vorteile. Er hatte früher schon mal ab und an vergessen, wie die Kneipe hieß, in der er saß, und früher, da hatte er ein Mordsgedächtnis.

Annemieke setzte Dekker von ihren Gesprächen mit Bas Kortendiek und Anna Kok in Kenntnis. Dabei vergaß sie nicht zu erwähnen, um welche Uhrzeit die Kapitänsgattin ihrer Morgentoilette nachging.

Die Muscheln wurden serviert.

Piet bestellte zunächst ein Wasser, überlegte es sich dann aber anders. »Nein, doch noch ein kleines Bier.«

Dekker hatte die Konten von Jacobus Schouten überprüft. Der Fischer wäre wirklich in der Lage gewesen, ein zweites Schiff zu kaufen. Dekker erklärte, der weißhaarige, bärbeißige Mann verfügte über ein Kontokorrentkonto, das einen Saldo von vierundzwanzigtausend Euro aufwies, sein Wertpapierdepot setzte sich vor allem aus Indexpapieren zusammen, wobei das Hauptaugenmerk auf europäischen Papieren mit hohen Dividenden lag.

Als Dekker das Wort »Wertpapierdepot« gebrauchte, schob Piet sich gerade wieder eine Muschel in den Mund, mit äußerster Konzentration, um sich nicht zu verschlucken. Er hatte da seine Erfahrungen.

Der Wert des Depots lag bei mehr als siebenhunderttausend Euro.

Wie gut, dass er sich so konzentriert hatte.

Zudem gab es zwei hohe Kapitallebensversicherungen.

Piet schob seine Muscheln zur Seite. Essen wurde zu gefährlich, jetzt waren Lebensversicherungen im Spiel. Lebensversicherungen waren Piets liebste Altersvorsorge. Man konnte anhand der Versicherungssumme auf dem Deckblatt ablesen, wie stark das Motiv war.

»Auf welchen Betrag lauten die Lebensversicherungen?«

Beide beliefen sich auf jeweils eine halbe Million Euro, die erste war im Sommer zuteilungsreif, die zweite in fünf Jahren.

Annemieke war ob dieser Summen nicht annähernd so erstaunt wie Piet, vielleicht weil ihr Vater seit jeher mit ganz anderen Summen jonglierte.

»Das sind ja ganz ordentliche Sümmchen! Weißt du schon etwas über ein Testament?«

»Ich habe heute Nachmittag einen Termin mit dem Notar Dr. Ewould de Graaf. Die Testamentseröffnung ist Montagmorgen, aber vielleicht kann ich ihm schon ein bisschen was entlocken.«

Piet griff amüsiert zu seinem Grolsch-Glas. »Das halte ich für Zeitverschwendung. Ich habe noch nie einen Notar getroffen, dem eine Mordermittlung so wichtig war wie sein Papierkram, aber probieren Sie es halt aus.«

Am Nebentisch wurde ein Gericht serviert. Piet musste kurz blinzeln, um seinen Autofokus zu justieren, denn ihm war das Bild vor seinen Augen kurzzeitig verschwommen. Und er musste zum Grolsch-Glas greifen, um all das Wasser herunterzuspülen, das ihm da im Mund zusammengelaufen war. Auf einem rechteckigen Porzellanteller lagen zwischen zwei Zitronenvierteln sechs Austern, die ihm zuriefen: »Ich war vor einer Viertelstunde noch im kristallklaren Wasser dieses Austernbeckens, das du da vor der Terrasse siehst.« In einer Holzschüssel lagen sechs Wellhornschnecken, zwei halbe Hummer, Scampis, Crevetten, Strandschnecken und ein kleiner schwarzer Topf voller köstlicher schwarzer Miesmuscheln. Das musste die Meeresfrüchte-Platte sein. Ein Pärchen schaute auf diese Köstlichkeiten wie kleine Kinder am Nikolaustag auf den bunten Teller.

Piet nahm sich fest vor, die »Oesterij« noch einmal aufzusuchen, ohne Dekker, ohne Annemieke. Er würde diese Meeresfrüchte-Platte für zwei Personen essen, ganz allein, und er würde sich so viele Grolsch genehmigen, dass er sicher nicht mehr Auto fahren dürfte, aber es würde bestimmt eine kleine Pension geben, wo er sein müdes, von Sättigung ermattetes Haupt auf ein weiches Kissen betten könnte.

Annemieke erklärte Dekker ihren Terminplan für den Nachmittag: »Wir haben gleich noch einen Termin bei Koning & Timmermans, wir haben den Geschäftsführer in der Auktionshalle getroffen, ein gewisser …«

Dekker kannte ihn. »Sander van Loon. Der ist erst seit einem Jahr bei Koning, kompetenter Typ. Vielleicht ein bisschen zu ehrgeizig für Yerseke, aber der kann mit Zahlen umgehen. Der hat Bioinformatik studiert. Wenn du mich fragst, netter Kerl!«

48.

Die Hafenanlagen von Yerseke kamen an der Steuerbordseite schon wieder in Sicht, als der weiße Ausflugskutter an der Backbordseite an langen Reihen von Holzstämmen vorbeifuhr. Die »Neptunus« wurde langsamer, und Adriaan Nieuwman zeigte auf eine Ortschaft an der Backbordseite.

»Das da drüben ist die Insel Tholen, und der romantische kleine Fischerort gegenüber von Yerseke ist Sint Maartensdijk. Und jetzt sind wir an der zweiten von drei Stationen. Die Holzmarkierungen, die Sie hier sehen, nennt man ›Staken‹. Wenn Sie durcheinanderstehen, ohne Ordnung, dann markieren sie Reusen zum Fang von Aalen, Seebarschen oder Krebsen. Aber wenn sie, so wie hier, in sauberen Reihen angeordnet sind, dann markieren sie ein Muschelfeld. Wir hatten ja schon gesagt, jeder Muschelzüchter hat seine eigene Parzelle für die Aufzucht der Babymuscheln im westlichen Wattenmeer oder in der Oosterschelde. Aber die Fischer haben auch ihre Parzellen, wo sie anschließend die heranwachsenden Teenagermuscheln auf dem Boden der Schelde ausbringen. Hier können die Muscheln in sehr guter Wasserqualität aufwachsen, geschützt vor Hochwasser und Sturmfluten durch die Wehre und Schleusen der Deltawerke und mit einem tollen Nahrungsangebot. Entweder bleiben sie hier, bis sie die erforderliche Größe haben, oder der Züchter bringt sie noch einmal eine Parzelle weiter. Da hat jeder seine eigene Philosophie. Eine Muschel zieht drei- oder viermal um, bis sie irgendwann auf unserem Teller landet. Na ja, ein richtig guter Whisky reift auch in verschiedenen Fässern.«

Man sah Muschelfelder, so weit das Auge reichte. Zwei große Muscheltrawler hatten ihre Netze ausgelegt.

Nieuwman sagte: »Die Jungs ernten jetzt alles ab, was im nächsten Monat noch auf den Markt kommen soll. Im Mai ist die Saison zu Ende.«

Uschi kannte sich aus. »Weil kein ›R‹ im Monatsnamen ist. Muscheln isst man nur von September bis April. Warum eigentlich?«

Nieuwman lachte. »Ja, früher war das so, da konnte man die Muscheln in den Sommermonaten nicht so gut kühlen, die verdarben zu schnell. Da war es einfach zu gefährlich, in dieser Zeit Muscheln zu essen. Die Probleme haben wir heute zum Glück nicht mehr. Die Kühlkette ist perfekt. Aber ab Mai pflanzen die Muscheln sich fort, und wenn die Biester sich fortpflanzen, haben die nur noch Sex im Kopf, der Geschmack ist denen dann völlig egal. Im Juni müssen sie sich von der anstrengenden Fortpflanzerei erholen, aber ab Juli schmecken sie wieder richtig lecker. Und wenn am dritten Samstag im August wieder Muscheltag in Yerseke ist, dann ist die Saison wieder in vollem Gange. Apropos Muschelfest, noch einen Prosecco?«

Der *Mosselbaron* füllte die Gläser. Ich nahm mir vor, die Frage, wer fährt, jetzt nicht zu erörtern.

»Unsere nächste Strecke ist nicht sehr lang, jetzt geht es schon fast wieder zurück nach Yerseke.«

49.

Im Korringaweg in Yerseke waren wohl alle Muschelhandelsgesellschaften der Niederlande beheimatet. Annemieke und Piet lasen die Geschäftsschilder von Krijn Veenstra, Zeelands Eer, Koonstra und Beta. Ganz am Ende der Straße sah man das rote Gebäude von Koning & Timmermans.

Piet parkte den Land Rover in eine der Parklücken, die laut blauem Parkschild ausschließlich für Besucher der Muschelhandelsgesellschaften reserviert waren. Wäre der Parkplatz nur für Mitglieder der Geschäftsführung reserviert gewesen, es hätte Piet auch nicht gestört.

Er parkte rückwärts ein. Kampferprobte Inspecteure der Polizei von Middelburg achteten grundsätzlich auf einen optimalen Fluchtweg.

Plötzlich war da ein Pfeifgeräusch im Innenraum dieses Fahrzeugs.

Annemieke sagte: »Also, diese *Park-Distance-Control* ist schon eine tolle Erfindung. Beim durchgehenden Pfeifton hat man noch genau zwanzig Zentimeter bis zur Mauer.«

»Ja, nicht schlecht.«

So ein Blödsinn, da guckt man aus dem Fenster, und wenn die Mauer kommt, wird gebremst, aber er enthielt sich eines weiteren Kommentars.

Sie betraten das rote, kastige Gebäude durch eine rote kastige Tür und trafen auf eine Empfangsdame.

Piet hätte rotes Haar angemessener gefunden, aber die junge Dame war brünett, das Haar harmonierte wunderbar mit ihren kastanienbraunen Augen. Sie trug schwarze Jeans und ein schwarzes T-Shirt, auf dem zu lesen war: »Koning & Timmermans. Meer Muschel geht nicht!«

Annemieke hatte ihren Ausweis maximal zu einem Drittel aus dem Portemonnaie gezogen, als die Dame sagte: »Sie sind Frau Breukink und Herr van Houvenkamp? Herr van Loon erwartet Sie bereits. Würden Sie mir bitte folgen?«

Van Loon saß in einem Büro, das ihm wahrscheinlich nicht gefiel. Nussbaumregale und ein Schreibtisch aus demselben Holz deuteten auf einen Kauf in den Siebzigern hin. Der Mann im blauen Leinen-Sakko über der weißen Jeans passte nicht in dieses Ambiente. Sein Lächeln passte aber perfekt zu einem Gespräch mit zwei Polizisten.

»So, hier sind wir unter uns. Es geht also um Jacobus Schouten …«

Piet entgegnete: »Soweit ich weiß, ist hier im Ort niemand sonst umgebracht worden!«

»Ja, das wollen wir mal sehr hoffen!« Van Loon lachte. »Wo waren wir stehen geblieben? Richtig. Wir haben Schouten angeboten, für unsere Gesellschaft zu fahren. Das ist nichts Besonderes. Es gibt halt drei Parteien. Die Fischer, den Auktionator und die Händler. Und jetzt ist es eine ganz einfache Rechnung: Sechs durch drei ist zwei, sechs durch zwei ist drei, und drei ist mehr als zwei!«

»Und wenn man den Auktionator außen vor lässt, haben die anderen beiden mehr davon.«

»Genau so ist es. Deshalb wollte ich das mit Ihnen nicht in der Auktionshalle besprechen. Kortendiek wäre da sicher ganz anderer Meinung. Aber eigentlich müsste jeder Fischer das verstehen. Nur Jacobus Schouten, der verstand das nicht.«

»Der wollte unbedingt selbständig sein!«

»Ja, aber das ist für uns natürlich nicht entscheidend, ob ein Fischer für uns fahren will oder nicht. Das Angebot ist groß genug. Wir möchten vielleicht fünf oder sechs auf der *payroll*, und wenn einer nicht will, dann fragen wir halt einen anderen.«

Piet hakte nach. »Aber die anderen Handelsgesellschaften beschäftigen auch Fischer, manche sind zu groß, und manche wollen unbedingt selbständig bleiben, und insgesamt gibt es nur rund sechzig Fischer in Yerseke.«

»Ja, natürlich. Ich habe ja gesagt, wir haben ihm ein Angebot gemacht, weil wir ihn gerne gehabt hätten, aber er wollte halt nicht, *shit happens*. Und das eine möchte ich von vornherein sagen, damit wir uns da nicht falsch verstehen: Für so einen Vertrag zahle ich im Notfall ein paar tausend Euro schwarz am Finanzamt vorbei. Das ist dann eine Steuerhinterziehung, dafür kann ich belangt werden. Aber für so einen Vertrag bringe ich keinen um. Also das Motiv können Sie vergessen.«

Annemieke betrachtete den Ausdruck aus dem Auktionshaus. »Die letzte Charge hat er am Mittwoch an Beta verkauft. Koning & Timmermans hat nicht mitgeboten.«

Van Loon hatte jetzt hinter seinem Nussbaum-Schreibtisch Platz genommen. »Wir hatten keinen Bedarf, das kommt vor!«

»Aber Ressentiments gegenüber Schouten haben Sie nicht?«

Van Loon wies auf die beiden Stühle vor dem Schreibtisch. »Da müssen Sie schon etwas differenzierter fragen. Ronald Schouten oder Jacobus Schouten?« Er lachte. Als er bemerkte, dass Piet nicht lachte, fuhr er fort: »Nein, ich habe gegen beide keine Ressentiments.«

Annemieke erwiderte: »Aber Sie glauben schon, dass das Geschäft mit Ronald einfacher wird?«

»Sagen wir mal so: Zu Ronald finde ich einfach einen besseren Zugang.«

Piet schaute nachdenklich aus dem Fenster auf die Oosterschelde. »Sie sind Einkäufer. Am Ende des Tages, was ist entscheidend? Der Preis oder die Qualität?«

Van Loon dachte einen Moment lang nach. »Wissen Sie, ich

bin diplomierter Bioinformatiker, das Studium war fürchterlich mathematisch. Aber zwei Begriffe haben mich an der Mathematik immer schon fasziniert: die ›notwendige Bedingung‹ und die ›hinreichende Bedingung‹. Es geht darum, ob bestimmte Ursachen für das Eintreffen eines Ereignisses unersätzlich sind oder ob die Ereignisse zwangsläufig passieren, wenn die Ursachen vorliegen. Sowohl der gute Preis als auch die hervorragende Qualität unserer Muscheln sind notwendige Bedingungen für ein gutes Geschäftsergebnis unserer Gesellschaft, aber sie sind nicht hinreichend. Wenn der Preis nicht okay ist, haben wir keinen Erfolg, und wenn die Qualität nicht stimmt, dann erst recht nicht. Beides muss stimmen, nur dann haben wir Erfolg.«

Piet sah ihn forschend an. »Schouten glaubte an die Hängekultur. Wäre das preiswerter, wäre die Qualität besser?«

Wieder legte Sander van Loon eine kleine Denkpause ein. Vielleicht waren diese Pausen auch nur ein rhetorisches Geplänkel, um seinen Worten mehr Gewicht zu verleihen.

»Schwer zu sagen, das sind fast philosophische Fragen. Muscheln, die näher an der Wasseroberfläche sind, kommen leichter an Nahrung, in diesen Wasserschichten ist mehr Plankton unterwegs. Also ist es für die Muschelsaat sicher sinnvoll, aber für die erwachsenen Muscheln sind die Bedingungen in der Oosterschelde toll. Die Schalen sind härter, wir haben beim Abfischen weniger Verlust durch zerbrochene Schalen, und die Qualität ist großartig. Vielleicht müssten die Muscheln aus der Hängekultur theoretisch besser sein …«

Piet vollendete den Satz: »… aber sie schmecken nicht so gut!«

»Das haben Sie gesagt!« Wieder lachte Sander über einen Witz, der keiner war.

Annemieke steckte ihren Notizblock in die Handtasche. »Vielen Dank, Herr van Loon, Sie haben uns sehr geholfen.«

Van Loon stand auf, ging vor zur Tür und reichte beiden die Hand, zunächst Annemieke, dann Piet.

Der verließ den Raum, drehte sich aber noch einmal um und sagte: »Coole Möbel!«

Van Loon schaute ihnen einigermaßen fassungslos hinterher.

Am Auto fragte Annemieke: »Und was sollte das jetzt? ›Coole Möbel!‹?«

Piet schloss den Defender auf und antwortete: »Ich glaube, er hat sich maßlos geärgert.«

Annemiekes Blick sollte wohl vorwurfsvoll aussehen, es gelang ihr nicht ganz. »Und das macht dir Spaß?«

»Einen Mordsspaß!«

50.

Die »Adriaan Neptunus« ließ den Königin-Juliana-Hafen an Steuerbord liegen und fuhr noch drei oder vier Meilen weiter die Südküste der Oosterschelde entlang, bis der Käpt'n seinen letzten Stopp einlegte.

Jetzt sprach er leise, mit einer Stimme voller Melancholie. Mindestens drei der fünf anwesenden Frauen verspürten der Jahreszeit angepasste Gefühle.

Er sagte: »Am 5. November 1530 gab es hier in der Schelde die Sankt-Felix-Flut. Sie überspülte die ganze Insel Noord-Beveland. Das Gebiet östlich von Yerseke wurde vollständig überflutet. Das hieß damals Oost-Watering, es waren achtzehn Dörfer und die Stadt Reimerswaal. Mehr als hunderttausend Menschen kamen dabei ums Leben. Und damit nicht genug. Zwei Jahre später folgte die Allerheiligenflut, sie zerstörte sämtliche Gebäude, allein die Kirchtürme von Kortgene und Wissenkerke schauten noch aus dem Wasser heraus.«

Ganz still war es geworden in der Runde, von der Prosecco-Laune, die eben noch auf dem Schiff geherrscht hatte, war wenig zu spüren. Aber Nieuwman war Entertainer genug, diesen Zustand nicht zu lange andauern zu lassen.

»Nun sind wir Niederländer ja bekannt dafür, dass wir dem Meer auch gerne mal ein bisschen Land abzwacken. Noord-Beveland konnte nach und nach zurückgewonnen werden. Siebzig Jahre nach der Katastrophe entstand der erste neue Deich. Auch in Oost-Watering hat man immer wieder versucht, Deiche zu errichten, aber das Gebiet konnte nicht trockengelegt werden.

Man nennt es heute das ›Versunkene Land von Zuid-Beveland‹. Wenn die Muschelzüchter ihren Fang bei der Auktion in Yerseke an eine Muschelhandelsgesellschaft verkauft haben, dann bringt der Züchter die leckere Fracht auf die Parzelle der Gesellschaft, die die Muscheln gekauft hat. Diese Muschelhandelsgesellschaften haben ihre Parzellen genau hier im ›Versunkenen Land von Zuid-Beveland‹. Denn auf dem Grund des ›Versunkenen Landes‹ findet man natürlich keinen Meeresboden, es war ja kein Meer. Es ist das optimale Terrain für unsere Miesmuscheln. Keine starke Strömung, ein harter Moorboden, hier können sich die Muscheln ganz wunderbar entsanden.«

Gerd musste noch ein paar Fachfragen klären. »Wenn das hier überspültes Festland ist, wie tief ist die Oosterschelde denn hier?«

»Na ja«, antwortete Nieuwman, »das kommt natürlich auf den Tidenhub an, aber bei Ebbe sind das manchmal nur knapp zwei Meter.«

Gerd bohrte weiter: »Und wenn die Züchter hier ihre Fracht abladen müssen, laufen die da nie auf Grund?«

Der *Mosselbaron* lachte. »Nein, die sind natürlich genau dafür gebaut. Die Schiffe haben einen sehr platten Rumpf und einen Tiefgang von etwa einem Meter.«

Sehr nah an der Küste fuhr nun ein großer Muscheltrawler mit ordentlicher Geschwindigkeit vorbei.

»Und so nah an der Küste kann da nichts passieren?«

Alle schauten jetzt auf das Fischerboot, Anne machte Fotos mit dem Handy.

Nieuwman schüttelte den Kopf. »Der ist ja wohl verrückt. Na, der hat sicher keinen halben Meter Wasser unter dem Kiel.«

»Und der muss da abladen?«

»Nein, da ist keine Parzelle. Der nimmt wohl eine Abkürzung, um schneller in der Kneipe zu sein. Spinner!« Nach diesem unerwarteten Intermezzo wandte Nieuwman sich wieder seinem Publikum zu. »Tja, ich hoffe, es hat Ihnen gefallen, und ich hoffe, Sie haben ein bisschen was dazugelernt und Sie genießen Ihre Muscheln in Zukunft noch mehr, weil Sie gesehen haben, mit welcher Passion und mit wie viel Herzblut die Männer und Frauen hier in Yerseke ihre Muscheln züchten. Und denken Sie immer daran: Die Technik kann noch so weit fortschreiten, es bleibt ein Produkt der Natur. Manchmal fängt man viele Saatmuscheln, manchmal sind keine da. Manchmal wachsen sie nicht, ein Jahr später haben sie wieder wunderbares Muschelfleisch. Aber genau das ist ja der Zauber dieser wunderbaren blauschwarzen Frucht der Oosterschelde.« Er atmete tief ein und tief aus, um seinen Worten noch mehr Gewicht zu verleihen. Dann fügte er grinsend hinzu: »Ich habe hier noch eine Liste mit drei erstklassigen Muschelrestaurants vorbereitet. Das sind die ›Oesterij‹, die ›Oesterbeurs‹ und ›De Branding‹, denn sie müssen dieses Wunder ja auch noch schmecken. Bezahlen müssen Sie da natürlich selber, bei dem Preis, den Sie rausgehandelt haben.«

Die Damen hatten die Andeutungen des *Mosselbarons* sehr genau verstanden. Babette nahm Adi seinen schönen fast weißen Strohhut mit dem orangefarbenen Hutband vom Kopf und verlangte: »So, Männer, hier kommt jetzt das Trinkgeld rein. Und lasst euch bloß nicht lumpen!«

51.

Sie fuhren in Richtung Autobahn.

Annemieke sah auf ihre Armbanduhr, eine silber- und goldfarbene Uhr mit einem schwarzen Zifferblatt. Piet hatte sich schon oft gefragt, warum gerade die Uhr von Annemieke, die über die Sehfähigkeiten eines jugendlichen Seeadlers verfügte, rechts über dem Datum eine kleine Lupe hatte.

»Kurz vor vier und eigentlich nichts mehr zu tun. Haben wir wirklich schon Feierabend?«

Piet stutzte. »Kurz vor vier? Dann könnten wir noch eben den Land Rover zurückgeben, sonst glaubt Mattijs noch, ich hätte wirklich Interesse an diesem schwarzen Ding. Rufst du ihn mal eben an?«

Als sie auf die A58 fuhren, gab Piet noch einmal richtig Gas. Zehn Minuten, bevor er den »Pussy-Defender« abgeben musste, wollte er ihn noch einmal genießen.

Mit der Bemerkung »Geht keiner dran!« holte Annemieke ihren Chef in die Wirklichkeit zurück. »Sollen wir doch zum Präsidium?«

»Nein, Wemeldinge liegt ja quasi auf dem Weg. Der Penner hat sein Handy bestimmt wieder irgendwo rumliegen, aber um die Uhrzeit ist er sicher noch in der Werkstatt.«

An der Ausfahrt 35 verließ Piet die Autobahn und fuhr durch Kapelle nach Wemeldinge.

Das Tor zur kleinen Werft von Mattijs de Jonge stand offen, er fuhr direkt auf den Hof.

»Siehst du, habe ich dir doch gesagt. Das Tor ist auf. Er ist noch da!«

Piet stieg aus, drückte auf den Knopf an der Hallenwand, und das schwere Rolltor hob sich. »Mattijs? … Mattijs?«

Annemieke verließ den Wagen. »Vielleicht ist er doch schon weg und hat vergessen, das Tor zu schließen.«

Piet deutete auf einen hellblauen Toyota auf dem Parkplatz. »Nee, das ist sein Corolla. Er muss hier sein.«

Piet duckte sich unter dem sich hebenden Rolltor durch, Annemieke folgte ihm.

Auf einem Stahlgestell lag ein großer Motor mit zwei Schiffsschrauben. Ein Werkzeugschrank auf Rollen und eine Schweißvorrichtung mit zwei Gasflaschen standen daneben. Es war auffallend sauber und aufgeräumt in dieser Werkstatt. Da lag kein Werkzeug am Boden. Ein Radio plärrte: »Sky-Räidiooooo!«

»Mattijs?«

Am Ende der Halle war links eine blaue Metalltür eingelassen. Piet öffnete sie und betrat einen Flur mit drei Türen. Die erste Tür führte in ein leeres Büro.

Plötzlich spürte er eine Hand auf der Schulter. Es war Annemieke. Sie hatte einen Revolver in der Hand und schob sich vor ihn. An der zweiten Tür stand »WC«. Annemieke öffnete sie an der Wand stehend mit der linken Hand, die Walther P99 in der rechten. Das Klo war leer, keine Trennwände, ein Pissoir, eine Toilettenschüssel, alles sauber, alles leer.

Piets Pistole lag natürlich im Schreibtisch seines Büros in Middelburg. Er wusste nicht einmal, ob sie noch funktionierte, so lange lag sie schon gut geölt in der Schublade.

Annemieke öffnete die letzte Tür, und sie sahen Bilder, die sie nicht erwartet hatten. Alle Wände waren mit Muscheln verziert. In kunstvollsten Kombinationen waren sie kreis- oder rosettenförmig, als Wellen oder als Fische angeordnet, die einzelnen Felder stets durch Delfter Kacheln getrennt. Von ihrer Position an der Tür konnte man sehen, dass der Raum vielleicht fünf Meter breit, vier Meter tief war.

Es roch nach abgestandenem Bier, nach kaltem Zigarettenrauch, Piet sog die Luft durch die Nase ein. Es roch nach Anis, und es roch nach … Tod.

Annemieke nutzte die Deckung der rechten Türzarge und hielt die Waffe zunächst in den linken Teil des Raumes. Dann wechselte sie die Seite. Niemand. Nichts bewegte sich. Sie betrat den Raum, Piet folgte ihr.

Es gab einen runden Tisch mit fünf Stühlen. In der Mitte des Tisches befand sich ein rundes grünes Feld aus Filz, es war umgeben von einem etwa zwanzig Zentimeter breiten Mahagoni-Rahmen, in den fünf Messing-Aschenbecher und Vertiefungen für Glasuntersetzer eingelassen waren. Die Stühle waren in derselben Farbe gepolstert, wenn auch der Stoff ein anderer war. Alle Möbel waren aus sehr dunklem Holz gearbeitet, wahrscheinlich ebenfalls Mahagoni. Links stand ein Tresen, aus demselben Holz, auch er mit Muscheln, Austernschalen und Delfter Fliesen dekoriert. Im Regal dahinter standen Flaschen, Korenwijn, Genever, Whiskey, Gin. Hinter den Flaschen war ein Spiegel angebracht, der – wie es in allen Bars dieser Welt üblich ist – die Anzahl der Flaschen im Regal verdoppeln sollte. An einer Stelle war der Spiegel zerbrochen, zwei Flaschen fehlten.

Piet vollführte einen katzengleichen Ausfallschritt, von dessen Eleganz er selbst überrascht war. Er sah hinter den Tresen und hatte wohl geahnt, was er da sah.

Piet van Houvenkamp, Inspecteur der Politie von Middelburg, kannte solche Bilder, aber das war schon eine ungeheure Menge Blut. Diesen Monteuranzug nannte man gemeinhin »Blaumann«, doch vom Blau der namensgebenden Farbe war nicht mehr viel zu sehen. Aus dem Hals des Mannes, der da hinter dem Tresen am Boden lag, sickerte aus zwei oder drei Wunden Blut über den Kragen. Sieben oder acht Wunden im Rumpf sorgten für den Farbwechsel in diesem Bereich. Eine Flasche Whisky lag da, die vielleicht durch Zufall ganz geblieben war. Der Boden einer sehr grünen Flasche mit einem Etikettrest lag neben einer Menge Scherben.

Piet deutete auf den Flaschenboden und sagte: »Deshalb dieser Anisgeruch, Pernod!« Er blieb einen Moment lang vor der Leiche stehen. »So viele Einstiche! Wie sehr muss man jemanden hassen, um so etwas anzurichten?!«

Im Fernsehen oder im Kino haben die Toten immer einen kleinen roten Einschuss in der Stirn, ihre Augen sind friedlich geschlossen, *»Rest in Peace«*!

Mattijs trug einen blutdurchtränkten Blaumann, das Blut war in Strömen aus seinem Hals geflossen, in seinem Blick war nichts Friedliches.

Annemieke nahm das Smartphone aus der Tasche.

»Es ist nicht unser Fall, wir sind in Wemeldinge, es ist wieder der Fall von Pim Wouters. Ruf ihn an!«

Annemieke wählte Wouters' Nummer, es ging nur die Mailbox ran.

Piet bewegte sich keinen Millimeter.

»Du kanntest ihn sehr gut, nicht wahr?« Annemieke berührte seinen Arm.

»Ja, aber das ist nicht das Problem.«

»Was ist denn das Problem?«

Piet schwieg einen Moment, dann sagte er: »Weißt du, was ich als Letztes zu ihm gesagt habe?«

Annemieke sah ihn an. »Nein. Was denn?«

»Du Lada-Schrauber!«

52.

»Na, dann wollen wir die Situation mal ausnutzen!«, sagte Piet und sah sich sehr vorsichtig in diesem seltsamen Muschelraum um.

Annemieke lächelte. »Du weißt, Bernadien würde Pickel kriegen, wenn sie wüsste, dass du hier durch den Tatort marschierst.«

»Erstens ist das hier der Job der Spurensicherung aus Goes, und zweitens marschiere ich nicht, ich schwebe über dem Tatort. Ich werde nichts berühren.«

Sprach's und stieß gegen einen hinter ihm stehenden Mahagoni-Stuhl, der mit einigem Geräusch umfiel.

»Willst du ihn nicht aufheben?«

»Damit hinterher meine Fingerabdrücke auf der Lehne sind? Nee, nee! Meinst du, ich will morgen Nachmittag von Dekker festgenommen werden? Wir müssen gleich nur daran denken …«

Annemiekes Handy klingelte.

»Polizei Middelburg, Annemieke Breukink?!«

Aus dem Smartphone erklang die atemlose Stimme von Pim Wouters. »Annemieke, du hast mich angerufen. Worum geht's?«

Manchmal war Piets Gehör gar nicht mehr so perfekt, wie er es sich gerne wünschte, aber er hatte den letzten Satz, der nur sehr leise neben Annemiekes Ohr aus der Kachel quäkte, komplett verstanden. Er schaute Annemieke mit unwiderstehlich bittenden Augen an, und sie konnte nicht widerstehen.

Sie reichte ihm das Mobiltelefon, und Piet sagte: »Ich bin's, Piet. Du hast einen neuen Fall. Wir haben hier in Wemeldinge eine Leiche gefunden. Es handelt sich um den Werftbesitzer Mattijs de Jonge, kennst du ihn?«

Es ertönten einige unverständliche atonale Fluchgeräusche, dann sagte Pim: »Natürlich kenne ich Mattijs de Jonge. Und der ist tot?«

»Und der ist sehr tot. Und jetzt mach dich auf die Socken und komm hierher. Ich habe keine Lust, deine komplette …«

Pim jammerte: »Aber Piet, wir hatten in Yerseke in den letzten zehn Jahren überhaupt keine Morde, und jetzt zwei. Das ist doch undenkbar. Das hängt bestimmt zusammen. Das ist ein Fall mit zwei Toten. Bleib da bitte dran. Ich bin gerade bei Angelie im Krankenhaus. Sie ist ganz sicher, es geht jetzt los. Piet, das tust du doch für mich, oder?«

Piet gab Annemiekes Kachel zurück an die Besitzerin. Noch immer hörte man Pim wimmern.

Annemieke legte das Telefon ans Ohr und sagte: »Ja, macht er!« Sie beendete das Telefongespräch und sagte dann zu Piet: »Okay, dann müssen wir jetzt Dekker Bescheid sagen, er soll die Spurensicherung schicken und den *patholoog-anatoom*.«

Piet schüttelte fast unmerklich den Kopf. »Nein, wenn ich den Fall übernehmen soll, dann nehme ich auch mein Team. Ruf Bernadien und Henk an!«

Annemieke telefonierte, und Piet vernahm: »Wir brauchen das komplette Programm. Bernadien, Thijs, Henk und natürlich Leichenwagen und Journalisten und das ganze andere Kroppzeug!«

Piet liebte ihren schwarzen Humor.

Er schaute sich weiter um. An der linken Seitenwand war dieser Tresen mit zwei schlanken Messing-Säulen, die oben an der Holzdecke in einen gedrechselten Fries mündeten. Die Front des Tresens war mit zwei gleichförmigen Ornamenten aus Hunderten von Muscheln verziert. Die Rückwand des Zimmers war das Prachtstück des Raumes. Sie war mit großflächigen Muschelbildern verziert, man erkannte einen Leuchtturm und eine Kogge, einige dieser Muscheln hatte Piet noch nie gesehen. Er war sich sicher, dass sie nicht aus heimischen Gefilden stammten. Mitten in der Muschelwand prangte eine Galionsfigur, die tatsächlich so aussah, als wäre sie vor weit mehr als hundert Jahren über alle Weltmeere gesegelt. An der rechten Seitenwand, gegenüber vom Tresen, stand eine kleine Anrichte, ähnlich einer Kaminkonsole. Was fehlte, war der Kamin. Auf der Anrichte standen zwei filigran gebaute Schiffsmodelle. Segelschiffe aus sehr vergangenen Zeiten. An der Wand hing ein Gemälde, das dringend einer Restaurierung bedurfte, die ursprünglich wohl hellen Meeres- und Himmelsfarben, die weiße Gischt, die weißen Segel des Schiffes, das gegen einen starken Sturm ankämpfte, waren dunklen Ocker-, Braun- und Grautönen gewichen.

»Hattest du nicht gesagt, er sei ein armer Schlucker, der jeden Tag ums Überleben kämpfte? Ich weiß nicht, was so etwas wert ist, aber es gibt doch bestimmt Sammler …«

Annemieke schien gerade mit den Fingerspitzen über das dunkle Holz der Kaminkonsole streichen zu wollen, als sie abrupt die Hand wegzog. Bernadien sollte wohl auch ihre Fingerabdrücke besser nicht auf dem Mobiliar finden.

Piet grinste. Sie tat, als hätte sie es nicht gesehen.

Zwei der Messing-Aschenbecher waren benutzt. In einem waren Kippen von Filterzigaretten, im anderen waren es Reste von Selbstgedrehten. Vielleicht waren sie am vergangenen Abend oder in der letzten Nacht geraucht worden. Mitternacht war vor ungefähr sechzehn Stunden gewesen. Piets durchaus trainierte Nase vernahm den Geruch von kaltem Tabak, aber dieser typische Nächste-Morgen-Geruch nach einer Party hing nicht oder nicht mehr in der Luft. Sechzehn Stunden.

Auf dem Tisch befanden sich keine Gläser, aber auf dem Tresen standen zwei kleine, bauchige Gläser in Tulpenform auf einem kleinen Fuß mit der Aufschrift »Classic Malt Selection«. Piet war noch nie ein Whisky-Fan, aber dass es sich hier um Gläser für das schottische Nationalgetränk handelte, war ihm sofort klar. Neben dem Waschbecken stand ein benutztes Weinglas, da hatte jemand Rotwein getrunken, daneben ein Wasserglas. Piet roch daran, ohne es zu berühren. »Wasser.«

Annemieke hatte zusammengerechnet. »Nur vier Spieler?«

Piet deutete auf den kupferfarbenen Mülleimer. »Ein Biertrinker!« Er trat auf das kleine schwarze Fußpedal, der schwarz lackierte Deckel öffnete sich und gab den Blick frei auf fünf oder sechs Dosen Grolsch. »Voilà!« Piets Nase hatte ihn nicht getrogen.

Auf dem Spieltisch lag in einem sauber zusammengelegten Stapel ein Kartenspiel, zuoberst lag die Pik Fünf. Piet schnippte mit dem Fingernagel das oberste Blatt vom Stapel. Darunter kam eine Herz Dame zum Vorschein. »Angloamerikanisches Blatt. Wir spielen Poker!«

Annemieke zog Gummihandschuhe aus ihrer Handtasche, streifte sie elegant über die schlanken Hände und drehte mit zwei Fingerspitzen den Notizblock um, der mit der Rückseite nach oben auf dem Spieltisch lag.

Auf dem Block war eine Art Tabelle zu sehen. Oben standen statt der fünf Namen, die man auf einem Kartenspielzettel erwarten konnte, fünf Begriffe – »Schrauber«, »Miami«, »Master«› »Astro« und »Santiago« –, darunter zwischen den Linien nur Striche. Die bekannten Fünferpacks, vier Striche mit einem Diagonalstrich gekreuzt.

»Kein Poker! Beim Poker liegt Geld auf dem Tisch, oder?« Piets Zockererfahrungen waren eher begrenzt, aber so weit reichte sein Spielerverständnis doch.

Annemieke betrachtete den Zettel. »›Schrauber‹ könnte für Mattijs stehen, aber was sagen dir ›Miami‹, ›Master‹› Astro‹ und ›Santiago‹?«

Piet zog die linke Augenbraue in bester Denkermanier leicht nach oben, seine Stirn legte sich in imposante Falten, und er konstatierte: »Nichts, das sagt mir absolut nichts! Aber eins steht schon mal fest: So einen Spieltisch hat man nicht, wenn man einmal im Jahr Mau-Mau spielt. Die Herrschaften ... Wie hießen sie gleich?«

Annemieke konnte sie nun fast auswendig. »›Schrauber‹, ›Miami‹, ›Master‹› Astro‹ und ›Santiago‹.«

»Genau die meinte ich, das war eine Runde, die sich hier häufiger traf. Davon können wir ausgehen. Und das letzte Mal wahrscheinlich gestern Abend. Man riecht noch kalte Zigaretten, und Mattijs hat nicht geraucht.«

Draußen war ein Martinshorn zu hören und wenig später die Motorengeräusche von zwei Fahrzeugen, die auf den Vorplatz der Kleinstwerft einbogen.

Die Stimme Remco Jonkers war zu vernehmen. »Chef?«

Annemieke trat zur Tür und rief: »Hier hinten!«

Remco Jonker und Jannis Munniks tauchten wenig später im Türrahmen auf.

Annemieke sagte: »Hinter dem Tresen!«

Als die beiden die Leiche sahen, war es einen Moment lang still.

Jonker fragte: »Du weißt, wer das ist?«

»Das ist jetzt nicht euer Ernst! Was trampelt ihr hier in meinem Tatort rum?«

»Hier trampelt niemand«, klärte Annemieke die Chefin der Spurensicherung auf. »Der Chef schwebt!«

Bernadien d'Hondt fand schnell zu ihrem leisen, geschäftsmäßigen Sprachstil zurück. »Okay, aber dann darf ich euch bitten, diesen Raum jetzt mal uns zu überlassen. Wir haben hier eine Menge zu tun. Thijs?«

Der Polizeifotograf, mit dem sie den Raum betreten hatte, hatte diesen bereits wieder verlassen. Vom Hof waren Würgegeräusche zu hören.

»Gut, dann ruf mich sofort an, wenn ihr fertig seid.« Piet wandte sich zum Gehen.

Annemieke ergänzte: »Ach ja, und der Stuhl …«

Bernadien fragte beinahe gereizt: »Was ist mit dem Stuhl?«

»Eigentlich stand er und lag nicht. Er ist …« Sie zögerte. »Er wurde beim Schweben gerammt!«

53.

Das Muschelzimmer verfügte nur über zwei kleine Oberlichter, die noch dazu mit Milchglas versehen waren, sodass nur wenig Sonnenlicht den Raum erhellte. Als Piet und Annemieke durch das große Rolltor auf den Vorplatz traten, wurde Piet geblendet. Es war schon 16:30 Uhr, aber die Sonne gab sich noch alle Mühe, den Osterurlaubern in Zeeland eindrucksvoll zu demonstrieren, dass ein Aufenthalt auf Mallorca oder in Rimini um diese Jahreszeit obsolet war.

Als sie gerade aus dem Haus traten, fuhr ein dunkelblauer Jaguar F-Pace auf den Parkplatz und stellte sich zwischen den Dienstpeugeot der Polizei von Middelburg und den roten Volvo Kombi von Bernadien.

Henk stieg aus und nahm seinen schwarzen Pilotenkoffer vom Rücksitz. »Da hat man fast ein Jahr lang nichts zu tun und jetzt zwei Leichen in einer Woche.«

Annemieke ging zu ihm und küsste ihn dreimal auf die Wangen.

Piet ging zum Auto. Da stand noch ein Land Rover von nicht zu klärender Lackfarbe, es mag irgendwann ein grauer Blauton gewesen sein. Aber Piet ging zu dem schwarzen, fast neuen Defender!

Er sagte zu seiner Assistentin: »Irgendwo hier in dieser Werkstatt müsste der Schlüssel von meinem Landy liegen.«

Annemieke wollte auf dem Absatz kehrtmachen. »Das muss vorne in der Nähe des Schreibtisches sein, da händigt er sicher die Rechnungen aus.«

Piet erwiderte lakonisch: »Lass uns lieber draußen bleiben. Du weißt ja, Bernadien wird sauer, wenn wir ihr durch den Tatort ›trampeln‹, und ich habe ja noch den Schlüssel von diesem Defender ...«

Annemieke widersprach nicht und sagte stattdessen: »Wir müssen zu seiner Frau!«

Piet schwieg, die beiden stiegen ins Auto, und er lenkte den Defender herunter vom Gelände auf den Westelijke Kanaalweg.

Annemieke blickte von ihrer Kachel auf und sagte: »Kapelle, Kerkplein 4!«

Piet antwortete: »Ich weiß!«

Er bog rechts ab in Richtung Kapelle, und Minuten später standen sie vor einem weißen Siedlungsbungalow. Sie klingelten und hörten bald, wie Schritte sich der Eingangstür näherten.

Carin de Jonge öffnete in Jeans und einem blauen, kurzärmeligen Pullover. Sie zeigte den beiden ihre Hände, die voller Mehl waren, auch auf dem Pullover waren deutliche weiße Spuren zu sehen.

»Mensch, Piet, das ist ja eine Ewigkeit her, dass wir uns das letzte Mal gesehen haben. Ich dachte schon, Mattijs hätte wieder den Schlüssel vergessen. Aber komm ...« Ihr Redefluss brach abrupt ab. »Du bist aber nicht dienstlich hier?«

Piet liebte seinen Beruf, nur genau dieses Überbringen der schlechtesten Nachricht, das konnte er nicht, hatte er nie gekonnt. Konnte das irgendjemand?

Weil er nicht sofort geantwortet hatte, fragte sie: »Ist was mit Mattijs?«

»Ja«, sagte Piet. »Er ist tot!«

»Nein!« Carin brach zusammen, blieb dabei steif stehen. »Wie, tot?«

»Man hat ihn erstochen. Wir haben ihn vor einer halben Stunde in der Werkstatt gefunden, in dem Raum mit den vielen Muscheln.«

Annemieke war zu Carin getreten. Sie nahm sie in den Arm, um sie zu trösten, um zu verhindern, dass sie fiel.

Man konnte von der Tür aus das ganze Erdgeschoss überblicken. Da gab es eine Tür zur Küche, der Rest war Wohn- und Esszimmer in einem.

Annemieke führte Carin zu einem Sessel und reichte ihr ein Taschentuch.

»Erstochen? In der Messe?«

»Der Muschelraum heißt ›Messe‹?«

»Ja! Sie war sein ganzer Stolz.« Sie schluchzte auf. »Kann ich ihn sehen?«

Annemieke antwortete: »Im Moment ist die Spurensicherung vor Ort, der Gerichtsmediziner auch, da können wir nicht …«

Piet unterbrach sie: »Du solltest ihn im Moment nicht sehen. Behalte sein Bild in Erinnerung, so, wie du es kennst.«

»Ist es so schlimm?«

Piet musste sich zusammenreißen, um sie anzusehen, er seufzte. »Wenn er in der Gerichtsmedizin ist, kannst du kommen.«

Annemieke stand auf und ging in die Küche. Sie fand im Kühlschrank eine Flasche Mineralwasser, sie öffnete den ersten Hochschrank und fand die Gläser, goss für Carin ein Glas Wasser ein und brachte es ihr.

»Können wir irgendjemanden rufen, damit du nicht allein bist?«

Die Türklingel ertönte.

Annemieke öffnete die Haustür, und Vincent Dekker sagte: »Oh, ihr seid schon da?!«

Treffender hätte man es nicht formulieren können.

Annemieke erwiderte: »Ja. Du kennst Frau de Jonge?«

»Ja, natürlich, ich habe euch doch gesagt, Mattijs und ich kannten uns sehr gut«, sagte er, und zur Witwe gewandt: »Mein Beileid, Carin. Kann ich irgendwas für dich tun?«

Sie schluchzte, ließ sich von ihm in den Arm nehmen, doch sie sagte: »Nein, helfen kann mir im Moment niemand. Ich glaube, ich will jetzt niemanden sehen.«

Piet stand auf. »Gut, dann gehen wir erst mal. Aber wenn du mich brauchst, ruf an.«

54.

»Welches Restaurant von der Liste wollen wir denn jetzt nehmen?« Detlef hielt den Zettel in der Hand, den Adriaan Nieuwman ihnen gegeben hatte. »Hier steht, die ›Oesterij‹ macht schon um 18 Uhr zu.«

Adi sagte: »Auch wenn der *Mosselbaron* meint, wir hätten nicht viel bezahlt, für uns waren das dreiundfünfzig Euro, mit Trinkgeld …« Hier zögerte Adi.

In Nieuwmans Hut hatten am Ende der Bootstour einige Fünf-Euro-Scheine, ein oder zwei Zehner, aber auch einige Münzen gelegen. Ich ahnte jetzt, wer für das Kleingeld zuständig gewesen war.

»Mit Trinkgeld noch mehr«, rettete Babette ihren Gatten aus dem Dilemma. »Wir können doch mal gucken, ob in unserem Grillbuch auch ein Muschelrezept ist. Dann könnten wir morgen Miesmuscheln besorgen, und dann machen wir mal wieder eine geile Grillparty.«

Der Vorschlag stieß auf breite Zustimmung, also musste die Yerseker Kneipenszene wohl oder übel einen herben Umsatzrückschlag hinnehmen.

Wir waren auf dem Parkplatz am Prinzessin-Beatrix-Hafen angekommen.

Zum Glück hatten wir bei unserem Ausflug zum Weingut in Dreischor schon Erfahrungen gesammelt, wir kannten die nun vor uns liegende Aufgabe. Auf dem Hinweg hatte man sich wieder für die Variante »Fünf Männer in ein Auto, fünf Frauen in das andere« entschieden, weil man so dem Problem, welcher

Gatte musste auf seine Gattin verzichten, aus dem Weg gehen konnte.

Für die Rückfahrt hatten wir nun die neue Variante »Lothar, Uschi und ich auf einem Rücksitz« gewählt, vielleicht raumökonomisch nicht wirklich optimal, aber für eine halbe Stunde war es auszuhalten.

Zumal Gaby ankündigte: »Absacker bei uns!«

55.

Piet hatte diesen Fall nicht gewollt. Es war der Fall von Pim Wouters. Es war nicht sein Revier. Und jetzt hing er mittendrin. Weil er zu nett war, weil er scheißenett war. Er wollte nicht nett sein. Er wollte seine Ruhe, und er wusste nicht, wo er die finden konnte. In Vrouwenpolder am Strand, da, wo er hundert Meter breit ist, westlich von Westkapelle, da, wo der Deich betoniert ist, wo der kleine rote Leuchtturm mit der weißen Bauchbinde steht oder in Middelburg auf dem Pottenmarkt, in irgendeiner der Kneipen zwischen Hunderten von Leuten. Da konnte er seine Ruhe finden, das wusste er. Aber hier in Yerseke? Sein Schädel dröhnte. Dieser Fall, der nicht seiner war. Und jetzt war Mattijs tot, war es damit doch sein Fall? Aber hatte der eine Mord überhaupt etwas mit dem anderen zu tun?

Annemiekes Stimme riss ihn aus seinen Gedanken. »Was hältst du vom ›Sportvisser‹?«

Ja, das gefiel ihm, die Kneipe lag direkt am Hafen.

»Sehr gute Idee. Lass mich an der Mole raus, ich muss ein paar Meter gehen, und dann treffen wir uns auf der Terrasse.«

Das Meer. Am Meer findet er die Erdung. Klingt paradox, ist aber so. Das Meer, das ist Weite, das Meer ist Ewigkeit. Wenn du am Meer stehst, wirst du klein. Wenn du klein bist, sind auch deine Probleme klein.

Da war ein Fischer umgebracht worden. Er kannte den Fischer nicht. Wenn du bei der Polizei bist, bei der Mordkommission, »*bloed, zweet en tranen*«, »Blut, Schweiß und Tränen«, nennt man das hier, dann hast du mit dem Tod zu tun. Das ist so.

Dieser Fischer hatte zwei Söhne. Drei Männer, und keiner hat den anderen verstanden. Jetzt war der Alte tot, der Alte, der jünger war als er, und nichts war ausgeräumt worden. Die ganzen unverstandenen Gedanken gingen mit ins Grab. Die Knoten wurden nie gelöst.

Und Mattijs. Er kannte Mattijs. Es war kein Freund. Hatte er überhaupt einen Freund? Brauchte man einen Freund? Er dachte nach. Er hatte Juliana. Ziemlich wenig. Er hatte Isabell nicht. Aber das wäre schön.

Wieso hatte man Mattijs erstochen? Mattijs hatte doch niemandem etwas zuleide getan, der konnte das gar nicht. Mattijs?! Die Welt war verrückt, die Welt war aus den Fugen. Will man da Polizist sein? Kann man da Polizist sein, oder muss man es?

Er stand vor der Terrasse des »Sportvisser«. Erstaunlich, sein inneres Navigationssystem hatte ihn selbst in Yerseke nicht im Stich gelassen.

Auf der Terrasse saß Annemieke und telefonierte. Er trat an den Tisch, setzte sich, und Pinella brachte ein Heineken. Langsam fühlte er sich heimisch.

»Ich habe gerade mit Dekker gesprochen, er kommt hierher.«

Richtig. Das hatte sie erwähnt. Die große Aussprache. Was hatte er gegen Dekker? Eigentlich nichts. Ja, da war so ein Gefühl. Er sagte ihnen nicht alles, Annemieke sagte, er hätte gerade bei ihm Angst, einen Fehler zu machen, aber sonst?

Als Dekker eine Viertelstunde später zu ihnen stieß, brachte Pinella zwei frische Heineken, ebenfalls ohne Bestellung.

Dekker nahm einen Schluck und wischte sich den Schaum vom Mund. »Was für ein Tag! Da haben wir hier jahrelang mal einen Einbruch, wenn's hochkommt 'ne schwere Körperverletzung, aber doch keinen Mord. Und jetzt haben wir zwei. Haben euch die Summen auch so umgehauen?«

Piet konnte nicht folgen. »Welche Summen?«

»Überlegen Sie mal, auf dem Wertpapierdepot liegen siebenhunderttausend Euro, mit den Lebensversicherungen sind das 1,7 Millionen.«

Aha, er war wieder bei Schouten.

»Hat einer von euch 'ne Ahnung, was so ein MZI-Boot kostet? Schouten wollte ein zweites Schiff, da werden die 1,7 Millionen wahrscheinlich halbiert. Und ich war heute beim Notar. Was meint ihr, wie das Testament aussieht?«

Annemieke fragte: »Hat er Rafael bevorzugt?«

Dekker schaute zu Piet. »Was meinst du?«

Piet überlegte. »Kein Testament!«

Annemieke sah ihn staunend an. »Wie kommst du darauf?«

»Er war noch nicht so weit. Er war noch nicht bereit zu sterben, und er wusste nicht, wer sein Erbe antreten könnte ...«

Dekker sagte: »Unglaublich, aber stimmt. Kein Testament. Die beiden Söhne sind Alleinerben, und laut Gesetz bekommen beide genau die Hälfte.«

Annemieke ergänzte: »Schouten war selbständiger Fischer, der hatte keine Rentenversicherung. Sein Schiff war seine ... Moment!«

Das Handy klingelte.

»Annemieke Breukink?! Ja?« Sie hörte einen Moment zu, dann sagte sie sanft: »Ich hatte gehofft, dass Sie anrufen. ... Jetzt? ... Ja, kein Problem, ich bin in zehn Minuten da.«

Sie stand auf, hing sich die Tasche über die Schulter und sagte nur: »Ich hab' noch einen Termin.«

Sie hatte ja gesagt, dass sie die beiden allein lassen wollte, das wusste Piet. Aber wie sie das hingekriegt hatte, dass wer auch immer sie zum genau richtigen Zeitpunkt angerufen hatte, das war schon filmreif.

Piet wandte sich wieder Dekker zu.

»Dieser Muschelraum in Mattijs' Betrieb, Carin nannte ihn ›Messe‹.«

Dekker lachte. »Ja, auf die Idee muss man erst mal kommen. Dieser Raum soll die Offiziersmesse der ›Hr. Ms. Jacob van Heemskerck‹ gewesen sein. ›Hr. Ms.‹, also ›Ihrer Majestät‹ Schiff, genau genommen war es ein Küstenschutzschiff von 1906, und das ist dann in den Siebzigern verschrottet worden. Nur die Messe, die blieb komplett erhalten, und Mattijs hat sie gekauft. Oder es war das Puzzlespiel von einem alten Seebären in Rotterdam, und Mattijs ist komplett übers Ohr gehauen worden.«

»Auf jeden Fall hat Mattijs die erste Geschichte geglaubt. Das muss doch 'ne Menge Geld gekostet haben.«

Dekker erwiderte: »Ein Vermögen. Mattijs hat immer gesagt, das hat ein Vermögen gekostet.«

»Und ich dachte immer, er hätte keins«, antwortete Piet nachdenklich.

Dekker blickte auf. »Kein was?«

»Kein Vermögen!«

»Nee!« Dekker wirkte amüsiert. »Das hatte der auch nicht. Vielleicht 'ne Erbschaft oder so.«

Ein weißblonder Mann mit weißer Jeans und Bretagne-Shirt legte Dekker die Hand auf die Schulter. »Na, Bulle, wie läuft's?«

Dekker drehte sich um, freute sich sichtbar und sagte: »Baron, setz dich zu uns.«

Der Mann setzte sich, und Piet fragte: »Baron? Ein Vasall des Königs?«

»Nein, nein, ein Vasall des Tourismus. Ich habe einen alten Muschelkutter, damit fahre ich Touristen zu den wichtigsten Muschelstationen. Wenn die Deutschen hören, der ›Muschelkapitän‹ macht Ausflugsfahrten, dann geht denen das komplett am teutonischen Hinterteil vorbei. Aber wenn die lesen, der ›*Mosselbaron*‹ fährt sie durch die Oosterschelde – zack!, hast du den Kutter voll. Pinella? Bringst du mir ein Bierchen und so einen niedlichen, kleinen Genever?«

»Das Gleiche für uns«, sagte Dekker und fügte bedauernd

hinzu: »Jetzt kann ich euch ja kaum noch vorstellen. Ich probiere es trotzdem. Herr Inspecteur, das ist Käpt'n Adriaan Nieuwman, der ›*Mosselbaron*‹, und Adriaan, das ist Piet van Houvenkamp, Inspecteur der Polizei von Middelburg.«

56.

Annemieke stand an diesem Tag schon zum zweiten Mal vor der grün lackierten Haustür hinter dem grün lackierten Gartentor in der Ambachtsherenlaan 25.

Aber dieses Mal wurde die Tür unmittelbar nach dem ersten Klingeln geöffnet, die Hausherrin erschien auch nicht im Bademantel. Sie trug noch den blauen Hosenanzug wie am Mittag, aber ihr Make-up war nun alles andere als tadellos. Vielleicht empfand sie die Situation zum Haareraufen, jedenfalls wies ihr roter Schopf darauf hin.

Sie sagte aufgeregt: »Schön, dass Sie kommen konnten. Setzen Sie sich. Gin Tonic?«

Annemieke verneinte mit dem wohl zutreffenden Argument, sie müsse noch fahren. Der Chef saß schließlich mit Dekker im ›Sportvisser‹.

Anna Kok nahm ihr Glas und ging in der Küche an einen riesigen doppeltürigen Kühlschrank, der auf der linken Seite über einen Eiswürfelbereiter verfügte. Sie ließ vier oder fünf Eiswürfel in ihr Glas plumpsen, gab einige Tropfen Tonic Water dazu und ergriff eine hellblaue Flasche, die Annemieke durchaus bekannt war. Sie goss das Ganze also mit Gin auf, diesem hochprozentigen Medikament, das Queen Mum, alias Elizabeth Angela Marguerite Bowes-Lyon, zu einem gesegneten Alter von einhundertzwei Jahren verholfen hatte.

Anna Kok setzte sich jetzt nicht mehr an den Esstisch, sie ging durch eine große Tür auf eine Holzterrasse mit zwei Deckchairs. An diese schloss sich ein großer Teich an. Die darin gelassen schwimmenden Kois gaben der Situation eine Ruhe und Stille, die Frau Kok nicht anzumerken war.

»Ihr Chef ist böse«, sagte nun Anna Kok, führte ihren Gin Tonic an die Lippen, wollte ihn gerade wieder auf den Tisch stellen, als sie es sich anders überlegte und doch noch einen Schluck trank und noch einen. »Ihr Chef ist wirklich böse!«

Annemieke beschwichtigte: »Nein, wissen Sie, das ist ja sein Job, er muss so rüberkommen, damit ihn die Gangster auch ernst nehmen.«

»Ja … aber ich möchte es lieber Ihnen erzählen.«

Annemieke wusste genau, wo das Gespräch heute Mittag abgebrochen war. »Sie wollten nicht, dass Ihre Tochter ein Praktikum bei Jacobus Schouten macht.«

Inzwischen hatte Anna ihr Gin-Tonic-Glas ausgetrunken.

»Das Praktikum bei einem Muschelfischer ist sinnvoll, aber das Praktikum bei *diesem* Muschelfischer ist nicht sinnvoll. Wir haben so viele Fischer in Yerseke. Sie hätte sich doch irgendeinen aussuchen können … Die Schoutens sind Raubeine, das habe ich Ihnen ja gesagt. Der Alte wie auch sein Sohn.«

Sie setzte sich in einen der Liegestühle und legte ein wenig theatralisch den rechten Handrücken an die Stirn.

Annemieke nahm ihr das leere Glas aus der Hand und ging zum Kühlschrank. Auf drei schwarzen Tasten stand »Cold Water«, »Crushed Ice« und »Ice Cube«. Sie drückte auf »Ice Cube«, fügte drei Tropfen Tonic hinzu und wollte den Drink mit Gin auffüllen, aber die Flasche war fast leer. Sie schüttete den Rest ins Glas. Der Drink sah trotzdem ganz gut aus.

Sie reichte ihn Anna und sagte: »Sie hatten Ihrem Mann verboten, die Tochter mit aufs Schiff zu nehmen. Bei jedem anderen Muschelfischer wären Sie auch nicht einverstanden gewesen, oder?«

Anna Kok richtete sich abrupt auf. »Eine Frau sollte nicht nach Fisch riechen, eine Dame darf nicht nach Fisch riechen. Sanne ist so eine wunderbare Frau, sie könnte eine Dame sein. Aber sie fährt auf einem Muschelkutter, und das macht mich unglücklich.« Sie weinte. Sie schluchzte.

Sie tat Annemieke leid.

Nun setzte sich Anna Kok auf. »Aber was ich Ihnen sagen möchte, ist, ich habe als junges Mädchen auch andere Ideen gehabt als meine Eltern. Meine Großeltern waren Fischer, meine Eltern waren Fischer, aber ich habe die Schauspielschule besucht. Ich weiß sehr genau, weder meine Großeltern noch meine Eltern waren damit einverstanden. Sie haben es verboten.« Sie weinte leise in sich hinein. »Jeder Mensch hat das Recht, sein Leben zu leben, und vor allem meine Tochter hat das Recht, ihr eigenes Leben zu leben. Ich würde ihr das niemals nehmen!«

Sie nahm einen Schluck von ihrem Gin Tonic, verzog das Gesicht. Wahrscheinlich war das Mischungsverhältnis nicht nach ihrem Geschmack.

Sie lächelte Annemieke an und sprach: »Ja, mehr gibt es eigentlich nicht zu sagen!«

57.

Der Mosselbaron betrachtete Piet eindringlich. »Aus Middelburg! Ach, weil sie den Schouten in Westkapelle gefunden haben. Aber zuständig seid doch ihr, oder?«

Er wandte sich an Dekker, und der erklärte: »Ja, wir sind zuständig, was das Politiebureau von Goes auch deutlich macht, indem man mich zur Unterstützung von Inspecteur van Houvenkamp abkommandiert hat. Dadurch kann ich den beruflichen Freiraum nutzen, der mir im Moment zuteilwird, weil mein direkter Vorgesetzter, der Inspecteur Willem Egmont Wouters, täglich ein Kind bekommt.«

Piet amüsierte sich königlich. »Pim heißt tatsächlich Willem Egmont? Das muss ich mir merken, das kann ich bestimmt noch bei Gelegenheit gebrauchen.«

›Wie konnte man nur so heißen?‹, dachte Pieter Wilhelmus van Houvenkamp.

»Er bekommt täglich ein Kind? Du meinst, er rechnet täglich damit?«

Dekker wehrte ab. »Nein, nein, mindestens einmal pro Tag fährt er seine Gattin ins Krankenhaus, weil die Wehen einsetzen.«

Nieuwman grinste. »Seit wann?«

»Seit ungefähr drei Wochen.«

Die Männer hatten gewaltigen Spaß. Als sie sich wieder ein wenig beruhigt hatten, als Pinella einen fragenden Blick in die Runde richtete, der durch ein dreifaches Nicken quittiert wurde, fragte Nieuwman: »Für einen Ermittler ist doch der Ort wichtig, meine ich, der Stallgeruch, dass man sich auskennt. Und jetzt Yerseke!«

Piet sagte: »Dem ist eigentlich nichts hinzuzufügen. Ich bin sicher, wir schaffen uns hier Wissen und Kontakte drauf, die Pim … Entschuldigung, Willem Egmont …« Wieder musste er lachen. »… die Pim alle schon längst hat! Aber mal ein bisschen Abwechslung tut auch gut.«

»Und Sie haben ja die Detektive …«, sagte der Baron.

»Welche Detektive?«, fragte Piet eher beiläufig.

»Na, die fünf deutschen Privatdetektive, die ich heute auf meinem Kutter hatte.«

Piet stellte sein Bierglas ab, nahm den Genever, kippte ihn herunter und fragte: »Fünf deutsche Privatdetektive?«

Adriaan Nieuwman schien ein bisschen überrascht zu sein. »Ja, sie haben gesagt, sie hatten schon bei den letzten beiden Fällen in Middelburg …«

Piet schüttelte nachdenklich den Kopf. »Ich hätte es mir denken können. Diese bekloppten deutschen Camper. Na, die können was erleben!«

Zwei Heineken und zwei Genever später trat Annemieke an den Tisch und fragte: »Na, wie weit seid ihr?«

»Fertig so weit …«, antwortete Dekker, »wir können uns für heute in den Vaterschaftsurlaub begeben, würde Pim sagen.«

Piet korrigierte den jungen Kollegen: »Sie meinen, Willem Egmont!«

Und wieder hatten sie großen Spaß.

»Darf ich dir eben den Herrn Baron vorstellen? Das ist Adriaan Nieuwman, er ist hier der *Mosselbaron*, er fährt einen Ausflugskutter, und heute hat er deutsche Privatdetektive transportiert.«

Annemieke verstand augenscheinlich wenig bis gar nichts. »Deutsche Privatdetektive?«

»Ja, fünf Stück!«

»Fünf deutsche Privatdetektive?« Nun hatte es auch bei Annemieke »klick« gemacht. »Die bekloppten deutschen Camper! Na, die können was erleben.«

58.

Die weiße Sitzgruppe hinter dem Windschutz von Gaby und Lothar verfügte wie fast alle Sitzgruppen auf fast allen Campingplätzen der nördlichen Hemisphäre über einen Tisch und vier Stühle. Noch dazu besaß einer dieser Stühle eine merkwürdige Position der Rückenlehne, weil sie seinerzeit vor Lothars Gewicht – oder war es meins gewesen? – kapituliert hatte.

Gestandene Camper haben mit mangelnden Sitzmöbeln nie ein Problem. Bei normalen Partys trägt man vielleicht einen Strauß Blumen oder eine Flasche Sekt unter dem Arm, bei einer Camperparty trägt man zwei Campingstühle. Weil man selbige am Ende des Abends wieder mit nach Hause nimmt, ist der Materialeinsatz bei dieser Partyvariante ungleich preiswerter.

Und man bringt nicht nur die Stühle mit. Adi hatte den prächtigen Folianten *Johann Lafer. Meine besten Grillrezepte* dabei, und Anne war über ihren Laptop gebeugt, um die vielen Handyfotos auf dem 13-Zoll-Monitor betrachten zu können.

»Hier gibt es zwei Vorschläge. Einmal haben wir ›Mit Miesmuscheln gefüllte Muschelnudeln auf Weißweinsauce‹, und dann wäre da noch der ›Muschel-Tortellini-Eintopf‹.«

Detlef amüsierte sich. »Der Koch ist ein Österreicher, und der Österreicher macht einen Muschel-Tortellini-Eintopf. Muschel … Tortellini … Eintopf. Also Holland-Italien-Deutschland von einem Österreicher auf einem Grill, also Texas. Sollen wir nicht lieber im ›Zeerover‹ einen Topf *mosselen* mit *frietjes* essen?«

Aber er war chancenlos, seine Frau Jutta war bereits Feuer und Flamme. »Zeig mal her!«, sagte sie und hatte das Grillbuch schon auf den Knien und las vor: »Miesmuscheln, Ricotta-Spinat-Tortellini, Kirschtomaten, Knoblauchzehen, Weißwein, Fischfond, Safranfäden …«

Uschi unterbrach sie: »Um Gottes willen, hör auf, mir läuft ja das Wasser im Mund zusammen.«

»Wasser im Mund? Ich habe im Kühlschrank noch einen Prosecco. Wir können da weitermachen, wo wir in Yerseke aufgehört haben.«

Uschi und Babette waren begeistert. Anne konzentrierte sich auf ihren Laptop, und Lothar hatte eine großartige Idee.

»Ich finde, nach dem ganzen Kapitalistensprudel könnten wir mal wieder ein richtiges Getränk zu uns nehmen. Bernhard? Adi? Detlef? Gerd?«

Wir Männer nickten hingebungsvoll, und wenige Minuten später schwappte kühles Grimbergen in bauchigen Gläsern. Weitere Sekunden später schwappte deren Inhalt in bauchigen Campern. Die Mädels schwenkten den Prosecco, auch Anne hatte ein Glas bekommen. Man hatte ihr Einverständnis stillschweigend vorausgesetzt. Jetzt konnte sie den Gesprächen auch wieder folgen, denn der Laptop hatte ihre Fotos importiert, und auf dem Monitor lief die Dia-Show des heutigen Nachmittages.

Man sah die Muschelsaat-Zuchtstation vor Colijnsplaat, man sah den Muschelkutter, der die Jungmuscheln aberntete, den Kapitän, der uns zuwinkte, und mich mit einem Glas Prosecco.

Gaby hatte nun den Computer auf den Knien, ich trat hinter sie, um der Slide-Show folgen zu können. Sint Maartensdijk lag im Hintergrund. Hunderte von Holzstaken im Vordergrund. Die beiden großen Muscheltrawler hatten ihre Netze ausgefahren. Das »Versunkene Land von Zuid-Beveland«. Ich musste an die Geschichte von der Sankt-Felix-Flut denken.

Wir ließen den Nachmittag Revue passieren. Anne stand neben Gaby. Wahrscheinlich genoss sie es ein bisschen, dass ihre Fotos so viel Anklang fanden.

Jetzt folgte das kleine Video, das Muschelboot fuhr sehr nah an der Küste vorbei, und Anne sagte: »Stopp!«

Gaby schaute sie fragend an. Ich hätte auch nicht sagen können, wie man so eine Diashow anhält, aber Anne nahm den Laptop, stellte ihn auf den Tisch und fuhr die Sequenz einige Bilder zurück.

»Wie hieß das Schiff von diesem Kapitän, den man in Westkapelle tot aufgefunden hat?«

Gerd sprang auf. »Moment, die Zeitung liegt noch im Vorzelt, ich hole sie.«

Die Strecke von Lothars Sitzgruppe zu Gerds Vorzelt hatte ungefähr folgenden Verlauf: Lothars Sitzgruppe, blauer Windschutz, Fußweg zu Lothars *sanitair privé*, Fußweg zu Gerds *sanitair privé*, grüner Windschutz, Gerds Sitzgruppe, Vorzelt.

Dieser Streckenverlauf ermöglichte es, dass Gerd schon eine Minute später wieder bei uns stand. Er hatte die holländische Tageszeitung in der Hand und sagte: »Moment, ich hab's gleich. Hier …«

Anne unterbrach ihn: »Warte, lass mich raten.« Sie hatte das Bild auf dem Laptop vergrößert und las nun vor: »YE 99 Leentje!«

Gerd ließ die Zeitung sinken und stammelte: »Das stimmt! Woher weißt du das?«

Sie antwortete: »Es kam mir so bekannt vor, und ich dachte, Mensch, das hast du doch schon mal irgendwo gesehen.«

59.

Es war noch vor neun, als Piet am »Grijze Dolfijn« ankam, vor neun, das bedeutete, das »Hard en Ziel« war noch geöffnet. Das »Hard & Ziel« war eine völlig verrückte Imbissbude. Das Wort »Imbiss« war wörtlich zu nehmen. Wenn man zum Beispiel zu dem Mann hinter dem Tresen sagte: »Ich hätte gerne ein Bier«, dann antwortete der: »Steht drüben im Kühlschrank, nimm dir eins raus.«

Er wollte gerade die Tür zu dem kleinen Ladenlokal öffnen, als seine Kachel Töne von sich gab. Widerwillig zog er das Ding aus der Cordjacke und vergaß seinen Widerwillen binnen Sekunden. Auf dem Display stand »Isabelle«, nur »Isabelle«, kein Nachname, kein Bild, nur »Isabelle«.

»*Hoi* Isabelle, schön, dass du anrufst!«

»Du hast gesagt, wenn ich dich brauche, bist du da.«

Piet wusste nicht, worauf sie hinauswollte. »Ja, natürlich.«

»Dann brauch ich dich jetzt. Also nicht jetzt. Morgen Abend?«

Piet antwortete fast zu schnell: »Aber natürlich. Wann, wo?«

Ihre Antwort überraschte ihn dann doch.

»Um 20 Uhr in Westkapelle auf dem Pier?«

Piet antwortete: »Ich brauche dich auch. Morgen Abend um acht, auf dem Pier in Westkapelle.«

Da hatte sie schon aufgelegt.

Nun stand er da und hatte eine Türklinke in der Hand. Warum? Ach so, es war die Türklinke vom »Hard & Ziel«.

Er betrat den Imbiss, er sah auf die Speisekarte, die, wie sich das für einen Imbiss gehört, über dem Tresen angebracht war und von hinten beleuchtet wurde.

Dort fand man Gerichte, die mit dem üblichen *Frikandel speciaal, friet, mayo* aber mal gar nichts zu tun hatten. Der Grund war: Zwei völlig bekloppte Zeeländer – zum einen der Koch Edwin Vinke, der in Hoofdplaat, einem kleinen Örtchen südlich der Westerschelde, ein Restaurant betrieb, das es mal eben auf zwei Michelin-Sternchen gebracht hatte, und Paskal Jakobsen, seines Zeichens Sänger der Rockband Bløf – hatten sich überlegt, wir machen jetzt mal einen Imbiss auf, wo man für ganz wenig Geld richtig gut essen kann, wo es immer mal wieder Live-Musik gibt und woran wir irgendwann sehr fröhlich pleitegehen. Damit das nicht zu früh passierte, ging Piet regelmäßig vorbei und nahm sich ein Bier aus dem Kühlschrank.

An diesem Abend hatte er sich überlegt, er könnte ein Muschelgericht für Juliana mitnehmen, aber es stand kein Muschelgericht auf der Karte. Er entschied sich stattdessen für Jungen Steinbutt, Spargel, Lamsoren und *beurre blanc* und verzichtete auf das Bier. Sie hatten im »Hard & Ziel« das regionale Zuiver Zeeuws Bier. Das Etikett war wunderbar, weil die Flagge Zeelands darauf war. Aber rein geschmacklich war Piet das Grolsch lieber, das er gleich in Julianas Kühlschrank finden würde.

Auf dem Weg zu seiner Wohnung trat er fröhlich auf die dritte Stufe. Er kündigte damit seinen Besuch an, und das um kurz vor zehn. Um diese Uhrzeit war Juliana die Anwesenheit ihres Untermieters nicht gewöhnt.

Er begrüßte sie aus dem Flur, sie rief aus dem Wohnzimmer, sie könne ein Glas Rheinwein vertragen, und Piet ging in die Küche. Er nahm die obligatorischen zwei Flaschen Grolsch aus dem Kühlschrank, eines der lustigen Weißweingläser mit dem grünen Fuß aus dem Oberschrank, goss ihr ein Glas Weißwein ein. Er fand einen flachen Teller, in der Besteckschublade Gabeln und Fischmesser, und nun entnahm er das wunderbare Gericht dem Pappteller, auf dem es im »Hard & Ziel« kredenzt worden war. Er drapierte den duftenden Fisch auf dem flachen Teller, nahm mit der anderen Hand das Weißweinglas und brachte beides an den Esstisch, der ziemlich genau zwei Meter entfernt von Julianas Ohrensessel stand. In der Anrichte neben dem Esstisch fand er noch Stoffservietten aus weißem Damast.

Er lächelte seine alte Freundin an, und die ließ sich völlig überrascht zu ihrem Sitzplatz am Esstisch führen.

»Mijnheer van Houvenkamp, Sie haben wunderbar gekocht«, sagte sie, als sie vielleicht die Hälfte des Diners zu sich genommen hatte. Sie legte das Besteck formvollendet auf den Teller und fragte: »Und wie war dein Tag?«

Piet berichtete von der zweiten Leiche. Er erzählte, dass er den Mann kannte, und er erwähnte sogar, dass immer noch der schwarze Defender vor der Tür stand. Er sprach von der Poker-Runde, fünf Menschen saßen da an einem runden Tisch, und die hatten verrückte Namen. Auf dem Zettel standen »Schrauber«, »Miami«, »Master«, »Astro« und »Santiago«.

Piet ploppte den Bügelverschluss der Grolsch-Flasche auf und nahm einen tiefen Schluck und noch einen!

Dann sagte er: »Santiago …« Er nahm einen weiteren Schluck Grolsch und wischte sich den Schaum vom Mund. »Santiago! … Hemingway! … Dieser Santiago ist ein Fischer!«

Juliana ergänzte: »*Der alte Mann und das Meer*.«

Jacobus Schouten hatte an diesem Pokertisch gesessen.

Karfreitag

60.

Es war ein bisschen später geworden am gestrigen Abend. Wir hatten auf dem Ausflug mit dem *Mosselbaron* ein Schiff gesehen, das durch viel zu flaches Gewässer gefahren war. Der Kapitän hatte gesagt, das sei gar kein Muschelrevier. Es war also ein sehr fahrlässiges Verhalten, und auf dem Rumpf dieses Schiffes stand tatsächlich »YE 19 Leentje«. Anne hatte es gefilmt, wir hatten den Beweis. Wir waren endlich einen Schritt weiter. Der Fall war nicht gelöst, aber ein bisschen feiern war sicherlich angemessen, und deshalb war ich am Morgen erst um kurz vor neun in Johnnys Supermarkt, um frische Brötchen zu holen.

Bei Johnny war wieder der Teufel los. Ich betrat den Laden, nahm mir den Einkaufswagen und stand praktisch schon in der Schlange vor der Kasse. Gut, der Laden hatte nicht die Ausmaße eines normalen Supermarktes, aber er verfügte doch über drei Gänge, im Mittelgang verloren sich drei oder vier Leute zwischen Suppendosen und Chips, nur die beiden Außengänge waren frühstücksrelevant. Tomaten, Marmeladen, Honig, Käse und Wurst gab es auf dem Hinweg. An der Kopfseite waren die Regale mit den holländischen Pappbrötchen, die – luftdicht in Plastiktüten verpackt – so in die Regale gequetscht worden waren, dass das Backwerk völlig neue Formen annahm und nach dem Verlassen der Tüte nur schwer als Brötchen zu identifizieren war.

Wir hatten uns diese Milchbrötchen abgewöhnt, nur einmal, gleich zu Beginn des Urlaubs, kaufte Anne ein paar davon, um sie mit Butter zu bestreichen und mit Schokostreuseln zu bestreuen und damit Kindheitserinnerungen zu frönen.

Heute war Karfreitag. Mir fiel ein, dass früher bei meinen Eltern an Karfreitag niemals Wurst auf den Frühstückstisch gekommen war, und zu Mittag hatte es kein Fleisch gegeben, aber Fleisch stand damals sowieso meist nur am Wochenende auf dem Speiseplan.

Ich zögerte kurz und nahm dann eine Dose Heringsfilets in Senfsauce aus dem Regal. Kindheitserinnerungen!

Dann endlich folgte der Glastresen mit den frischen Brötchen. Es gab sie in lang und in rund, in der feinen und der grobkörnigen Variante, als Ciabatta und als dunkles Brötchen. Geschmacklich waren sie alle identisch. Ich ließ mir von Johnny zwei lange und zwei runde Brötchen in die Tüte packen und staute mich weiter in Richtung Kasse.

Es war schon Viertel vor zehn, als ich mit meinem Einkauf stolz Lothars Windschutz passierte.

»Bernhard?«

Er konnte mich gar nicht gesehen haben, aber wahrscheinlich hatte er mich am Schritt erkannt.

Ich lugte über die Stoffbahn. »Ja?«

Hinter dem Windschutz saßen Detlef und Lothar und steckten die Köpfe konspirativ zusammen.

»Wir haben einen Plan!«

Meine Lust auf Frühstück ließ schlagartig nach, ich legte meine Einkaufstüte auf einen freien weißen Stuhl und setzte mich auf den anderen. »Schießt los!«

Lothar lehnte sich demonstrativ zurück und sagte: »Der *Mosselbaron* hat gesagt, das Gebiet, wo wir die ›Leentje‹ gesehen haben, sei keine Muschelparzelle.«

Detlef ergänzte: »Aber eigentlich hätte der feine *Mosselbaron* sagen müssen, es sei *offiziell* keine Muschelparzelle. Denn warum soll es keine Muschelparzelle sein, wenn ein Muschelfischer-Boot da rumfährt?«

Jetzt wurde er wieder von Lothar unterbrochen. »Ob da Muscheln zum Entsanden hingekippt werden, werden wir nur rauskriegen können, wenn wir ...«

Detlef ergriff erneut das Wort: »... wenn wir uns ein Motorboot leihen. Ich habe eine Schnorchel-Ausrüstung dabei, und dann ...«

Lothar vollendete: »... und dann wollen wir doch mal sehen!«

Es war eine perfekte Doppelmoderation à la Marianne und Michael. Ich musste noch ein bisschen die Sätze sortieren, aber da war was dran. Wir mussten nach Yerseke und uns ein Boot leihen.

»Habt ihr schon eine Idee, wo man so ein Boot herbekommt?«

»Sie brauchen kein Boot. Legen Sie sich an den Strand, oder setzen sie sich in den ›Zeerover‹. Denn wenn ich Sie noch einmal erwische, wie Sie unsere Polizeiarbeit stören, dann könnte ich Sie auch in Arrest nehmen, und dann war es das mit dem Osterurlaub. Haben wir uns verstanden?!«

Der Inspecteur Piet van Houvenkamp stand plötzlich neben der weißen Sitzgruppe, mit der Assistentin an seiner Seite.

»Aber wir haben gestern dieses Schiff, die ›YE 19 Leentje‹, gesehen, wie es ...«

Piet van Houvenkamp wiederholte: »Haben wir uns verstanden?!«

Ich wusste sehr genau, zu welchen Sätzen Lothar und Detlef imstande waren, deswegen antwortete ich sehr schnell, sehr kleinlaut: »Ja, Herr Inspecteur, wir haben uns verstanden!«

Ohne ein weiteres Wort drehte sich der Inspecteur um und verließ gemeinsam mit seiner Assistentin den Stellplatz.

Es war still geworden, sehr still. Ein Motorengeräusch schwoll an und wurde leiser.

Erst, als wir wirklich sicher sein konnten, dass die Obrigkeit außer Hörweite war, wiederholte ich: »Also, habt ihr schon eine Idee, wo man so ein Boot herbekommt?«

61.

Piet und Annemieke stiegen in den Defender und hielten noch einmal vorne an der Rezeption von »Camping de Grevelinge« an, um sich von Wim Verheijden zu verabschieden. Wim war ein alter Schulkamerad von Piet. Piet war in den Polizeidienst gegangen und Beamter geworden, Wim Verheijden Campingplatzchef und reich!

Als sie den Campingplatz verlassen hatten, sagte Piet: »So, das hat Spaß gemacht! Was steht auf dem Plan?«

»Um zwölf können wir bei Henk vorbeischauen. Er meint, er sei dann so weit. Bernadien hat eben gemailt, sie sei mit dem Tatort durch, wir könnten uns da noch einmal umsehen, und sie hätte ein paar interessante Sachen gefunden.« Annemieke schaute auf ihre silber-goldene Uhr und sagte: »Es ist jetzt kurz nach zehn. Wir könnten zuerst zu Bernadien gehen und wären immer noch pünktlich bei Henk.«

Bernadien d'Hondt hatte zwar ein Büro im Polizeipräsidium, im zweiten Stock des Gebäudes Achter de Houttuinen 10. Dieses Büro hätte man aber auch als »Möbellager« bezeichnen können. Wenn Piet Bernadien sprechen wollte, ging er nie dorthin. Wenn es einen Fall gab, war sie da nie zu finden, und wenn es keinen Fall gab, musste Piet sie nicht sprechen.

In einem modernen Gebäude am Segeerssingel 10 in Middelburg befand sich das VRZ, zuständig für die Sicherheit in Zeeland. Da waren unter einem Dach das Gesundheitsamt, die Feuerwehr, der Katastrophenschutz und der Rettungsdienst versammelt. Auch das Labor der Spurensicherung war dort untergebracht, denn Mordfälle standen im beschaulichen Middelburg eher nicht an der Tagesordnung. Die Dienste der peniblen Frau d'Hondt wurden häufiger von der Feuerwehr in Anspruch genommen als von der Mordkommission.

Die Tür zu ihren beiden Räumen im VRZ stand offen.

Piet klopfte an den Türrahmen, Annemieke rief: »Bernadien?«

Beide schauten in das ordentliche Büro, doch die Stimme der Kollegin kam von hinten. Sie drehten sich um.

»Ich komme!« Bernadien ging durch den Flur auf sie zu, dieses Mal ohne weißen Overall, dafür mit weißem, dampfendem Plastikbecher in der Hand. »Wollt ihr auch einen Kaffee?«

»Nein, danke, wir hatten gerade schon einen …«

Das entsprach zwar nicht den Tatsachen, war aber in Anbetracht der Brühe, die gewöhnlich aus solchen Automaten floss, exakt die richtige Antwort.

»Kommt rein!«

Sie folgten Bernadien in ihre Büroräume.

Piet war wieder einmal überrascht. Bernadien war eine sehr hübsche Person mit einer tollen Figur. Hätte man ihn vor einer Stunde gefragt, welche Haarfarbe Bernadien habe, er hätte es wohl nicht beantworten können. Er sah sie meist in ihrem weißen Schutzanzug mit eingearbeiteter Kapuze, die Hände in hellblauen Handschuhen. Er konnte sie allerdings wegen des kleinen halbmondförmigen Leberflecks neben der rechten Nasenwurzel zwischen den anderen weiß gewandeten Spusis leicht identifizieren. Sie hatte also blondes, halblanges Haar. Er nahm sich vor, sich das zu merken.

Bernadien stellte den Kaffee auf ihren Schreibtisch und nahm ihre schwarze Notizkladde zur Hand. »Auch wenn es ein bisschen chauvinistisch klingt, wenn man für die Spurensicherung arbeitet, ist es immer von Vorteil, wenn der Tatort in einem Männerhaushalt liegt. Wenn man es mit einer übereifrigen Hausfrau zu tun hat, sind Gläser gespült, die Aschenbecher entleert, sämtliche Fingerabdrücke abgewischt, WC und Bad desinfiziert. Aber hier waren wir nicht nur in einem Männerhaushalt, es war eine Männerwerkstatt und garantiert ohne Putzfrau. Da waren nicht nur die Gläser vom letzten Abend. Ich würde mal schätzen, seit einer knappen Woche hat da kein Großreinemachen mehr stattgefunden.«

Zu Beginn ihrer Ausführungen war Piet noch sehr zufrieden. Am Pier von Westkapelle hatte Bernadien keine einzige Spur finden können. Wie auch? Bei einer Leiche, die vielleicht seit Tagen in der Nordsee schwamm und die dann auch noch an einer Stelle an Land getrieben worden war, wo Tausende von Zeeländern und Millionen von Nordrhein-Westfalen ihre massiven Leiber der See aussetzten. Aber dieses Mal, in der Kleinstwerft von Mattijs de Jonge, da hatte die Chefin der Spurensicherung Spuren gefunden, die es zu sichern galt, und zwar in Hülle und Fülle. Je länger Bernadien jedoch referierte, desto mehr ahnte er, dass zu viele Spuren ein ähnliches Resultat erbrachten wie gar keine Spuren. In Yerseke hieß das Sprichwort wahrscheinlich: »Viele Köche verderben das Muschelgericht!«

Er fragte besser noch mal nach. »Und das heißt jetzt was?«

»Wir haben Fingerabdrücke von mindestens acht verschiedenen Personen gefunden, die jagen wir gerade durch alle Datenbanken. Erste Ergebnisse möglicherweise morgen Vormittag. Wir haben von Trinkgläsern und Zigarettenstummeln DNA-Proben entnommen, die jetzt im Labor sind. So ein DNA-Analyseprozess erfolgt in verschiedenen Schritten. Wenn es ganz schnell geht – und ich habe darum gebeten, dass es ganz schnell geht –, können wir mit dem Ergebnis in acht Stunden rechnen. Wenn man jetzt bedenkt, dass die Laboranten Beamte sind und in acht Stunden Feierabend haben, sagen wir also morgen früh.«

Annemieke unterbrach sie: »Am Tisch standen fünf Stühle, du hast also mehr Fingerabdrücke und wahrscheinlich auch mehr DNA-Proben. Wir können also nicht so einfach herausfinden, wer am Tisch saß?«

Piet warf ein: »Das wissen wir doch: ›Schrauber‹, ›Miami‹, ›Master‹, ›Astro‹ und ›Santiago‹!«

Bernadien lachte. »Nein, da bin ich euch erst mal keine Hilfe. Aber wenn wir schon mehr Fingerabdrücke als nötig und mehr DNA-Spuren als möglich haben, dann kann ich noch eins draufsetzen.«

Annemieke und Piet, die noch vor einer Minute nicht mehr mit einer positiven Wendung gerechnet hatten, drehten jetzt ihre Häupter, wie von einem Regisseur choreographiert, zeitgleich zur Chefin der Spurensicherung.

Bernadien genoss das plötzliche Interesse, setzte sich gelassen in ihren Schreibtischsessel, klappte die schwarze Kladde zu und sagte: »Ich glaube, wir haben die Mordwaffe!«

»Nein!«

»Doch!«

Ein Moment der Stille entstand, konnte aber nicht lange währen. Annemieke und Piet wollten wissen, was die Tatwaffe war, und Bernadien wollte es unbedingt erzählen.

Sie hob eine der verschließbaren Plastiktüten, die die Spurensicherung zur sicheren Aufbewahrung von Asservaten benutzt, und zeigte ein Messer mit einer extrem kurzen Klinge. »Das ist ein Austernmesser der Firma Château Laguiole. Der Griff ist zwölf Zentimeter lang, die Klinge nur etwa sechs Zentimeter kurz, aber sie ist voller Blut. Ich denke, das ist die Tatwaffe.«

Piet nahm die Plastiktüte in die Hand und betrachtete das Messer. Es hatte einen Edelstahlgriff mit einer Gravur. Seine Lesebrille hatte Piet gerade nicht dabei, also versuchte er, die Tüte so nah an die Augen zu führen, dass er etwas erkennen konnte.

Annemieke erkannte die Sinnlosigkeit dieses Unterfangens und nahm ihm die Tüte ab. »Hier ist eine Gravur.«

Bernadien nickte. »Ja, das ist eine Spezialität der Firma Château Laguiole. Die stellen Korkenzieher her, Taschenmesser und Bestecke, in Thiers in der Auvergne in Zentralfrankreich. Man erkennt die Messer an der Zikade am Ende der Klinge, und sie werden halt oft mit dem Namen des Eigentümers graviert.«

Annemieke las: »MdJ, Mattijs de Jonge!«

Piet nahm ihr die Plastiktüte wieder ab und sagte: »Schade, den Namen des Opfers kannten wir bereits, der Name des Mörders wäre mir lieber gewesen.«

»Tja, mehr kann ich euch im Moment nicht sagen. Morgen Vormittag werden wir hoffentlich die Laborergebnisse für die DNA-Proben haben, und vielleicht hat die Datenbank dann auch schon was zu den Fingerabdrücken ausgespuckt.«

Annemieke lobte: »Also, in den meisten Fällen liegt die Tatwaffe fünfhundert Kilometer entfernt in einem Mülleimer an der Autobahn oder sechzig Meter tiefer in der Nordsee. Ich würde sagen, da hast du uns schon mal sehr geholfen.«

62.

Im grün-beige dekorierten Vorzelt von Adi Schreiner und seiner Gattin Babette, Angestellte der Stadtsparkasse Köln und nur eine, vielleicht aber die wichtigste von über 1,4 Millionen Followern des Chester Bloomberg, vor allem aber die Einzige mit einem gerahmten Autogramm desselben in ihrer Wohnwagenküche, war Babette allein, weil der Gatte zu seiner Nordic-Walking-Runde aufgebrochen war.

Sie hatte ihm ein Fitness-Armband mit Schrittzähler geschenkt, nun absolvierte er fünfmal in der Woche zehntausend Schritte. Sie war ein bisschen stolz auf ihn. So ein Schrittzähler ist was für Fortgeschrittene. Für Lothar und mich hätte ein Bewegungsmelder gereicht.

Adis Runde dauerte gemeinhin eine Stunde und sieben Minuten. Weil es gestern Abend ein bisschen später geworden war, wäre auch eine Runde von einer Stunde zehn durchaus realistisch.

Babette saß vor ihrem Laptop und sah sich zum vierzehnten Mal den letzten Blog-Eintrag von Chester Bloomberg an. Wieder saß er im schwarzen Anzug mit Weste in seinem Büro. Wieder gefiel ihr besonders das roséfarbene Hemd mit der pink-lila gestreiften Fliege.

Und wieder beendete Chester seine Video-Botschaft mit den Worten: »Meine Freunde, ich werde nicht ruhen, bevor die Menschen, die meinem Freund Jacobus Schouten das angetan haben, hinter Schloss und Riegel sitzen – oder noch schlimmer …«, beinahe lächelte Bloomberg, »… bei Wasser und Brot!«

Babette war sehr nervös. Sie hatte noch achtunddreißig Minuten. Sie wollte ihm schreiben. Chester hatte sich beim letzten Mal zwar sehr über ihre Mail gefreut, aber die hatte sie gar nicht verfasst. Lothar hatte in ihrem Namen an Chester geschrieben, dafür müsste man ihn eigentlich in Westkapelle vom Pier schubsen, aber Chester hatte sich ja gefreut.

Jetzt musste sie ihm selbst schreiben. Er hatte da an seinem Schreibtisch gesagt, er werde nicht ruhen, bis die Schurken hinter Schloss und Riegel sitzen. Und sie wusste jetzt etwas, das wusste Chester nicht.

Sie konnte ihm helfen, sie musste ihm helfen, sie schrieb: »Lieber Chester, wir haben mit dem *Mosselbaron*, den du uns empfohlen hast, einen Ausflug gemacht. Im ›Versunkenen Land‹ haben wir plötzlich ein Muschelfischer-Boot in sehr flachem Gewässer gesehen, und du glaubst es nicht, es war die ›YE 99 Leentje‹, das Schiff von deinem Freund Jacobus Schouten. Mehr kann ich dir hier in diesem Chat nicht sagen. Wenn du willst, ruf mich an. Auch ich werde nicht ruhen, bevor der Mord an deinem Freund Jacobus Schouten aufgeklärt ist. Meine Handynummer ist …« Sie drückte auf »senden«, und sie schwankte zwischen »Den Tag, an dem Chester mich anruft, werde ich mir dunkelrot im Kalender notieren« und »Hoffentlich ruft er niemals wirklich an. Ich wüsste ja gar nicht, was ich sagen soll«. Aber sie hatte auf »senden« gedrückt.

Sie hätte auch nicht eine Sekunde später auf »senden« drücken können, die Schiebetür des braun-beigefarbenen Vorzeltes wurde vehement zu Seite geschoben, und Adi sprach atemlos zu Babette: »Das glaubst du nicht. Dieser Inspecteur van Houvenkamp war bei Lothar, und er hat gesagt …«

»Was hat er gesagt?«

»Er hat gesagt: Wenn wir uns nicht aus seiner Polizeiarbeit raushalten, dann könnte er uns auch in Arrest nehmen. Und das wär's dann mit dem Osterurlaub. Also, da sollten wir vielleicht …«

Babette war aufgestanden, sie trat sehr nah an ihren Mann heran, legte ihm die Arme um die verschwitzten Schultern und sagte: »Versprich mir eins, mein zärtlicher, kleiner Oktopus, wir werden nicht ruhen, bevor diese Typen, die den Muschelkapitän umgebracht haben, hinter Schloss und Riegel sind, oder, noch besser, bei Wasser und Brot.«

Sie küsste ihren Adi, und wenn er dabei zu denken in der Lage gewesen wäre, hätte er gedacht: »… aber unser Osterurlaub?!« Er war jedoch nicht in der Lage zu denken. Es war so lange her, dass sie ihn ihren »zärtlichen, kleinen Oktopus« genannt hatte.

Er sagte nur: »Ja, ich verspreche es!«

63.

Heringsfilets in Senfsauce. Wenn das mit der Überfischung der Meere so weitergeht, kostet diese Dose in vierzig Jahren ein Vermögen. Es wird eine kaum noch bezahlbare Delikatesse sein. Heute Morgen hatte ich bei Johnny im Supermarkt 2,19 Euro bezahlt, wahrscheinlich war es in den Supermärkten von Middelburg oder Vlissingen billiger, aber Johnnys Markt war nun mal zu Fuß zu erreichen, und wenn man eventuelle Benzinkosten, Fahrzeugabschreibung und Reifenabnutzung mitrechnete, hatte ich bestimmt ein Schnäppchen gemacht. Und es war so lecker.

Der Hering war verputzt, von der Senfsauce waren nur noch rudimentäre Reste in den Dosenfalzen zu erahnen. Es war ein schönes Karfreitagsfrühstück, ganz ohne Aufschnitt.

Das Frühstück hatte im Vorzelt stattgefunden, draußen vor dem Fenster standen unsere vier blau-weißen Hochlehner-Campingstühle um den runden blauen Campingtisch und tropften traurig vor sich hin. Es war eh ein grauer, wolkiger Morgen gewesen, wie es sich für einen Karfreitag gehört, aber jetzt hatten die vielen grauen Wolken ihre Schleusen geöffnet, der Regen war nicht stark, aber auch nicht schwach, es nieselte nicht, es regnete bedächtig hernieder, und unter den grauen Regenwolken war es natürlich kühl geworden. Kühl und nass, es war das Wetter, bei dem man den berühmten Hund nicht vor die Tür jagt, den Hund nicht, aber Detlef schon.

Er sprintete durch den Regen, schob die Vorzelttür zur Seite, und als er endlich im Trockenen stand, schüttelte er sich wie ebendieser Hund, den man nicht vor die Tür jagt.

»Scheiß Wetter«, sagte er.

»Hier drinnen nicht, warum rennst du auch draußen rum?«

Jetzt strahlte er plötzlich und erklärte: »Weil ich jetzt weiß, wo wir das Boot herbekommen.«

Mein Interesse war geweckt: »Na, schieß schon los, woher?!«

Detlef erklärte stolz: »Wir haben ja jetzt auch WLAN ...«

»Ihr auch?«

Detlef seufzte. »Natürlich, oder hast du geglaubt, Schreiners haben es, ihr habt es, und Jutta hat es nicht? Vergiss es. Und ich habe heute Morgen gegoogelt. Erst mal habe ich eingegeben ›nur Seiten auf Deutsch‹, und dann einfach ›Motorbootverleih Yerseke‹. Die ersten beiden wollten mir 'ne Yacht vermieten, aber dann wurde ich fündig. Die Firma Van der Meyden Sloop Rental vermietet *sloepjes*.«

Aha, ich war genauso schlau wie vorher. »Was sind denn *sloepjes*?«

Detlef triumphierte: »Das habe ich gleich mitgegoogelt. Da gibst du nur ein ›*sloepje*‹ und ›niederländisch‹, und dann siehst du, auf Deutsch ist das eine ›Schaluppe‹.«

»Toll. Und was ist eine Schaluppe?«

Detlef legte seine Stirn in grüblerische Falten. »Na ja, das hätte ich vielleicht auch googeln sollen.«

Ich schüttelte ungläubig mein weises Haupt. »Du weißt es nicht?«

Nun legte sich ein strahlendes Lächeln auf Detlefs Züge. »Spaß beiseite. Sicher weiß ich es: Das ist ein Motorboot mit ganz viel Platz, mit einem richtigen Steuerrad und einem Tau rundum. Van der Meyden Sloop Rental hat da ein Foto auf der Seite. Guck doch mal eben.«

Ich nahm den Laptop vom Sideboard und fuhr das Internet hoch. So ein Campingplatz-WLAN zählt eh nicht zu den schnellsten, aber an diesem regnerischen Karfreitagvormittag waren anscheinend sämtliche WLAN-Nutzer des Platzes gleichzeitig im

Netz – wo sollten sie sonst hin? –, und die Kiste fuhr so langsam hoch, man hätte das Boot auch malen können. Wenn man gewusst hätte, wie es aussieht, aber das wollten wir ja gerade rauskriegen.

Sieben bis acht Minuten später war dann das Bild vom *sloepje* auf dem Monitor zu sehen. Es war ein schönes Motorboot mit einem dunkelblauen Rumpf, das Deck war weiß, und rundherum waren Bänke eingelassen mit hübschen blauen Kissen. Im Heck der Schaluppe war die Konsole mit dem Steuerrad angebracht, davor ein Tisch, wo man ein Bier abstellen könnte. Laut Beschreibung passten sieben Personen auf das Schiff, ein Bootsführerschein war nicht nötig, und der Spaß kostete hundert Euro für einen halben Tag.

»Okay, dann sollten wir keine Zeit verlieren!«

Ich rief bei Van der Meyden an, von vierzehn bis achtzehn Uhr konnten wir das *sloepje* mieten, ich reservierte es.

»Okay«, sagte Detlef, »ich hatte die Idee, dafür gehst du zu den Jungs und sagst ihnen Bescheid!«

Da musste ich widersprechen: »Ich hab' da angerufen, du sagst den Jungs Bescheid. Du bist schon nass!«

Dieser Argumentation konnte Detlef nichts entgegensetzen.

64.

Von Bernadiens Büro zu den Räumlichkeiten des *patholoog-anatoom* Henk ten Dracht war es vielleicht ein knapper Kilometer. Diese Strecke konnte man jederzeit zu Fuß zurücklegen, vor allem, wenn man über einen trainierten Körperbau verfügte wie Annemieke Breukink oder wenn man grundsätzlich in Laufschuhen unterwegs war, obwohl man niemals joggen ging, wie Piet van Houvenkamp. Es war ein Fußweg von vielleicht zehn Minuten.

Als sie jedoch das VRZ-Gebäude im Segeerssingel verließen, hatte ein ergiebiger Landregen eingesetzt, der jeden Bauern freuen würde. Piet jedoch schaute eher angesäuert in den Himmel. Die Farbe kannte er, bei Land Rovers aus den Sechzigern hieß sie »mid-grey«, und wenn dieses Mittelgrau keinerlei blaue Flecken aufwies, dann konnte der Landregen ewig dauern. »Ewig« hieß bei der Wetteränderungsgeschwindigkeit auf Walcheren mindestens eine halbe Stunde.

Annemieke und Piet hätten natürlich den Wagen nehmen können, aber das Haus in der Vlissingsestraat verfügte nur über einen Parkplatz, da stand natürlich der Jaguar von Henk ten Dracht. Einen Parkplatz in der Umgebung zu finden war möglich, aber die Wahrscheinlichkeit, dass es an Ostersonntag schneien würde, war nicht viel höher einzuschätzen.

Sie parkten den Wagen am Präsidium und gingen den Rest zu Fuß. Das hatte den Fußweg zwar halbiert, aber trotzdem waren sie klatschnass, als sie am rot verklinkerten Haus in der Vlissingsestraat klingelten. Mit einem leisen Summen öffnete sich die glänzend grau lackierte Haustür. Sie war etwas dunkler als bei Piet zu Hause. Diese Tür war anthrazitgrau oder schiefergrau, noch ein bisschen dunkler als die Farbe des verhangenen Himmels.

Anna Visser, die gute Seele der Pathologie, begrüßte sie mit den Worten: »Meine Güte, dieser Regen! Soll ich Ihnen Handtücher bringen?«

Annemieke und Piet lehnten ab.

Aus der mittleren der drei weißen Türen vor ihnen trat Henk und bewies mit einem einzigen Satz, dass er Wissenschaftler war. Er sagte: »Ihr seid ja nass!« Dann bewies er auch noch, dass er ein Gentleman war. »Annemieke, brauchst du ein Handtuch?«

Annemieke lehnte ab, Piet musste nicht ablehnen, er war nicht gefragt worden.

»Na, dann mal hinein in die gute Stube. Kaffee oder lieber ein Tässchen Tee?«

Annemieke war von der Idee fast begeistert, und auch Piet musste zugeben, ein Tee war unter diesen klimatischen Bedingungen eine sehr gute Idee.

Sie betraten das helle, moderne Büro, das nicht ungemütlich wirkte. Hohe Fenster ließen viel Licht in den Raum, wenn draußen Licht war. An diesem Freitagmorgen hatte sich Henk ten Dracht für die elektrische Variante entschieden, obwohl es fast Mittag war.

Sie nahmen auf den zwei Thonet-Stühlen Platz, die vor dem imposanten weißen Schreibtisch auf Besucher warteten.

Der Professor setzte eine Lesebrille auf und begann sein Referat. »Um postmortal die Liegezeit einer Leiche zu bestimmen, kennt die Gerichtsmedizin vielfältige Verfahren. Im frühen postmortalen Stadium beurteilt man den Grad der Totenstarre oder auftretende Totenflecke, natürlich wendet man die Temperaturmethode nach Henßge an. Auch die Betrachtung von Pupillenreaktionen, die Untersuchung der Schweißdrüsen, der Nerventätigkeit sowie immunhistochemische Verfahren können zurate gezogen werden.

Erste Untersuchungen zur elektrischen Erregbarkeit der Muskulatur nach dem Todeseintritt gab es schon im frühen 20. Jahrhundert. Am Institut für Rechtsmedizin in Berlin wurde bereits in den Sechzigerjahren …« Piet hüstelte vernehmbar, und Henk ten Dracht schaute auf seine Armbanduhr. »Einundvierzig Sekunden. Mensch, Piet, das muss ich ja fast als einen Akt der Altersmilde werten. Einundvierzig Sekunden hast du mich mit den Früchten meiner jahrzehntelangen Bildung und Forschung, mit meinem exorbitanten Fachwissen glänzen lassen, bevor du mir endlich durch einen leichten Hustenanfall klarmachst, was du wissen willst: ›Wann ist er verreckt, verdammt noch mal!‹ Respekt!«

Piet wäre ihm gerne ein bisschen an die Gurgel gegangen, hätte ihm gerne erklärt, dass er gefälligst einen gewissen Respekt …, aber das hätte dann ja noch länger gedauert, und Annemieke hatte die Situation schon sehr genau analysiert.

»Das Opfer, Mattijs de Jonge, war ein guter Bekannter von Piet, und ja, ihn interessiert der Zeitpunkt des Todes von Mattijs mehr als der Zeitpunkt der Erforschung durch die Rechtsmedizin.«

Ten Dracht war ein bisschen getroffen. »Sorry. Ja, wo waren wir? Ach so, ja, der Todeszeitpunkt. Die Außentemperatur in diesem Raum mit den vielen Muscheln lag bei zweiundzwanzig Grad, die *Algor mortis*, also die Leichenkälte des Opfers, lässt auf einen Todeszeitpunkt nach Mitternacht und vor zwei Uhr schließen, mit großer Wahrscheinlichkeit. Todesursache war ein ziemliches Gemetzel. Ich habe insgesamt siebzehn Einstiche gezählt, Einstiche mit einem sehr spitzen Gegenstand mit einer sehr kurzen, aber an den Seiten nicht scharfen Klinge.«

Piet sah endlich eine Chance, den Redefluss des Henk ten Dracht zu unterbrechen. »Bernadien hat die Tatwaffe gefunden. Du warst doch am Tatort.«

Ten Dracht lachte. »Das weißt du doch genauso gut wie ich, wenn Bernadien d'Hondt am Tatort ist, dann ist das ihr Tatort, jede andere anwesende Person tut vor allem eins. Sie stört. Aber das ist schon okay so. Bernadien zieht für sich fast alle relevanten Schlüsse am Tatort selbst. Ich brauche die Leiche auf meinem Tisch. Am Tatort stehen auf meiner To-do-Liste nur drei Dinge. Überblick verschaffen, Temperaturen messen, Bernadien in Ruhe lassen! Insgesamt war ich vielleicht eine Viertelstunde in dieser Werkstatt, von einer Tatwaffe war da nicht die Rede.«

Umso besser, Piet genoss es immer, wenn er einen kleinen Informationsvorsprung gegenüber Henk hatte. »Es ist ein Austernmesser.«

Ten Dracht nahm die Lesebrille ab, die er getragen hatte, obwohl er in den letzten Minuten frei referiert hatte, strich sich mit gespreizten Daumen und Zeigefinger über das Kinn und sagte: »Ein Austernmesser, sagst du? Dann war es eins von Château Laguiole.«

Piet hatte mit allem gerechnet, aber nicht mit diesem Satz.

Annemieke schaute in ihre Kladde und sagte: »Ja, richtig, ein Austernmesser aus Edelstahl von der Firma Château Laguiole. Wie bist du denn darauf gekommen?«

Jetzt war der *patholoog-anatoom* wieder in seinem Element. Eventuelle Wirkungstreffer aus den ersten Runden hatte er weggesteckt. »Ich benutze selbst ein Messer dieser Marke. Und es ist das einzige Austernmesser mit einer Klinge von fast sechs Zentimetern. Alle anderen sind kürzer.«

Annemieke wunderte sich. »Mit einer so kurzen Klinge kann man einen Menschen töten?«

Ten Dracht lächelte sie an, er lächelte immer, wenn er Annemieke ansah. »Ein tödlicher Stich ins Herz wäre sicher nicht möglich, aber die Tatwaffe hat die Halsschlagader getroffen, gleich zwei Mal. Ihr habt ja gesehen, das war eine ungeheure Menge Blut. Diese beiden Stiche waren tödlich, die anderen fünfzehn Einstiche waren überflüssig.«

Siebzehn Mal zugestochen. Wie viel Hass, wie viel Wut muss da in einem Menschen sein, um siebzehn Mal zuzustechen?

Piet fragte: »Sonst noch irgendetwas Wichtiges?«

Henk antwortete: »Nein, ich denke nicht. Der Tote war kerngesund.«

Gut, dann war der Zeitpunkt gekommen.

»Noch eine Frage, Henk, konntest du bei Jacobus Schouten Fingerabdrücke nehmen? Ich meine, die Haut hat sich im Wasser doch bestimmt sehr verändert.«

»Oh ja, schon nach kurzer Zeit bildet sich bei einer Wasserleiche die sogenannte Waschhaut. Diese Veränderungen beginnen sogar an den Fingerkuppen und an den Zehenspitzen, aber auch an von Waschhaut veränderten Fingerkuppen kann man Fingerabdrücke abnehmen.«

»Gut. Übermittelst du bitte die Fingerabdrücke und die DNA von Jacobus Schouten an Bernadien?«

Henk schien nicht recht zu begreifen. »Gerne, darf ich fragen, warum?«

»Auf dem Spieltisch haben wir einen Zettel gefunden, auf dem fünf Namen oder besser Pseudonyme standen. ›Schrauber‹, ›Master‹, ›Miami‹, ›Astro‹ und ›Santiago‹. Wir gehen davon aus, dass es sich bei ›Schrauber‹ um Mattijs, also um das Opfer, handelt. Bei ›Santiago‹ fiel mir Hemingway ein. *Der alte Mann und das Meer*! In der Novelle heißt der alte Fischer Santiago. Ich frage mich, ob Jacobus Schouten einer der Pokerspieler war.«

65.

Mit der sonnigen Großwetterlage der letzten Tage war das Mikroklima über Zeeland an diesem Freitagnachmittag nicht zu vergleichen, aber immerhin hatte es aufgehört zu regnen.

Gestern mussten die fünf deutschen Privatdetektive von ihrem Parkplatz am Prinzessin-Beatrix-Hafen in Richtung Norden gehen, um zum Liegeplatz des *Mosselbarons* zwischen all den anderen Fischerbooten im Königin-Juliana-Hafen zu gelangen. Der Motorboot-Verleiher Kees van der Meyden hatte die Liegeplätze seiner *sloepjes* im kleineren von zwei Yachthäfen, dem Prinz-Willem-Alexander-Hafen, der wiederum südlich des Parkplatzes gelegen war. In beiden Yachthäfen, dem vom jetzigen König Willem-Alexander und dem von der letzten Königin Beatrix, lagen die weißen Segelträume Bordwand an Bordwand. Im Königin-Juliana-Hafen hatte zwischen den großen Muscheltrawlern keine Schaluppe mehr Platz. Wenn Yerseke, das Muscheldorf Europas, in den nächsten Jahren auch nur einen Hauch an Bedeutung zulegt, kann sich die erstgeborene Tochter von Willem-Alexander und Königin Máxima, die bildhübsche Catharina-Amalia Beatrix Carmen Victoria Prinzessin von Oranien, schon mal auf einen eigenen Hafen freuen.

Kees van der Meyden war das Ebenbild eines Seebären, Kinn- und Backenbart, qualmende Pfeife im Mund, die blaue Dockermütze schien an beiden Seiten an Ohren festgewachsen, die keinerlei Proportionalität zu Mund und Nase aufwiesen, sie waren viel zu groß. Nun, der Seebär gehört bekanntlich zur Gattung der Ohrenrobben.

Gerd wedelte unauffällig mit seinem Sportbootführerschein Binnen, den er vor etwas mehr als achtundzwanzig Jahren an der Segelschule »Klabautermann« im Duisburger Hafen mit Bravour abgelegt hatte, Lothar wedelte mit zwei Fünfzig-Euro-Scheinen.

Die Präferenzstruktur des Kees van der Meyden war eindeutig.

Er schnappte sich die beiden Fuffis, deutete auf das linke von drei *sloepjes* und sagte: »Schlüssel steckt!«

Schon widmete er sich wieder seiner Pfeife.

Wir betraten das gar nicht so wackelige Boot, Detlef und Adi setzten sich nach links, oder besser »backbord«, Lothar und ich auf die andere Seite.

Lothar hatte ein blaues Päckchen unter dem Arm.

»Was 'n das?«, fragte Detlef, und Lothar erklärte: »Das ist eine Plane von vier mal fünf Meter, wenn es doch wieder regnet oder wenn wir ungebetenen Besuch bekommen, dann können wir uns darunter verstecken.«

Adi erwiderte spöttisch: »Dann sind wir verdeckte Ermittler!«

Den Platz im Heck hinter dem imposanten Steuerrad überließen wir Käpt'n Gerd. Er startete den Außenborder. Mit der fulminanten Geschwindigkeit von siebeneinhalb Knoten durchpflügten wir die Oosterschelde Richtung Südosten.

Lothar rollte die Plane auseinander und brachte eine kleine Sporttasche zum Vorschein. Er entnahm der Sporttasche zwei Kühlelemente, legte sie auf den Tisch vor der Steuerradkonsole, zauberte eine Dose Heineken hervor und fragte: »Bierchen?«

Gerd protestierte: »Erst die Arbeit, dann das Vergnügen!«

»Du wolltest ja unbedingt fahren«, sagte Adi und griff sich eine Dose.

Detlef und ich taten es ihm gleich. Käpt'n Gerd blieb abstinent.

Nach einer knappen Stunde konnten wir den kleinen, spitzen Kirchturm von Krabbendijke sehen. Die Sonne war herausgekommen, und wir genossen die wärmer werdende Luft. Ein schnittiges weißes Motorboot fuhr vorbei. Gerd salutierte, wie Käpt'ns nun mal salutieren. In ein paar Minuten würde die Küstenline fast im rechten Winkel nach Nordosten abknicken, und genau an der Stelle hatten wir die »Leentje« gesehen. Detlef öffnete seinen Rucksack und holte seine Schnorchel-Ausrüstung hervor. Wir hatten vor zehn oder zwölf Jahren für unseren Sohn Tristan so etwas gekauft, aber die Gerätschaften von Detlef wirkten doch deutlich professioneller. Der Strandknick kam in Sicht. Käpt'n Gerd drosselte die Geschwindigkeit, das *sloepje* kam zum Stillstand. Wieder fuhr die weiße Motoryacht an uns vorbei, Gerd grüßte noch einmal, der andere reagierte nicht, er fuhr mit hoher Geschwindigkeit davon.

Detlef hatte die Schnorchel-Maske angelegt und blaue Schwimmflossen über die Mauken gezogen. Er setzte sich auf die Bordwand und ließ sich rückwärts ins Wasser plumpsen, wie einst auf der Calypso die Taucher von Jacques-Yves Cousteau.

Wir anderen warteten gespannt auf den ersten Bericht. Detlef schwamm vielleicht dreißig, vielleicht fünfzig Meter raus, nur sein Hinterkopf und das Ende des Schnorchels waren zu sehen. Dann tauchte er wieder auf, schüttelte den Kopf und schnorchelte zurück, auf uns zu.

Mann, war das spannend! Ich griff zu meiner Heineken-Dose, sie war leer. Ein kurzer Pfiff ertönte, ich sah in die Richtung des Pfiffes und genau in das lachende Gesicht von Lothar.

Er warf mir eine neue Dose zu, mit den Worten: »Auf einem Bein kann man nicht stehen!«

Detlef tauchte neben unserem *sloepje* auf und sagte: »Das ist der Wahnsinn! Alles voller Muscheln!«

Lothar stellte sein Bier zur Seite. »Zeig her!«

Er stieg aus der Jeans und zog sich den Pullover über die extrem behaarte Brust. So stand er nun da, die kleine schwarze Badehose unter der vorderen Wölbung im Hüftbereich fast nicht mehr zu sehen. Es war kaum zu glauben, wie behände er die Schaluppe mit einem Kopfsprung verließ. Nach wenigen Kraulschlägen war er bei Detlef und übernahm dessen Schnorchel. Detlef wollte noch die Schwimmflossen abtreten, aber Lothar sagte nur: »Brauche ich nicht!«, zog sich die Schnorchel-Brille über die Augen und tauchte ab. Die Spitze des Atemrohrs an der Wasseroberfläche entfernte sich schnell von unserem *sloepje*.

Detlef berichtete atemlos: »Das könnt ihr euch nicht vorstellen. Da unten liegt alles voller Muscheln, nicht vier, fünf pro Quadratmeter, das ist ein Muschelteppich, unglaublich!«

Es war allerdings unglaublich, ich erinnerte daran: »... und der *Mosselbaron* hat gesagt, das wäre kein Feld, wo Muscheln zum Entsanden abgelegt werden. Wie Lothar schon gesagt hat, es ist ›offiziell‹ kein Muschelfeld.«

Jetzt ertönte Widerspruch von der Backbordseite: »Ich hab' das gesagt!«

Was für ein Kindergarten.

Ich entgegnete: »Darauf kommt es nun wirklich nicht ...«

Mit lautem Getöse und hoher Geschwindigkeit rasten zwei Jetskis auf uns zu. Sie fuhren genau auf unsere Schaluppe zu. Zwischen ihnen und unserem Boot schnorchelte Lothar.

Adi sprang auf, während er brüllte: »Lothar, pass auf!«

Der konnte ihn ganz sicher nicht hören, er hatte beide Ohren unter Wasser.

Die Jetskis kamen näher. Sie fuhren sehr dicht links an uns vorbei und drehten sofort ab, um uns rechts zu passieren. Die eigentlich schwerfällige Schaluppe begann heftig zu schaukeln.

Ich versuchte, das Atemrohr von Lothars Schnorchel irgendwo ausfindig zu machen, aber das Wasser war jetzt so aufgewühlt ...!

Wieder umkreisten uns die beiden Scooter, die Schaluppe wurde sehr kippelig.

Adi brüllte noch einmal: »Lothar!«, als wieder eine Welle gegen unser Boot schlug. Adi hatte auf der Sitzbank gestanden, konnte sich nicht mehr halten und stürzte in die Oosterschelde.

Was wollten diese Idioten von uns?

Gerd schmiss den Außenborder an und gab Gas. Lothar war dreißig Meter von uns aufgetaucht. Die Jetskis rasten jetzt davon in Richtung Norden.

»Wir kommen«, rief ich.

Wir hatten ihn fast erreicht, da hörte ich Adi brüllen: »Zuerst zu mir. Ich kann nicht schwimmen.«

Gerd wendete die Schaluppe: »Um Gottes willen, er kann nicht schwimmen.«

Ich stieg aus der Jeans. Auf die Idee mit der Badehose war ich nicht gekommen.

»Hilfe, ich versinke. Ich kann doch nicht schwimmen! Ich ... kann ... nicht ... schwimmen!«

Er konnte nicht schwimmen. Aber er versank nicht.

Er brüllte einfach weiter: »Ich ... kann ... nicht ... schwimmen!«

Wir hatten ihn endlich erreicht. Ich sprang in Unterhose ins Wasser und schrie auf. Die Schmerzen waren fast unerträglich, zerborstene Muschelschalen hatten sich mir in die Fußsohlen geschnitten.

Sieben Meter neben mir schrie Adi: »Ich kann nicht schwimmen!«

Ich rief ihm zu: »Du brauchst nicht zu schwimmen. Du stehst!«

Nun wurde er stiller. Er schaute nach unten. Er lachte fast hysterisch. »Ich stehe. Boah, ist das schön. Ich stehe!«

66.

Auf dem Weg zu Henk ten Dracht hatten sie den Wagen am Präsidium abgestellt. So mussten sie zwar ein ganzes Stück zu Fuß laufen, aber jetzt hatte es einen Vorteil: Annemiekes Kaffeemaschine lag quasi auf dem Weg. Und es regnete auch nicht mehr.

Piet saß wieder auf Annemiekes Schreibtisch, aus seiner Tasse verströmte der Kaffee seinen Duft direkt in sein ausladendes Riechorgan. Er betrachtete die verschiedenen Beige-Braun-Töne. Dann entstanden plötzlich größere Bläschen, und irgendwann fiel fast in der Mitte ein dunkelbraunes Loch in die Crema, die vorhin noch die ganze Kaffeeoberfläche bedeckt hatte. Es hatte etwas Beruhigendes.

»Das war eine großartige Idee!« Annemieke unterbrach seine Gedanken.

»Was meinst du?«

Annemieke erklärte: »›Santiago‹, der Fischer bei Hemingway hieß ›Santiago‹. Auf die Parallele muss man erst mal kommen. Das war eine großartige Idee.«

Piet versuchte, sich nicht anmerken zu lassen, dass ihn das Kompliment seiner Assistentin ein bisschen stolz machte. »Ja, danke! *Der alte Mann und das Meer*, das muss doch Schouten sein.«

Annemieke nickte. »Wenn der Alte regelmäßig in dieser Messe war, dann hat Bernadien seine Fingerabdrücke oder seine DNA da sicher auch gefunden.«

Piet schüttelte ungläubig sein angegrautes Haupt. »Die Offiziersmesse der ›Jacob van Heemskerck‹. Und er hat Dekker gesagt, die hätte ein Vermögen gekostet. Kannst du dir mal ein Bild über seine Finanzen machen? Da passt doch was nicht zusammen. Und ruf Dekker mal an, ob er heute schon bei Carin war. Wir sollten heute Nachmittag auch noch mal hinfahren.«

Annemieke hatte ihr Mobiltelefon schon in der Hand, da klingelte seines.

Ein langmähniger Ex-Abgeordneter grinste ihn an. »Hi Roger, hast du was herausbekommen?«

Mees antwortete: »Nicht übermäßig viel, aber wir können ein paar Gegenden ausschließen. Ich hatte ja gestern schon gesagt, das Veerse Meer hat eine Salinität von unter 30, das kommt nicht infrage. Aber ich habe heute außerdem Proben in Yerseke und vor Tholen genommen, auch da liegen wir nur ganz wenig über 30. Für euren Wert muss Schouten also weiter westlich ertrunken sein, wahrscheinlich eher Richtung Deltawerke, weiter östlich müsste es brackiger werden, aber das ist eine Woche her. Das Wasser verändert sich hier in der Schelde.« Mees klang ein bisschen enttäuscht.

»Das ist schon eine große Hilfe. Vielen Dank, Roger. Wenn wir den Fall abgeschlossen haben, gehen wir einen trinken.«

Die Antwort kam prompt: »Oder zwei!«

Piet hatte aufgelegt.

Jetzt wählte Annemieke Dekkers Nummer. »*Hoi* Vincent. Wie sieht's aus? Warst du heute Vormittag schon bei Carin?« Sie hörte Dekker eine Zeit lang zu. »Ja, wir wollen am Nachmittag auch noch mal vorbeischauen. Halten wir mal unter Vorbehalt eine Uhrzeit fest, wann wir uns wo treffen, sagen wir gegen fünf bei euch im Präsidium?«

Piet verzog die Miene, als hätte der großartige Kaffee plötzlich eine bittere Note hervorgebracht.

Annemieke registrierte das natürlich sofort und korrigierte: »Örtlichkeit auch unter Vorbehalt.« Sie legte auf. »Er ist im Moment noch unterwegs, um ein paar Halbstarke zur Räson zu bringen, aber danach fährt er bei Carin vorbei. Gib mir eine halbe Stunde für die Finanzen. Dann können wir los.«

Piet schloss leise die Tür zu Annemiekes Büro. Wenn sie im Zwiegespräch mit ihrem Computer war, ließ man sie besser allein. Er verließ das Präsidium und ging ein paar Meter die Herengracht entlang.

Carin … Piet kannte sie nicht besonders gut, er kannte ja nicht einmal Mattijs besonders gut. Er kannte ihn halt, und sie war seine Frau, er hatte sie ein paarmal gesehen. Er wusste nicht, wie er sich verhalten musste, sollte, konnte. Er musste den Wagen zurückgeben. Mattijs hatte ihm den geliehen, nicht Carin.

Er zog die Kachel aus der Tasche und wählte Bernadiens Nummer. »Hallo Bernadien. Sag mal, ist der Tatort noch abgesperrt? Ich bräuchte mein Auto zurück, das war bei de Jonge in der Inspektion, ich könne natürlich auch das Siegel vorsichtig abknibbeln …«

Bernadien lachte. »Das kannst du sicher, aber das musst du nicht. Ich bin gerade auf dem Weg nach Wemeldinge, und ich werde da bestimmt noch drei, vier Stunden zu tun haben.«

»Okay, dann bis gleich!«

Bis gleich. Gleich würde er sich wieder ans Steuer seines Land Rovers setzen und den schwarzen Defender zurückgeben. Das war ja Großserienscheiße, ein Pussy-Defender war das, sein Auto hingegen … Das würde eine ganz schöne Umstellung werden.

67.

Er hätte im Nachhinein den Weg nicht beschreiben können, den er an den Grachten entlanggegangen war. Ihm war vieles durch den Kopf gegangen, die vielen Menschen, die er in den letzten Tagen gesehen hatte. Die Söhne von Jacobus Schouten, die beide ihren Vater nicht verstanden hatten, und der Vater seine Söhne nie. Da war Jan Kok, dessen Tochter Sanne auf dem Schiff von Jacobus Schouten fuhr, die Begründung war fadenscheinig, und da war seine Frau Anna, er musste schmunzeln. Annemieke hatte gesagt, sie erinnere sie an Katharine Hepburn. Ja, da war was dran. Diese Anna Kok wollte nur mit Annemieke sprechen, denn »ihr Chef war böse«. Diese Anna Kok war unglücklich, vielleicht weil ihre Tochter nun doch auf einem Fischerboot fuhr, ihm ging der Satz nicht aus dem Kopf. Sie hatte tatsächlich gesagt: »Eine Frau sollte nicht nach Fisch riechen, eine Dame darf nicht nach Fisch riechen.« Unglaublich, diese Frau, aber das war kein Motiv. Niemand hatte ein Motiv. Rafael hatte seine Lage geklärt. Und wenn Rafael an der Universität blieb, wurde Ronald automatisch der Kapitän des zweiten Kutters. Und dann war da noch Juliana, Juliana hatte ihn an das Gleichnis vom verlorenen Sohn erinnert. Der Sohn, der zu Hause bleibt, sieht sich im Recht, aber der Sohn, der zu Hause bleibt, bleibt auch zu Hause, weil er vielleicht doch mehr Bindung zu seinem Vater hat, als er selber glaubt. Dieser Sander van Loon, Jacobus hatte seinen Vorschlag, für Koning & Timmermans zu fahren, abgelehnt. Ja, und es gab fünfundsechzig Fischer, und es gab viel Geld. Er würde einen anderen finden. Dieser Mulder, Johannes Mulder, der schickte sie ständig von einer Adresse zur nächsten, vielleicht nur, damit sie die richtige Spur nicht verfolgten.

Es war gut, dass Piet am Grachtenring entlangging, der die Altstadt von Middelburg umgab. Hätte er sich diese Gedanken in irgendeinem geschlossenen Raum gemacht, würde ihm jetzt der Schädel brummen.

Plötzlich hielt neben ihm ein schwarzer Land Rover Defender. Annemieke rief durch das geöffnete Fenster: »Steig ein!«

Piet schwang sich auf den Beifahrersitz. Eigentlich wäre er gerne selbst gefahren. Es würde seine letzte Fahrt in diesem Auto sein. Er hatte nicht viel Zeit, um darüber nachzudenken.

»Du glaubst also, dein Mattijs de Jonge hält sich mit seiner Werkstattklitsche mit Mühe und Not über Wasser?«

Piet ahnte, wenn diese Frage so gestellt wurde, hatten Annemiekes Recherchen ergeben, dass er nicht gerade am Hungertuch genagt hatte. »Na ja, dieses Muschelzimmer hat mich schon nachdenklich gemacht, aber die Werkstatt ist doch eine Klitsche, oder?«

Annemieke zögerte. »Ja, das sehe ich auch so. Und jetzt die Preisfrage. Wie ist der Kontostand von Mattijs de Jonge auf seinen verschiedenen Konten bei der Rabobank in Wemeldinge, bei der Rabobank in Goes und bei der ABN AMRO in Bergen op Zoom?«

Piet überlegte. »Wenn du mich so fragst, hatte er keine Miesen. Ich weiß zwar nicht, wo er sie herhat, aber sagen wir: fünfzigtausend Euro?«

Sie nickte anerkennend. »67.634 Euro, und dazu kommt bei der Aegon in den Haag eine Lebensversicherung über eine Viertelmillion.«

»Lebensversicherung. Abgeschlossen wann, und wer ist der Versicherungsnehmer?«

Annemieke antwortete: »Frage eins, muss ich erst anhalten und nachgucken, Frage zwei, versicherte Person ist natürlich Mattijs de Jonge.«

»Nein, ich meinte, wenn die versicherte Person vom Ableben Gebrauch macht, wer ist dann die vermögenswirksame Person oder wie man das nennt?«

»Ach so, die bezugsberechtigte Person ist zu einhundert Prozent Carin de Jonge!«

»Das ist gut!«

Das geöffnete Tor von Mattijs' Kleinstwerft lag direkt vor ihnen. Annemieke parkte neben dem roten Volvo von Bernadien, und sie betraten die Werkstatt.

Bernadien stand in der Messe, hier trug sie wieder ihren Overall mit Kapuze und Handschuhen.

»Was machst du heute noch hier?«, fragte Piet.

Sie lächelte. »Das habe ich mir zur Angewohnheit gemacht. Ich gehe nach vierundzwanzig Stunden jeden Zentimeter des Tatortes noch mal ab. Auch wenn du dich noch so sehr für einen Profi hältst, da liegt ein toter Mensch, da ist vielleicht Blut, da weinen Menschen. Das emotionalisiert dich doch, davon kann sich niemand freisprechen.«

»Und? Schon was gefunden?«

»Nein, natürlich nicht. Weißt du, ich bin Profi.« Sie lachte. »Aber unser Labor ist bereits ein Stück weiter. Wir können schon einmal festhalten, dass wir Proben, also DNA, von acht verschiedenen Personen im Muschelraum gefunden haben, und wir haben uns auf diesen Raum beschränkt.«

Piet erklärte: »Das ist eine Messe, es soll die Offiziersmesse der ›Jacob van Heemskerck‹ gewesen sein, ein Kriegsschiff von 1906.«

»Ehrlich? Das muss ja ein Vermögen gekostet haben. Sei's drum. Also, nur in diesem Raum haben wir Proben von acht verschiedenen Menschen gefunden, und fest steht, sieben waren männlich, eine war weiblich. Mehr konnten mir die Jungs aus dem Labor noch nicht sagen.«

68.

Nun überließ Annemieke das Steuer ihrem Inspecteur Piet van Houvenkamp. Wenn Mattijs gesagt hatte, er hätte den Wagen extra nicht gewaschen, dann hatte er sicher nicht übertrieben. Ein knapper Zentner Sand fand sich im Fußraum. Eine Angelzeitschrift von 2003 klemmte neben dem Beifahrersitz. Eine Pommes-Tüte von »De Babbelaar«, der besten Frietjesschmiede auf Walcheren, lag auf dem Armaturenbrett, das vom Staub mehrerer Jahrzehnte geziert wurde.

Piet drehte den Zündschlüssel und trat aufs Gas. Er trat aufs Gas … und er trat aufs Gas. Nun setzte sich der nur noch marginal an die Farbe Hellblau erinnernde Land Rover langsam in Bewegung. Ja, es gab da schon einen gewissen Unterschied zwischen seinem coolen echten Land Rover und diesem schwarzen Großserien-Fahrzeug. Letzteres war schon geil!

Dieses Mal parkte ein Land Rover, Baujahr 68, in *light blue* oder dem, was davon übrig war, in Kapelle, am Kerkplein 4, vor dem Haus von Mattijs und Carin de Jonge.

Carin hatte es schon bemerkt und stand in der Eingangstür. »Kommt rein!«

Annemieke fragte mitfühlend: »Wir wollten nur noch mal sehen, wie es Ihnen geht. Brauchen Sie etwas? Können wir Ihnen helfen?«

Carin versuchte ein Lächeln. »Brauchen Sie etwas? Ich brauche meinen Mann, den hat man mir genommen. Und es kann keinen Grund dafür geben. Kein Mensch auf der Welt kann einen Grund haben.« Sie begann zu weinen. »Ich weiß nicht, wie es weitergehen soll! Ich muss versuchen, die Werkstatt zu verkaufen, aber gibt es dafür einen Käufer? Ich weiß es nicht. Und dann ist da ja diese ›Messe‹. Vielleicht ist die was wert.«

»Was machen Sie beruflich?«

Carin schluchzte. »Ich bin Grundschullehrerin, aber wir haben dieses Haus gekauft. Da sind sicher jede Menge Schulden. Wissen Sie, ich habe mich nie um die Finanzen gekümmert, das war immer Mattijs' Job.«

Piet schaute zu Annemieke. »Schulden?«

Sie schüttelte den Kopf.

Piet sagte: »Also wir haben keine unbezahlten Kredite gefunden. Im Gegenteil. Da gibt es eine Lebensversicherung, mit der du erst mal gut über die Runden kommen solltest.«

»Er war so gut!« Die Tränen rannen ihr über die Wangen.

Piet zog ein Päckchen Taschentücher aus seiner Jacke, das er sicher nicht in diesem Jahr dort platziert hatte. Er gab ihr eins, sie nahm es dankbar an.

»Er war so gut!«

Piet nahm sie in den Arm. »Ja, das war er! Und das wird er immer bleiben!«

Carin führte sie wieder zu der Essecke, in der sie schon gestern Abend gesessen hatten.

»Du sagtest: ›Kein Mensch auf der Welt kann einen Grund haben, Mattijs umzubringen.‹ Fällt dir wirklich niemand ein? Er hatte Kunden, einige werden nicht pünktlich bezahlt haben. Es gibt andere Boots- und Autowerkstätten. Gab es einen Konkurrenten? Irgendwo muss es ein Motiv geben.«

Carin hatte sich wieder beruhigt. »Über das Geschäft haben wir nie gesprochen. Ich habe immer gedacht, es läuft nicht so gut. Und wer spricht schon gerne über Misserfolge? Wir haben über alles gesprochen, über Gott und die Welt, aber niemals über das Geschäft. Das Geschäft, das war sein Reich.«

Annemieke mischte sich ein: »Sie sagten, die Messe war sein

ganzer Stolz. Wie ist er da rangekommen? Dekker sagte, es war eine Auktion. Wissen Sie mehr?«

Carin versuchte ein Lächeln. »Vielleicht war das mein Fehler. Er hat mit mir nicht übers Geschäft gesprochen, und ich habe das akzeptiert. Vielleicht hatte er Probleme im Geschäft, und er hat geglaubt, er könne mit mir nicht darüber reden. Die Messe habe ich genau einmal gesehen – als sie aufgebaut worden war. Wir haben eine kleine Party gefeiert. Ich weiß noch, Dekker war auch dabei und der junge Schouten, und ich habe eine Flasche Sekt an die Wand geworfen. Wie bei einer Schiffstaufe.« Sie begann wieder zu weinen.

Piet holte ein neues Papiertaschentuch aus dem Päckchen.

69.

Sie stiegen schweigend in den betagten Geländewagen, der vor Carins Haus geparkt war.

Erst, als sie sich ein paar hundert Meter entfernt hatten, sagte Annemieke: »Sie weiß wirklich gar nichts. Ist das nicht schlimm, wenn eine Ehefrau gar nichts weiß?«

Piet überlegte. »Das ist schlimm, oder es ist ein ungeheurer Vertrauensbeweis, such's dir aus. Aber du hast recht, sie weiß nichts. Und ob sie wirklich nur einmal in der Messe war, das werden wir ja bald erfahren. Hast du eine Plastiktüte dabei? In meiner rechten Jackentasche findest du ein benutztes Papiertaschentuch.«

Da war auch nicht ein Hauch von Kritik in ihrem Lächeln, als Annemieke ein paar Handschuhe und eine Plastiktüte aus ihrer Handtasche nahm. Sie griff mit den Fingerspitzen in Piets Jackentasche und brachte das Papiertaschentuch zum Vorschein. Sie verschloss die Plastiktüte und sagte: »… ist morgen früh bei Bernadien!« Dann schaute sie auf ihre Armbanduhr: »Du hast Glück!«

»Wieso?«

»Wir haben 17:50 Uhr. Dekker hat Feierabend, ist also nicht mehr im Präsidium, wo würde es dir passen?«

Piet lächelte, der Tag nahm eine positive Wendung.

»Wie hieß noch mal dieses Restaurant, wo wir Dekker am ersten Tag getroffen haben und das um 18 Uhr aufmacht?«

»Sehr gute Idee, ich rufe ihn an, er soll uns einen Tisch in ›De Branding‹ besorgen …«

Als sie eine Viertelstunde später mal wieder am Havendijk neben dem weißen Baldachin parkten, auf dem in großen Lettern der Name des Restaurants zu lesen war, stand Dekker bereits am Eingang. Wahrscheinlich hatte er schon gegenüber in der »Oesterij« bei einem Bierchen den Feierabend eingeläutet, dachte Piet, aber er sagte es nicht laut. Er war sich sicher, Annemieke teilte in dieser Beziehung nicht seinen Humor.

Dekker ging voraus, man betrat das Restaurant vom Havendijk aus über den Zugang unter dem Baldachin im ersten Stock. Und wieder sah das Restaurant gemütlich aus, vor allem roch es fantastisch.

Sie setzten sich, und Piet betrachtete die Speisekarte: Gratinierte zeeländische Muscheln waren eine Vorspeise. Noch vor einer halben Stunde hatte er überhaupt keinen Hunger gehabt. Das hatte sich gerade gewaltig geändert. Eigentlich wollte er sich mit einer Vorspeise zufriedengeben, aber unter den Hauptspeisen fand er Kabeljau, in Butter gebraten. Er war chancenlos.

Dieses Mal hatten sie eine weibliche Bedienung, auch sie wirkte gemütlich wie das Restaurant. Ihr schwarzes T-Shirt trug den silbernen Aufdruck: »De Branding – Welle des Geschmacks!«

Piet fragte: »Könnten Sie mir sagen, woher Sie Ihre Muscheln beziehen? Krijn Veenstra, Zeelands Eer, Beta oder Koning & Timmermans?«

Die hübsche Bedienung sagte: »Nein, unsere Muscheln sind etwas ganz Besonderes. Wir beziehen sie direkt vom Fischer, und das ist eine ganz spezielle Auswahl. Das sollten Sie probieren.«

Piet gab ihr recht, er verschob den Kabeljau auf den nächsten Besuch.

Wenige Minuten später brachte die Kellnerin die beiden großen Biere für Vincent und Piet und das Spa rot für Annemieke. Damit stand fest, Annemieke würde gleich die hellblaue Antiquität nach Middelburg lenken.

»Koning & Timmermans, da war ich gerade noch«, sagte Dekker. »Diese beiden Idioten, gegen die es eine Anzeige gab, die arbeiten da. In der Mittagspause haben die nichts Besseres zu tun, als Touristen zu ärgern.«

Mit einem zufriedenen Seufzen stellte Piet sein großes Bier ab. »Wir waren eben noch mal bei Carin. Sie hat uns erzählt, dass es damals eine Party gab, als der Muschelraum eingeweiht wurde, und sie erwähnte beiläufig, dass du dabei warst. Wer war denn noch da?«

»Um Gottes willen, Herr Inspecteur, das ist jetzt, lassen Sie mich überlegen, das ist sieben Jahre her. Wer war dabei? Carin und Mattijs, dann war da noch die Fotografin von der *PZC*. Wie hieß die noch? Weiß ich nicht mehr, kann ich aber rauskriegen. Der Mulder war da, der ist ja von dieser Traditionsgesellschaft, für den war das natürlich ein gefundenes Fressen, die Offiziersmesse der ›Hr. Ms. Jacob van Heemskerck‹. Ja, der Mulder war auch dabei.«

Eines musste Piet noch klären: »Carin sagte, der junge Schouten war dabei, damit meinte sie Ronald, oder?«

»Richtig, Ronald war dabei, aber ganz ehrlich, das ist Jahre her, und ich hatte am Ende auch allerhand getrunken.«

70.

Wir hatten die im Voraus bezahlten vier Stunden im *sloepje* nicht ausgereizt. Nach extrem aufregenden zweieinhalb Stunden entschieden wir uns bereits um 16:30 Uhr, den Heimweg anzutreten. Der Verleiher Kees van der Meyden saß oder lag, das war bei dem von ihm gewählten Möbel schwierig zu bestimmen, lesend in einem Liegestuhl. Er stellte keine Fragen, dazu hätte er seine Pfeife aus dem Mund nehmen müssen, was für ihn zu viel des Aufwands gewesen wäre. Er hob, ohne groß aufzusehen, seine Hand zum Gruße und widmete sich bereits wieder Pfeife und Buch.

Eine gute Stunde später erreichten wir unseren Campingplatz »De Grevelinge«. Am Nachmittag hatte die Sonne für ein oder zwei Stündchen die dichten Wolken beiseitegeschoben, aber jetzt, in den beginnenden Abendstunden, schloss sich der graue Vorhang wieder. Die bunten Sitzgruppen vor den weißen und cremefarbenen Wohnwagen waren allesamt verwaist.

Als wir auf unsere Parzelle traten, wiesen Musik und lautes Gelächter auf den Aufenthaltsort der auf dem Platz verbliebenen Lebenspartnerinnen hin. Aus dem grün-beige-weiß gestreiften Vorzelt vor dem Fendt-Diadem-Caravan von Ulla und Gerd erklang die durchdringende Stimme von Marco Borsato, er sang seinen Monsterhit *Hoe Het Danst*, die stampfenden Beats schallten etwas zu laut über den Campingplatz, die fünf Damen im grün-beige-weiß gestreiften Vorzelt sangen mindestens so laut mit. Discotime im Camperheim!

Wir betraten das Vorzelt und wurden mit lautem »Hallo!« begrüßt.

»Da seid ihr ja wieder. Alle Verfolgungsjagden lebend überstanden?«, fragte Gaby kieksend, und Gerd antwortete: »Wie man's nimmt. Adi ist nur sehr knapp dem Ertrinken im Flachwasser entronnen, und Lothar wurde beinahe von zwei Jetskis geschreddert.«

Die Gespräche verstummten, jemand rief: »Mach doch mal die Musik leiser!«

Babette sprang auf und umarmte ihren Adi. »Beinahe ertrunken? Ich dulde nicht, dass du dich weiterhin so der Gefahr aussetzt, mein kleiner, zärtlicher Oktopus!«

»Wieso von Jetskis geschreddert?«, fragte Gaby.

Ich überlegte, ob ich von den extrem scharfen Muschelschalen in meinen Fußsohlen sprechen sollte, vielleicht würde ich auch ... Nein, ich würde nicht getröstet werden. Anne war nicht da.

Gerd erklärte, dass Lothar weit draußen – nach seiner Schilderung etwa eine Seemeile vom Boot entfernt – geschnorchelt hatte, als zwei Jetskis mit einem Affenzahn das Wasser durchpflügten.

»Ich habe da geschnorchelt, wo gestern das Fischerboot in dem Flachwasser unterwegs war. Der *Mosselbaron* hatte doch gesagt, das wäre kein Muschelfeld. Und soll ich euch was sagen? Der Meeresboden war übersät mit Muscheln, alles voll Muscheln, unglaublich!«

»Das müsst ihr sofort der Polizei melden«, sagte Uschi, aber der Einwand ihres Gatten war nachvollziehbar: »Der van Houvenkamp war doch heute Morgen hier auf dem Platz und hat wüste Drohungen ausgestoßen. Wir können uns von mir aus an den Platzwart wenden oder an Inspektor Columbo, aber sicher nicht an die Polizei in Middelburg.«

Es wurde still im dezent gestreiften Vorzelt vor dem Fendt Diadem von Gerd und Ulla, und es war gut, dass es so still geworden war, sonst hätte man die fast gehauchte Stimme von Babette nicht vernehmen können.

Sie sagte, also sie hauchte: »Ich habe heute eine Mail an Chester Bloomberg geschrieben. Ich habe ihm gesagt, dass wir neue Informationen haben, und ich habe ihm versprochen, dass wir ihm bei der Aufklärung …«

Sie wurde von Ulla unterbrochen. »Bitte, was hast du?«

Nun schluchzte Babette vernehmlich. »Ich habe ihm versprochen, dass wir nicht ruhen werden, bevor die Menschen, die seinem Freund Jacobus Schouten das angetan haben, hinter Schloss und Riegel sitzen, oder noch schlimmer … bei Wasser und Brot!«

»Und? Hat er geantwortet?« Lothar wurde ungeduldig.

»Er hat mir heute Mittag gemailt, dass er morgen früh wieder in Yerseke eintrifft.«

Warum ihr leichtes Schluchzen nun in einen regelrechten Weinkrampf mündete, erschloss sich mir nicht, aber ich sah jetzt eine Chance: »Schreib ihm, wir brauchen sofort einen Termin, wir haben neue Informationen, und wir haben Beweise, ein Video und eine Zeugenaussage. Der Zeuge steht im Notfall für ein Interview zur Verfügung.«

Babette zögerte. »Und wer ist der Zeuge?«

»Der Zeuge bin natürlich ich.«

»Und warum bist du der Zeuge? Ich habe immerhin die Schaluppe gesteuert!«

»Das ist nun wirklich nicht so maßgeblich, ich wurde immerhin beinahe von zwei Jetskis geschreddert.«

»Und ich wäre beinahe ertrunken!«

Niemand redete von meinen schmerzenden Fußsohlen. Die Stimmen schwollen an und ebbten ab, man unterbrach sich gegenseitig, sprach über die Äußerung des anderen hinweg, man hörte nicht zu, man brüllte dazwischen, man lachte, man stöhnte, man startete Kakophonien von bis zu zehn Stimmen. Es klang wie bei *Anne Will* am Sonntagabend. Dann wurde es still.

Babette sagte: »Ich gehe rüber. Ich schreibe ihm sofort!«

Alle Augen folgten ihr, bis Jutta sagte: »Und jetzt kommt die wichtigste Frage: Lieber Adi, nimm es mir bitte nicht übel. Ich finde, ›mein kleiner, zärtlicher Oktopus‹ klingt wirklich niedlich, aber wie kommt man auf so einen Kosenamen?«

Die Stille war atemlos.

Adi wirkte ob dieser Frage fast erschrocken, ein wenig nervös, seine Wangen glichen plötzlich einem Schneewittchen-Apfel, aber dann lächelte er, und er kicherte ein wenig. Dann wurde er wieder ernst: »Es war damals im Kino. Es lief *La Boum – Die Fete.*«

»Kenn ich«, sagte Detlef, »das war der Film mit Sophie Marceau, das ist diese wunderschöne Schauspielerin mit dieser süßen Zahnlücke!«

»Weiß ich nicht so genau, ich hab' von der Leinwand nicht viel gesehen«, erwiderte Adi. »Deswegen nennt sie mich ja so. Sie sagte hinterher: ›Deine Hände waren überall, mein kleiner, zärtlicher Oktopus!‹«

Ich musste mich sehr konzentrieren, um nicht laut loszulachen, und es war gut, dass mir das gelang, denn Gaby sagte: »Das ist so romantisch!«

Mit diesem wunderschönen Kompliment löste sich die Versammlung langsam auf.

Vor der Tür fragte ich Gaby möglichst unauffällig: »Sag mal, kannst du mir sagen, wo Anne ist?«

Sie schaute mich verwundert an und antwortete: »Nein, das kann ich dir nicht sagen. Du musst nicht alles wissen, Bernhard!«

Sie konnte es mir also nicht sagen, aber das hieß natürlich nicht, dass sie es nicht wusste. Natürlich wusste sie es, sie wollte es mir nicht sagen …

71.

Sie saß ganz allein im braun-beige gestreiften Vorzelt mit dem grün-beige gestreiften Innenleben. Der Laptop war aufgeklappt, das Mailprogramm war geöffnet, aber was sollte sie schreiben, sie traute sich nicht. Wenn er antworten würde, »Mensch, Babette, hör auf mich zu stalken!«, was könnte sie dem entgegnen? Schon ein paar Mal hatte sie die Hände auf die Tastatur gelegt, genauso oft hatte sie sie wieder in den Schoß gelegt. Die anderen wollten, dass sie einen Termin mit ihm machte. Aber wer sind die anderen? Sie war ihnen nichts schuldig. Das Handy klingelte ... und klingelte ... und klingelte. Sie hatte jetzt keine Zeit zum Telefonieren. »Anonym« stand auf dem Display. Sie war ein bisschen neugierig, aber doch nicht jetzt!

Sie nahm das Gespräch trotzdem an. »Ja?!«

»Hallo Babette, hier ist Chester.«

»Oh ja, Chester, du kannst Gedanken lesen.«

»Du hast mir geschrieben ...«

»Ja, weißt du, wir haben diesen Ausflug mit dem *Mosselbaron* gemacht, den du uns empfohlen hast, und da haben wir im ›Versunkenen Land‹ ein Fischerboot gesehen, und du glaubst nicht ...« Sie schilderte Chester Bloomberg die Situation, und sie berichtete auch von der Fahrt ihres Mannes mit dem *sloepje*, in ihrer Schilderung war es ihr Mann, der das *sloepje* steuerte, und Adi war es auch, der beim Schnorcheln die großen Muschelfelder entdeckte. Doch dann kamen da zwei Männer auf Jetskis, und die hätten ihren Mann beinahe umgebracht.

Chester hatte ihr zugehört. Er hatte sie kein einziges Mal unterbrochen, doch jetzt sagte er: »Babette, wir sind ein Team! Wir werden den Fall aufklären, wir lassen den Tod meines Freundes Jacobus Schouten nicht ungesühnt. Ich bin morgen früh zurück in Yerseke, und wir klären den Fall auf!«

»Ja, wann und wo wollen wir uns treffen?«

Chester überlegte. »Gegenüber von ›De Branding‹ am Havendijk ist die ›Oesterij‹. Da treffen wir uns morgen. Ich schicke dir morgen früh oder im Laufe des Vormittags eine SMS mit der Uhrzeit, okay? Auf der Terrasse der ›Oesterij‹!«

»Wir haben ein Video, und wir haben Zeugen. Soll ich die mitbringen?«

Es vergingen einige Sekunden, bis Bloomberg antwortete: »Nein, Babette, ich brauche nur dich.«

72.

Im Strandhotel in Cadzand saß Chester Bloomberg in einem luxuriös eingerichteten Hotelzimmer. Er hatte im »Pure C« ein Interview mit Sergio Herman geführt. Dieser Sergio Herman hatte eine unglaubliche Leistung vollbracht. Er hatte es hinbekommen, in einem einzigen Jahr zwanzig Gault-Millau-Punkte und drei Michelin-Sterne zu erringen. Ein Jahr später hatte er sein Restaurant in Sluis geschlossen, weil er mehr nicht erreichen konnte. Seine Küchenchefs führten in Antwerpen das »The Jane« und in Cadzand das »Pure C«. Der gute Herr Sergio selbst stand jetzt im wahrsten Sinne des Wortes über den Dingen. Er genoss seinen wohlverdienten Unruhestand, kochte hier und da bei Gourmet-Festivals und gab ab und an seltene Interviews, wie dieses besondere Gespräch mit dem berühmten Foodblogger Chester Bloomberg.

Chester hatte die E-Mail von Babette gelesen, er hatte mit ihr telefoniert. Jetzt checkte er noch einmal seinen You-Tube-Account. Er hatte aktuell 1,47 Millionen Follower. 1,5 Millionen wären kein Problem, das war die natürliche Entwicklung. Die 1,5-Millionen-Marke würde er nächsten Monat knacken, so oder so. Aber wenn diese Geschichte einschlüge, dann würde er sie alle weghauen. Dann konnte Tim Mälzer einpacken. Und Jamie Oliver sowieso.

Er schaute sich um. Das Hotelzimmer war das falsche Ambiente. Er ging besser hinunter auf die Strandpromenade. Zwanzig nach acht, eine halbe Stunde vor Sonnenuntergang, die Sonne hatte sich am Abend tatsächlich noch blicken lassen, die perfekte Abendstimmung!

Er trug eine schwarz-weiß längsgestreifte Leinenhose, die im Bund mit einer neongrünen Kordel geschnürt wurde. Er hatte die Hose zweimal umgeschlagen, sodass sie lässig seine Knöchel umspielte und den Blick auf seine Espadrilles freigab. Espadrilles heißen die Sommerschuhe nach dem Espartogras, das ursprünglich für die Sohle verwendet wurde. Es sind einfache Sommerslipper, das Obermaterial ist Baumwolle, die Sohle wird aus Flachs oder Hanf geknüpft, gemeinhin, aber natürlich nicht, wenn Chester Bloomberg sie an den Foodblogger-Füßen trägt. Seine Schühchen waren aus handschuhweichem schwarzen Leder genäht, vorne zierten die vier großen Buchstaben »V«, »L«, »T« und »N« die Treter. Der Strand war vielleicht die einzige Location, an der Chester ein T-Shirt an seinem Körper duldete. Es war schlicht und weiß, und damit er nicht zu profan daherkam, kombinierte er diese schwarz-weiße Kombination mit einem hellblauen Sakko, ebenfalls aus Leinen, und einem weißen Panamahut.

Er klemmte das Handy-Stativ auf der einen Seite einer weißen Parkbank an der Rückenlehne fest, während er sich selbst auf der anderen Seite der Bank so platzierte, dass er auf dem Bild links außen zu sehen war, rechts von ihm der Strand und das Meer. Diese Motivwahl ermöglichte es ihm, am Ende seines Videos den Blick fragend auf das Meer zu richten. Er drückte auf eine kleine Fernbedienung, die Selbstauslöser-Automatik gab fünf leise Pieptöne von sich, und Chester sah ernst in die Kamera.

»Liebe Freunde, ihr wisst, der gewaltsame Tod meines Freundes Jacobus Schouten lässt mich nicht los, und heute kann ich euch eine gute Nachricht übermitteln. Ich verfüge über neue, über brandheiße Informationen, die es erfordern, dass ich mein Routing verändere. Ich werde nicht, wie angekündigt, nach Frankreich aufbrechen und Saint Malo besuchen, um euch in der Crêperie »Grain noir« die wunderbaren Craquelins vorzustellen und euch auf den Mont-Saint-Michel mitzunehmen. Danach sollte es in die Normandie gehen, in das Département 14, da ist der Name Programm und Magie. Es ist das Département ›Calvados‹. Aber … aufgeschoben ist ja nicht aufgehoben. Nur im Moment, da gibt es Wichtigeres. Glaubt mir, ich habe natürlich großen Respekt vor der Polizei der Niederlande, und ich werde vertrauensvoll mit den Sicherheitskräften zusammenarbeiten, aber, und das möchte ich hier betonen, in diesem Fall werde ich nichts dem Zufall überlassen. Ich werde noch heute Abend nach Yerseke reisen, dort treffe ich meine Informantin, und was ich euch morgen Abend hier auf diesem Kanal präsentiere, das sind tatsächlich *breaking news*, meine Lieben. Ich werde in Yerseke keinen Stein auf dem anderen lassen, bis der Tod meines Freundes Jacobus Schouten aufgeklärt ist. Darauf habt ihr mein Wort. Also, seid morgen Abend dabei, wenn es wieder heißt: ›*Love*, Chester‹!«

Er sah nachdenklich und fragend auf das Meer. Acht Sekunden, neun Sekunden, zehn Sekunden. Dann drückte er auf die Fernbedienung. Er war zufrieden.

73.

Das war doch einfach ein ganz anderes Fahrgefühl. Dieser Pussy-Defender, mit dem sie in den letzten Tagen unterwegs gewesen waren, der hatte Nitrocharger-Stoßdämpfer an der Vorder- und der Hinterachse, wo blieb denn da die automobile Romantik? Der gute alte Land Rover Series II, Baujahr 1968, mit dem sie jetzt auf dem Weg nach Middelburg waren, der hatte noch Blattfedern, und die hatten in den letzten Jahren schon ordentlich geblättert, da hauen dir selbst die 0,5 Zentimeter stark aufgebrachten Mittelstreifen auf der A58 aber mal so richtig ins Kreuz, dachte Piet, und er hatte Zeit zum Nachdenken, Annemieke lenkte den Landy nach Middelburg.

Wenn Piet in den letzten Tagen im schwarzen Defender einen Anruf bekommen hatte, dann war dieser via Bluetooth in die Freisprecheinrichtung des Wagens transferiert worden, und mittels einer kleinen Taste im Lenkrad hatte er das Gespräch annehmen können. Der alte Landy war zwar blau, und der Zahn der Zeit nagte eifrig, aber von Bluetooth war diese Antiquität ungefähr siebenundvierzig Jahre entfernt.

Das Telefon klingelte trotzdem, und Piet kramte die Kachel aus der Jackentasche. Ein Uniformierter grinste ihm vom Display entgegen.

Piet nahm das Gespräch an. »Jonker, was gibt's?«

Was, um Himmels willen, machte Agent Jonker noch im Präsidium? Es war fast neun, und der Chef war nicht im Haus.

»Sorry, dass ich so spät anrufe, ich konnte dich vorher nicht erreichen.«

Wahrscheinlich nicht, sein Handy hatte in seiner Jacke im Auto gelegen, als er mit Dekker und Annemieke in »De Branding« war.

»Kein Problem, worum geht's?«

»Ich habe seit zwei, drei Stunden ständig diesen Engländer in der Leitung, der dich dringend sprechen will.«

Piet fragte: »Einen Engländer?«

»Ja, er heißt ... Moment, ich habe es notiert ... Hier. Er heißt Chester Bloomberg, und er ist ›Foodblogger‹, was auch immer das ist, und er sagt, er hätte extrem wichtige Informationen.«

»Okay, heute nicht mehr, aber ich kann morgen mit ihm sprechen. Wo ist er?«

»Moment, er wohnt im ›Manoir Inter Scaldes‹ in Kruiningen, und er kann dich da morgen früh jederzeit treffen, von 9:00 bis 9:15 Uhr wäre ihm am liebsten.«

»Okay, dann sag ihm, wir sind morgen zwischen 10:00 und 10:15 Uhr da, und wenn ihm das nicht passt, kann er gerne in Middelburg im Präsidium antanzen, und zwar zwischen sechs und halb sieben, *klootzak*!«

Jonker grinste durchs Telefon. »Das richte ich ihm sehr gerne aus.«

Annemieke rief: »Schick mir den Termin aufs Handy!«

Jonker hatte sie wohl verstanden. Er antwortete: »Alles klar!«

Sie verließen die Autobahn an der Abfahrt Middelburg-Centrum. Ein paar Minuten später kam die Zugbrücke *Schroebrug* in Sicht.

Annemieke fragte: »Ich lass dich am ›Grijze Dolfijn‹ raus und nehm den Wagen mit?«

Piet antwortete: »Nein, nein. Fahr zu deinem Wagen, dann übernehm ich das Steuer. Ich brauche noch ein bisschen Meer.«

Annemieke lächelte. Sie kannte die Orte, an denen Piet manchmal eine Stunde lang stand und nur aufs Meer sah.

Auf dem Parkplatz des Präsidiums rutschte Piet auf den Fahrersitz. Annemieke winkte ihm zu, als er abfuhr, und Piet hupte zum Abschied zwei Mal. Als er neulich im schwarzen Defender die Hupe betätigt hatte, wurde durch den Schall eine Welle erzeugt, die in der Binnengracht kleinere Boote fast zum Kentern gebracht hatte. Als er jetzt hupte, klang es ein wenig wie ein erkältetes Walross kurz vor dem Ableben.

74.

Piet gab Gas, was bei seinem alten Gefährt nicht viel bedeutete. Ruhig und gelassen beschleunigte der alte Engländer, und nach zwanzig Sekunden hatte der Tacho die Fünfzig-Stundenkilometer-Marke erreicht. Da fiel es Piet auf. Der Tacho funktionierte wieder, der Zeiger hatte sich doch seit Jahren nicht bewegt. Mattijs hatte ihn repariert. Mattijs …

Piet sah auf die Armbanduhr. Zehn nach sieben. Dann könnte er noch duschen und wäre trotzdem pünktlich auf dem Pier in Westkapelle.

Er parkte den Wagen auf dem Parkplatz unterhalb der Rettungsstation und stieg die Stufen hoch zum Deich. Mit jedem Schritt wurde er ein bisschen nervöser. Neunundfünfzig war er jetzt, warum schlug sein Herz wie bei einem Neunzehnjährigen?

Er sah sie schon von Weitem. Sie stand ganz hinten am Ende des Piers und schaute aufs Meer.

Und noch fünf Schläge mehr.

Piet ging zu ihr und stellte sich neben sie. Er lehnte sich wie sie mit den Ellbogen auf das Geländer. Er roch das Meer und Isabelle.

Sie sah ihn nicht an, als sie sagte: »Da hast du mich aber sehr lieb angeschwindelt, letztes Mal.«

Piet verstand nichts.

Jetzt sah sie ihn an und sagte: »Ich hatte dich gefragt, ob du viel zu tun hast. Und du hast gesagt: ›Nein, Wochenende, genau die richtige Zeit für einen ausgedehnten Spaziergang!‹ Am nächsten Morgen schlage ich die Zeitung auf, und wer guckt griesgrämig aus dem Lokalteil? Der Inspecteur, der genau hier unter diesem Pier eine Leiche aus dem Meer gezogen hat.«

Das war eine Breitseite.

»Na ja, ich habe ihn nicht gefunden und auch nicht selbst aus dem Wasser gezogen, eine Leiche hatten wir natürlich schon. Aber an dem Abend, als ich mit dir am Strand spazieren gegangen bin, hatte ich nichts anderes vor. Garantiert nichts anderes.«

Sie strich ihm über die Nase. »Ist ja schon gut. Ich habe ja gesagt, du hast ›lieb‹ geschwindelt. Du hast mir geholfen, wir haben über mich geredet, wir haben darüber gesprochen, was ich in den letzten Jahren gemacht habe, und ich habe geredet.« Sie nahm seine Hand. »Endlich mal wieder geredet.« Sie schaute wieder aufs Meer. »Dafür bin ich dir sehr dankbar. Aber heute musst du mir sagen, wie es dir ergangen ist. Was hast du gedacht, als wir uns nach so langer Zeit wiedergesehen haben?«

Piet zögerte. Er wollte jetzt nichts Falsches sagen, er wollte nichts kaputt machen. Aber wenn er eins aus Hunderten von Verhören gelernt hatte, dann war es das: Man sagte am ehesten nichts Falsches, wenn man die Wahrheit sagte.

»Ich hatte Angst, etwas zu verpassen. Vor zwei Jahren hast du mich hier auf dem Pier geküsst, und dann bist du gegangen. Ich habe nicht versucht, dich aufzuhalten. Ich habe es verpasst. Ich wollte das nicht schon wieder. Ich war sehr froh, dass du geredet hast.«

Sie drückte seine Hand. »Du hättest mich vor zwei Jahren nicht aufhalten können, und du hättest mich auch nicht aufhalten dürfen. Ich brauchte die Zeit.«

Piet trat hinter sie und legte ihr die Arme um die Schultern, er küsste ihren Hals. Sie blieben einige Minuten so stehen.

Isabelle sagte: »In einer solchen Situation musst du mich umdrehen und küssen. Wenn du das nicht tust, hast du schon wieder was verpasst.«

Er drehte sie um und küsste sie.

Sie lachte und nahm seine Hand. »Komm, wir gehen noch ein Stück!«

75.

Piet erreichte den »Grijze Dolfijn« und sah erfreut die erleuchteten Fenster. Er zog sich nicht noch einmal um, er ging gar nicht erst hoch in seine Wohnung, er trat nur auf die dritte Stufe, und als er ihre Wohnungstür aufgeschlossen hatte, hörte er schon Julianas Stimme: »Ja, ich nehme gerne ein Glas Wein!« Er trat an die Tür des Wohnzimmers, in dem sie in ihrem wundervollen grünen Lehnsessel saß. Er hauchte ihr durch das Zimmer einen Kuss zu und ging zum Kühlschrank.

»Ich bin schon ganz gespannt! Wie ging es weiter? Hast du diese Sanne Kok noch einmal getroffen?«

Er hätte ihr gerne den Gefallen getan. »Nein, aber wir waren gestern noch bei ihrer Mutter, bei Anna Kok. Ohne dich hätten wir den Zusammenhang vielleicht gar nicht gesehen. Du, die Anna Kok würde dir Spaß machen.«

Piet versah in der Küche seine wichtigsten Bartender-Aufgaben: ein Glas feinherben Rheinwein für die Dame und zwei Flaschen Grolsch für den Herrn Inspecteur, ging ins Wohnzimmer und setze sich Juliana gegenüber.

»Warum würde Frau Kok mir Spaß machen?«

Piet reichte ihr das Glas und lehnte sich zurück. »Annemieke meint, sie erinnert sie an Katherine Hepburn. Du kennst Katherine Hepburn?«

Juliana lächelte. »Aber natürlich, Katherine Hepburn, weder verwandt noch verschwägert mit Audrey Hepburn. Immer die bessere Schauspielerin, aber eben einfach nicht so süß. Sie hat oft mit Spencer Tracy gespielt, ich meine, die waren zwischendurch auch mal ein Paar. Aber es geht dir ja nicht um Katherine Hepburn. Bei dir passt gerade irgendwas nicht zusammen. Ich sehe dir doch an, du schleppst da was mit dir rum.«

Piet nahm einen tiefen Schluck aus der Grolsch-Pulle. »Wir haben eben mit dem Kollegen aus Goes im Restaurant gesessen, also mit dem Brigadier aus dem anderen Revier. Der Mann heißt Dekker, und das ist ein netter Kerl. Aber er packt nie ganz aus. Er ist kooperativ, aber ich denke immer, er könnte mehr erzählen. Man muss ihm alles einzeln aus der Nase ziehen.«

Juliana schaute ihn aus ihren wunderschönen wässrigen Augen an. »Du vertraust ihm nicht, aber du würdest gerne!«

Piet stellte die Flasche ab. »Ich würde gerne? Weiß ich nicht! Annemieke sagt immer, er wäre nur ein bisschen unsicher, weil er gerade mich nicht enttäuschen will.«

Juliana nickte. »Ja, das klingt natürlich auch sehr plausibel! Dann steht es zwischen euch beiden also eins zu eins?«

»Richtig, und das ist das Problem beim Unentschieden. Es hilft keinem so richtig weiter.«

Juliana nahm ihr Weinglas zur Hand, als ob sie einen Toast aussprechen wollte. Sie beugte sich vor und sagte: »Dann möchte ich das ›Unentschieden‹ durch eine dritte Meinung aufheben. Weißt du, ich habe früher nicht so viel ferngesehen wie heute. Ich war unterwegs, ich habe Freunde getroffen, aber es gab eine Zeit, da war ich jeden Dienstag zu Hause, jeden Dienstag, weil ich im Fernsehen unbedingt diesen Don Johnson sehen wollte. Don Johnson als Sonny Crockett und Philip Michael Thomas als Ricardo Tubbs. Ich habe sie geliebt. Weißt du … ich glaube, ›Miami‹, das ist ein Polizist!«

Samstag

76.

Juliana hatte ihm in den letzten Jahren oft gesagt, wie ungerecht sie das finde: Wenn man jung ist, gibt es so viel zu erleben, aber irgendwann ist man immer müde und verschläft die spannenden Nächte. Wenn man dann alt ist, wenn man Zeit zum Schlafen hätte, dann kommst du mit drei, vier Stunden locker aus. Piet hatte ihr das eigentlich nie geglaubt, aber mittlerweile wurde er auch immer früher wach. Ruud, sein Lieblingswirt im »Rooie Oortjes«, hatte ihm mal gesagt, er kenne die Symptome, das sei präsenile Bettflucht.

Gestern Abend hatte er lange mit Juliana gesprochen. Nach dem Gespräch war ihm noch so viel durch den Kopf gegangen, er war bestimmt nicht vor zwei eingeschlafen, und am nächsten Morgen hatte das Gedankenkarussell schon wieder geöffnet. Vincent Dekker und »Miami«, wäre das möglich? Was war das für ein Engländer, den er heute Morgen treffen sollte, der wichtige Informationen hätte? Und als Juliana gestern von Sanne Kok gesprochen hatte, hatte sich das Gefühl eingeschlichen, er habe Ronald Schouten aus den Augen verloren, das war sicher ein Fehler. Diesen Mulder durfte er nicht vergessen und diesen Prokuristen von Koning & Timmermans, Sander van Loon.

Alles das ging ihm durch den Kopf, also schwang er die alten Gliedmaßen aus dem Bett und nahm sich seine Timex vom Nachttisch. Nein, das ging doch nicht. 6:30 Uhr! Um diese Uhrzeit hatte nicht einmal das »Sint John« auf. Er ging duschen, er duschte lange, und es tat sehr gut.

Als er frisch geföhnt und unrasiert aus dem Haus ging, war es zehn vor sieben. Immer noch viel zu früh für das »Sint John«. Er würde ins Präsidium gehen, er könnte mal sehen, ob er auf den internen Seiten von der Politie Zeeland irgendwas über Vincent Dekker finden könnte. Sollte er mit Annemieke darüber reden? Vielleicht besser nicht. Aber er musste ihr noch eine Nachricht schreiben, dass sie ihn nicht im »Sint John« treffen würde.

Man konnte tagsüber nicht ahnen, wie kühl und frisch es am Morgen war. Die schmale Kaltfront war zwar vorübergezogen. Für heute hatten sie wieder Temperaturen jenseits der Zwanzig-Grad-Marke vorausgesagt, Juni-Wetter, und das am 20. April. Aber morgens um sieben war Frühling.

Im Präsidium wäre er ungestört. Irgendwer hatte Nachtwache gehabt, aber sonst?

Jonker öffnete ihm die Tür. »Moin, Chef!«

»Was machst du denn hier?«

»Ach, ich konnte nicht schlafen, und da dachte ich, ich such schon mal raus, was dieses ›Inter Scaldes‹ ist, damit du ein bisschen Hintergrundwissen hast.«

Piet war überrascht. Jonker hatte auch präsenile Bettflucht – mit dreiunddreißig!

»Und hast du was rausgekriegt?«

»Ich war leider zu spät. Annemieke ist in ihrem Büro.«

»Was?«

Was war ihm da entgangen? Warum lagen diese jungen, lebensbejahenden Menschen nicht in ihren Betten? Das musste er sie dringend fragen. Er öffnete die Tür zum Büro seiner Assistentin und sagte … nichts!

Sie kam ihm zuvor. Sie sagte: »Komm rein, das musst du dir ansehen!«

Er ging, wie ihm geheißen, hinter ihren Schreibtisch. Auf dem großen 27-Zoll-Monitor waren zwanzig Fotos in vier Reihen zu sehen. Das Motiv war immer dasselbe und war es doch nicht. Es war immer dieselbe männliche Person, aber die Kleidung variierte immens. Mal war sie im jeansblau gemusterten Anzug mit roter Krawatte und Sonnenbrille zu sehen, dann wieder im rosafarbenen Zweireiher, gefolgt von einem karierten Ensemble aus Tweed-Sakko und Knickerbocker, um auf dem nächsten Bild im hellblauen Smoking zu glänzen, zu pinkfarbenen Lackschuhen!

»Was um alles in der Welt ist das?«, fragte Piet, und Annemieke antwortete: »Das ist unser Gesprächspartner um zehn. Das ist der Foodblogger Chester Bloomberg!«

»Foodblogger …«, raunte Piet. »Kann man davon leben?«

»Wenn ich die Preise der Kleidung auf diesen Fotos betrachte, dann kann man davon sogar ziemlich gut leben. Und das ›ziemlich‹ nehme ich zurück, nachdem ich mir seinen YouTube-Kanal angesehen habe, der Mann hat aktuell, Moment, 1,476 Millionen Follower. Und hier siehst du Monsieur in Action.«

Annemieke hatte seinen letzten Blogbeitrag aufgerufen, und nun kam auch Piet in den Genuss von grasenden Limousin-Bullen, zwei fröhlichen Schweinen, dem Pizza-Jongleur vor Altstadtkulisse, wieder brutzelte die Dorade gefällig in der Pfanne, und wieder erschien da mit einem Champagnerglas in der Hand unser Foodblogger und sprach: »*Love*, Chester!«

Annemieke und Piet verfolgten den Clip und sahen sich danach verwirrt an. Sollte man jetzt lachen, sollte man weinen, sollte man ihn einfach nicht beachten?

Annemieke sagte: »Immerhin hat er versprochen, mit den Sicherheitskräften vertrauensvoll zusammenzuarbeiten.«

»Ich überlege gerade, ob ich ihm um zehn Uhr vertrauensvoll in die Eier treten soll«, merkte Piet an.

Annemieke tippte einige Male auf ihre Tastatur. »Um zehn treffen wir den Herrn Bloomberg übrigens hier …«

Auf dem Bildschirm erschienen ein herrliches Herrenhaus und die Innenansicht eines Restaurants, in dem man *Frikandel speciaal, friet, mayo* wahrscheinlich vergeblich auf der Karte suchte.

»Das ist das ›Manoir Inter Scaldes‹. Der Chef Jannis Brevet

nennt drei Michelin-Sterne sein Eigen. So viel zum Thema: Kann man davon leben?«

Piet hatte die Besonderheit von Annemiekes Büro ausgenutzt und sich aus der Schweizer Maschine einen italienischen Kaffee gezogen.

»Zeigst du mir noch mal diesen Chester Bloomberg?« Eine Sekunde später waren die vielen Bilder desselben Mannes in den unterschiedlichen Outfits wieder auf dem Monitor zu sehen, und Piet murmelte: »Auf dem Taschentuch steht CFB. Hat der Herr Bloomberg einen zweiten Vornamen?«

Annemieke tippte mit schnellen Fingern etwas in die Tastatur, dann lächelte sie. »Man hätte es sich denken können. Der gute Mann heißt Chester Fitzroy Bloomberg.«

Piet schaute auf. »Heißt Fitzroy nicht so viel wie ›illegitimer Sohn des Königs‹?«

Annemieke antwortete: »Der ›Bastard des Monarchen‹, das heißt es.«

Piet grinste. »Ich will das alles nicht … aber ich glaube, das wird ein lustiger Tag.«

77.

Sie erreichten den Parkplatz vor dem »Manoir Inter Scaldes« über eine Kieseinfahrt. Auf diesem Parkplatz standen ein großer dunkelblauer Mercedes, daneben ein Maserati Quattroporte und drei Plätze weiter ein Aston Martin DB11. Die anderen Plätze waren frei, es war zehn Uhr morgens. Annemieke parkte den Dienstpeugeot neben dem Maserati, als ihnen schon ein junger Mann im schwarzen Anzug entgegenkam.

»Schönen guten Morgen. Brigadier Breukink und Inspecteur van Houvenkamp, vermute ich …«

Annemieke stimmte sofort zu und sagte: »Wir würden …«

Der junge Mann im schwarzen Anzug sagte: »Mister Bloomberg erwartet Sie bereits. Vorsicht, hier ist eine Stufe!«

Sie betraten den hellen Gastraum mit großen Fenstern zum gepflegten Garten. Sie mussten sich nicht lange umsehen, um Chester Bloomberg zu finden. Erstens wies der Herr im schwarzen Anzug mit einer dezenten Geste zum richtigen Tisch, zweitens war außer diesem nur eine weitere Tafel gedeckt, an der ein älterer Herr mit einer blauhaarigen Dame saß, und drittens hätten sie Herrn Bloomberg selbst auf dem proppenvollen Wochenmarkt von Domburg unter zehntausend Besuchern mühelos in drei Minuten lokalisiert. Wer trug schon sonst einen rosafarbenen karierten Zweireiher-Anzug mit rot gestreifter Krawatte?

Bloomberg hatte ein Omelette mit jungem Spinat, gereiftem Ibérico und sehr altem Gouda gewählt, und er war derart begeistert, dass er die Ankunft der beiden Polizisten gar nicht bemerkt hatte oder fast nicht bemerkt hatte, denn als sie dann vor ihm standen, begrüßte er sie äußerst freundlich: »Schön, dass Sie kommen konnten. Bitte nehmen Sie doch Platz.«

Der Herr im schwarzen Anzug war neben den Tisch getreten, kein Auge hatte ihn kommen sehen.

»Wünschen die Herrschaften auch ein Frühstück?«

Annemieke wartete erst gar nicht auf eine Reaktion von Piet, antwortete statt seiner: »Wir nehmen beide gerne nur einen Kaffee.«

»Sehr gerne«, antwortete der freundliche junge Mann.

Sie warteten, bis Bloomberg seine morgendliche Mahlzeit beendet hatte. Er tupfte sich mit der großen weißen Serviette den Mund ab, faltete sie, legte sie auf den Teller, als Nächstes faltete er seine Hände und legte sie auf den Schoß.

Annemieke warf einen verstohlenen Blick zu Piet. Er war ruhig. Das Gemächt des Herrn Bloomberg war noch in Sicherheit.

Nun sprach der Foodblogger: »Ich habe Informationen für Sie, die Sie im Fall des ermordeten Muschelfischers Jacobus Schouten weiterbringen werden.«

Er sagte nicht »weiterbringen könnten«, er verzichtete auf den Konjunktiv.

Piet zuckte schon ein wenig, aber Annemieke sagte schnell: »Dann schießen Sie mal los.«

Sie freute sich, dass der junge Mann im schwarzen Anzug den Kaffee brachte. Jetzt hatte Piet etwas zu tun.

»Wir haben im sehr flachen Wasser der Oosterschelde, man nennt das Gebiet auch ›Versunkenes Land von Zuid-Beveland‹, einen Muscheltrawler gesehen, der in diesem Gebiet hätte auf Grund laufen können. Kapitän Adriaan Nieuwman versicherte uns, dass es für einen Muschelfischer keinen Grund gebe, sein Schiff in diese Flachwasserzone zu steuern, denn dieser Bereich sei keine Parzelle, wo die Muscheln zum Entsanden abgelegt werden. Bei diesem Schiff, und davon existieren digitale Fotoaufnahmen, bei diesem Schiff handelte es sich um die ›YE 19 Leentje‹, und das ist …«

Das war der Moment, in dem Piet ganz langsam genug hatte von diesem selbstgefälligen Arschloch. »Das ist das Schiff von Jacobus Schouten. Wir haben Ihnen jetzt eine halbe Stunde beim Rühreiessen zugeguckt, und nun erzählen Sie uns seit zehn Minuten Dinge, die wir schon wissen. Entweder kommt jetzt noch was rasend Spannendes, oder die Polizei von Zeeland stellt Ihnen unsere Fahrtkosten in Rechnung!«

»Nun!« Bloomberg zögerte. Es bereitete Piet einige Freude mitanzusehen, wie dieser affektierte Zausel versuchte, Contenance zu bewahren. Bloomberg fuhr fort: »Ganz recht, es ist das Schiff von Jacobus Schouten, und um zu klären, warum es sich in so unsicherem Gewässer aufhielt, haben wir das Terrain am folgenden Tage noch einmal aufgesucht, wir haben mittels einer Schnorchel-Ausrüstung den Grund der Schelde untersucht und festgestellt, dass er über und über mit Muscheln bedeckt war, das ist schon erstaunlich, wenn dieses Areal doch nicht als Entsandungsparzelle ausgewiesen ist.«

Piet hatte immer noch Lust, ihm irgendetwas Schmerzhaftes anzutun oder ihm zumindest den Kaffee über den bekloppten Anzug zu gießen, aber er musste auch zugeben, langsam wurde es spannend.

»Dann wurden wir von zwei Jetski-Fahrern angegriffen, unser Erkundungsboot wäre beinahe gekentert, einer der Männer ging über Bord, der andere war noch mit der Schnorchel-Vorrichtung unter Wasser und wurde fast von einem Jetski überfahren.«

Annemieke hatte sich in ihrer schwarzen Kladde Notizen gemacht. Sie blätterte zwei Seiten zurück. »Die Fahrt mit Kapitän Nieuwman machten Sie, wenn mich nicht alles täuscht, am Donnerstag. Am darauffolgenden Tag waren Sie mit dem Boot im ›Versunkenen Land von Zuid-Beveland‹. Aber ich habe Ihren Blog gesehen, Sie haben am Donnerstag Sergio Hermans in Cadzand interviewt, und am Freitag waren Sie am Strand von Cadzand. Sie sprechen also immer von ›wir‹, aber gehe ich recht in der Annahme, dass Sie bei dem ›wir‹ gar nicht dabei waren?«

Es war Chester Bloomberg anzusehen, wie er sich wand. »Ja, also, im Sinne von ›physisch‹ war ich tatsächlich nicht anwesend!«

Piet grinste ihn an. »Dann erklären Sie mir mal ganz genau, *wie* Sie anwesend waren, wenn Sie nicht da waren!«

Nun war in Bloombergs linkem Mundwinkel ein nervöses Zucken zu beobachten.

»Ich habe mit meinen Mitarbeitern permanent in engem Kontakt gestanden, auch wenn mir wegen anderweitiger Verpflichtungen eine physische Präsenz nicht möglich war!«

»Und was sind das für ›Mitarbeiter‹?«

Bloomberg antwortete: »Dabei handelt es sich um fünf deutsche Privatdetektive.«

Piet stand auf, würdigte Bloomberg keines Blickes und sagte zu Annemieke: »Zahlst du bitte die beiden Kaffee? Ich gehe raus zum Auto, sonst trete ich ihm doch noch in die Eier!«

78.

Mit einem akustischen Signal signalisierte das Smartphone, das da auf dem grün-beigefarbenen Läufer auf Babettes Esstisch lag, dass eine SMS eingegangen war. Hätte es kein akustisches Signal gegeben, hätte Babette die eingehende Nachricht trotzdem im selben Augenblick wahrgenommen, weil sie eh gerade auf das Display des Smartphones auf dem grün-beigefarbenen Läufer starrte. Sie starrte jetzt seit einer guten halben Stunde. Hatte er sie vergessen, hatte er es sich anders überlegt? Nein! Die SMS kam wie angekündigt heute Morgen oder im Laufe des Vormittags. Genau genommen kam sie um 10:14 Uhr, wie es in kleinen grauen Lettern über der Textnachricht stand. Die Nachricht war kurz: »Punkt 12, *love*, Chester!«

Punkt 12:00 Uhr, jetzt war es 10:14 Uhr, oh Gott, schon 10:15 Uhr. Sie hätte noch Zeit zu duschen, aber sie hatte schon geduscht, sie könnte noch ein bisschen überlegen, was sie anziehen soll, aber sie hatte seit gestern Abend nichts anderes getan.

Jetzt saß sie frisch geduscht, dezent geschminkt, mit einer grünen Leinenhose und ihrer schönsten grün-weiß gestreiften Sommerbluse am Tisch und rief bei Google Maps »Yerseke« auf. Die Fahrtstrecke vom Camping »De Grevelinge« zur »Oesterij« in Yerseke betrug achtundvierzig Kilometer, die Fahrzeit war mit fünfunddreißig Minuten angegeben … wenn es keinen Stau gab. Okay, Google sagte, es gäbe keinen Stau, aber Google sitzt in Amerika, woher wollen die alle Staus in Europa kennen? Sie wollte lieber auf Nummer sicher gehen, sie würde fünfzehn Minuten Karenz einrechnen, nein, lieber eine halbe Stunde. Chester sollte auf keinen Fall auf sie warten müssen. Fahrtzeit fünfunddreißig Minuten, Karenz dreißig Minuten, jetzt war es 10:17 Uhr, und wenn der Wagen nicht anspränge ...? Sie nahm ihre Handtasche vom grün-beige gestreiften Campingstuhl und verließ eilends das Vorzelt.

79.

Das Polizeipräsidium von Goes liegt in der Valckeslotlaan 6. Vor ein paar Tagen hatte Piet noch in einer Nebenstraße geparkt, weil er seinerzeit mit einem sozial unverträglichen schwarzen Land Rover Defender unterwegs war. Heute saß er, wie sich das für einen alternden Inspecteur gehört, im Dienstpeugeot von Annemieke auf dem Beifahrersitz.

Es gibt die weißen Dienstpeugeots, die die roten und blauen Diagonalstreifen tragen, deswegen nennt man sie ja auch Streifenwagen, aber Annemieke als Brigadier der Mordkommission war natürlich in Zivil unterwegs, so auch ihr Auto. Es war ein ebenfalls weißer Peugeot 407, aber ohne Diagonalstreifen, sonst wäre er ja nicht zivil. Über die Frage, woher der Begriff »Zivilstreife« kommt, muss man ja nicht nachdenken.

Annemieke parkte ganz normal vor dem Polizeipräsidium auf dem Parkplatz, der mit einem Schild für »Inspecteur Pim Wouters« reserviert war, und sie betraten das Präsidium.

Vincent Dekker begrüßte sie wie ein gut gelaunter Radiosprecher: »Ein neuer sonniger Tag in Zeeland, ihr habt heute Nacht hoffentlich perfekt geschlafen, und jetzt wird die Polizei in Goes jedes Problem lösen.«

Annemieke lachte, und Piet dachte an Sonny Crockett.

»Wir waren heute Morgen schon im ›Manoir Inter Scaldes‹.«

»Wow, das ist die beste Adresse hier in der Gegend, und Jannis ist ein super Typ, aber da dürft ihr nicht morgens hin, da müsst ihr mal abends ein Fünf-Gänge-Menu genießen. Der Jannis ist einer der besten Köche der Welt!«

»Das mag sein«, erwiderte Annemieke, »aber wir hatten da heute um zehn Uhr unseren Termin mit einem Foodblogger. Der Mann heißt Chester Bloomberg, und der ist die Karikatur eines Bloggers.«

»Wieso? Wie sah er aus?«

Annemieke beschrieb den rosa karierten Zweireiher mit der hellrot-dunkelrot gestreiften Krawatte. Sie lachten alle drei.

Piet berichtete, dass es nach der Aussage des rosa karierten Herrn ein Muschelentsandungsfeld gebe, das kein Muschelentsandungsfeld sei, und dann seien sie noch von zwei Jetskis angegriffen worden, aber der Herr Chester Bloomberg sei gar nicht dabei gewesen. Der weilte zur selben Zeit in Cadzand. Seine Mitarbeiter hätten das rausgefunden. Piet lachte noch immer. »Und jetzt raten Sie mal, wer diese ›Mitarbeiter‹ sind!«

Dekker schaute ihn fragend an.

»Denken Sie an vorgestern Abend. Der *Mosselbaron*. Die Mitarbeiter sind fünf deutsche Privatdetektive!«

Die beiden Männer brachen in Gelächter aus. Sie wollten sich, wie man so schön sagt, ausschütten vor Lachen, und sie waren kurz davor, als Annemieke sagte: »Vincent?«

»Ja?«

»Du hast uns gestern erzählt, dass du zu Koning & Timmermans musstest, weil zwei Mitarbeiter Touristen belästigt haben.«

Dekker starrte sie an. »Ja, natürlich! Mensch, Annemieke! Sie sind mit Jetskis wie die Wahnsinnigen um ein *sloepje* mit Touristen rumgekurvt. Leute von anderen Booten in der Nähe haben uns angerufen und Anzeige erstattet. Und ich bin natürlich sofort raus zu Koning & Timmermans, ich kenn doch meine Pappenheimer, ich weiß doch, wer hier mit Jetskis durch die Gegend heizt. Sie haben es auch gleich zugegeben. Das wären arrogante deutsche Affen gewesen, und die hätten sich eine Abreibung verdient!«

Piet hatte sehr genau zugehört, Dekker sehr genau beobachtet, und nun sagte er zu Annemieke: »Ich glaube, wir müssen noch zu Koning & Timmermans, ich habe noch ein paar Worte mit Sander van Loon zu wechseln.«

80.

Babette war um 10:55 Uhr in der »Oesterij« eingetroffen. Der Wagen war angesprungen, und es hatte keinen Stau gegeben. Sehr viel Zeit, aber die »Oesterij« hatte einen Shop. Es gab Bücher und von innen bemalte Austern, es gab schwarze Pyjamas mit dem Aufdruck: »Mit Muscheln kuscheln!« Und es gab Muschelkränze in der Größe, wie sich Babette daheim in Rodenkirchen Kränze aus Stroh im Herbst und aus Tannenzweigen zu Weihnachten an die Haustür drapierte. Diese Kränze waren aus Muscheln, aus schwarzen Muscheln. Babette kaufte einen, hier konnte man sehr geschmackvolle, kleine Wohn-Accessoires erstehen. Als sie bezahlt hatte, war es 11:08 Uhr.

81.

Heute war vor dem Firmensitz von Koning & Timmermans in Yerseke gleich der erste Parkplatz neben der Eingangstür frei. Ein Schild verwies darauf, dass dieser Parkplatz für die Geschäftsführung reserviert war.

»Nanu, Chef nicht da?«

»Die Dame am Empfang wird es uns verraten können!«

Sie betraten die roten Hallen, und die Dame im schwarzen T-Shirt mit der Aufschrift »Koning & Timmermans – Meer Muscheln geht nicht« sagte freudig erregt: »Frau Brigadier und Herr Inspecteur?! Sie waren gar nicht angemeldet. Sie wollen Herrn van Loon sprechen?«

Annemieke antwortete: »Ja, das wäre sehr schön.«

»Aber er ist leider nicht im Haus. Heute ist doch diese Konferenz der Handelsgesellschaften in Rotterdam. Er ist gegen 9:30 Uhr aufgebrochen. Kann ich ihm was ausrichten?«

Annemieke sagte freundlich: »Ja, das wäre lieb. Richten Sie ihm doch bitte aus, dass er sich bei uns melden soll.« Sie reichte der schwarzen Dame eine Visitenkarte. »Wenn Sie ihm bitte meinen Kontakt schicken könnten?«

Die Dame nickte eifrig. »Aber selbstverständlich, das geht sofort raus!«

Sie verabschiedeten sich, und draußen vor dem roten, kastigen Gebäude zog Annemieke ihr Handy aus der Handtasche. »*Hoi*, hier ist Annemieke Breukink, ja, Brigadier Breukink. Es gibt heute in Rotterdam eine Tagung der Muschelhandelsgesellschaften. Ist das nur heute, oder übernachten die Teilnehmer? … Wo ist die Tagung genau, und in welchem Hotel übernachten sie?« Sie lauschte kurz ihrem Gesprächspartner und schloss: »Ja, das wäre toll, vielen Dank!«

Piet grinste sie an. »Lass mich raten, Johannes Mulder, seines Zeichens Präsident der Muschelfischer-Gilde, oder soll ich besser sagen: dein neuer Assistent?!«

Annemieke lächelte ihr schönstes Lächeln und sagte: »Er wird sich sofort darum kümmern. Wir bekommen baldmöglichst Bescheid.«

Piet sah auf seine Timex: »Chester Bloomberg abgefrühstückt, van Loon nicht erreichbar, Mulder meldet sich später, ich würde sagen: Zeit für die Mittagspause. Wohin?«

Annemieke grinste. »Was hältst du von der Meeresfrüchteplatte für zwei Personen?«

Piet sah sie nachdenklich an. »Ich hatte gedacht, die Kombination Jetski-Hooligans und Sander van Loon wäre deine beste Idee des Tages gewesen, aber jetzt nehme ich das zurück. Die Meeresfrüchteplatte für zwei Personen. Das ist deine beste Idee des Tages.«

82.

Babette hatte einen schönen Tisch direkt neben den Austernbecken ergattert. Sie war halt sehr früh da gewesen. Als sie um 11:14 Uhr die Terrasse betreten hatte, saßen da drei Leute an sechzehn Tischen. Sie hatte noch die ganz große Auswahl, und so hatte sie sich für diesen Tisch ganz außen direkt am Wasser entschieden. Ein kleines Mineralwasser hatte sie bestellt, dann noch eins, und jetzt war es 11:59 Uhr. Gleich würde Chester kommen.

Ein Auto hielt vor dem Restaurant, eine Autotür wurde vernehmlich geschlossen, Babette zupfte ihre schöne Sommerbluse zurecht, aber es war nicht Chester, der da die Terrasse betrat, das war diese Polizistin, die sie damals auf »De Grevelinge« kennengelernt hatte, und da kam auch dieser Kommissar, sie mochte ihn nicht, aber das war ja auch egal.

Sie war schließlich aus einem ganz anderen Grunde hier. Es war jetzt 12:04 Uhr. Gleich würde Chester kommen.

83.

Annemieke und Piet betraten die Terrasse der »Oesterij« und suchten nach einem freien Tisch. Das war ein fast aussichtsloses Unterfangen, es war nach zwölf, und es waren Osterferien.

»Es ist mein Glückstag«, sagte Piet und zeigte auf den jungen Mann mit dem sehr gepflegten Kinn- und Schnauzbart, der ihnen von einem Vierertisch zuwinkte, an dem er anscheinend allein Platz genommen hatte.

»Als ob ich es geahnt hätte«, sagte Dekker. »Nehmt doch Platz. Habt ihr bei Koning & Timmermans was erreicht?«

Annemieke setzte sich neben Vincent Dekker. »Nein, der Herr van Loon ist wohl auf einer Tagung in Rotterdam. Ich habe Johannes Mulder angerufen. Der wird checken, wann und wo das ist. Und du?«

»Ich habe mit Frau d'Hondt gesprochen. Sie hat den Tatort in Wemeldinge freigegeben. Ich war dann draußen, und wir haben die Absperrungen entfernt. Das ist ziemlich wichtig, denn Carin muss ja die Werkstatt verkaufen, und wie willst du das machen, wenn das gesperrt ist? Ich habe den Tatortreiniger hingeschickt, und morgen hat sie schon zwei Termine mit Maklern, die das Ding verkaufen wollen. Und ich hab' ihr gesagt, sie muss das Muschelzimmer außen vor halten, das hat einen eigenen Wert.« Er wandte sich an die Kellnerin, die gerade an den Tisch gekommen war, um die Bestellung aufzunehmen. »Delia, bringst du uns bitte die Karte, zwei kleine Grolsch und ein Spa rot?«

Die Bestellung vom letzten Mal hatte sich Dekker auf jeden Fall sehr gut gemerkt.

Als die Kellnerin mit den Getränken wiederkam, legte sie auch die Speisekarte auf den Tisch.

Dieses Mal winkte Piet ab: »Wir nehmen die Meeresfrüchteplatte für zwei Personen!«

Vincent Dekker applaudierte, und es erinnerte Piet leicht an die Darbietung eines dicken Seelöwen, den er vor fünfundvierzig Jahren in einem Zirkus gesehen hatte.

»Das ist eine großartige Idee! Ein besseres Mittagessen gibt es in ganz Europa nicht!«

84.

Es war ihr ein bisschen peinlich. Babette saß ganz allein an einem Tisch für vier Personen, und ständig mussten die Angestellten des Restaurants ankommenden Leuten erzählen, dass keine Plätze mehr frei waren. Babette hatte nicht einmal etwas zu essen bestellt. Sie hatte zwei kleine Wasser getrunken, und nun? Sie hatte über einen Kaffee nachgedacht, aber sie war eh schon nervös genug. Der blonde Kellner mit dem schwarzen Polohemd hatte schon etwas Vorwurfsvolles im Blick, zumindest glaubte Babette das zu erkennen. Sie lächelte ihn an.

Das hatte er falsch verstanden, er kam sofort zu ihr und fragte: »Sie wünschen?«

Was wünschte sie? Sie wünschte, dass Chester jetzt die Terrasse betrat, sie mit drei Küsschen auf die Wange begrüßte und dass alle anderen Frauen in diesem Restaurant vor Neid erblassten, wenn er sich zu ihr setzte, kurz mit den Fingern schnippte und »Champagner!« sagte.

»Tut mir leid, den haben wir nicht«, sagte nun der Kellner, und Babette fragte: »Wie bitte?«

»Wir haben keinen Champagner, ich kann Ihnen einen spanischen Cava oder einen sehr schönen Prosecco anbieten, der wird gerade zu Mittag sehr gerne getrunken.«

»Ja, dann nehme ich einen Prosecco.«

Der wird mittags gerne getrunken. Um Punkt 12:00 Uhr war sie mit Chester verabredet gewesen. Sie hatte vermutet, Pünktlichkeit wäre im Leben des Chester Bloomberg eine wichtige Tugend. Sie schaute auf die Uhr. 12:18 Uhr.

85.

Am Donnerstag hatte Piet dieses Gericht noch am Nachbartisch bewundert, aber jetzt stand es vor ihnen. Nicht ohne einen gewissen Stolz hatte Delia die Teller auf dem Tisch platziert. Da war ein Teller mit dunklem Brot und Butter, ein Teller mit sechs Austern und dann diese große Platte mit Kaisergranat und großen Garnelen, zwei halben Hummern, sechs Wellhornschnecken und der kleine schwarze Topf mit zeeländischen Muscheln.

Mit einem kühlen Schluck Bier spülte er erst mal das ganze Wasser herunter, das ihm schon bei dem Anblick im Mund zusammengelaufen war. Er nahm eine der Muscheln aus dem Topf, er probierte eine Schnecke, er nahm von seinem halben Hummer zuerst nur eine Schere. Sie war schon an der richtigen Stelle vorgeknackt, die kleine Scherenzange war ausgehebelt, er gelangte mühelos an das wunderbare Hummerfleisch.

Was für ein Genuss! Er ärgerte sich nicht einmal mehr über diesen wahnsinnigen Foodblogger, der ihm heute Morgen in Kruiningen beinahe den Tag versaut hätte. Es würde ihm sogar beschwingt am verlängerten Rücken vorbeigehen, wenn dieser Chester Bloomberg jetzt, in diesem Moment, auf der Terrasse der »Oesterij« auftauchen würde.

86.

Chester Bloomberg tauchte nicht auf. Unzählige speisewillige Touristen und Einheimische waren vom Restaurantpersonal fortgeschickt worden. Der blonde Kellner im schwarzen Polohemd hatte bereits den dritten Prosecco gebracht, und Chester Bloomberg tauchte nicht auf.

Okay, er mochte – vielleicht – eine Diva sein. Aber Chester Bloomberg war sicher nicht unzuverlässig.

Sie kramte ihr Handy hervor. Hatte sie sich verlesen? Nein, da stand es: »Punkt 12, *love*, Chester!«

Sie sah wieder auf ihre Uhr. 12:48 Uhr.

Nein! Es konnte nur eine Erklärung geben. Es war ihm etwas zugestoßen, oder, in dieser Situation noch wahrscheinlicher, es war ihm etwas zugestoßen worden. Vielleicht war Chester gerade jetzt im Moment in Gefahr. Sie musste etwas unternehmen. Wie gut, dass sie die zwei …?! Sie nahm ihr Prosecco-Glas und stürzte den Inhalt herunter. Wie gut, dass sie drei Prosecco getrunken hatte. Es erforderte schon einige Courage …!

Sie stand auf, sie ging hinüber zu dem Tisch, an dem die Polizistin saß, sie sah sie ernst an und fragte: »Entschuldigung, Sie sind doch von der Polizei, kann ich bei Ihnen eigentlich eine Vermisstenanzeige aufgeben?«

Annemieke lächelte freundlich zurück. »Ja, das können Sie eigentlich tun. Wie lange wird die Person vermisst?«

Natürlich, diese Frage musste ja kommen, aber es half nichts.

»Ungefähr eine Dreiviertelstunde vielleicht, vielleicht auch schon fünfzig Minuten.«

Eine freundliche Form der Heiterkeit erfüllte die Runde.

»Nun, eine Dreiviertelstunde, das klingt noch nicht so sehr beunruhigend«, sagte Dekker

Annemiekes Handy klingelte. Sie stand auf und ging ein paar Schritte vom Tisch weg, um telefonieren zu können.

»Ich war hier um Punkt zwölf mit Chester Bloomberg verabredet, und er war es, der geschrieben hatte: ›Punkt 12!‹ Jetzt haben wir gleich eins. Ich glaube nicht, dass Mister Bloomberg so unpünktlich ist, da muss etwas passiert sein!«

»Nun beruhigen Sie sich mal«, sagte Dekker, und Piet ergänzte: »Wir kennen den guten Herrn Bloomberg und wissen, in welchem Hotel er abgestiegen ist. Wenn er da heute Abend nicht auftaucht, dann werden wir mal sehen …«

Annemieke stand nun wieder neben dem Tisch und steckte ihr Mobiltelefon in ihre Handtasche. »Das war Mulder, er sagte, das Treffen der Muschelhandelsgesellschaften sei gestern Morgen abgesagt worden, weil für nächste Woche eine neue EU-Verordnung erwartet wird, und …«

»… und Sander van Loon ist heute Morgen zu einer Versammlung aufgebrochen, die abgesagt ist, und Chester Bloomberg, der öffentlich Mutmaßungen über ein mieses Spiel mit schwarzen Muscheln geäußert hat, wird seit einer Dreiviertelstunde vermisst.«

Annemieke hatte schon wieder ihr Handy am Ohr. »Breukink, Polizei Middelburg, wir waren heute Morgen bei Ihnen. … Richtig, mit Inspecteur van Houvenkamp. Sagen Sie, ist Mister Bloomberg noch bei Ihnen? … Okay … Danke für die Auskunft.« Sie sah zu Piet und Dekker. »Er ist heute Morgen nach unserem Gespräch direkt weggefahren. Er hat nicht ausgecheckt, aber sein Aston Martin steht nicht mehr auf dem Parkplatz. Van Loon kann keine Zeugen gebrauchen. Wo können sie sein? Im ›Inter Scaldes‹ gibt's Angestellte, Koning & Timmermans ist ein Ameisenbau. Wo ist die Ameise im Strohhaufen?«

Alle drei waren aufgestanden. Dekker winkte der Kellnerin.

Piet rief: »Zum alten Hafen! Im Herbst sollen die alten Muschel- und Austern-Schuppen in ein Museum umgebaut werden.« Er fragte Annemieke: »Hat er damals eine Adresse genannt?«

Die schüttelte den Kopf.

Dekker sagte: »Los! Ich kenne den Schuppen!«

Delia schaute ihnen verdutzt nach, als die drei im Laufschritt das Restaurant verließen.

Babette stand neben ihr und hörte nun die Frage: »Übernehmen Sie die Rechnung?«

»Ich? Aber nein!«

Die Kellnerin lächelte sie an. »War ein Scherz. Sie können beruhigt nach Hause fahren.«

»Ich? Ich kann nicht mehr fahren. Und ich muss doch wissen, was mit Chester passiert ist! Bringen Sie mir noch einen Prosecco!«

87.

Mit stabilem, stark klebendem, zwei Zoll breitem Klebeband aus faserverstärktem Kunststoff hatte er Chester nicht nur gefesselt, er hatte seine Beine an den Beinen des alten Stuhls fixiert und seinen Rumpf an der Stuhllehne. Zweieinhalbmal hatte er ihm dieses Tape um den Kopf gewickelt, nur durch die Nase bekam er noch ein wenig Luft.

Chester dachte an den wunderbaren Anzug, den er sich in der Savile Row in London bei Huntsman & Sons hatte schneidern lassen, bei dem schon Ian Fleming und Charlie Watts ihre Wämser arbeiten ließen. Wie würde die wunderbare Schurwolle von schottischen Hochlandschafen die Tortur überstehen, wenn dieses Klebeband heruntergerissen würde?

Vielleicht wäre diese Frage allerdings in wenigen Minuten auch obsolet, weil dieser Typ, der ihm und seiner Kleidung das angetan hatte, gerade dabei war, den Inhalt eines olivgrünen Benzinkanisters über dem Fußboden und den Wänden des Schuppens zu verteilen. Chesters unbestreitbar vorhandenen besonderen Fähigkeiten im Bereich Sensorik ließen keinen Zweifel daran. Es war nicht nur ein Benzinkanister. Der Inhalt desselben war auch Benzin. Und dieses Benzin hatte er nun auch in großen Mengen über dem rosa karierten Maßanzug von Huntsman & Sons aus der Savile Row in London verteilt.

»Als ich damals vor zwei Jahren deinen ersten Blog über Muscheln auf YouTube gesehen habe, dieses Gehabe von der natürlichen Aufzucht und dem Naturprodukt, da hatte ich mich schon gefragt: Kann der nicht einfach mal die Fresse halten? Und glaub mir, Mister Chester Bloomberg, es ist mir eine besondere Ehre, dass ich es bin, der dafür sorgt, dass du in Zukunft sehr, sehr lange die Fresse halten wirst.«

Chester hätte sehr gerne ein paar gewichtige Sätze gesagt, aber das zwei Zoll breite, widerliche Klebeband hinderte ihn sehr effektiv an diesem Vorhaben.

»Bis die im Dorf den schwarzen Rauch im Alten Hafen entdecken und bis die Feuerwehr ausrückt, sitze ich schon sehr lange in meinem wunderbaren Büro. Ich glaube, am späten Nachmittag oder vielleicht morgen früh, spätestens morgen früh, werde ich der Presseagentur ein Interview geben, wie sehr ich immer diesen Chester Bloomberg geschätzt habe und wie untröstlich ich bin, dass gerade dieser wunderbare Connaisseur, ja, ich möchte sagen, dieser Gourmet-Papst, von uns gegangen ist, bei der ersten Show der sensationellen Fernsehserie: *Grill den Bloomberg*!«

88.

Annemieke, Piet und Dekker erreichten den alten Muschelschuppen, ein zukünftiges Museum, was man dieser Ruine nun wirklich nicht ansehen konnte. Die Tür war nicht verschlossen, Annemieke und Piet betraten den ziemlich dunklen Innenraum, schemenhaft war ein Mann zu erkennen, der mit dem Rücken zu ihnen stand. Dekker machte ein Zeichen, dass er um das Haus herumgehen werde.

Nun vernahmen sie die Worte: »… dass gerade dieser wunderbare Connaisseur, ja, ich möchte sagen, dieser Gourmet-Papst, von uns gegangen ist, bei der ersten Show der sensationellen Fernsehserie *Grill den Bloomberg!*«

Sie schlossen leise die Tür, damit van Loon, wenn er sich umdrehte, keinen Lichtstrahl sah. Piet orientierte sich nach rechts, Annemieke schlich an der Wand entlang zur anderen Seite.

Bloomberg saß auf einem Stuhl, oder besser, war an einen Stuhl gefesselt, und Sander van Loon hielt einen Monolog, von dem er glaubte, dass er nicht unterbrochen werden könnte, weil er das Mundwerk des Foodbloggers mittels Gaffer-Tape verklebt hatte.

»Hättest du dich zumindest aus unserer kleinen Muschel-Sonder-Auktion rausgehalten, dann hättest du vielleicht noch jahrelang deinen Müll über Lebensmittel und Gastronomie verbreiten können. Aber dass du mir meine Karriere killst, das kann ich leider nicht hinnehmen.«

Plötzlich hatte van Loon ein Zippo-Benzinfeuerzeug in der Hand.

»Das werden Sie ganz sicher hinnehmen«, sagte da Piet. »Sie sind umstellt, Sie kommen hier niemals raus, und jetzt seien Sie vernünftig, verdammt noch mal!«

»Ich bin total vernünftig. Ich habe meinen Master in Aquakultur, ich bin Prokurist bei Koning & Timmermans, wir eröffnen im Herbst ein Muschelmuseum, und die ersten Arbeiten sind schon erledigt.« In der linken Hand hielt er sein Feuerzeug, mit der rechten nahm er nun sein Handy aus der Hosentasche, tippte zwei-, dreimal mit dem Daumen auf das Display, und dann hörte man, wie sich Türschlösser schlossen. »Ihr kommt hier nicht raus! Das war die erste Umbaumaßnahme, eine Schließanlage mit App, so kann man Tag und Nacht, von unterwegs oder von zu Hause die Türen auf- und zuschließen. Praktisch, nicht?«

Im Eingangsbereich konnte man von unten die Dachziegel sehen, aber nach fünf oder sechs Metern im Inneren standen da im Abstand von drei oder vier Metern drei dicke Holzpfeiler, die den Boden einer Halbetage hielten. Oben links sah man Heuballen, rechts waren Säcke gestapelt.

Piet hielt sich hinter einem der Holzpfeiler so gut es ging verborgen und fragte sich nicht zum ersten Mal, warum er schon immer die Schublade in seinem Büro des Polizeipräsidiums von Middelburg für den idealen Aufenthaltsort seiner Dienstwaffe gehalten hatte.

Van Loon hatte sich umgedreht, als Piet gesprochen hatte. Man sah ihm dennoch an, er wusste nicht genau, woher die Stimme gekommen war.

»Nein, Sie haben *mich* hier zwar eingeschlossen, aber praktisch sitzen *Sie* in der Klemme. Mensch, was soll der Scheiß? Okay, Sie haben da einen Muschelbetrugsring am Laufen, und so was findet man in Yerseke bestimmt nicht so toll, aber wenn Sie hier einen bekannten Foodblogger abfackeln, dann sind Sie erst richtig dran, das ist Ihnen doch klar.« Piet trat hinter dem Holzpfeiler hervor.

Bloomberg gab verzweifelte Töne von sich, war aber aufgrund von drei Lagen Klebeband nicht gut zu verstehen.

Van Loon lachte. »Mensch, das war ja richtig geschickt, Inspecteurchen, da sagst du, ›du hast *mich* eingeschlossen‹, damit ich glaube, du wärst allein und du hast deine Begleiterin nicht dabei …«

»Den Gedanken können Sie von vornherein vergessen«, erklang Annemiekes Stimme von der anderen Seite des Raumes.

Da waren vollgestellte Regale, alte Schränke, irgendwo dahinter musste sie sein.

Van Loon war nervös, und er versuchte, umso ruhiger zu klingen. »Und ihr denkt, ich bin dran, wenn hier der Schuppen bis auf die Grundfeste abbrennt und wenn dann drei Leichen gefunden werden? Nein, nein, mein Freund! Ich sitze dann an meinem Schreibtisch, und ich kann es gar nicht glauben, was da passiert sein soll. Aber ich habe ein perfektes Alibi!«

Bloomberg begann zu weinen.

Annemieke trat hinter einem Schrank hervor, die Walther P99 im Anschlag. »Sie sitzen nicht hinter Ihrem Schreibtisch. Wenn Ihr Feuerzeug in diesem Raum das Benzin entzündet, dann sind Sie tot, das verspreche ich Ihnen!«

Ein Schrei ertönte, den Piet schon mal gehört zu haben glaubte. Richtig, es war in dem Film *Die Todeskralle schlägt wieder zu*, als Bruce Lee zum finalen Tritt gegen die Halsschlagader von Chuck Norris ausholte. Da war dieser Schrei, man hörte das Geräusch zerfetzenden Sackleinens, und aus der Dachluke der Halbetage hagelten Zigtausende von Muschelschalen auf Sander van Loon hernieder. Sie waren nicht schwer, aber der Staub nahm van Loon die Sicht und den Atem, Muschelsplitter schnitten sich ihm in die Haut, und noch ein Schrei, und wieder prasselten Muschelschalen herunter.

Piet stürzte sich auf van Loon, und mit exakt dem Tritt von Bruce Lee … okay, Piet war nicht so durchtrainiert wie das

Kampfsportidol seiner Jugend, er kam nicht bis zur Halsschlagader, aber er trat ihm immerhin gewaltig in den Arsch, woraufhin Sander van Loon zu Boden ging.

Annemieke war sofort über ihm, riss seine Arme nach hinten, und nun spürte er erstmalig, wie eng Handschellen sein können, wenn Annemieke Breukink sie anlegt.

Wenn jemand mit einer schwarzen Kapuze auf dem Kopf und einer Sense in der Hand vor dir steht, dann ist es der Tod, wenn jemand mit einer Sense in der Hand und nicht mehr ganz so weißen Sneakern an den Füßen über dir in einer Dachluke steht, dann ist es Vincent Dekker.

Piet grinste ihn an und sagte: »Verdammt gut gemacht! Danke!«

Vincent Dekker sagte: »Bevor Sie ihn vernehmen, müssen wir dringend miteinander reden!«

89.

Die Muschelscheune im alten Hafen war zum Glück kein Tatort. Es wurde keine Leiche gefunden. Gut, ein rosa karierter Anzug von Huntsman & Sons aus der Savile Row in London hatte das Zeitliche gesegnet, aber deswegen mussten keine Grundstücke abgesperrt, keine Türen versiegelt werden. Das Bild wurde nicht von Menschen in weißen Schutzoveralls bestimmt.

Natürlich waren trotzdem uniformierte Agenten vor Ort. Jonker drückte gerade den Kopf von Van Loon nach unten und bugsierte ihn auf die Rückbank des Streifenwagens. Die Agentin Mareike Maas kümmerte sich rührend um den recht aufgewühlten Chester Bloomberg, der aber keiner Anweisung folgen wollte.

»Nein, es geht mir gut, lassen Sie mich endlich gehen. Ich muss in mein Hotel, ich brauche etwas anderes zum Anziehen, und ich bin in einem Restaurant verabredet, und ich habe seit dem Frühstück nichts mehr gegessen!«

Annemieke war streng. »Mister Bloomberg, Sie fahren jetzt mit Agentin Maas ins Krankenhaus, und da werden Sie untersucht, das ist Routine, ich weiß, aber Routine heißt halt Routine, weil es immer so gemacht wird, da bilden Sie keine Ausnahme.«

Nun war Chester sehr erbost. »In diesem Aufzug gehe ich sicher nirgends hin.«

Selbst das sehr durchdringende Eau de Toilette von Chester Bloomberg hatte keine Chance gegen die Kanisterladung Benzin, die sein Anzug hatte über sich ergehen lassen müssen. Piet nahm eine gute Nase dieses Odeurs. Wenn vor dem Krankenhaus wie immer zwei oder drei Leute in der Raucherecke standen und qualmten, ginge Bloomberg vielleicht doch noch in Flammen auf.

Piet sagte: »Frau Maas begleitet Sie ins Hotel, Sie duschen und ziehen sich um, und dann geht es auf direktem Weg ins Hospital. Frau Maas wird auch noch Ihre Verabredung in der ›Oesterij‹ informieren. Wir sehen uns morgen im Präsidium.«

Piet rechnete noch mit diversen Diskussionsbeiträgen des Herrn Bloomberg, aber der schluckte nur und stammelte: »Jawohl, Herr Inspecteur!«

Piet grinste, er war halt eine Respektsperson.

Jonker und Munniks brachten Van Loon ins Präsidium. Annemieke setzte sich auf eine alte Holztruhe und pustete sich die Haare aus der Stirn.

Piet legte ihr die Hand auf die Schulter. »Und wie geht es dir jetzt? Wackelige Knie?«

Sie atmete tief aus. »Das ist gar kein Ausdruck!«

»Das war sehr mutig von dir, ich kenn das, mit der Pistole im Anschlag aus der Deckung kommen, und eine Viertelstunde später läuft der Film vor dir ab, und du denkst, boah, was hab' ich denn da für eine Scheiße gemacht?!«

»Hattest du Sander van Loon auf dem Zettel?«

Piet schüttelte den Kopf. »Ich hab' ihn von Anfang an nicht gemocht, aber wen mag ich schon? Nee, auf dem Zettel hatte ich den nicht. Aber ich hätte auch nie gedacht, dass es hier um einen Muschelbetrug geht ...«

Dekker schlug sich den Staub aus der Jeans, wahrscheinlich überlegte er, sofort morgen neuen weiße Sneaker zu besorgen. »Können wir reden?«

Piet sah zu Annemieke. »Natürlich.«

Er sah sich um. »Eigentlich ganz praktisch hier, keine Zuhörer, aber ich brauche jetzt verdammt noch mal ein Bier.«

Dekker zog einen Schlüssel aus seiner Jeans. »Ich weiß, wo wir was zu trinken kriegen und wo uns garantiert keiner zuhört.«

90.

Ich saß vor einer größeren Menge von Edelstahlteilen, die auf einer größeren Menge von Pappkartons drapiert waren. Schrauben und Kleinteile waren in diverse Müslischalen sortiert worden, die auf dem Tisch aufgereiht waren. Lothar stand mir zur Seite, an der anderen Seite saß Anne im blau-weißen Campingstuhl und las laut vor: »Mit den seitlich installierten Lüftungsschiebern muss der Grill direkt vor der Aussparung (a) der Einfassung platziert werden. Der Grill wird gerade in die Einfassung gedrückt, wenn die Radausrichtungsblenden …«

»Was um alles in der Welt meinen die mit Radausrichtungsblenden?«

Ich konnte schon immer gut mit einer Schreibmaschine umgehen, auch mit einem Computer, solange er als Schreibmaschine fungierte, aber die berühmten zwei linken Hände hatte ich bereits als Kind. Wenn ich damals nur etwas reparieren wollte, mein Fahrrad zum Beispiel, dann hieß es direkt: »Lass stehen, macht Oppa, steck deine Nase lieber in die Schulbücher!« Am heutigen Ostersamstag, fünfzig Jahre später, klärte sich, welche Spätfolgen dieser grobe Erziehungsfehler meiner Eltern auf meine handwerklichen Fähigkeiten haben sollte. Gegrilltes Essen, super, Rezept aufschreiben, super, Grill aufbauen, Katastrophe!

Lothar nahm zwei Edelstahlteile von den Pappkartons, setzte sie zusammen, es klickte kurz, und er sagte: »Weiter …«

Anne las: »Befestigen Sie die Vorderradausrichtungsblende vorübergehend mit einer Schraube an jeder Seite …«

Ich sollte mich besser auf etwas konzentrieren, das ich kann. »Lothar, Grimbergen?«

Er nickte, ohne aufzusehen.

»Sie ist immer noch nicht zurück!« Adis Stimme vibrierte leicht.

Anne fragte: »Babette? Wann ist sie denn gefahren?«

Adi schaute auf seine Uhr. »Ich bin um elf vom Walking gekommen, und da war sie nicht mehr da. Er hat ja gesagt, er schickt ihr den Termin für das Treffen per SMS. Aber ihr Handy hat sie natürlich dabei.«

Anne fragte: »Hast du eine Ahnung, wo sie sich treffen wollten?«

Adi sagte resigniert: »Nee, so finden wir sie doch nie!«

Ich war mir da nicht so sicher. »Sie ist mit ihrem Auto losgefahren, und Yerseke ist nicht so groß. In einem Sechstausendfünfhundertseelendorf wirst du doch wohl einen rosafarbenen Twingo finden.«

Lothar ergänzte: »Vor allem, wenn Bernhard dir hilft.«

Er sah mich an, und er sprach es nicht aus. Er sagte nicht, dass ich mit meiner Talentfreiheit den korrekten Aufbau des neuen Grills eher *be-*, vielleicht sogar *ver*hinderte. Er sagte: »Na los, Adi braucht dich!«

Und Anne war mich erst mal wieder los.

Es ist schön, Freunde zu haben!

91.

Sie hatten noch kein Wort gesprochen, sie hatten nicht nach einem Kellner gerufen, sie hatten die Terrasse der »Oesterij« lediglich betreten, und doch dauerte es nur fünfzehn oder zwanzig Sekunden, bis sämtliche Gespräche an den Tischen verstummten oder zumindest auf einen Flüsterton reduziert waren.

Da stand eine ziemlich große Polizistin in Uniform und neben ihr ein etwas kleinerer Herr mit sorgsam zerzaustem Haupthaar, gut gestutztem Schnauz- und Kinnbart, was an sich nicht ein solches Maß an Aufmerksamkeit gerechtfertigt hätte, aber er trug ein Sakko in fast exakt dem gleichen Neongelb, das auch die beiden Streifen auf der Brust der Polizistinnenuniform zierte.

In der atemlosen Stille, die auf der Restaurantterrasse eingekehrt war, ertönte nun die schrille Stimme von Babette, die in erleichtertem Falsett brillierte: »Chester, du lebst!«

Nun sah er sie, er ging strahlend auf sie zu, er nahm sie in den Arm, obwohl ihr Atem mittlerweile vom Genuss zahlreicher Proseccos zeugte, was bei Chester normalerweise zu einem gewissen Sicherheitsabstand führte, nicht am heutigen Tag. Er proklamierte in einer Lautstärke, dass es wirklich jeder im Restaurant mitbekommen musste: »Babette, liebe, treue Babette! Du hast mir das Leben gerettet!«

92.

Dekker war vorgefahren, Annemieke hing an seiner Stoßstange, und nach wenigen Metern wusste Piet, wohin der Weg sie führen würde. Annemieke parkte den Dienstpeugeot gleich neben einem schwarzen Land Rover Defender mit schwarzglänzenden Felgen im Säbelzahn-Look auf dem Parkplatz vor der Kleinstwerft von Mattijs de Jonge.

Piet strich unauffällig über den Kotflügel, er hoffte, dass Annemieke es nicht gesehen hatte.

Gute Wahl, hier gab es garantiert keine Zuhörer.

Dekker schloss die Werkstatt auf, und sie betraten erneut den Muschelraum, die Offiziersmesse der »Hr. Ms. Jacob van Heemskerck«.

Dekker ging hinter den Tresen und öffnete einen Kühlschrank. »Grolsch, Heineken oder Wieckse Witte?«

Piet musste nicht lange überlegen. »Grolsch.«

Und als er sah, dass es die 0,45-l-Bügelflasche war, war er fürs Erste mit sich und seiner Welt im Reinen. Die kleine Grolsch-Flasche mit dem Kronkorken hatte ganz sicher exakt den gleichen Inhalt, aber da fehlte halt das »Plopp«!

»Annemieke?«

»Spa rot?«

Dekker kam mit dem Mineralwasser und zwei Flaschen Grolsch hinter dem Tresen hervor und setzte sich zu den beiden an den Spieltisch. Es machte zweimal »Plopp«, und das Gespräch war eröffnet.

»Ich bin mit Mattijs zur Schule gegangen. Wir waren immer

Kumpels. Wir blieben in Kontakt, als er nach der Schule dieses Muschelfischer-Boot gepachtet hatte. Muscheln sind ein gutes Geschäft, aber das Schiff gehörte ihm nicht, und die Pacht fraß ihn auf. Dann stand diese Werft zum Verkauf, eine Werft ist eigentlich eine klasse Idee, aber in Yerseke, nicht in Wemeldinge, und wieder wurschtelte sich Mattijs irgendwie durch. Und einmal in der Woche haben wir uns hier in der Werkstatt getroffen und gezockt.«

»Wer?« Piet wollte ihn eigentlich nicht unterbrechen, aber die fünf Synonyme ließen ihm keine Ruhe.

»Na, das hat gewechselt, am Anfang war Claas van der Kerkhof lange dabei, aber dann zog er nach Tilburg, René Peters ist vor ein paar Jahren bei einem Autounfall ums Leben gekommen …«

Piet wollte jetzt Klarheit. »Wer sind ›Schrauber‹, ›Master‹, ›Miami‹, ›Astro‹ und ›Santiago‹?«

Vincent lachte unsicher. »Ja klar, ihr habt den Spielzettel gefunden. Also ›Schrauber‹ war natürlich Mattijs …«

Piet ergänzte: »… und ›Miami‹ bist du!«

Dekker sah ihn überrascht an. »Wie sind Sie denn darauf gekommen?«

Piet nahm einen Schluck aus seiner Grolsch-Flasche. »Mir sitzt da manchmal ein altes Engelchen auf der Schulter!«

Dekker verstand offenbar nichts, fragte aber auch nicht nach. »›Astro‹, das ist der Mann, der sich um die Sterne kümmert, das ist Gerard de Graaf, der hat in Wolphaartsdijk ein fantastisches Restaurant, das hat einen Michelin-Stern und hätte mindestens zwei verdient. Und jetzt kommt der Grund, warum wir hier sind, ›Master‹ ist natürlich der Mann, der studiert hat, sein Abschluss war der Master in Aquakultur. Und ich will nicht, dass er euch im Verhör wilde Geschichten erzählt, ›Master‹ ist natürlich Sander van Loon!« Dekker war ein wenig in sich zusammengesackt.

Piet bohrte: »Fehlt noch einer!«

Dekker blickte auf. »Wie!?«

»Es fehlt noch einer. ›Santiago‹ war Jacobus Schouten!«

Dekker guckte verwirrt. »Wie kommen Sie darauf?«

Piet antwortete: »Ernest Hemingway: *Der alte Mann und das Meer*, der Fischer hieß ›Santiago‹!«

Dekker lachte. »Das stimmt, aber Jacobus war nicht in unserer Klasse, der Fischer war schon ein Schouten, aber es war natürlich Ronald!«

Plötzlich passten Schattierungen zusammen, Nuancen verbanden sich zu einem Ton, Töne wurden heller, da wurden Linien gezogen, Elemente verbunden, aber da war noch kein Bild.

Vincent sprach, und Piet musste ihn reden lassen, durfte ihn nicht unterbrechen, Vincent wollte die ganze Wahrheit sagen, und Piet musste ihn die ganze Wahrheit sagen lassen.

Annemieke war nicht mehr so geduldig. »Was lief hier ab?«

Jetzt schaute Dekker zu ihr. »Irgendwann kam Mattijs zu mir und sagte: ›Wir haben da eine Idee. Da kommt niemand zu Schaden, und *wir* kommen zu Geld!‹ Ich sagte: ›Ich bin Polizist!‹, und Mattijs antwortete: ,... das passt ganz gut.‹« Dekker saß da, hatte seine Flasche Grolsch in den beiden gefalteten Händen, und die lagen auf seinem Schoß. »Ich haben ihnen dann gesagt: ›Wenn ihr hier anfangt, Scheiße zu bauen, dann bin ich raus. Ich setze wegen euch nicht meinen Job aufs Spiel.‹ Aber Ronald sagte: ›Ist okay, du hast mit der Sache nichts zu tun, aber wir können doch Freunde bleiben, wir können doch einmal in der Woche hier zocken, oder übersteigt das auch deinen Ehrenkodex als Polizist?‹« Dekker nahm noch einen Schluck. »Nein, das war mit meinem Ehrenkodex vereinbar, zumindest für mich. Aber dann stand hier plötzlich diese Offiziersmesse aus einem Kriegsschiff von 1900, da stimmte doch was nicht. Ich habe nicht ein Auge zugedrückt, ich habe beide Augen zugekniffen.«

Er schaute Annemieke an, sein Blick vereinte Wut und Wehmut. Gegen wen richtete sich die Wut? Gegen den Menschen, der Mattijs das angetan hatte, oder gegen ihn selbst, weil er glaubte, er hätte es doch verhindern können?

»Weißt du, so viele Freunde habe ich nicht.«

Annemieke stand auf. »Du weißt nicht, was die da gedreht haben?«

Dekker stöhnte. »Die haben irgendeinen Abrechnungstrick gefunden, ich weiß, dass sie betrogen haben, aber ich weiß nicht, wen, und ich weiß nicht genau, wie, weil ich es nicht wissen wollte! Piet?«

Piet sah Vincents Blick auf sich gerichtet, und er fragte: »Hast du noch ein Bier?«

»Ja, klar!«

Dekker holte aus dem Kühlschrank zwei weitere Grolsch, und Piet wartete nicht auf das »Plopp«, er stellte die für ihn entscheidenden Fragen: »Siehst du einen Zusammenhang mit dem Tod von Jacobus Schouten? Hast du eine Ahnung, warum Mattijs mit siebzehn Messerstichen umgebracht wurde, und weißt du, warum Sander van Loon heute den komischen Engländer abfackeln wollte?«

Dekker sah Piet in die Augen und sagte: »Ich habe keine Ahnung, was das Ganze mit dem Tod von Schouten zu tun hat. Wenn ich wüsste, wer Mattijs auf dem Gewissen hat, würde ich einen Scheißdreck um meinen Ehrenkodex als Polizist geben, und bei Sander van Loon bin ich mir sicher, er fürchtete tatsächlich um seine Karriere, und das hängt unmittelbar mit diesem Muschelzimmer zusammen, aber ich sehe den Zusammenhang nicht.« Dekker wirkte befreit, Wehmut und Wut waren aus seinem Gesicht gewichen. Er blickte auf. »Und jetzt habe ich noch eine Frage.«

Piet schaute ihn überrascht an. »Ja?«

»Glaubt ihr mir?«

Piet sah ihn an und sagte: »Ich habe auch eine Frage: Warum hat Van Loon dich nicht erkannt?«

»Ich stand über ihm, und ich habe kein Wort gesagt!«

Piet kratzte sich gedankenverloren am Kinn. Glaubte er Dekker? Was sollte er ihm sagen?

»Vielleicht muss ich über deine Frage noch länger nachdenken, aber jetzt, spontan würde ich sagen: ja.«

Als Annemieke und Piet das Rolltor hinter sich gelassen hatten, als sie im Auto saßen und als sich dieses Auto fünfhundert Meter von der Kleinstwerft entfernt hatte, sagte Annemieke: »Du hast ihn geduzt?«

Piet antwortete: »Hab' ich das?«

93.

Ich steuerte den Audi über die A58, und Adi fragte: »Kannst du nicht schneller fahren?«

Erlaubt waren hundertdreißig, und schon hundertvierzig schlugen sicher mit hundertvierzig Euro zu Buche, bei hundertfünfzig wird dein Auto konfisziert, und bei hundertsechzig zahlst du sechs Monatsgehälter, dein Auto wird verbrannt, und du kriegst ein lebenslanges Grimbergen-Verbot am Strand. Ich schaute auf den Tacho, ich war mit einhundertachtunddreißig Stundenkilometern unterwegs und bremste leicht ab.

»Schneller, nicht langsamer!«, schimpfte Adi.

Ich machte mich auf eine längere Diskussion gefasst, aber sein Handy klingelte.

»Sie ist es, es ist Babette!«, jubelte Adi, er nahm das Gespräch an und sagte leise: »Endlich! Warum hast du dich nicht gemeldet? Bist du okay? Wie geht es dir, mein kleines Okapikälbchen?«

Um Gottes willen, was hatte er gerade gesagt? Okapikälbchen? Ich hatte als Kind mal ein Tierquartett, deshalb weiß ich, dass das erste Okapi erschaffen wurde, nachdem der liebe Gott den Caipirinha erfunden hatte. Ein Okapi ist eine Kurzhalsgiraffe, hinten ein Zebra, vorne eine Giraffe und in der Mitte ein Pferd, aber die Ähnlichkeit zu Babette erschloss sich mir nicht.

»Wo bist du? Wie heißt das? ›Oesterij‹. Havendijk. Okay, wir kommen. Ja, ich dich auch!«

Er legte auf, und ich ergänzte: »... mein kleines Okapikälbchen!«

Adi schaute vom Beifahrersitz böse zu mir herüber. »Als ich

Babette kennengelernt habe, war unser erstes Date im Kölner Zoo. Das war noch nicht so: ›Gehen wir zu dir oder zu mir?‹, wir wohnten ja beide bei den Eltern. Und im Kölner Zoo war gerade ein kleines Okapi geboren worden, und das war sooo süß, und deshalb nenne ich Babette, wenn wir allein sind, in intimen Momenten, ›mein kleines Okapikälbchen‹.«

Ich gab mir große Mühe, nicht zu lachen, insgeheim dachte ich aber schon: »Na ja, es gibt auch Tiere, die heißen ›Spiegeleiqualle‹.«

Ostersonntag

94.

Middelburg um acht Uhr morgens ist eine Offenbarung. Die Geschäfte sind noch geschlossen, die Touristen liegen in ihren Ferienwohnungen oder Wohnwagen, einige orangefarbene Männer sorgen dafür, dass das saubere Städtchen wieder ein sauberes Städtchen ist, wenn die Ferienwohnungen und Wohnwagen verlassen werden. Selbst die Marktleute sitzen noch am Frühstückstisch. Ein Tropfen, der ins Wasser tropft, erzeugt Wellen in Form von konzentrischen Kreisen. So breitet sich ab neun die Aktivität rund um den Marktplatz langsam aus, ziemlich langsam, um zehn wird es ein bisschen rummelig, aber Hektik? Hektik ist nicht Middelburg.

Piet erwachte, weil die Sonne in sein Fenster schien. Acht Uhr morgens. Verschlafen! Er hatte verschlafen, obwohl er fast die ganze Nacht wachgelegen hatte oder gerade deswegen. Er lag in seinem warmen weichen Bettchen und fühlte sich uralt. Dann hörte er sich aufstehen, und er fühlte sich bestätigt: uralt!

Seine Kachel gab ein Summgeräusch von sich. Er nahm das Mobiltelefon vom Nachttisch, und da stand: »Nachricht von Annemieke: Ich bin im Büro!«

Kein Wort des Vorwurfs. Wenn man denn unbedingt wollte, konnte man das Ausrufezeichen als dezenten Hinweis verstehen, aber Piet wollte nicht unbedingt!

Er duschte lange und ausgiebig, dann ging er zu Fuß zum Präsidium.

»Na, gut geschlafen?«, fragte Annemieke, als er in ihr Büro trat.

»Ja, ich habe sicher gut geschlafen, als ich geschlafen habe.

Aber die meiste Zeit habe ich wachgelegen. Da denkst du, es klärt sich was, und wenn du eine Viertelstunde darüber nachgedacht hast, ist es verschwommener als vorher. Sagen wir mal, anderthalb Stunden habe ich geschlafen, dummerweise waren das die anderthalb Stunden zwischen sechs und halb acht!«

Annemieke reichte ihm eine Tasse mit wunderbar duftendem italienischen Kaffee.

»Dann sei froh, dass wir nicht gestern Abend noch ins Präsidium gefahren sind. Sonst hättest du gar nicht geschlafen.«

Er schaute sie überrascht an. »Spann mich nicht auf die Folter. Was gibt es Neues?«

Annemieke setzte sich wieder an ihren Schreibtisch, legte die schöne feingliedrige Hand auf die Maus, und auf dem Monitor erschienen Kontoauszüge. Zwei, drei Mausklicks später nahm der Laserdrucker mit dezenten Geräuschen seine Arbeit auf. Annemieke entnahm dem Fach für fertige Druckwerke drei Blätter.

»Das sind die Bankauszüge von Mattijs de Jonge. Wir hatten ja eh schon erwartet, dass er nicht so mittellos war, wie du eigentlich gedacht hattest, und das entspricht der Realität. Seine liquiden Mitteln auf allen mir bekannten Konten summieren sich auf über achtzigtausend Euro. Eine schöne Summe, aber wie gesagt, keine ganz so große Überraschung, aber schau dir mal diese Transaktion an. Das ist eine Überweisung von fünftausend Euro. Alle anderen Summen sind 1.876,23 Euro oder 79,66 Euro, aber diese hier, das sind exakt fünftausend Euro. Das an sich finde ich schon mal erstaunlich, aber der Absender ist noch erstaunlicher. Es ist … Jan Kok!«

Piet betrachtete die Blätter. »Da muss uns der alte Fischer wohl einiges erklären. Aber ich muss auch noch ein bisschen was über Muschelparzellen erfahren, und irgendwie finde ich, wir haben uns noch nicht genug um Ronald gekümmert. Ist er noch im Hafen?«

Annemieke griff sich einen Zettel aus einem Ablagefach. »Moment, hier ist der tägliche Bericht meines Assistenten. Mulder sagte, dass … Hier steht es, Mulder sagte, dass Schouten am späten Nachmittag mit beginnender Flut auslaufen wird und Jan Kok auch. Das heißt, heute Vormittag müssten wir beide noch erreichen. Also Jan Kok und Ronald Schouten, welche Reihenfolge?«

Piet kann sehr schnell denken, aber seine Denkgeschwindigkeit ist tageszeitabhängig. Es existiert eine Analogie zu seinem Biorhythmus. Früh am Morgen brauchen Ideen eine gewisse Anlaufzeit. Selbst, wenn sein Gehirn schon hellwach wäre, die Wahrnehmung des Menschen geschieht mit dem ganzen Körper, und Beine, Oberarmmuskulatur sowie Magen-Darm-Trakt sind noch mit Vorbereitungen auf den beginnenden Tag beschäftigt, ganz davon abgesehen, dass seine Sehkraft auch erst gegen neun, halb zehn die Akkus vollständig aufgeladen hat.

Als Piet also gerade begann, darüber nachzudenken – so zwanzig, dreißig Sekunden nach ihrer Frage –, unterbrach sie ihn schon wieder: »Weißt du was? Es ist Ostersonntag. Wir machen *Eitje-Tik*.«

Das *Eitje-Tik* ist vielleicht der wichtigste Osterbrauch der Niederlande, knapp vor der wichtigen Tradition, am Ostermontag ins Möbelhaus zu gehen.

Annemieke nahm aus dem Osternest, das neben ihrem Computermonitor auf dem Schreibtisch stand, zwei bunt gefärbte, hart gekochte Eier, nahm einen Eddingstift aus der Schublade und beschriftete die beiden Eier. »Jan«, stand auf dem hellblauen Ei, das gab sie Piet, »Ronald« auf dem rosafarbenen Ei, das nahm sie selbst.

Beim *Eitje-Tik* schlägt man die hart gekochten Eier mit der spitzen Seite gegeneinander. Das Ei, das kaputtgeht, hat verloren.

In einer durchaus umstrittenen Studie über die Intelligenz in verschiedenen Nationen liegen die Niederländer in den Top Ten auf Platz acht. Niemand hat behauptet, dass auch ihre Spiele intelligent sind.

Annemieke und Piet hauten ihre Eier mit der spitzen Seite gegeneinander, die Schale des hellblauen Eis zerbarst direkt.

»Okay, erst Ronald, dann Jan!« Annemieke griff ihre Handtasche und wollte aufbrechen.

Piet pellte in Ruhe sein hellblaues Osterei und fragte: »Hast du Salz da?«

95.

Der Ostersonntag ist ein Feiertag, ein hoher Feiertag, aber der Königin-Juliana-Hafen in Yerseke ist ein Fischereihafen, und in Fischereihäfen richtet sich das Leben nicht nach Feiertag oder Arbeitstag, sondern nach Ebbe und Flut. Es herrschte geschäftiges Treiben auf den meisten Schiffen, am Nachmittag würden einige Trawler auslaufen.

Die »YE 19 Leentje« lag auf ihrem angestammten Platz im Königin-Juliana-Hafen. Von Ronald Schouten war nichts zu sehen. Annemieke schaute Piet kurz fragend an, dann sprang sie an Bord und hielt ihm die Hand entgegen. Piet ignorierte die angebotene Hilfe und erreichte, wenn auch ein wenig ungelenker, ebenfalls das Deck des Muschelkutters.

»Guten Morgen!«

Die Matrosin, die sie da so freundlich begrüßte, war ihnen bekannt. Sanne Kok stand in einem der Edelstahlbehälter, die sie mit einem Wasserschlauch und Schrubber darauf vorbereitete, heute Nachmittag Zehntausende von Miesmuscheln aufzunehmen.

Plötzlich stand auch Ronald neben ihnen und fragte: »Frau Brigadier, Herr Inspecteur, was verschafft mir die Ehre?«

Genau das sind die Floskeln, mit denen man Piet am frühen Vormittag nicht kommen sollte. Da kriegen seine Nackenhaare Dauerwelle. Er lehnte sich gegen einen gelb lackierten Metallträger, ließ seinen Blick über den Hafen schweifen und sagte dann: »Nur damit wir uns richtig verstehen. Ich habe Ihnen allerhand geglaubt, was Sie über sich und das Verhältnis zu Ihrem Vater gesagt haben, ich hatte irgendwie den Eindruck, tougher Junge, hat einen Vater, der den Bruder bevorzugt, aber macht seinen Job und macht das Beste draus, und er hat ein verdammt schönes Mädchen mit an Bord. Das hatte ich so gedacht. Und wenn Sie mich jetzt noch einmal fragen, was Ihnen die Ehre verschafft, dann drehe ich hier die Geschichte mal auf links, dann kommen wir noch mal mit der Abteilung Wirtschaftskriminalität vorbei, und dann finde ich Mordmotive, das können Sie sich im Moment noch gar nicht vorstellen, Señor Santiago!«

Schouten zögerte. »Ich weiß nicht, wovon …«

Sanne trat mit dem Gummistiefel geräuschvoll auf das Deck. »Verdammt noch mal, jetzt hör auf mit dem Mist …«

Schouten schrie sie an: »Halt dich da raus! Was weißt du denn schon?«

Sannes Gesichtsfarbe ähnelte nun dem Rosa eines gegarten Hummers. »Ich weiß, warum er dich ›Santiago‹ nennt, und wenn er das weiß, weiß er noch viel mehr. Jetzt hör endlich auf mit der Versteckspielerei!«

»Sie wollen heute Nachmittag auslaufen«, sagte Piet. »Wenn Sie gerade eingelaufen wären, könnte ich Ihnen – vielleicht – abkaufen, dass Sie nicht wissen, dass Mattijs de Jonge erstochen worden ist. Aber Sie wissen es ganz genau. Und Sie haben eine Betrugsgeschichte laufen, nicht mein Ding, könnte mir eigentlich scheißegal sein, aber mittlerweile habe ich zwei Tote, und deswegen ist es mir eben nicht scheißegal. Was hatten Sie da zu suchen mit Ihrem großen Schiff im Flachwasser vom ›Versunkenen Land‹?«

Sanne war aufgebracht. »Jetzt sag's ihm endlich!«

»Ja, es war eine Betrugsgeschichte. Aber wir haben niemandem geschadet.«

»Ach Gott, muss ich jetzt auch noch eine Vorlesung halten? Also gut. Die Polizei soll das Vermögen eines Menschen schützen, und wenn du dir, gegen den Willen des anderen, einen Teil dessen Vermögens an Land ziehst oder ihn, durch Tücke, dazu bewegst, sein Vermögen zu schädigen, indem er es dir überweist, dann sprechen wir von ›Betrug‹. Ich weiß nicht, ob das so früh am Morgen schon unter deine Mütze passt. Aber ›Betrugsgeschichte‹ und ›niemandem geschadet‹, das ist ein Widerspruch in sich. Und jetzt erklärst du mir haarklein, wem ihr mit euren Betrugsgeschichten nicht geschadet habt.«

Ronald setzte sich auf die Wand des Edelstahlbeckens, er nahm seine Docker-Mütze vom Kopf und fuhr sich durch das widerspenstige Haar. »Wo soll ich anfangen?«

Es war wohl keine Frage, Piet antwortete also nicht.

»Wenn du als Muschelfischer wieder in den Hafen einläufst, legst du erst mal am Ponton an, da wird ein Probeeimer entnommen, dann werden die Muscheln begutachtet, nach Größe und Fleischanteil, dann wird das Gewicht der Ladung ermittelt, und dann gehst du in die Auktionshalle, und dein Fang wird versteigert.«

Piet sagte: »Als du eben fragtest, wo du anfangen sollst, habe ich mir verkniffen zu sagen, nicht bei Adam und Eva. Also, erzähl mir bitte mal was Neues.«

»Aber das ist wichtig! Wenn das alles passiert ist, ist das Geschäft abgeschlossen, und dann müssen wir noch die Ladung zum Muschelareal des jeweiligen Händlers bringen. Aber das Besondere ist, es wird nichts mehr gewogen, es wird nichts mehr kontrolliert.«

Piet schaute ihn ungläubig an. »Das heißt, wenn du die Hälfte des Fangs woanders hinkippst, dann kriegt es niemand mit?«

Ronald lachte. »Oh doch, das würden die sofort mitkriegen, wenn man die Hälfte woanders hinkippt. Wir haben zwei Prozent für uns behalten. Wir nennen das Skonto.«

Piet sagte sarkastisch: »Und weil keiner die zwei Prozent Verlust bemerkt, meinst du, du hast niemandem geschadet.«

Ronald war noch nicht fertig. »Nein, aber wenn du nach dem

Fang noch drei, vier, fünf Stunden unterwegs bist, um die Muscheln zum Entsanden zu bringen, das bezahlt dir kein Mensch. Sehen Sie es als Taxi-Rechnung.«

»Und dein Vater ist euch auf die Schliche gekommen, deshalb musste er aus dem Weg. War es so?«

»Mein Vater hat gar nichts mitgekriegt, der ist in die Auktionshalle gegangen, und danach habe ich den Fang weggebracht, und er war bei Pinella, und anderthalb Stunden später war der voll wie 'ne Haubitze. Der hat gar nichts mitgekriegt.« Ronald stockte. »Und ich kann Ihnen noch was sagen. Hier im Ort hat ihn niemand verstanden, ich schon. Mein Vater wollte die Hängekultur forcieren, aber die anderen haben immer gesagt, das haben wir ja noch nie gemacht, wo kommen wir denn da hin? Doch mein Vater hatte recht.« Er schaute zum Hafenausgang, oder er schaute nirgends hin. »Ich habe ihn immer bewundert, er mich nicht. Ich habe hier alles erledigt, er hat es nicht gesehen. Ich glaube, ich habe ihn geliebt, er mich nicht! Wenn Sie seinen Mörder suchen, dann unterstütze ich Sie, so gut ich kann. Hier finden Sie ihn nicht!«

Dieser Satz stand im Raum. Piet versuchte, nicht zu reagieren. Sanne sagte nichts.

Annemieke blätterte in ihrem Notizheft. »Dann müssen wir jetzt los. Wir haben noch allerhand vor.«

Ronald stockte. »Ja, aber, können wir denn heute Nachmittag auslaufen?«

Piet antwortete: »Von mir aus …«

Als sie am Kai entlang zum Auto gingen, sagte Annemieke: »Du hast eben ganz am Anfang gesagt, du glaubst, er wär' ein tougher Kerl, er hätte einen Vater, der den Bruder bevorzugt, aber er macht das Beste draus. So ungefähr?«

Piet brummte: »So ungefähr.«

Sie gingen noch eine Zeit lang nebeneinanderher, bis Annemieke sagte: »Ich glaub, du hattest recht!«

Piet blieb plötzlich stehen.

»Was ist?«, fragte Annemieke.

»Ach nichts. Es wäre viel einfacher, wenn die Schlechten schlecht wären und die Guten gut. Ist es dir aufgefallen? Dekker hat ihn nicht gewarnt.«

»Natürlich ist es mir aufgefallen, aber ich hab' dir von Anfang an gesagt, Dekker ist in Ordnung, und ich sage dir jetzt, Ronald ist in Ordnung. Natürlich haben sie Dreck am Stecken, aber die Morde? Das ist eine andere Geschichte.«

Piet nickte. »Brauchen wir nur noch einen, der uns die andere Geschichte erzählt. Wo liegt das Schiff von Jan Kok?«

Annemieke blätterte in ihrem Notizbuch. »Die ›YE 8 Frisia‹, nächstes Kai rechts, zwei Liegeplätze hinter der ›Johanna Jacoba‹ von Mulder.«

96.

Die Mehrzahl der Muschelschiffe im Königin-Juliana-Hafen in Yerseke haben einen blauen Rumpf, so auch die »YE 8 Frisia« von Kapitän Jan Kok, aber vorne am Bug waren drei weiße Streifen, im obersten Streifen waren zwei, im zweiten drei und im dritten wieder zwei Herzen zu sehen, könnte man meinen. Die roten Herzen waren allerdings die Seerosenblätter aus der friesischen Flagge. Seit achtzig Jahren lebte die Familie Kok nun in Yerseke, aber Friesland wollte Jan Kok doch nicht ganz loslassen, oder Friesland ließ ihn nicht los.

Kapitän Jan Kok war eine Erscheinung, wie er ihnen da von Bord seiner »Frisia« zuwinkte. Er war nicht dick, aber er war stämmig, dabei war er nicht wirklich groß, die Mütze war ein Teil seines Kopfes, das freundliche Gesicht ohne Mütze war kaum vorstellbar. Jan Kok war einer der Menschen, bei denen die Falten grinsen. Er mochte auf die siebzig zugehen, allzu viele Falten hatte er für dieses Alter nicht, die Falten, die er hatte, grinsten. So, wie er dastand, sah man ihm an, er lebte im richtigen Land und in diesem Land an genau der richtigen Stelle.

»Hallo Frau Brigadier, Herr Inspecteur, kommen Sie hoch.« Er hielt ihnen die kräftige Hand hin, um ihnen mit dem Unterarmgriff an Bord zu helfen. »Ich habe es gehört, Sie haben einen zweiten Toten. Mattijs de Jonge. Aber wenn ich Ihnen schon bei Jacobus nicht sehr viel weiterhelfen konnte, dann kann ich das bei Mattijs noch weniger.«

Piet war froh, das frisch gesäuberte Deck unfallfrei betreten zu haben.

Annemieke fragte: »Aber Sie kannten ihn?«

»Ich kannte ihn schon, als er noch selbst einen Kutter fuhr. Das ist jetzt ... Nee, das kriege ich nicht mehr zusammen, aber die Telefone hatten noch Wählscheiben.« Jan Kok lachte. »Na, das wohl nicht, aber es ist sicher fünfzehn, zwanzig Jahre her. Er hat dann in Wemeldinge diese kleine Werft aufgemacht, aber ich lasse Reparaturen natürlich hier vor Ort machen. Die Schiffswerft Koopman liegt ja direkt bei uns am Hafen. Wir hatten also quasi keinen Kontakt.«

Piet kratzte sich gedankenverloren am Kinn, schaute hinaus über die vielen Masten in die Richtung, wo die Oosterschelde sein müsste, auch wenn man sie von hier aus nicht sah. »Etwas gekauft haben Sie bei ihm nicht? Ich meine, in letzter Zeit?«

Kok wirkte irritiert. »Nein. Was sollte ich bei ihm kaufen?«

Annemieke antwortete: »Irgendetwas, das auf den Kopf genau fünftausend Euro gekostet hat!«

Jan Kok kramte eine Pfeife aus der linken Jackentasche und Tabak aus der anderen. »Nee, ich habe ganz sicher bei Mattijs de Jonge nichts gekauft, was fünftausend Euro gekostet hat, und auch nichts für irgendeine andere Summe.«

Annemieke blätterte in ihrer schwarzen Notizkladde. »Dann ist es natürlich erstaunlich, warum am 11. April exakt diese fünftausend Euro auf das Konto von Mattijs de Jonge eingegangen sind, und zwar von Ihrem Konto bei der Rabobank in Yerseke.«

Kok steckte seine Pfeife wieder weg. »Was sagen Sie da? Fünftausend Euro? Von meinem Konto. An Mattijs de Jonge? Das muss ein Irrtum sein, irgendeine Fehlbuchung oder so was. Wir haben seit Jahren keine Rechnung von Mattijs de Jonge bekommen. Das müssen Sie noch einmal überprüfen, das kann nicht sein. Fragen Sie meine Frau, die ist bei uns der Finanzminister.«

Kok war sichtbar konsterniert.

Annemieke sagte: »Eine Fehlbuchung, das ist natürlich möglich. Ihre Frau ist zu Hause?«

Jan Kok musste seine Gedanken sortieren. »Äh, ja, natürlich, Anna ist zu Hause. Ambachtsherenlaan …«

Annemieke ergänzte: »25, ich weiß!«

Jan Kok wusste offenbar nichts. Das Grinsen seiner Falten war einem großen Fragezeichen gewichen.

97.

Anna Kok öffnete ihnen heute schon nach dem ersten Klingeln. Sie trug einen wadenlagen weißen Plisseerock und eine dunkelblaue Bluse mit weißer Schleife. Wenn sie an diesem Ostersonntag noch in die Kirche wollte, musste sie sich nicht erst zurechtmachen, sie war zurechtgemacht. Ihr langes rotes Haar war sorgsam gebürstet, das Rot ihrer Lippen hatte beinahe den gleichen Ton.

»Kommen Sie doch rein. Jan hat schon angerufen und Sie angekündigt.«

Aha, daher all die Vorbereitung.

»Dann wissen Sie ja schon …«

Anna Kok ging vor zur Stilsitzgruppe in flämischer Eiche, bat die beiden mit einladender Geste, sich zu setzen, und fuhr dann fort: »Ja, ich weiß schon … Das Dumme ist nur, dass Jan es jetzt auch weiß. Sie konnten das natürlich nicht wissen, aber ich habe ihm zum Fünfundsechzigsten ein schönes Motorboot geschenkt, eine ›Sessa Oyster 35‹. Ich hoffe ja, dass er irgendwann das Steuerrad an einen Jüngeren übergibt, und damit er dann …« Sie lachte so charmant wie schallend. »… damit er dann trotzdem noch Kapitän sein kann, habe ich ihm die kleine Yacht gekauft. Mattijs hatte die im Angebot, die ist von 2007, aber komplett überholt und in einem super Zustand, für neununddreißigtausend Euro. Vierunddreißig hatte ich zusammengespart, und da hat mir der Mattijs gesagt …« Sie schluchzte. »Da hat der Mattijs gesagt, die restlichen fünftausend überweist du dann irgendwann.« Sie nahm ein weißes Stofftaschentuch vom Tisch und tupfte sich die

Tränen von der Wange. »So war er, der Mattijs. Ich kann nicht begreifen, dass er nicht mehr da ist.«

Annemieke hatte noch eine Frage. »Wann war der fünfundsechzigste Geburtstag ihres Mannes?«

Anna Kok antwortete: »Das war am 3. Oktober.«

»Und Sie haben die fünftausend erst letzten Donnerstag auf das Konto von de Jonge überwiesen, und zwar vom Geschäftskonto. Auf diesem Geschäftskonto war sicher auch im letzten Oktober genug Geld für eine solche Überweisung, oder?«

Sie hatten in den letzten Tagen die Konten von Jacobus Schouten gesehen. Jan Kok, mit zwei Schiffen, würde nicht weniger liquide sein als der weißhaarige Jacobus.

Anna Kok antwortete: »Ja, natürlich, aber wenn Jan sich die Kontoauszüge angesehen hätte, dann hätte er doch sofort gesehen, dass er sein Geschenk selbst bezahlt hat. Das wollte ich nicht!«

Annemieke packte ihr Notizheft ein. »Natürlich nicht!«

Als sich die grün lackierte Haustür hinter ihnen schloss, sprachen sie kein Wort, als sich das ebenfalls grün lackierte Gartentor hinter ihnen schloss, waren sie immer noch still.

Erst, als sie im Dienstpeugeot saßen, sagte Annemieke: »Ronald Schouten, Jan Kok, Anna Kok. Wir haben es nur mit netten Leuten zu tun.«

Piet sagte: »Wenn du diese Geschichte verfilmen willst, brauchst du verdammt gute Schauspieler.«

98.

Die Kachel vibrierte in Piets Cordjacke. Erstaunlich schnell hatte er das Ding aus der Tasche gekramt, und nun galt es, das Display so weit von seinen Augen entfernt zu halten, dass er den Anrufer entziffern konnte: Bernadien d'Hondt.

»*Hoi* Bernadien! Gibt's was Neues?«

Annemieke sagte: »Drück auf Lautsprecher, ich will mithören.«

Piet war nur ein bisschen überrascht, dass er die Stelle mit dem Lautsprecher, oben rechts auf dem Display, tatsächlich fand. Nun hörte man Bernadiens Stimme über den Lautsprecher des Smartphones, und sie registrierte auch sofort, dass die Freisprechanlage aktiviert war.

»*Hoi* Annemieke. Wir sind hier auch zu zweit. Henk ist bei mir.«

Und der meldete sich auch sofort zu Wort. »Hallo ihr beiden. Piet, du wolltest ja wissen, ob Spuren von Jacobus Schouten in der Messe gefunden worden sind. Negativ. Weder Fingerabdrücke noch die DNA-Proben von Jacobus Schouten waren zu finden.«

Piet sagte: »Ja, so weit sind wir mittlerweile auch, aber wir sind schon einen Schritt weiter: Ihr müsstet die DNA eines Kindes von Jacobus gefunden haben. Das kann man doch nachweisen, oder? Wie bei so einer Vaterschaftsanalyse?«

Auf der anderen Seite war mittlerweile wohl auch die Freisprecheinrichtung eingerichtet, denn Henk ten Dracht antwortete: »Dann sind wir jetzt noch einen Schritt weiter. Wir haben aus euren Proben die DNA extrahiert und analysiert. Anschließend haben wir mittels einer Polymerase-Kettenreaktion … Na, hast du noch Spaß, Herr Inspecteur?«

Der Inspecteur war froh, dass Ten Dracht jetzt gerade nicht im Wagen saß. Er hätte ihn sicher gewürgt.

»Auf diese Art haben wir den berühmten genetischen Fingerabdruck dargestellt, und jetzt können wir dir sagen: Nein, es ist nicht die DNA eines Kindes von Jacobus Schouten am Tatort gefunden worden.«

Piet war enttäuscht. Das konnte nicht sein. Ronald war ganz sicher in der Messe gewesen.

Henk fuhr fort: »Wir haben den Nachweis des genetischen Abdrucks von zwei Kindern von Jacobus Schouten am Tatort nachweisen können.«

»Was?! Zwei Kinder! Rafael war seit Wochen nicht mehr in Yerseke, der kann es nicht sein.«

Annemieke sagte: »Na, dann haben wir jetzt wohl allerhand Arbeit. Danke euch.«

Piet sagte nichts. Wie war das möglich? Zwei Kinder von Jacobus Schouten. Da war der ›Schrauber‹, das war Mattijs de Jonge, ›Astro‹ war der Sternekoch, ›Miami‹ war Dekker, der ›Master‹ hatte den Universitätsabschluss, und ›Santiago‹ war der Sohn von Jacobus Schouten.

»Fahr zurück!«

Annemieke schaute fragend zu ihrem Chef. »Wohin zurück?«

Piet antwortete: »Ambachtsherenlaan 25!«

99.

Wieder öffnete sie freundlich die dunkelgrün lackierte Haustür, noch immer war sie zurechtgemacht, doch ihr Blick war fahrig. Das sorgsam gebürstete rote Haar hatte ein wenig an Form verloren, und die Worte holperten ein ganz kleines bisschen, als sie sagte: »Sie schon wieder!«

»Ja, wir schon wieder«, sagte Piet. »Wir mussten leider noch einmal kurz vorbeikommen.«

Anna Kok versuchte, ihren Haarschopf lasziv in den Nacken zu werfen. Es misslang. »Was gibt es da noch zu besprechen?«

»Ich verhafte Sie wegen des Mordes an Jacobus Schouten, und Sie haben recht, da gibt es nichts zu besprechen.«

»Und warum hätte ich Jacobus umbringen sollen? Weil meine Tochter bei ihm auf dem Kutter mitfährt? Ich bitte Sie!«

Piet ging ins Wohnzimmer und setzte sich ungebeten an den Esstisch. »Sehen Sie, genau das war mein Problem. Ich habe gedacht, ja, die Frau ist verdächtig, sie spielt uns irgendwas vor, aber sie hat einfach kein Motiv. Du bringst doch nicht einen Mann um, nur weil deine Tochter auf seinem Kutter anheuert.«

Anna Kok goss einige Tropfen Tonic Water in ihren Gin. »Natürlich nicht!« Sie trank einen großen Schluck.

»Und der eigene Ehemann hat auch nichts dagegen, denn schließlich ist auch der junge Schouten, Ronald, mit dabei, ihm gefällt dieser Ronald, er ist vielleicht ein bisschen so, wie er gerne gewesen wäre!«

Anna Kok trank ihr Glas leer. »Ich weiß nicht, worauf Sie hinauswollen.«

Piet fehlten noch einige Details. »Sanne ist Ihre Tochter, und der Vater ist Jacobus Schouten! Ronald Schouten ist Sannes Bruder!«

Sie stellte das Glas ab. »Ja?!«

Annemieke schaute von Anna Kok zu Piet.

»Deshalb haben Sie Jacobus zur Rede gestellt.«

»Ja! Natürlich.«

»Er hat Sie ausgelacht!«

»Sehen Sie, es gibt doch noch was zu besprechen.« Ein kleines Flehen war in ihrer Stimme. »Sie müssen mich doch verstehen!« Sie goss sich noch einen Gin in das bauchige Glas mit dem kurzen Stiel. »Ich hatte ihn auf das Motorboot bestellt. Yerseke ist zwar irgendwie eine Muschel- und Austern-Metropole, aber Yerseke bleibt trotzdem ein Dorf. Und egal, wo ich Jacobus getroffen hätte, wäre das Getratsche losgegangen, das Getratsche von Leuten, die eigentlich gar nicht wissen, worüber sie tratschen.«

Annemieke sagte: »Sie hofften, Sie könnten ihn überzeugen, dass er Sanne nicht auf sein Schiff lässt.«

»Ja, natürlich. So ein Schiff, das ist ja zwei, drei Tage unterwegs, und an Bord sind Bruder und Schwester, und beide wissen es nicht!«

Annemieke fragte nun sehr mitfühlend: »Und das hat er nicht verstanden?«

»Nicht verstanden? Natürlich hat er es verstanden. Er hat es ignoriert. Es war zum Verrücktwerden. Wissen Sie, was er gesagt hat? Er hätte mit Ronald gesprochen, kraft seiner Autorität als Kapitän hätte er ihm klargemacht, dass es an Bord nicht irgendwelche Techtelmechtel geben könnte. Und Ronald hätte zu ihm gesagt: ›Nee, die Sanne, die ist mehr wie 'ne Schwester für mich.‹ Und dann hat er gelacht. Er fand das auch noch witzig.«

»Und dann lag da irgendwas im Weg?«

»Ja, der Bootshaken! Ich wollte ihn nicht umbringen, das müssen Sie mir glauben. Ich wollte ihn … ich wollte ihn zum

Schweigen bringen. Er sollte nicht so einen Blödsinn erzählen. Er sollte nicht … lachen! Und dann lag er da, die Augen aufgerissen! Er war tot! Ich konnte diesen Blick nicht ertragen, und dann war da dieser Muschelsack. Wahrscheinlich noch von unserem Picknick. Den habe ich ihm über den Kopf gestülpt, damit ich es nicht mehr sehen musste.«

Piet fragte nichts, er sah sie nicht einmal an. Er ließ sie reden.

Und sie redete, wahrscheinlich war sie froh, dass sie endlich reden konnte.

»Vor knapp dreißig Jahren hatte ich eine sehr wilde Affäre mit Jacobus, er war einfach ein sehr starker Mann, die anderen waren Fischer. Jacobus war für mich ein Pirat. Er schwamm nicht mit dem Strom, er lehnte sich auf. Wir trafen uns immer auf dem Meer. Er war schließlich verheiratet. Ich wohnte noch bei meinen Eltern. Wenn wir uns sehen wollten, dann auf seinem Schiff. Wir liebten uns auf dem Schiff, und wir stritten uns auf dem Schiff. Einmal gab es einen Riesenkrach, ich weiß nicht mehr, worum es ging. Ich weiß nur, ich schrie ihn an: ›Ich könnte dich umbringen!‹ Jacobus sagte: ›Wenn du mich umbringen willst, musst du mich übrigens genau hier über Bord werfen, zwei Meilen nordwestlich der Deltawerke. Da findet mich kein Mensch, und wenn, dann irgendein Spaziergänger am Strand in der Nähe von Norwich, und die Engländer kennen mich nicht.‹ Wir haben beide gelacht, und dann hat er mich auf dem Pult neben dem Steuerrad genommen.«

Annemieke unterbrach: »Sie waren glücklich, sie waren ein Paar …«

Anna Kok hatte noch einen Schluck Gin genommen, und dabei wohl bemerkt, dass etwas fehlte. Sie goss ein wenig Tonic in das Glas.

»Jacobus war mit Magdalena verheiratet, und die war damals schwanger mit Ronald. Es war eine schwierige Schwangerschaft, die Mutter von Jacobus erledigte den Haushalt, sie kümmerte sich um Rafael, aber da war noch etwas, um das sie sich nicht kümmern konnte, und um das kümmerte ich mich eben. Dann wurde Ronald geboren, ein paar Tage später starb Magdalena, und Jacobus war wie ausgewechselt. Er wollte mich nicht mehr sehen, er sah überhaupt keine Frau mehr an. Ich glaube, er gab sich selbst die Schuld an Magdalenas Tod. Seine Untreue wurde bestraft, so etwas hat er sich überlegt, ein verquerer Blödsinn, aber Jacobus ist sein Leben lang dabei geblieben.«

»Und Sanne?«

»Sanne ist achteinhalb Monate jünger als Ronald!«

Piet wollte zurück in die Gegenwart. »Schouten war nach dem Schlag mit dem Bootshaken nicht tot. Er ist ertrunken.«

Anna Kok schaute ihn überrascht an.

»Sie haben ihn über Bord geworfen. Wie haben Sie das geschafft? Das war ein großer, schwerer Mann!«

»Wir waren kurz vor der Insel Roggenplaat, und da kam so ein Ausflugsschiff, jede Menge Leute an Bord, ich musste irgendwas tun. Wissen Sie, die ›Oyster 35‹ hat ja im Heck diese Badeplattform. Da lag er. Da ist keine Bordwand. Ich band ihm die Festmacherleine um die Knöchel und hab' ihn … ins Wasser geschoben. Er ist ertrunken, sagen Sie?«

Anna Kok schlug die Augen nieder. »Als ich ihn von der Badeplattform geschoben hatte, hatte ich erst Angst, er schwimmt oben, aber er versank ganz schnell. Und dann fiel mir ein, es ist nicht mehr weit bis zu dem Punkt, wo Jacobus sagte, hier musst du mich über Bord werfen, aber da war das Sperrwerk, ich müsste durch die Schleuse, ich tuckerte rein, und ich tuckerte raus. Und keiner hat was gemerkt.« Anna Kok schluchzte.

Annemieke reichte ihr ein Taschentuch.

»Anderthalb Meilen nordwestlich der Schleuse habe ich die Leine gekappt. Dann bin ich zurückgefahren. Ich war überrascht, dass ich den Weg gefunden habe. In der Höhe von Wemeldinge stockte dann allerdings ein Motor. Das Boot hat zwei, aber nur einen Tank. Ein paar hundert Meter weiter würde auch der andere den Geist aufgeben. Ich sah die kleine Werft von Mattijs vor mir, und ich musste ein wenig gegenlenken, das Boot zog nach backbord. Bei Mattijs habe ich nachgetankt, und so erreichte ich den Prinz-Willem-Alexander-Hafen.«

Piet goss ihr noch einen Gin ein. »Und so nett, wie Sie das heute Vormittag noch behauptet haben, war der Mattijs dann doch nicht.«

»Als in der Zeitung stand, dass Jacobus' Leiche gefunden wurde, rief er mich an und sagte, dass es die Polizei bestimmt interessieren würde, dass ich an dem fraglichen Tag ohne Diesel bei ihm in der Werft vorgefahren wäre. Aber gegen zehntausend Euro könnte er das auch vergessen. Fünftausend habe ich ihm überwiesen, aber er wollte Bargeld. Er würde mir dann mitteilen, wann ich ihm das Geld bringen sollte.«

Anna Kok ging in die Küche, nahm von der Arbeitsplatte ihr Handy, drückte ein paar Mal auf das Display und reichte es Annemieke. WhatsApp war geöffnet, und Annemieke sah die letzte Mitteilung: »Jetzt.« Darunter stand Donnerstag, 00:12, und zwei blaue Häkchen waren zu sehen.

»Um Viertel nach zwölf sind Sie zu Mattijs gefahren?«

»Ja, Jan schlief schon, und ich fuhr nach Wemeldinge. Mattijs war betrunken. Sie hatten wohl Karten gespielt. Ich hatte die fünftausend Euro dabei und sagte: ›Das war's dann wohl!‹, und er erwiderte: ›Das war es dann, wenn ich sage, dass es das war!‹ Ich sagte: ›Du hast jetzt zehntausend Euro gekriegt!‹, und er sagte: ›Zehntausend sind doch ein Scherz für deinen Mann, ich könnte ihn mal anrufen …‹«

Piet sagte: »Und dann lag da wieder was im Weg.«

»Ja, so ein komisches Messer lag da auf dem Tresen …«

Jetzt stand Piet auf. »Können Sie mir sagen, warum Sie siebzehn Mal auf Mattijs eingestochen haben?«

Anna Kok war in sich zusammengesunken. Eine Ähnlichkeit

zu Katherine Hepburn war beim besten Willen nicht mehr zu erkennen.

»Siebzehn Mal? So oft? … Ja, diese Klinge war so kurz, und er sollte doch tot sein!«

Annemieke hatte ihr Mobiltelefon in der Hand. »Ja, Vincent, wir sind hier bei Anna Kok, Ambachtsherenlaan 25. Wir brauchen dich hier, bring bitte Frau Maas mit. Wir haben gerade Frau Kok festgenommen wegen der Morde an Jacobus Schouten und an Mattijs de Jonge. Und fahr bitte vorher noch im Hafen vorbei. Jan Kok sollte heute besser nicht auslaufen.«

100.

Vincent Dekker war mit Mareike Maas in der Ambachtsherenlaan 25 angekommen. Agentin Maas hatte Anna Kok ins Schlafzimmer begleitet. Sie packte ihre Tasche, dabei durfte man sie nicht allein lassen.

Dekker sagte: »Jan Kok wird in zehn Minuten hier sein. Möchtest du ihn noch sprechen?«

Piet zuckte mit den Schultern. »Warum? Er muss mit seiner Frau reden, nicht mit mir.« Er schüttelte den Kopf. »Heute Morgen habe ich noch gedacht, Jan Kok ist ein zufriedener Mann, ein alter Mann, der in sich ruht. Mehr kann man doch im Leben nicht erreichen. Und in ein paar Minuten bricht seine ganze Welt zusammen. Aber das muss sie ihm erklären. Ich glaube, mein Job ist hier getan.«

Annemieke ergänzte: »Den Bericht kriegst du morgen, wenn du uns noch für irgendwelchen anderen Papierkram brauchst, sag Bescheid.« Sie wandte sich schon zur Tür. »Äh, Vincent?«

»Ja?«

»Es hat Spaß gemacht, mit dir zu arbeiten!«

Dekker lächelte unsicher. »Ja, mit euch auch!«

Und wieder schwiegen sie, als sich die grün lackierte Haustür hinter ihnen schloss. Und wieder sprachen sie noch nicht, als sie das ebenfalls grün lackierte Gartentörchen geschlossen hatten.

Als sie im Peugeot saßen, fragte Annemieke: »Wie bist du darauf gekommen, dass Sanne das zweite Kind war, dessen DNA-Spuren im Muschelraum gefunden worden waren?«

Piet überlegte ein paar Sekunden: »Heute Morgen, auf der

›Leentje‹, habe ich ihn ›Santiago‹ genannt, um ihn aus der Reserve zu locken!«

Annemieke nickte. »Und sie hat geantwortet: ›Ich weiß, warum er dich Santiago nennt, und wenn er das weiß, weiß er noch viel mehr!‹«

Piet fuhr fort: »Wenn sie weiß, dass er ›Santiago‹ ist, dann kennt sie seine Zockergeschichte, dann muss sie in dem Muschelraum gewesen sein.«

Annemieke überlegte. »Bernadien hat gesagt, sie haben DNA-Spuren von acht Personen gefunden, sieben männlich, eine weiblich.«

»Richtig, Carin hat gesagt, sie war seit Urzeiten nicht mehr in der Messe, und eins kannst du mir glauben: Mattijs hatte keine Putzfrau!«

»So weit klar, aber bis zu Sanne ist es noch ein Schritt!«

»Ich kam mit Anna Kok nicht klar. Wenn sie ein Motiv gehabt hätte, dann wäre die Geschichte aufgegangen, aber sie hatte keins. Nur weil die Tochter auf einem Kutter mitfährt und eine Dame so etwas nicht tun sollte? Nein, nein. Aber die DNA von zwei Kindern von Jacobus? Das musste das Motiv sein. Der Rest war dann auch ein bisschen … Glück!«

Ein Telefon klingelte. Es war Piets Kachel. Das war eigenartig. Normalerweise hatte er den Ton ausgeschaltet, bei Anrufen vibrierte es nur in der Jackentasche. Klar, dieses Ding hatte ein Eigenleben. Er hasste es.

»Ja?«

Pim Wouters war am Apparat.

»Es ist Willem Egmont Wouters, Moment, ich stell dich laut!«

Pim hatte leider gar nicht mitbekommen, wie dezent Piet seinen vollen Vornamen eingebaut hatte. Schade, aber Pim hatte ein ganz anderes Thema.

»Ein Junge, es ist ein Junge! Und ein ganz strammer, fünfundfünfzig Zentimeter und viertausendvierzig Gramm.«

Annemieke rief: »Gratulation und ganz liebe Grüße an Angelie!«

Piet war wieder einmal überrascht, wie viele Namen Annemieke sich merken konnte. Wie hieß die Frau von Wouters? Frau Wouters. Auf Angelie wäre er nie gekommen. Na ja, sie war auch jünger.

»Wie weit seid ihr mit dem Fall?«

»Fertig. Dekker und Maas sind gerade bei Jan Kok. Seine Frau Anna hat Schouten und de Jonge auf dem Gewissen. Der feine Herr Sander van Loon von Koning & Timmermans wird auch einige Monate auswärts übernachten.«

Pim Wouters wirkte plötzlich wieder ruhiger. »Ja, ich hab' davon gehört. Ein Muschelbetrug, und das in Yerseke, nicht zu fassen! Aber jetzt sag bitte mal ganz ehrlich: Hat Vincent Dekker was damit zu tun?«

Piet brauchte drei, vielleicht vier, aber bestimmt nicht mehr Sekunden, um zu antworten: »Nein, das glaube ich ganz sicher nicht!«

Er verabschiedete sich.

Annemieke schaute zu ihm herüber, klopfte ihm mit der rechten Hand auf die Schulter und sagte: »Guter Chef!«

101.

»Also mal ganz ehrlich, ich freue mich wirklich, dass ich einen so guten Polizisten kenne. Dass du den ›Santiago‹ entschlüsselt hast und dann die Idee mit Sanne Kok!«

Piet hatte Juliana noch einen feinherben Rheinwein nachgeschenkt und sich ihr mit den zwei Bügelflaschen Grolsch gegenübergesetzt.

»Ja, aber ohne deine Geschichte mit Miami wäre ich vielleicht nicht drauf gekommen, und dann hast du auch noch den Zusammenhang zwischen Jan Kok und Sanne erkannt. Ich fürchte, das hätte ich übersehen.«

Juliana schüttelte ihr weises Haupt. »Das hättest du niemals übersehen, du hättest nur vielleicht einen Tag länger gebraucht.«

Sie lächelte ihn an, und Piet wurde es warm ums Herz.

»Eine Kritik muss ich aber auch loswerden. Du hast diese deutschen Camper nicht fair behandelt. Natürlich gehen sie dir auf die Nerven. Deutsche gehen einem sehr oft auf die Nerven, aber sie haben dir auch geholfen. Du solltest dich entschuldigen!«

Piet sprang auf. »Entschuldigen? Bei denen? Niemals! Das sind doch Möchtegern-Columbos, die halten sich für Hercule Poirot, die bringen mir die ganze Arbeit durcheinander!«

Juliana schaute gnädig zu ihm herüber und sagte: »Denk noch einmal darüber nach!«

102.

Chester Bloomberg stand vor einem Grill, es war ein Broil King Monarch 390. Chester trug blaue Shorts zu einem roten Leinen-Sakko, das er mit einem weißen Seidenhemd mit rot-weiß-blauer Fliege kombiniert hatte. Er hielt diesen Tag vielleicht für einen niederländischen Feiertag.

Bedeutungsschwer drangen Chesters Worte aus dem Lautsprecher des Laptops: »Liebe Freunde, ihr wisst, ich hatte euch versprochen, ich werde den gewaltsamen Tod meines Freundes Jacobus Schouten nicht ungesühnt lassen. Und ich habe Wort gehalten.« Pause von etwa sechs Sekunden. »Jacobus Schouten wurde von einer bösen Frau in der Oosterschelde ertränkt. Sie ist festgenommen worden. Und eine wundervolle Frau hat mir geholfen, diesen Fall aufzuklären, meine liebe Freundin Babette Schreiner.«

Babette trug eine Schüssel Muscheln. Warum genau, erschloss sich in dem Video nicht, aber es hat schon Filme gegeben, da wurden Wassermelonen getragen.

Bloomberg fuhr sich mit dem Taschentuch über die Stirn. »Eine schreckliche Geschichte, aber ich habe erfahren, sein Sohn, Ronald Schouten, wird das Erbe seines Vaters fortführen, er wird die ›YE 19 Leentje‹ über die Gewässer der Schelde und der Nordsee steuern.« Chester weinte neun Sekunden: »Und er wird uns weiterhin mit diesem wunderbaren Produkt der Natur ausstatten, das wir hier gerade zubereiten.«

Die Kamera zog auf.

Lothar stand stolz neben seinem Grill, die Schürze mit der

Aufschrift »*Love*, Chester« wirkte ein bisschen affig, aber Chester hatte darauf bestanden. Adi winkte in die Kamera. Detlef, Gerd und ich sahen als Trio eher gut aus, fand ich.

Und Chester sagte: »Seid morgen wieder dabei, wenn ich mich aus Zeebrügge melde, und bis dahin sage ich: *Love*, Chester!«

Auf unserer Parzelle des Vier-Sterne-Campingplatzes »De Grevelinge« war das Muscheln-Grillen in vollem Gange. Mies-, Herz- und Venusmuscheln mussten vorbereitet, Weißwein und Fischfond auf Aluschalen verteilt werden. Adi zerteilte Zitronengras in vier gleich große Stücke, und Babette stand neben ihm, betrachtete stolz den zärtlichen Oktopus.

Die Tische waren in der Mitte des Platzes aufgebaut. Sie waren unterschiedlich hoch, aber das war egal. Die Vorfreude stieg immens. Bald würden sie sich biegen unter den mit Miesmuscheln gefüllten Muschelnudeln und dem Muschel-Tortellini-Eintopf.

Es hätte so ein schöner Abend werden können, aber die Stimme von Inspecteur Piet van Houvenkamp durchbrach die Idylle: »Meine Damen, meine Herren!«

Es kehrte Ruhe ein an all den Campingtischen in der Mitte unseres Feldes.

»Ich wollte Ihnen eben mitteilen, dass wir trotz Ihrer ungefragten Mitarbeit diesen Fall gelöst haben. Und vielleicht habe ich Sie ein bisschen zu hart angepackt. Ich möchte Ihnen sagen, Sie haben mir auch ein bisschen geholfen, und dafür bin ich Ihnen dankbar. Aber wenn Sie sich noch einmal in meine Polizeiarbeit einmischen …«

Seine Kollegin Breukink ergänzte: »Dann wird er sauer, und das wollen Sie nicht erleben.«

Der Inspecteur ging zurück zu seinem Wagen, öffnete die Heckklappe und zog einen Kasten Grimbergen aus einem schwarzen Land Rover Defender. »So, dann feiern Sie mal schön!«

»Möchten Sie nicht ein paar Muscheln mitessen?«

Der Inspecteur sagte: »Nein, nein, es ist schon spät, und …«

Lothar öffnete den Deckel des Broil King Monarch 390, und eine Wolke herrlicher Düfte umgab die Anwesenden.

Adi erklärte: »Das sind mit Miesmuscheln gefüllte Muschelnudeln vom Grill, nach einem Rezept von Johann Lafer!«

»Lafer? Kenn ich nicht! Aber es riecht fantastisch. Ich könnte ja vielleicht ein bisschen probieren.«

Epilog

»Ich bin sehr froh, dass dieser Fall aufgeklärt ist, jetzt hast du endlich wieder Zeit für mich!«

Annes Satz vernahm ich wohl, aber wie oft war sie ohne mich unterwegs gewesen? Mal brauchte sie das Auto, mal konnte man mir nicht erklären, wo sie war. Wie hatte Gaby gesagt? »Du musst nicht alles wissen, Bernhard.«

Ich hatte darüber nachgedacht, aber ich wollte kein »klärendes Gespräch«. Klärende Gespräche fangen da an, wo Vertrauen zu Ende ist.

»Du hast endlich wieder mehr Zeit für mich«, hatte sie gesagt, das tat sehr gut.

Wir saßen auf den Rädern und fuhren in Richtung Middelburg, sie wollte mir etwas zeigen.

Auf einem Hinweisschild stand »Chaletpark Eikenduin 100 Meter«. Anne bog in die Einfahrt. Zwei Straßen weiter stieg sie ab und begrüßte einen braun gebrannten freundlichen Mann, der einen Setter an der Leine führte.

»Hallo Frank, das ist mein Mann Bernhard.«

Frank begrüßte mich und hielt einen Schlüssel hoch.

»Und das ist unser Vorführmodell. Na, dann guckt es euch mal an.«

Er reichte mir den Schlüssel und machte sich mit seinem Hund wieder auf den Weg.

Ich schloss das »Vorführchalet« auf. Das war ein Mobilheim, erklärte mir Anne, ein Mittelding zwischen Wohnwagen und Haus. Das Ding hatte ein echtes Schlafzimmer mit einem großzügigen

Doppelbett, ein gefliestes Bad mit Dusche und Toilette, ein zweites kleineres Schlafzimmer, dazu eine vollwertige Küche und einen großen Wohn-Ess-Bereich. Vor dem Haus lag eine schöne Holzterrasse, und rund um das Grundstück war eine Hecke gepflanzt.

»Na, was sagst du?«

Darum hatte sie sich also in den letzten Tagen gekümmert. Ein Chalet.

»Tristan und Edda werden nicht mehr so oft mit uns in Urlaub fahren, dann wäre das doch mal eine tolle Alternative.«

Ich schaute über den Platz. Vier dieser »Chalets« waren aufgebaut, der Rest war grüne Wiese mit mickrigen Heckenstecklingen. Auf »De Grevelinge« standen da Gerd und Uschi und Detlef und Jutta, Lothar und Gaby und Adi und Babette. Ganz ehrlich, das Ding war ein Traum, aber war das unser Urlaub?

Ich stellte mich ganz nah neben Anne und fragte: »Ist das nicht eher Seniorencamping?«

Anne hakte sich bei mir ein. »Vielleicht, aber wir werden ja auch bald Senioren, so in fünf Jahren?!«

Da musste ich zustimmen. »Ja, du hast recht. In fünf Jahren sollten wir das ganz ernsthaft in Erwägung ziehen. Seniorencamping mit Mobilheim und E-Bike!«

War sie von meiner Reaktion enttäuscht? Sie hatte viel Zeit und Mühe investiert. Aber Holland ohne die Freunde, ohne »De Grevelinge«, ohne die Kinder, das war nicht mehr dasselbe.

»Bist du enttäuscht?«

Anne küsste mich auf die Wange und sagte: »Nein, fünf Jahre ist eine gute Perspektive, und heute hatte ich eh was anderes vor.«

Ich zog sie an mich und sagte: »Das freut mich sehr!«

Sie antwortete: »Ich weiß. Robert hat angerufen. Im ›Zeerover‹ gibt es wieder *saté, frietjes, mayo*!«

ENDE

Danke!

Vielleicht ist Ihnen beim Lesen manches Mal das Wasser im Mund zusammengelaufen, das kann ich verstehen. Vielleicht haben Sie beim Lesen gedacht, Mannomann, was der alles über Muscheln weiß. Na ja, ich gebe zu, ich war schon fleißig. Ich habe in vielen Kneipen ein Bier getrunken und in vielen Restaurants wunderbare Muschelgerichte genossen, und das alles nur aus einem einzigen Grund: Recherche.

Aber ich gebe auch zu: Alleine hätte ich das nie hingekriegt, deshalb möchte ich mich bedanken. Ich möchte allen Danke sagen, die mir bei dieser Geschichte geholfen haben, vor allem Anne Niggebaum, die so schön Gedanken ordnen kann. Ein Dank geht auch an Anouk.

Susan, meine niederländische Freundin, die ihre Landsleute so genau kennt und die mir freundlicherweise Pim van Engelenburg vorgestellt hat.

Pim ist ein absoluter Muschelprofi, er hat mich durch Yerseke geführt, mir Augen, Ohren und Geschmacksknospen geöffnet. Vielen Dank dafür.

Und bevor ich es vergesse. Eines schönen Maitages saß ich mit meinem Laptop auf einer sonnenbeschienenen Hotelterrasse in Sachsen. Ich ließ gerade meine Camper im strömenden Regen nach Holland fahren, aber darauf müsste durch irgendwelche meteorologischen Besonderheiten sommerhaftes Frühlingswetter folgen. Wie könnte man das hinkriegen?

Ich nahm noch einen Schluck Kaffee, dann zückte ich das Handy und rief einen sehr netten Kollegen an: »Sag man, Svenny …!« Und Sven Plöger hat geliefert. Nach der Kaltfront könnte das Sturmtief aufgrund einer postfrontalen Subsidenz nach Skandinavien abdrehen. Und so geschah es. Danke, lieber Sven.